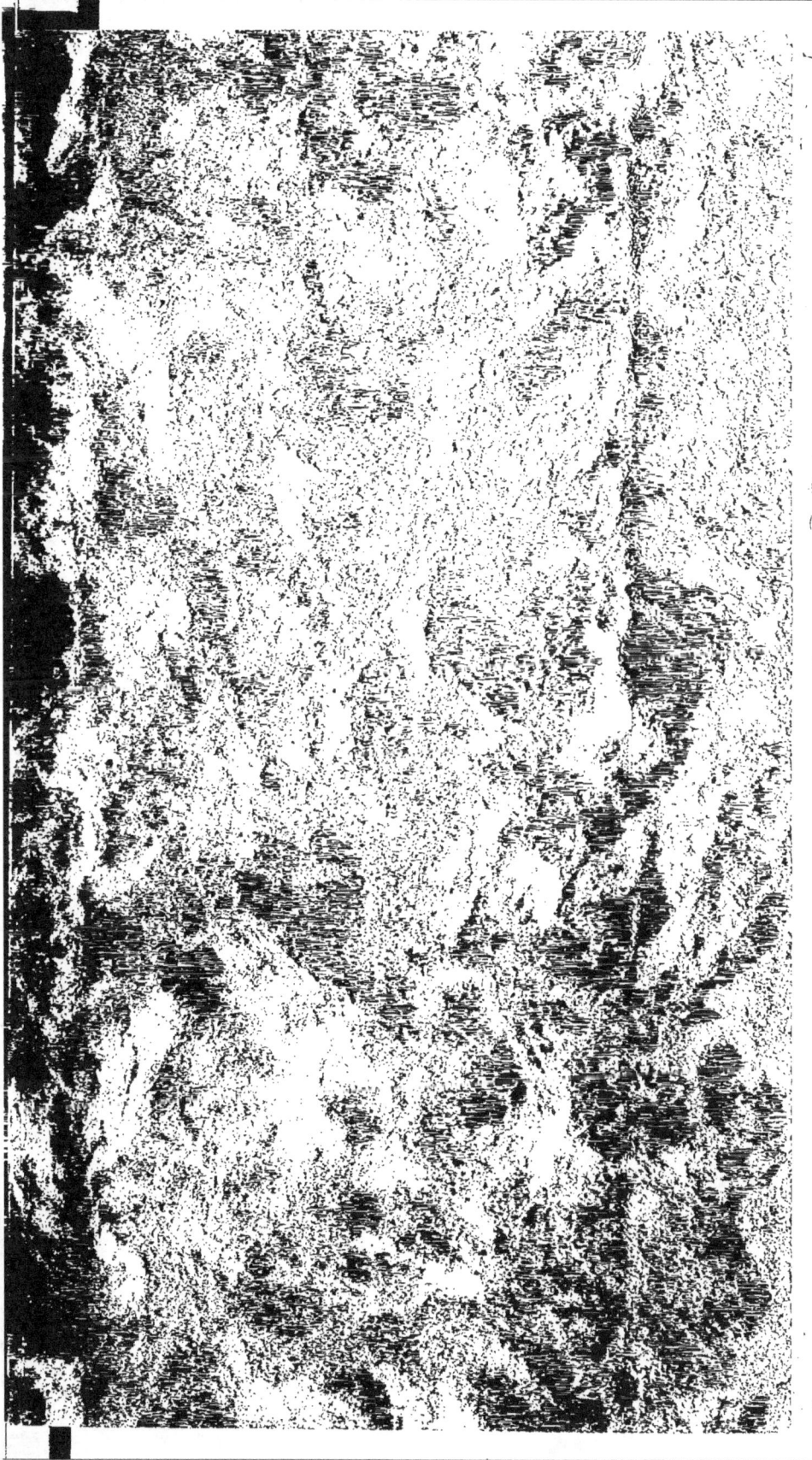

CONTES

FÉERIQUES

IL A ÉTÉ TIRÉ

Cinquante exemplaires numérotés sur papier de Hollande

Prix : 7 fr.

Et *dix exemplaires numérotés* sur papier de Chine

Prix : 12 fr.

THÉODORE DE BANVILLE

— SCÈNES DE LA VIE —

CONTES FÉERIQUES

Avec un dessin de GEORGES ROCHEGROSSE

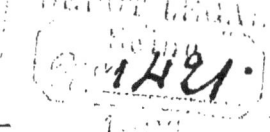

PARIS

G. CHARPENTIER, ÉDITEUR

13, RUE DE GRENELLE-SAINT-GERMAIN, 13

—

1882

A GEORGES ROCHEGROSSE

MON CHER ENFANT,

Ces Contes t'appartiennent doublement, car tu en
as résumé la pensée intime dans le charmant Frontispice qui, sans doute, donnera envie de les lire?
D'ailleurs, en les écrivant, je songeais à toi, avant
de songer au public. Amuser un artiste, pour qui le
mouvement et la vie n'ont pas de secrets, pour qui
la nature est pleine d'âmes, et que la Couleur enivre
de ses harmonies mystérieuses, n'est-ce pas la plus
belle tâche et la plus difficile que puisse rêver le
poète?

Quand tu étais tout petit, sous le regard tutélaire
de ma chère femme, de ta mère bien-aimée, j'impro-
visais, pour te charmer, des histoires où je mêlais
les Fées à de toutes petites personnes; mais je les
mêle maintenant à de grandes personnes, à ce
monde parisien tout plein de raffinements, dont ton
crayon exprime si bien les passions quintessenciées
et subtiles. En feuilletant ces Contes, le lecteur devi-

nera sans peine qu'un vieux rimeur comme moi ne
saurait connaître les modes récentes, et que mes
jeunes gens élégants et mes belles dames ont été
costumés par un peintre, épris de la compliquée et
changeante modernité. Il admirera des toilettes d'un
goût curieux, que le couturier n'inventerait pas; et
ainsi il m'aidera un peu à m'acquitter de ce que je
te dois. Quant à moi, mon cher enfant, j'ai tâché
de t'enseigner que l'Art n'admet pas de mensonges,
et qu'en dehors de la sincérité, il n'y a rien, c'est-à-
dire tout ce que m'a appris l'expérience; n'est-ce
pas la seule chose que pouvait faire pour toi

Ton vieux ami

THÉODORE DE BANVILLE.

Paris, le 5 février 1882.

BALLADE

POUR CÉLÉBRER LES FÉES PARISIENNES

Titania, je serai ton héraut,
Fée aux yeux bleus rêvant au bord de l'onde !
Oui, moi rimeur, écolier de Marot,
Je montre ici la Demoiselle blonde
Qui va menant la danse vagabonde.
Mais je la mêle à ce peuple infini
Que nous ont peint Balzac et Gavarni.
Lorsque, le soir, ses foules étouffées
Prennent le frais devant chez Tortoni,
Paris est plein du sourire des Fées.

Lorsque la lune, ainsi qu'un blanc Pierrot,
Parmi l'azur montre sa face ronde,
La Fée alors, ô mon aïeul Perrault !
Tord ses cheveux dont le bel or l'inonde,
Et, comme une autre, elle va dans le monde.
Pour amuser le sultan rajeuni
Quand la musique au rêve indéfini
A notre oreille arrive par bouffées,
En écoutant quelque Paganini
Paris est plein du sourire des Fées.

Dans les jardins, sous un ciel de Corot,
Le sein jonché des perles de Golconde,
Pour suivre Amour, le subtil archerot,
Elles s'en vont parmi l'herbe profonde
Où sous leurs pas la violette abonde.
Auprès d'un couple avec ferveur uni
Leur troupe folle erre en catimini,
Encourageant, rieuses coryphées,
Le divin chant qui n'est jamais fini.
Paris est plein du sourire des Fées.

ENVOI

PRINCE, effaçant Laïs et Mancini,
Pour enchanter l'homme triste et puni
Les blanches sœurs, de liserons coiffées,
Calment son front sous leur souffle béni.
Paris est plein du sourire des Fées.

CONTES

FÉERIQUES

I

LA FIGURANTE

Paul Zameith qui est devenu, comme on le sait, un de nos premiers écrivains dramatiques, jouait encore les niais, il y a quatre ans, à la Gaîté. Son visage pâle, doux, mélancolique, aux profonds yeux bleus, pouvait en effet passer pour celui d'un imbécile, tant la suprême bonté ressemble à la bêtise, pour des gens qui ne sont point habitués à voir son expression divine. Ce soir-là on jouait une grande féerie intitulée : *La guerre des Fées*, et Zameith costumé en Jocrisse, avec la perruque rousse et la souquenille écarlate, était appuyé dans la coulisse contre un mât à chantignole. Tandis que le tableau final du premier acte déroulait ses toiles peintes et ses gazes dans la clarté crue de la lumière électrique, d'un œil chargé d'amour il regardait ardemment les frises, où l'on venait de disposer un vol de plusieurs personnages, tout prêt à être exécuté dans deux minutes. La seconde transformation de l'apothéose allait faire place à la troisième, et la végétation du fond

1

des eaux, les coquilles et les madrépores, les Naïades
éclairées en bleu allaient s'effacer devant le jardin
fantastique de feuilles et de grandes fleurs, rehaus-
sées d'or, d'argent et de loghès. Prêtes à s'enfuir
dans l'azur en toile peinte, trois Fées, fortement attachées par une ceinture lacée et par un fil de laiton,
semblaient porter la jeune princesse, reposant hori-
zontalement sur un appareil en fer épousant la forme
du corps. Au fond, sur de menus fils de laiton,
étaient équipées des figures en cartonnage, drapées
avec du papier, et qui allaient s'envoler au lointain.

Mais ce que le Jocrisse comtemplait avec fixité,
c'était une quatrième Fée qui, placée près des trois
autres, n'était visiblement soutenue par rien, et paraissait voltiger réellement, comme un oiseau, à
côté des trois figurantes. Étonnamment belle, cette
créature étrange avait la pose molle et gracieuse
d'une divinité portée sur des nuées, et il n'était pas
possible de croire qu'elle fût tenue par des fils, passant par des poulies fixées dans le corps d'un chariot.
En sa qualité de poète, Zameith vit clairement qu'elle
planait en effet; mais il ne fut pas seul à le voir, et
ce prodigieux spectacle, auquel personne ne faisait
attention dans le tumulte d'une représentation compliquée, attira l'attention du directeur Jaquerod.
Avisant le machiniste en chef qui justement passait
près de lui à ce moment-là : — « Tonini, lui dit-il,
pouvez-vous me dire pourquoi il y a aujourd'hui,
pour le vol, quatre Fées au lieu de trois? — Ma foi!
dit Tonini stupéfait, je n'en sais rien du tout. Positivement, il ne doit y avoir que trois Fées. — Et,
continua le directeur, faites-moi le plaisir de me
dire à quoi tient cette figurante, et comment elle est
soutenue en l'air. Montrez-moi donc le fil, s'il vous
plaît? — Il n'y a pas de fil! dit Tonini. Si j'y comprends quelque chose!... »

Il fut convenu entre le directeur et le machiniste qu'ils allaient surveiller la fin de la transformation, et qu'au moment où les femmes seraient débarrassées des appareils qui les soutenaient, ils auraient le mot de cette énigme. Mais à ce moment-là même, on vint les chercher tous les deux, Jaquerod de la part d'un actionnaire qui lui apportait de l'argent, et Tonini parce qu'un accident assez grave venait de démantibuler un décor du second acte. Quant à Zameith, debout contre son mât, il s'était endormi d'un sommeil subit et surprenant, si bien que, des trois hommes, aucun ne put avoir l'explication de ce qui avait intrigué si fort leur curiosité. Quand le directeur put redescendre, le rideau venait de tomber sur la fin de l'acte, et il trouva près de lui la quatrième Fée, avec laquelle, tant son impatience était grande, il se mit à causer sur la scène, où on disposait les décorations qui devaient se succéder, et tout un monde d'accessoires. Conversation singulière entre toutes, car, tout homme de théâtre qu'il fût, Jaquerod gênait ses machinistes, et à chaque instant était heurté par une ferme, évitait à grand'-peine une toile de fond qui lui tombait sur la tête, ou se cognait contre un banc de gazon et mettait le pied dans un trapillon ouvert, tandis que la figurante, que rien ne touchait, que rien ne frôlait, semblait voltiger au milieu de tous ces obstacles, libre, aérienne, légère comme une brillante libellule.

Jaquerod est un Parisien spirituel jusqu'au bout des ongles, sceptique, libertin, peu scrupuleux en affaires d'argent et en affaires d'amour, qui à ce moment-là, voyant la faillite à droite et à gauche, dansait sur la corde roide des expédients, tantôt sans balancier, tantôt avec les premiers balanciers venus, faisait flèche de tout bois, et aurait transformé en Gogo le génie du Doute! Très aimable et obligeant

d'ailleurs, la peur d'être moqué l'eût décidé à égorger son meilleur ami. Ce lascar était marié à une
femme supérieure et d'une angélique bonté qui,
heureusement, dès qu'il s'agissait de lui, avait des
écailles sur les yeux, et qui, trois jours avant celui
où se passe cette historiette, l'avait rendu père d'un
fils. Jaquerod chérissait déjà ce petit directeur de
théâtre, qu'il avait nommé Adolphe par admiration
pour les succès d'un dramaturge célèbre, et à qui il
se proposait de donner une éducation horriblement
exempte de préjugés. Quant à sa femme, il l'aimait
de son mieux, si ce n'est qu'il la trompait à toutes
les minutes, et qu'il avait fait de son théâtre un
harem en coupe réglée, où il avait l'art d'accorder
entre elles ses innombrables odalisques, dont il
savait au besoin n'être pas jaloux. Enfermé chez lui,
et pour son agrément personnel, il lisait Shakespeare;
mais il laissait toutes ses idées littéraires à la porte
du théâtre, comme on doit laisser toute espérance
à la porte de l'enfer.

Enfin joueur incorrigible et habile à se repaître
d'illusions, Jaquerod, comme Mercadet, avait un
Godeau qui lui avait emporté trente mille francs.
Son Godeau, à lui, se nommait Gilquin, et le directeur de la Gaîté espérait tous les jours le retour chimérique de ce voyageur qui, à ce qu'on racontait,
s'était fait pirate dans les mers de l'Inde. Tel était
l'homme qui tenait la pauvre figurante sous son regard inquisiteur, et qui la pressait de questions nettes
et cruelles. Elle essaya bien de lui donner de mauvaises raisons ; mais Jaquerod connaît toutes les ban-
ques, y compris la Banque de France, et c'est un de
ces malins à qui il est difficile de faire croire quoi que
ce soit, même et surtout la vérité. Quant aux mensonges, il les connaît tous, comme des amis avec lesquels on fait depuis très longtemps bourse commune.

— « Allons, dit-il, ma chère dame, laissons là ces billevesées. J'ai très bien vu que vous volez en l'air, et que vous êtes une vraie Fée. Est-ce là de l'étoffe, ajouta-t-il, et au contraire ce vêtement n'est-il pas uniquement fait de couleur et de lumière ? » En disant ces mots, il s'efforçait de saisir à pleines mains la robe de la figurante ; mais ses mains ne touchaient que le vide, et passaient à travers le tissu intangible. Il reprit : « Votre coiffure et la guirlande que vous portez en écharpe sont faites de liserons vivants et naturels ; m'expliquerez-vous comment des liserons cueillis gardent leur fraîcheur ? En ce moment, un rayon enflammé court autour de votre tête et baise votre chevelure, rayon qui ne vient de nulle part, ni des herses qu'on a relevées, ni des lampes électriques, puisqu'elles sont éteintes. Vous voyez bien qu'on ne me prend pas pour dupe !

— Eh bien ! oui, dit tristement la figurante, je suis une vraie Fée, la fée Tyro, petite-fille de la grande Urgèle ! Je fais partie de ces créatures bienfaisantes qui procurent aux hommes le repos, les beaux songes, les douces espérances, les pensées riantes, et qui n'entrent dans vos demeures que pour vous préparer des surprises agréables. Nous dansons en chœur sous les vieux arbres des forêts, nous voltigeons sur les eaux argentées au clair de la lune, et nous buvons, comme des abeilles, dans la coupe des fleurs. Mais, hélas ! comme tous les êtres, même subtilisés, doivent se conformer à l'idéal du temps où ils vivent, et ne le contrarier en aucune manière, nous sommes forcées de rester invisibles, ou de paraître seulement habillées en paysannes ou en dames ; et personne ne nous voit, comme l'aimerait notre coquetterie, vêtues de nos tuniques étincelantes, couronnées de célestes fleurs, et tenant à la main nos baguettes de diamant ! Ici, sans gêner personne,

1.

j'avais la joie de reprendre ma forme réelle, de planer en robe couleur de lune, et j'enivrais mes yeux de ce qui est l'image, grossière il est vrai, mais enfin l'image des jeux de Titania et de Morgane. Et quel mal vous faisais-je, heureuse à ma façon, ne vous dérangeant en rien, tenant si peu de place, et, par ma seule présence donnant à vos gazes dorées et à vos cartonnages l'inéluctable vérité féerique !

— Eh ! fit Jaquerod, cela vous plaît à dire ; mais je n'ai pas envie de me faire vilipender par les journaux. Et tenez, dans ce moment-ci, je suis très mal avec la rédaction du *Stylet* qui voudrait avoir l'entreprise de toutes les pièces, et à qui je ne peux pas la donner, puisque mon marchand de billets, qui me procure des fonds, m'apporte les pièces toutes faites ! D'ailleurs, je suis engagé avec les écoles nouvelles ; j'espère avoir un drame expérimental, et une féerie scientifique, où tout se dénoue par la géographie. De quel œil ces messieurs me verraient-ils pactiser avec le surnaturel ? Et alors, pourquoi pas la poésie tout de suite, et par conséquent l'hôpital ? Comprenez-moi ; il faut être raisonnable. Vous voilà sur mon théâtre ; aujourd'hui, vous volez en l'air, comme une aigle ; qui me dit que demain vous ne réciterez pas des vers lyriques ? Sans compter que vous avez rendu mon Jocrisse fou d'amour ! Et que voulez-vous que j'en fasse à présent ?

— Zameith ! dit la fée Tyro, il fallait qu'il m'aimât pour devenir l'homme qu'il doit être ; car, sans ce rêve qui le berce, le dégoût du théâtre l'aurait tué. Mais je resterai pour lui une vision éblouie, et il n'entendra jamais le son de ma voix. Quant à vous, ma présence ici ne vous eût apporté que du bonheur.

— Dame ! fit Jaquerod ébranlé, je ne dis pas... Si, par exemple, Gilquin revenait ! — Il reviendra à onze heures et demie, dit la Fée. Il est en ce moment onze heures et quart...» — En causant ainsi, ils avaient passé derrière la toile de fond, dans un endroit resté obscur. Lorsqu'ils se retrouvèrent sous la clarté d'un bec de gaz, près de la porte par où l'on sort de la scène, le directeur, de plus en plus étonné, vit que Tyro n'était plus vêtue en fée, et portait un élégant costume de ville : sombrero en peluche loutre, orné d'une patte d'ours avec les vraies griffes ; pelisse en peluche loutre, garnie de skunk ; gants lacés, bas vert bronze, souliers claqués en maroquin rouge, à très hauts talons. Cependant, aucun trapillon ne s'était ouvert pour laisser passer la main d'un machiniste, saisissant les anneaux placés à l'extrémité d'une corde à boyau, et Jaquerod éprouvait un certain malaise, en se sentant le jouet d'une féerie où les prodiges s'exécutaient sans trucs. Il eut d'abord l'idée de retenir la fée Tyro, qui le regardait d'un air suppliant et triste ; mais il résista à ce bon mouvement, parce qu'il venait d'apercevoir un rédacteur du *Figaro*, « le Monsieur de l'Orchestre », dont il redoutait les indiscrétions.

Toutefois, il conduisit la Fée jusqu'à la porte de la rue, curieux de savoir si elle prendrait un fiacre ! Tout au contraire, quoique par cette soirée de janvier le temps fût serein et clair, sans vapeur ni brume, il vit bientôt la figure de Tyro s'effacer, se vaporiser, et finalement se dissoudre dans l'air. Dix minutes seulement à attendre ! Le directeur avait allumé un cigare, et fiévreusement se promenait tête nue, se demandant si Gilquin viendrait ! Mais au moment juste, comme la demie d'onze heures sonnait aux églises gothiques de la rue Saint-Martin, une daumont élégamment attelée s'arrêta à la porte du théâtre ; Gilquin en descendit et se jeta dans les bras de Jaquerod. — « Montons dans ton cabinet, » dit-il. — A peine y furent-ils, que l'ancien pirate (car il l'avait été

en effet) alignait sur un bureau, pour le capital et les
intérêts de sa dette, cinquante billets de mille francs.
Le directeur entraîna tout de suite son ancien associé
au foyer, où il invita toute la troupe à un lunch ; mais
au moment même où il avait l'idée de le commander, vingt cuisiniers de Chevet, blancs comme la neige,
envahissaient les escaliers, portant des mannes, des
argenteries, des pièces montées, des seaux à glace, des
candélabres garnis de bougies vertes, et suivant la musique de la pièce qu'on entendait au loin, comme dans
un intermède de Molière. Héros, chevaliers, comiques,
travestis, et toutes les femmes costumées par Grévin,
décolletées en maillot, vêtues en Neige, en Hirondelles,
en Chauves-Souris, pareilles à des lutins qui vont prendre un bain, se pressèrent autour des buffets dans le
cabinet de Jaquerod, devant les volailles, les galanti-
nes, les nougats, les confitures sèches, et le champagne qui coulait à flots, et les jambons couleur de rose.

Le plus admirable, c'est que l'une des actrices,
ayant mis par hasard sa main dans la poche de sa
robe, en retira un écrin contenant une parure en
perles noires, et que toutes ses camarades eurent
une surprise analogue, qui des saphirs, qui des émeraudes, qui des rubis, qui des diamants, qui des
chrysoprases et des chysobérils. Dans la poche des
hommes se trouvèrent des présents appropriés au
goût de chacun, et notamment Zameith eut un Shakespeare merveilleux, complet en un seul volume,
imprimé en rouge sur papier japonais, sans nom d'im-
primeur ni d'éditeur, et relié en maroquin vert prasin.
Lorsqu'on eût croqué beaucoup de bonbons, porté des
toasts à Gilquin et débité mille folies, les trois héroïnes
de la pièce, la fée Luciole, la fée Terrible et la fée de
la Fontaine, c'est à dire Anna Veyx, Aimée Lua et
Séraphine Revenaz, tenant en main leurs baguettes,
demandèrent à aller saluer dans son berceau le petit

directeur, ce qui se pouvait sans inconvénient, madame Laure Jaquerod étant bien portante, et déjà guérie de sa fièvre de lait. Le directeur consentit à ce caprice, bien que les trois fées eussent tour à tour été ses maîtresses ; mais il n'y regardait pas de si près, et n'était pas superstitieux. Introduites dans la chambre de la charmante jeune mère, les trois Fées, après l'avoir complimentée, allèrent au berceau de l'enfant et étendirent au-dessus de son front leurs baguettes ornées de paillon et de strass.

— «Petit Adolphe, dit Anna Veyx en souriant, je t'accorde le don d'être malin et rusé comme ton père !

— Moi, dit Aimée Lua, je t'accorde le don de plaire à toutes les femmes.

— Et moi, dit Séraphine Revenaz, je t'accorde le don d'avoir beaucoup d'argent. »

Ces souhaits enchantèrent le directeur, bien qu'il sût que ce n'était que jeu et plaisanterie. Après avoir salué madame Laure, les trois fées descendirent l'escalier en riant, et comme sa femme désirait reposer, Jaquerod éteignit la lampe. Mais aussitôt une sorte de vapeur bleue emplit la chambre ; elle se condensa, s'éclaira, et devint la délicieuse figure de la fée Tyro. La chambre elle-même s'était transformée. Elle était devenue une grotte vaporeuse, taillée dans un transparent saphir strié de filons d'or, où pendaient d'éblouissantes stalactites, et où, dans les interstices des rochers, s'ouvraient de grandes fleurs de pourpre, tandis que de blanches cascades de lumière s'écroulaient silencieusement, au bruit d'une douce et presque imperceptible musique. Gracieuse, élevée en l'air, la belle Tyro pencha ses lèvres sur le front de l'enfant, et l'ayant doucement baisé : — « Cher petit, dit-elle, tu seras poète !

— Je suis déshonoré ! » dit Jaquerod.

II

LE POMPIER

Les Romains bizarres du grand peintre David, qui dut les faire ainsi nus et coiffés de casques, pour se raccrocher à quelque chose et retrouver l'antique par l'imitation de la statuaire, éveillèrent tout de suite l'idée du « pompier qui se déshabille », si bien exprimée par Jocrisse, dans le joli vaudeville de Duvert. De cette comparaison qui s'imposait à l'esprit, naquirent ces expressions : *genre pompier, style pompier, faire pompier*, qui ont tenu tant de place dans la langue spéciale des peintres. A l'origine, *faire pompier* signifia seulement : chercher, pour représenter les Grecs et les Romains, un faux idéal pseudo-classique, et, ce qui contient, en un mot, toutes les horreurs ! les peindre d'après la tragédie du dix-huitième siècle. Mais le sens de ce vocable ne tarda pas à s'élargir, et il fut bientôt appliqué à toutes les compositions où le convenu, le lieu commun et la formule sont substitués à l'inspiration originale et à l'étude de la nature. C'est ainsi qu'on peut être nouveau et moderne dans l'interprétation d'un sujet emprunté à l'*Iliade*, et qu'on peut, au contraire, *faire pompier* en représentant une scène de la vie réelle, qui s'est passée hier ; car c'est uniquement le manque d'observation et de sincérité qui, dans les arts, engendre le fatal, l'abêtissant, l'irréparable Pompier!

Un artiste qui, en 1865, ne *faisait pas pompier*, c'était Edmond Fransquin, un grand inventeur et un grand coloriste, dont les tableaux n'étaient guère achetés, mais enchantaient les poètes, les artistes et les belles âmes. Il semblait que ce trouveur eût fait un pacte avec la Vie, car elle animait avec une intensité indéniable les personnages qu'il lui plaisait d'aller chercher dans les lointains les plus énigmatiques de l'Histoire. Et quelle charmante vie on menait dans l'atelier de la rue des Beaux-Arts, où Fransquin évoquait les cortèges, les batailles, les éléphants, les rois pensifs suivis par des lions, et les femmes magnifiquement vêtues, promenant leurs robes de perles au milieu des carnages et des têtes coupées! Ame, joie et douce lumière de la maison, la belle Suzanne, coiffée en simples bandeaux un peu rebelles, s'y promenait d'un pas harmonieux, parfois se penchant sur l'épaule d'Edmond, heureux de sentir la fraîcheur de son souffle; et dans ce lieu béni, consacré à la paix et au travail, la Folie était représentée par le jeune rapin Coup-de-Soleil. Doré et cuit comme une datte, brun comme un More d'Afrique, avec des yeux d'un bleu sombre, cet être absurde et charmant était cependant blond, et portait sur son front une tignasse terrible, sur laquelle une calotte rouge était piquée, comme un point écarlate. Dans ce petit révolté de treize ans, il y avait du Benvenuto et du Michel-Ange. Il ne fallait pas laisser traîner à sa portée une toile blanche haute de deux mètres, sans quoi il y brossait immédiatement une fougueuse esquisse, où tout semblait fait de pierreries; et toute masse de terre à modeler était, par ses soins, changée en une figure héroïque et farouche. Ce qui ne l'empêchait pas de fouiller, lorsqu'il trou-

vait de la cire, des joyaux et des pommes de cravache.
Quant aux escaliers de la maison, Coup-de-Soleil
avait embelli toutes leurs murailles de caricatures
colossales, qu'il dessinait avec des morceaux de char-
bon, empruntés à la portière.

Le bonheur était là, dans cette pauvreté sévère et
calme que dorait le sourire d'une femme adorable ;
et il y fût resté toujours, si un matin d'octobre, Suzanne étant absente, et le jeune Coup-de-Soleil étant
sorti pour acheter des pommes de terre frites, Edmond Fransquin, après avoir reconnu le coup de
sonnette de son oncle Prudhomme, n'avait eu la mauvaise idée d'ouvrir tout de même sa porte. Il savait
que son oncle, comme tous les diseurs de lieux
communs, ne pouvait apporter que le désordre et le
malheur dans les endroits où l'on travaille ; cependant, obéissant au désir « d'être comme tout le
monde », et sans doute poussé par le démon de la
paresse, qui cherche toujours à nous faire perdre
cinq minutes, il introduisit chez lui cet homme inutile. L'oncle de Fransquin était le petit-fils de ce famé-
meux Joseph Prudhomme, élève de Brard et de
Saint-Omer, dont Henri Monnier a célébré la bêtise
emphatique ; mais gardez-vous de vous le représenter
avec l'habit noir, les lunettes et le faux-col géant du
maître d'écriture ! Gentleman correct jusqu'à la mi-
nutie, et même devenu gentilhomme en voyageant,
monsieur Gontran Prudhomme de Tively, coiffé d'un
petit chapeau très bas à bords larges, portait toute
sa barbe très courte sur les joues et taillée en pointe ;
il était vêtu d'un *complet* gris clair, et sa jaquette à
un seul rang de boutons était ornée d'une rosette de
mille couleurs, représentant tous les ordres et tous
les désordres des pays les plus excessifs. Des gants
jaune clair à broderie bleu foncé, des souliers vernis
claqués en peau jaune, des chaussettes en soie verte,

un pardessus droit, très court, et de couleur jaune ;
pour cache-nez un foulard noir attaché avec un bi-
jou, et comme canne, une branche de chêne-liège
avec un hanneton japonais en bronze, complétaient
la toilette irréprochable de monsieur de Tively. D'ailleurs, il fumait un cigare blond qui semblait être en
or, et disait les mêmes bêtises que son aïeul, mais
renouvelées, refondues et habillées, comme lui, à la
mode du jour.

— « Cher enfant, dit-il à Edmond Fransquin, je suis
enchanté de te trouver seul ; car j'ai à te parler d'une
chose qui me pèse sur le cœur. Tu sais que je comprends les entraînements et toutes les folies ; mais
mon indulgence s'arrête là où les folies cessent
d'être généreuses. J'admets qu'on puisse être toujours dupe ; mais dupeur, jamais. Eh bien ! per-
mets-moi d'aller droit au fait, dans ta liaison avec
mademoiselle Suzanne Esté, je vois que, sans y
songer, tu roules sur une pente égoïste.

— Comment cela ! dit Edmond stupéfait.

— Quand sa mère, qui était alors ta voisine, te
demanda pour elle quelques conseils, mademoiselle
Esté peignait des fleurs pour Tahan et des éventails
pour Duvelleroy. Elle avait un très grand talent.
Que devient-il dans la vie où tu l'as réduite, et ne
l'a-t-elle pas désormais perdu ? »

Fransquin voulu protester, expliquer à son oncle
qu'il laissait Suzanne parfaitement libre ; mais Prudhomme est logicien et ne se laisse pas facilement
désarmer.

— « Mon enfant, dit-il, le devoir est absolu. Quand
on prend une fille sage, on l'épouse.

— Mais, dit Fransquin, je ne demande pas mieux
que d'épouser Suzanne.

— Eh ! reprit avec animation monsieur Prudhomme, ne vois-tu pas que mademoiselle Esté,

2

orpheline, instruite, admirablement élevée, belle à
miracle, peut être appelée aux plus hautes fortunes,
et que faire d'elle la femme d'un artiste pauvre,
dont les tableaux ne se vendent pas, l'enterrer dans
le silence et dans l'oubli, c'est détruire une vie qui
peut être splendide; car Suzanne est faite pour trô-
ner dans un salon parisien, pour voir à ses pieds
tous les hommes illustres, et pour s'enivrer des plus
délicats hommages? »

Telle était la transition! Monsieur Prudhomme
expliqua avec beaucoup d'astuce que, ne pouvant
pas épouser Suzanne, Edmond devait la quitter,
pour elle-même et dans son intérêt bien entendu.
Fransquin comprenait parfaitement que les paroles
de son oncle n'avaient pas le sens commun, et que
ce qu'il lui proposait était odieux et criminel; mais,
tout en ayant horreur d'être convaincu, il se laissait
convaincre, pareil à la proie fascinée par une claire
prunelle, et pris de cette torpeur que de tout temps
créa autour d'elle la toute-puissante Niaiserie. L'oncle
plaidait bien. Il y avait, dit-il, des scènes ennuyeuses
à éviter, et peut-être faudrait-il dépenser quelques
billets de mille francs? Mais quoi! Edmond irait
pendant quelques jours à Bois-le-Roi, et, au retour,
il trouverait la place nette.

Pour arranger tout et fournir l'argent nécessaire,
lui, le généreux, l'honnête, le serviable Prudhomme,
n'était-il pas là! D'ailleurs, le devoir parlait; il fallait
protéger Suzanne, la sauver d'un avenir incertain,
la rendre à elle-même. Tout s'exécuta selon cet abominable programme. Fransquin alla faire des études
de paysage, et, en rentrant chez lui, il put tout à
son aise savourer la liberté, c'est à dire la navrante
solitude. Coup-de-Soleil était bien là, mais brouillé
avec son maître, et obstinément silencieux. Il ne dit
rien du départ de Suzanne; mais il était facile de

voir qu'il était blessé au cœur et ne pardonnerait
jamais.

Edmond sortit, marcha trois ou quatre heures
dans la ville, qui lui parut vide et voilée de deuil,
puis rentra, fit sa palette et voulut travailler à un
tableau commencé, quoique le jour baissât déjà et
commençât à devenir sombre. Mais tout à coup, au
lieu du moulage de la Vénus de Milo, qu'il avait
l'habitude de voir en face de lui, et debout sur le
même piédestal, ô affreux et cruel spectacle! il vit
un pompier nu, coiffé de son casque, chaussé du
cothurne tragique, et dont le sabre baïonnette pendait au milieu de sa poitrine, comme un glaive antique.

— « Coup-de-Soleil! dit le peintre, dont les cheveux se hérissaient d'effroi, qu'y a-t-il là?

— Parbleu! dit le rapin, il y a la Vénus de Milo,
puisque vous ne l'avez pas encore chassée. Elle n'a
pas changé! C'est une figure très connue.»

Mais alors le Pompier se mit à parler d'une voix
frémissante, câline, infiniment douce, entendue du
seul Fransquin.

— « Je suis le Pompier, dit-il, et je viens habiter
avec toi. Comme tu as eu l'âme d'un Prudhomme, à
l'avenir tu *feras pompier*, tous tes tableaux seront du
genre pompier, et je viens pour surveiller cela, moi,
le Pompier.

Fransquin, sans doute, fût devenu fou; mais peu
à peu les contours du Pompier s'étaient effacés dans
l'obscurité blanchissante, et l'Aphrodite victorieuse
avait repris sa place. D'ailleurs, une diversion inattendue calma le peintre et lui fit oublier ses terreurs.
Toute une famille de riches négociants, envoyés par
Prudhomme, vint commander une série de portraits,
qu'Edmond commença dès le lendemain. Au premier
coup de brosse qu'il donna, il vit avec épouvante

que lui, le grand oseur, le coloriste effréné, il peignait désormais dans la manière de Pierre Gras-
sou, en teintes plates cerclées d'un fil de fer. Quoi
qu'il fît, et malgré sa résistance obstinée, ses modèles lui apparaissaient dans leur expression la plus
commune, et d'ailleurs le Pompier, vaguement entrevu, venait lui-même arranger les toilettes des
femmes, pour les rendre quelconques et vulgaires.
Fransquin, pour oublier, se tua de travail et entassa
portraits sur portraits. Les négociants, accompagnés
de leurs femmes et de leurs filles, lui en avaient envoyé d'autres, et les têtes imbéciles se pressaient sur
les chevalets, plus nombreuses que les feuilles jau-
nies, roulées par le vent d'automne. Dès qu'il vit ces
« *hures* » de philistins, Coup-de-Soleil se hâta de laver ses brosses et de les envelopper dans un vieux
journal.

— « Ah! dit-il, patron, c'est comme ça que vous
peignez, à présent? Eh bien! alors, bonjour et adieu.
Dans ce sentiment-là, j'aime mieux Raphaël! »

Edmond voulut rappeler l'enfant, mais Coup-de-
Soleil s'en alla fièrement, et sans retourner la tête, en
sifflant un air de chasse. Depuis ce temps, il s'en
prenait aux murs extérieurs des maisons de la rue
des Beaux-Arts, les couvrant de caricatures bourgeoises, qu'il signait *Pinxit*, et dont Fransquin n'admirait pas sans remords l'allure sauvage et grandiose. Pour lui, dans les intervalles de ses séances,
il peignait des tableaux de genre, qui firent fanatisme dans la colonie américaine, et dont le Pompier
avait approuvé la composition et la couleur mo-
dérée. En effet, jamais plus de cadmium, de vert
Véronèse, de vermillon de Chine et de laque ga-
rance rose ne furent employés à produire des tons
d'un gris sale. L'argent affluait chez Fransquin; mais
lui, désespéré et couvert de honte, il maudissait et

exécrait la mauvaise peinture que l'implacable Pompier le forçait à faire. Un jour, dans un moment de lucidité, il comprit que l'artiste donne toujours dans ses travaux l'image réelle de son âme, et il résolut de tout racheter, de tout expier. Il épia, attendit Suzanne dans la rue, et l'aborda, le cœur gros de douleur et d'espérance.

— « Viens ! lui dit-il. Tout cela est un mauvais rêve. Pardonne-moi, reviens avec moi : soyons heureux !

— Non, lui répondit Suzanne, de sa belle voix harmonieuse, dont l'accent ferme et décisif eut alors la précision d'un coup de couteau. Non, dit-elle, je ne t'aime plus. »

Fransquin se sentit défaillir. Il fallut qu'un ami le retint dans ses bras et le ramenât chez lui. Mais en entrant dans l'atelier où grelottaient les portraits pâles et insipides, il s'aperçut que cet ami était le Pompier, qui aussitôt disparut, comme une ombre vaine. Il n'avait plus qu'à subir sa destinée. Il se résigna, comme on se résigne à une maladie chronique, et dès lors commença pour lui la carrière illustre dont les phases sont connues de tout le monde. Son *Xerxès faisant fouetter la mer*, exposé au Salon de 1865, lui valut une seconde médaille. L'année suivante, avec ses *Saintes Femmes au tombeau*, il obtint une première médaille et la croix de la Légion d'Honneur. Officier en 1869, et marié cette même année à la fille d'un riche teinturier, qui lui a donné quatre enfants aux cheveux de filasse ; commandeur en 1875, après avoir peint dans cet intervalle de temps tous les généraux, tous les magistrats et toutes les grandes dames des pays hétéroclites, Fransquin a en outre décoré des palais, des mairies et des chapelles. Il a mis en tableaux Hérodote, Homère, Dante, Virgile, Quinte-Curce, toute la Bible,

2.

et il a été nommé en 1877 membre de l'Institut.
Six mois après sa réception, comme il prononçait
en séance l'éloge de son prédécesseur, dans la salle
où tant de bustes collés au mur fixent sur le vide
leurs vagues prunelles, et où l'on voit sur les tables
plus de drap vert qu'il n'y a de verdure dans une
prairie du Lancashire, il pâlit en voyant en face de
lui le président de l'Académie, qui, subitement lui
parut être nu et coiffé d'un casque de pompier.
Même il s'évanouit tout à fait, et, envahi par un
froid glacial, tomba sur son siège, privé de sentiment. Mais bien loin que cet évanouissement lui fît
du tort, on l'attribua à l'émotion que Fransquin
avait dû éprouver dans une circonstance si importante de sa vie, et on admira que tant de modestie
pût être unie à un talent sûr de lui-même, et rigou-
reusement classique.

Le jeune maître mourut l'année suivante, et tout
récemment, sa statue, érigée sur une place publique
de Vérigny, sa ville natale, a été inaugurée dans une
cérémonie solennelle, où plusieurs discours ont été
prononcés, et où une ode en vers libres, écrite par
un poète vertueux, a été lue ensuite, au milieu d'un
profond recueillement. Mais, par les blanches nuits
de lune, les sages habitants de Vérigny qui, après
être allés faire leur wihst chez des voisins, rentrent
chez eux avec leur bonne portant le falot, voient un
pompier coiffé de son casque, et, bien que nu, enveloppé d'un manteau rose que le vent tourmente,
montant la garde, avec son sabre à la main, autour
de ce monument paisible. Après avoir en vain cherché
ce pompier parmi les artisans de la ville qui forment
le corps des sapeurs, le sous-préfet a adressé un
rapport au préfet du département de l'Abron ; mais
ç'a été peine perdue. Toujours l'impassible Pompier
se promène dans la nuit silencieuse, et toujours,

avec ses brosses de bronze, Fransquin prend de la couleur immobile sur sa palette en bronze, allégorie qui, à ce que dit l'ancien Coup-de-Soleil, devenu le grand artiste Henri Pierloz, explique naïvement l'incomparable sécheresse de sa peinture.

III

GEORGETTE ET ZOZO

Il se passe vraiment à Paris des choses bien extraordinaires, et qui ne sont pas toujours racontées dans les journaux. Il y avait une fois une petite fille de six ans, nommée Georgette, bien gentille, rose comme une pomme d'api, avec des cheveux bruns et de grands yeux couleur d'or, qui aurait pu être très heureuse, car elle était très sage; et elle avait un excellent père, dont elle était chérie. Mais, par malheur, elle avait aussi une méchante belle-mère, qui la tourmentait de toutes les façons. Voici comment cela s'était fait : Monsieur Pierre Savarre, serrurier d'art du plus grand mérite, avait gagné une grosse fortune en forgeant des balcons, des grilles et des chandeliers pour les châteaux.

C'était un ouvrier humble et fidèle, très savant dans son métier, et qui ne connaissait pas d'autres plaisirs que le travail. Lorsqu'il eut atteint l'âge de trente-six ans, il eut la douleur de perdre sa bonne et chère femme. Il travailla encore plus fort, se concentra dans l'amour de sa petite fille, et rien n'eût troublé sa vie à jamais triste et résignée, s'il n'avait eu pour parent un éditeur de musique, farci de nocturnes et de balancelles pour piano, qui, sans cesse lui reprochait de ne pas être *idéal*. Le fait est que

Pierre Savarre était simplement un beau garçon à barbe noire, énergique et robuste, infiniment bon, et qui aurait mieux aimé ne jamais trouver midi que de le chercher à quatorze heures. A force d'enfiler des mots, l'éditeur Tancrède Papy lui persuada que, ne pouvant se changer lui-même, il devait du moins se remarier avec une femme *idéale*, et la chose se fit, comme le désirait ce négociant en mélodies.

Pierre épousa mademoiselle Alida Bérion, plus âgée que lui, mais absolument poétique, mince comme un bambou, coiffée en saule, membre de la Société des Gens de Lettres, musicienne, auteur d'un volume de vers intitulé : *Plumes et Fleurs,* et qui ne mangeait jamais, sous aucun prétexte. Il est vrai que, dans la journée, elle allait chez le pâtissier Guerre, et engouffrait des gâteaux, des pâtés de crevettes et des sandwichs, à se faire éclater le ventre ; après quoi elle lampait de grands verres de Porto et de Xérès. Mais Pierre Savarre n'en savait rien, et s'il ne pouvait aimer beaucoup sa nouvelle femme, du moins il la trouvait extrêmement distinguée, car en parlant, elle faisait toutes les liaisons comme un acteur, et officiellement, c'est tout au plus si elle mangeait tous les huit jours un œuf à la coque, très peu cuit. Encore en laissait-elle ordinairement la moitié, comme lasse d'avoir accompli une tâche si douloureuse et grossière. Madame Alida Savarre détestait tout ce qui avait été dans la maison avant elle, notamment la cuisinière Manon, bonne fille qui faisait des coulis délicieux et des ragoûts à s'en lécher les doigts, et même la petite Georgette. Elle ne cessait de dire à son mari, en faisant une moue d'archiduchesse : « Vous avez une fille bien matérielle ! » parce que Georgette jouait de bon cœur et mangeait de bon appétit. Pour plaire à son père, la pauvre petite se fût décidée à lui dire : « Maman ! »

mais lorsqu'elle l'essaya, sentant son cœur bien
gros et ayant des larmes dans les yeux, la mince
Alida lui dit d'un ton mélodramatique, et en roulant
des yeux blancs : « Non appelle-moi : ma mère ! »

Un jour, en époussetant une étagère chargée de
faïences, Manon eut la mauvaise chance de casser
un plat de vieux Rouen, et alors elle se mit à san-
gloter de toutes ses forces, criant que la méchante
Alida allait la chasser. Mais Georgette eut pitié d'elle,
et s'accusa de cette maladresse. Sa belle-mère comprit bien que Georgette était trop petite pour atteindre à l'étagère, et, par conséquent, n'avait pas pu
faire tomber la vaisselle ; mais elle feignit de la croire,
pour la faire punir et l'empêcher de dîner à table.

En effet, monsieur Savarre circonvenu, et bien
désolé qu'on le forçât à être sévère, consentit à ce
qu'on lui demandait, « dans l'intérêt de l'enfant » :
la pauvre petite fut mise en pénitence, sans sa poupée ! dans la chambre bleue, où on lui laissa pour
dîner un morceau de pain noir avec un grand verre
d'eau claire. Certes, c'est là un festin assez misérable ;
mais Georgette n'eut pas de chagrin, parce qu'elle
avait agi pour le mieux. Toute gaie et souriante,
elle voulut se mettre au travail, et elle ouvrit son
panier à ouvrage, pour y prendre son feston, mais
aussitôt il en sortit une petite fée, pas plus haute
qu'une plume. C'était la fée Mignonne, qui tenait à
la main la poupée Zozo, devenue toute petite. Après
avoir posé ses pieds sur le guéridon, elle sauta à
terre, et aussitôt se mit à grandir, en même temps
que Zozo reprenait sa taille naturelle. Bientôt, elle
eut l'air d'une belle grande demoiselle de treize ans.
— « Georgette, dit-elle, tu as été généreuse ; c'est
pourquoi je te rapporte ta poupée. Je suis la fée
Mignonne, et je m'intéresse aux bonnes petites filles. »
Georgette la regarda avec admiration. Mignonne

était vêtue en fée, bien entendu, parce qu'il faut
garder son rang; mais, en même temps, elle avait
des habits très à la mode, pour ne pas faire peur.

Elle était coiffée d'un chapeau Rubens fait avec
des pétales de fleurs, et sur lequel était posé un
oiseau de paradis en pierreries, mais parfaitement
vivant. Ses cheveux rouges, soyeux et lisses, aux
reflets d'or, cachaient son front. Son habit en satin
blanc, brodé d'argent et de jais blanc, s'attachait
au cou par un seul bouton, et s'ouvrait ensuite, pour
se terminer par des pans longs et pointus, laissant
voir un corsage en satin rose de Chine, décolleté en
carré, brodé de fleurs naturelles, et chacun de ses
jeunes seins naissants était pris dans une conque de
nacre. Posée sur une robe de dessous en satin rose, sa
robe en gaze d'argent rayée d'or, drapée autour des
hanches, la prenait au bas-ventre, et tombait avec
grâce sur ses bottes en galuchat, dont les talons
étaient de diamant.

Son manteau en toile d'araignée couleur de rose,
était délicatement brodé avec des ailes de papillons,
et elle tenait à la main sa baguette, faite d'un seul
diamant. — « Georgette, dit la fée Mignonne, qui
était belle comme le jour, sois tranquille, tu auras
un dîner qui sera aussi bon que celui de tes parents.
Et encore, avant de te mettre à table, tu feras un
tour au Bois avec Zozo! » — En parlant ainsi,
elle tira de ses poches deux petites boîtes en bois
blanc, qui, une fois qu'elle les eut posées à terre,
devinrent aussi grandes que des boîtes à joujoux.
De l'une d'elles, la Fée tira un fourneau et une rô-
tissoire, qu'elle mit dans la cheminée, une table
avec deux couverts, et beaucoup de petits cuisiniers
et de petites servantes, ailées comme des libellules.
Tout ce petit monde-là devint vivant, le fourneau
s'alluma tout seul, et les petits cuisiniers se mirent

à la broche, aux casseroles, aux fritures et aux entremets, tandis que les petites servantes aux ailes bleues préparaient les desserts, les corbeilles de petites fleurs grosses comme des têtes d'épingles, ainsi que les sucreries, les nougats et les pièces montées, dont la plus grande était grosse comme une noisette, avec des arcades en sucre d'orge rose et des cascades en sucre filé.

De l'autre boîte, la fée Mignonne tira une petite calèche attelée de deux chevaux pie, assez grande pour tenir Georgette et Zozo, puis le cocher et les valets de pied. Après quoi, elle toucha de sa baguette la petite fille et la poupée, qui aussitôt se trouvèrent vêtues de robes de satin et de belles pelisses en velours garnies de loutre, comme des dames qui vont se promener. Puis elle tira de la boîte des arbres, un joli petit lac et des allées de fleurs. Disposé contre un des murs de la chambre, tout cela devint vivant. Les chevaux piaffèrent, les feuilles des arbres s'agitèrent dans la brise, et les fleurs, grandes comme des yeux de puce, se mirent à sentir très bon. Rien n'était charmant comme ces allées de fleurs vivantes au milieu d'un salon, pareilles à celles qu'on voyait chez la princesse Mathilde, lorsqu'elle habitait son hôtel de la rue de Courcelles. La fée Mignonne tira encore de la boîte de petits cavaliers, et, après avoir fait monter Georgette et Zozo dans la voiture, elle leur dit : « Amusez-vous bien. » « Alors, elle sauta sur le guéridon, redevint toute petite, et rentra dans le panier à ouvrage, dont le couvercle retomba tout seul. La petite fille et la poupée firent leur tour au Bois, riant de bon cœur, enchantées d'être belles, et saluées à tout moment par de petits messieurs qui passaient à cheval, habillés en collégiens et en militaires. Puis elles rentrèrent, et une petite servante libellule vint leur annoncer que Mademoiselle était servi. Oh! le délicieux dîner que firent Georgette et Zozo! Les petits cuisiniers s'étaient surpassés. Il y avait une soupe à la reine bien sucrée, des côtelettes de pattes d'écrevisses, un beau poulet rôti gros comme la moitié d'un moineau, de petites asperges grandes comme des épingles; puis une petite glace à vingt-deux couleurs, et des nougats, des crèmes, des petits fours et des bonbons. Tout cela servi dans de petites assiettes du Japon, peintes de fleurs extraordinaires.

Et comme le service se faisait bien, et lestement et sans bruit! Lorsqu'il fallait apporter un plat ou changer les assiettes et les couverts, les petites servantes volaient sur la table, et arrangeaient tout dans la perfection. Georgette et Zozo s'amusaient beaucoup; mais enfin la petite fille, qui était très sage, comme je l'ai dit, rappela à sa poupée qu'il ne faut pas perdre de vue le travail, et elle lui fit réciter sa fable, qui était *Le Loup et l'Agneau*. Zozo se la rappela très bien; d'ailleurs, elle n'avait pas de peine du tout à apprendre les fables de La Fontaine, car ce grand poète est intelligible pour les poupées aussi bien que pour les animaux, et il n'y a que les imbéciles qui ne le comprennent pas. Après cela, les deux petites eurent une jolie surprise. De petits musiciens, à l'aide d'une échelle, sortirent tout seuls de la boîte, et avec leurs petits violons, leurs petits trombones, leurs petits violoncelles, leurs petits hautbois, qui n'étaient pas plus grands que des aiguilles à coudre, jouèrent une des plus charmantes valses de Métra, si bien que Georgette et Zozo se mirent à faire un bon tour de valse, tournant, tournant toujours, et riant comme des folles, jusqu'à ce qu'enfin elles tombassent sur un fauteuil, tout essoufflées, et rouges comme des roses rouges qu'embrase un rayon de soleil. C'est à ce moment-là que la méchante femme de lettres ouvrit tout à coup la

3

porte, et en voyant ce spectacle, devint pâle de colère. Elle se pendit à une sonnette, et quand la
femme de chambre arriva, sans lui laisser le temps
d'entrer, elle lui cria d'un ton furieux : — « Allez
dire à monsieur qu'il vienne tout de suite, pour voir
comment sa fille est en pénitence ! »

Mais le bon Savarre ne se pressa pas, et un grand
moment s'écoula, car le pauvre homme ne se souciait guère sans doute de prendre en faute sa petite
Georgette. Il s'était bien ennuyé loin d'elle pendant
le dîner, et en voyant la poétique Alida savourer
une gorgée d'eau pure avec des mines extasiées, il ne
pouvait s'empêcher de songer au temps où sa première femme, si affable et douce, et sa chère petite
mangeaient, comme lui, de bon appétit, et ne crai-
gnaient pas de tremper leurs lèvres roses dans le
bon vin mêlé d'eau, qui donne la force et la joie. En
ce temps-là, on n'avait jamais l'idée de punir Georgette. C'était Manon qui servait, tout bonnement ;
c'était lui, Savarre, qui découpait les viandes, et
chacun mangeait tout son saoul.

Maintenant, dans la salle à manger ornée, par les
soins d'Alida, d'objets d'art éclatants et sinistres, le
service était fait par de grands escogriffes en habit
noir et en cravate blanche, ayant tous l'air de notaires irrités qui, à chaque bouchée que mangeait
Savarre, lui changeaient son couteau et sa fourchette, et le rendaient fou par ce tumulte effréné et
silencieux. Mais ce qu'il y avait de pis, c'est que sur
leurs grands diables de plats d'argent, nus comme
des alexandrins classiques, ils servaient les mets
découpés en languettes si fines, qu'après en avoir
dévoré un certain nombre, le serrurier crevait de
faim, bien plus qu'auparavant. Le valet de chambre
lui présentait bien le plat une seconde fois, mais
avec une restriction superbe, et si monsieur Savarre

reprenait une languette, il manifestait son mécon-
tentement par une mimique très expressive, tandis
que, les yeux au plafond, la femme idéale soupirait
avec l'expression d'un dégoût hautain et suprême :
« Alors vous en reprenez ! » si bien que le malheureux sortait de table affamé, et en même temps
altéré comme le sable du désert, car le valet lui proposait tant de vins étiquetés, en articulant d'une
voix sèche les dates des crûs et les noms des propriétaires, que Savarre, vaincu par ce débordement
de statistique, n'osait pas répondre : « Donnez-moi
du vin qui soit du vin ! »

Aujourd'hui, quand Georgette, devenue une grande
demoiselle, est assise à table avec son père, tous les
deux, affectueux et gais, mangent à leur faim et boivent le bon vin parfumé de leur vignoble de Sancerre,
car la mince Alida a été, de très bonne heure, en-
levée à l'admiration des pianistes. Elle est morte de
chagrin, pour avoir perdu un procès en contrefaçon,
qu'elle avait intenté à sa rivale Raphaëlle Nugues.
En effet, cette poétesse indélicate avait effrontément
publié à la librairie Dentu un recueil de poésies ex-
tra-intimes, dont le titre ; *Fleurs et Plumes*, répétait
avec un évident cynisme celui de : *Plumes et Fleurs*,
adopté jadis par Alida Bérion. Toutefois, le tribunal
n'en a pas jugé ainsi, et l'auteur du premier recueil
en date n'a pas survécu longtemps à ce qui lui parut
être un déni de justice. Mais je retourne au moment
où cette personne lyrique avait mandé son mari,
pour le rendre témoin de la fête scandaleuse donnée
par Georgette à sa poupée Zozo. Comme Savarre ne
s'était pas pressé, il n'arriva pas si tôt que la fée
Mignonne n'eût eu le temps de reparaître et de
rendre à chacun des personnages son rôle véritable,
en étendant sa baguette de diamant.

Assise bien sagement devant un guéridon avec sa

poupée, Georgette mangeait son pain noir et buvait son eau claire, et Zozo aussi grignotait un petit morceau de pain noir, en ouvrant démesurément ses yeux célestes. Au contraire, installée dans une large chaire, devant une lourde table en poirier massif occupée presque tout entière par un jambon colossal, à la chair rouge et rose, à la graisse succulente, doré de chapelure et portant fichée dans sa graisse toute une forêt de thym, Alida engloutissait d'énormes tranches de jambon, et des saucisses, et des andouilles fumées de Vire, et des tripes fumantes, qu'elle prenait avec ses mains dans le plat, et dont elle se bourrait, comme Gargamelle. Entre temps, soulevant de sa main maigre, mais robuste, une dame-jeanne, clissée comme celle de Sganarelle et qui tenait huit litres de vin d'Anjou, elle vidait, emplissait et vidait tour à tour un verre géant, sur lequel était gravé un satyre enlevant une nymphe dans ses bras, et buvait en poussant des cris de joie. Puis, d'une voix formidable, elle entonna *la mère Godichon*, et, dans son audacieux délire, échevelée et pantelante, se mit à exécuter une danse où se mêlaient la cordace, la bamboula et la danse des Lapithes!

Éperdu, le père courut à sa petite Georgette, l'enleva dans ses bras et la couvrit de baisers. Puis, se tournant vers la femme idéale :

— « Ah! madame, dit-il, j'apprends enfin à vous connaître. A l'avenir, vous irez vous-même en pénitence, autant qu'il vous plaira; mais quant à Georgette, sage ou non, elle dînera tous les jours à table!»

Et comme Alida, humiliée et furieuse, voulait protester, il ajouta, d'une voix douce encore, mais tout à fait résolue et ferme :

— « La poupée aussi. »

IV

LES MUSICIENS

Vers la fin du second empire, arriva à Paris un jeune homme de dix-sept ans, nommé Césaire. C'était un enfant trouvé qui, abandonné sans doute à sa naissance dans le village de Charavine, un des plus pauvres de l'Isère, par quelque ouvrière d'une des papeteries ou des toileries de Voiron, avait été recueilli et élevé chez des paysans, par les soins du curé Yvelin. Ce brave homme, savant prodigieux et complètement ignoré, avait pu enseigner à son élève toutes les sciences, et notamment la musique et la poésie, car — on peut juger par là de sa naïveté divine! — il ne soupçonnait pas que ce fussent aujourd'hui deux choses séparées, et il les mêlait dans son inspiration, comme aux premièrs âges du monde.

Quand le curé mourut, Césaire, nommé ainsi parce qu'il avait été trouvé vagissant le 27 août, recueillit l'héritage de son protecteur, montant à une somme de deux cents francs, et partit à pied pour Paris. Tanné, robuste, coiffé en broussaille, regardant devant lui avec des yeux de lion, bien conseillé par la nature abrupte d'un pays de sable où le déluge a laissé ses cailloux et ses coquillages; bercé par les plaintes du lac Paladru, où la nuit on entend gémir la ville submergée, Césaire, qui lisait le grec et

3.

l'hébreu comme le français, et qui n'avait connu
que les livres, le curé Yvelin et les paysans, n'avait
pas encore entendu une bêtise depuis qu'il était au
monde, et son génie s'était développé comme une
fleur magnifique et sauvage.

Quelques jours après son arrivée, dans le petit
restaurant du quartier latin où il mangeait, il fit par
hasard la connaissance de l'organiste de Saint-
Séverin, nommé Evan, qui avait, comme lui, une
érudition profonde, et ces deux grands musiciens
inconnus ne tardèrent pas à se lier d'une étroite
amitié. Accompagnant Evan à l'orgue où souvent il
le remplaçait, et, grâce à lui, ayant trouvé quelques
pauvres leçons, Césaire composait pour l'église et
pour ses élèves des chefs-d'œuvre dont il ne pensait
nullement à tirer une renommée ou un lucre quelconques, non plus qu'un arbre géant ne pense à
vendre ou à exploiter ses rameaux, qui poussent
librement sous le ciel.

A ce compte, il ne mangeait guère; mais, tout
enfant, il avait connu les privations, qui n'étaient
rien pour lui, et pouvant acheter la musique de
Bach, de Beethoven et de Mozart, chez les bouqui-
nistes du quai où on la vend au poids, ayant même
pu acquérir un Homère, un Pindare, un Shakespeare dans l'édition à trente sous, quelques poètes
latins et des volumes dépareillés de Hugo, il se trouvait parfaitement heureux. Evan habitant avec sa
mère vieille et infirme, dont il devait respecter le
sommeil, les deux amis se réunissaient le soir,
quand ils pouvaient acheter de l'huile pour la lampe,
dans le galetas que Césaire habitait rue Serpente,
et qu'il avait meublé d'un lit de sangle, d'une table
de bois blanc, d'une ancienne épinette d'Erard
achetée sept francs, mais qu'il avait habilement rac-
commodée, et de deux tabourets de paille.

Là, ils faisaient une musique dont la suavité eût ravi les anges, et Césaire récitait, ou le plus souvent chantait ses poèmes intenses, profondément sincères, brûlés d'amour, frémissants d'une immense pitié, qui semblaient planer sur nos misères, comme des vols d'aigles éperdus. Parfois, le vieux Joam venait écouter les deux musiciens, et, pour leur laisser les tabourets, demeurait debout. Tout Paris connaît ce mathématicien illustre, qui, pour vivre, n'a que ses appointements de l'Institut, et dont l'effrayante science épouvante les gouvernements, qui se vengent de lui en l'écartant des positions officielles, ce dont il ne s'aperçoit même pas, car il vit à ces hauteurs vertigineuses où l'idée entraîne ses adeptes en plein absolu, et leur donne alors des jouissances ignorées. La musique n'avait pas de secrets pour ce savant, qui, au bout des calculs humains, avait trouvé l'âme évidente et visible, et pour qui l'accident essentiellement transitoire appelé « matière » n'était qu'une façon d'être du rapide mouvement imposé au fluide universel.

Le malheur voulut qu'Evan et Césaire tombèrent malades à quelques jours de distance, et comme ils ne pouvaient se suppléer l'un l'autre, ce fut pour eux non-seulement la gêne, mais la faim, la misère sans ressource. Evan se rétablit le premier; mais il ne pouvait sortir encore, ses élèves venaient à grand'peine chez lui, et d'ailleurs l'arriéré le dévorait. Il se devait avant tout à sa vieille mère, et il se trouva tout à fait incapable de venir en aide à son compagnon. Alors il se décida à écrire à leur unique ami, monsieur Joam. L'excellent vieillard accourut chez Césaire, qu'il trouva exténué, faute de tout, de couvertures, de médicaments, et surtout de nourriture, et qui, secouru tout juste assez pour ne pas mourir, par des voisins aussi pauvres que lui, n'avait

même pas pu demander les conseils d'un médecin.
Il lui laissa fraternellement tout ce qu'il possédait,
c'est-à-dire très peu de chose ; puis, résolu à ne pas
abandonner ainsi un incomparable chanteur, il s'en
alla tout droit chez le ministre, qui le recevait avec
terreur, mais enfin n'eût pas osé l'éconduire. Il faut
même reconnaître que monsieur Joam ne fit pas
antichambre, tant il était difficile de nier ses glorieux
travaux, et que l'Excellence l'écouta avec la plus
bienveillante attention. Homme du monde, affable,
mélodieux, rasé comme un acteur et couronné de
clairs cheveux d'une blancheur auguste, monsieur
de Serverette rappelait ces portraits anglais gravés
à la manière noire, où les chairs semblent lustrées
comme une étoffe, et où les étoffes sont satinées
comme une chair vivante. Il était doux, hautain,
poli, caressant, mesuré, délicieux.

— « Comment donc ! dit-il à Joam, un poète qui
meurt de faim ! C'est on ne peut plus intéressant.
Croyez, mon cher savant, que nous ne voulons pas
de cela. Un poète de mérite ! dites-vous. Voilà qui
est incroyable. Certes, il ne sera pas dit que, pendant le gouvernement du cabinet auquel j'ai l'honneur d'appartenir, un poète sera mort de faim, et
nous y mettrons bon ordre. Êtes-vous comme moi ?
J'ai horreur des atermoiements, des paperasseries
et de la lenteur des bureaux. Pour éviter tout cela,
je vais prendre la note moi-même, et voyez ! je tiens
la plume. Dites-moi seulement le nom, l'âge et la
demeure de votre poète. Pourtant, procédons par
ordre. Avant tout, à quelles dates a-t-il été couronné
par l'Académie ?

— Mais, dit Joam, il ne l'a pas été. »

En entendant ces mots, le ministre fut pris d'un
rire fou, exalté, exaspéré. Il se tordait sur son fauteuil, devenait violet, mordait sa cravate, étouffait,

puis recommençait à rire de plus belle, comme Augustine Brohan, quand elle jouait Nicole dans *Le Bourgeois gentilhomme.* — « Ah! ah! ah! mon cher savant, dit-il en hurlant de rire, nous sommes habitués — ah! ah! ah! — à vos — ah! ah! ah! — paradoxes; mais celui-ci — ah! ah! ah! — un poète pas couronné, dépasse un peu — ah! ah ah! — les bornes! — Ah! ah! ah! Ferrer! cria-t-il en appelant son secrétaire sans cesser de rire, — ah! ah! ah! — Ferrer! écoutez donc cela! ah! ah! ah! — monsieur Joam — ah! ah! ah! — me parle d'un poète de talent, — ah! ah! ah! — qui n'aurait pas été — ah! ah! ah! — couronné par l'Académie! »

Perdant le respect, le secrétaire se mit à rire si fort qu'il tomba par terre, en proie à des convulsions. Son maître avait bien ri, sans doute; mais lui, il riait encore mieux, et sa mâchoire désarticulée n'avait plus forme humaine. Monsieur Joam s'enfuit, et, désespéré, se rappela qu'il connaissait un membre influent du comité de la Société des Gens de Lettres, le très aimable et très parisien Alfred Sargnon. Il courut chez lui, et lui expliqua éloquemment le malheur et la pauvreté de Césaire.

— « Cher maître, dit Alfred Sargnon, il ne sera pas dit que vous aurez en vain exprimé un désir. Votre protégé n'est pas membre de la Société? Eh bien! nous le ferons recevoir. Qu'il écrive sa demande; nous l'apostillons, Décorat et moi; je fais brocher le rapport, et comme il y a séance, aujourd'hui même nous le recevons, et nous lui faisons accorder un secours de trois cents francs; vous voyez qu'on ne peut pas aller plus vite! Mais, dites-moi, a-t-il beaucoup de *reproductions*? A-t-il soin d'envoyer des *textes* aux journaux de province qui ont des traités avec nous? Combien publie-t-il de romans par mois, quand il n'est pas malade?

— Mais, dit monsieur Joam, il ne fait pas de romans. »

Le membre du Comité sembla stupéfait, et madame Zoé Sargnon laissa tomber son éventail.

— « Pas de romans ! fit-elle avec un joli air mutin ; eh bien ; alors, qu'est-ce qu'il fait ? Des lèchefrites ?

— Ah ! s'écria le journaliste Marriot, qui se trouvait là ; voilà un vrai mot ! Il y est. Des lèchefrites ? Madame Sargnon, me le donnez-vous pour mes *Échos* ?

— Mon cher, dit la belle Zoé, je le veux bien ; mais, sans reproche, c'est le troisième depuis quinze jours ! Au moins, apportez-moi une loge pour le Gymnase. »

Monsieur Joam prit le parti de finir par où il aurait dû commencer. Il se décida à retourner chez lui prendre sa montre, pour la vendre au premier bijoutier venu. Auparavant, il voulut passer chez Césaire, pour voir comment il se trouvait. Mais en arrivant dans la rue Serpente, il la vit pleine de monde, encombrée par une foule compacte, qui sans cesse allait, venait, se renouvelait, paraissait livrée à une joie délirante ; et c'est à grand'peine que le savant put arriver jusqu'à la pauvre maison de Césaire. Voici ce qui s'était passé. Des musiciens, des chanteurs étaient venus dans la cour de cette maison, et le portier avait même voulu les chasser. Mais leurs chants avaient attiré des auditeurs si nombreux, tous charmés, extasiés, gens du peuple et gens du monde, applaudissant, pleurant, jetant des sous, des pièces d'argent et d'or, vidant leurs bourses dans un chapeau qu'on avait posé à terre, et où des femmes élégantes jetaient aussi leurs joyaux ; l'enthousiasme était tel, qu'il eût été impossible de déranger cette foule ardente et pressée pour se frayer un passage. D'ailleurs les sergents de ville, accourus

du poste voisin, semblaient aussi enchantés pour le
moins que les ouvriers, les étudiants, les flâneurs,
les professeurs et les riches messieurs qui avaient
fait arrêter leurs voitures pour entrer dans la maison
de la rue Serpente. Et ces sergents, comme les autres passants, avaient mis leur offrande dans le chapeau, qu'allait déborder bientôt le tas d'argent et
d'or.

Les musiciens étaient trois, deux hommes et une
femme. Le plus jeune des hommes portait un long
manteau asiatique, de couleur brune, brodé de fleurs
et d'animaux en couleurs naturelles. Sa très longue
chevelure blonde tombait sur ses épaules; son beau
visage était orné d'une barbe légère, et il avait cet
œil clair et bleu, infiniment calme en son acuité,
que nous avons vu aux dompteurs de lions. Il jouait
d'un instrument très ancien, autrefois appelé *lyre
de bras*, qui avait cinq cordes sur la touche et deux
en dehors du manche, et qui se jouait comme le
pardessus de viole. Serrée dans une robe étroite, sur
laquelle tombait aussi un long manteau, la femme,
aux cheveux noirs, dont le visage était céleste, jouait
d'une petite harpe, qu'elle pouvait tenir appuyée sur
sa poitrine. Vieux déjà, le troisième musicien, au
crâne hardiment bosselé, avait une épaisse chevelure inculte qui frémissait au vent, comme un bouquet d'arbres sur une roche. Sa face effrénée, bestiale, et comme ivre de joie, s'éclairait par larges
plans. Il était vêtu d'une peau de bête aux longs
poils soyeux, et portait, pendue à sa ceinture, une
flûte très longue, faite de roseaux d'inégales longueurs assemblés avec de la cire.

Le plus jeune des musiciens joua et chanta le premier. Tout de suite des passants accoururent, une
foule se forma, et, aux premiers accords qu'il tira de
sa lyre, resta immobile et pensive. Puis d'autres pas-

sants vinrent, d'autres, d'autres encore, et bientôt
la cour fut si pleine qu'on pouvait à peine s'y mouvoir. Le musicien chanta une ode dans laquelle
étaient exprimés les douleurs de l'éternel exil, les
affres de l'absence, les sanglots des époux séparés
par l'inflexible mort, et la tremblante fiancée qui se
dérobe à nos embrassements, et s'évanouit dans
l'éther, comme une ombre vaine. Il dit la souffrance
des êtres et des choses, l'animal cruellement opprimé,
l'arbre qui se lamente, la pensée captive dans les
pierres, et l'homme en proie à la dure misère, le
travailleur haletant, la femme courbée sous le fardeau, le pâle enfant suçant une mamelle tarie, tandis que le rude hiver jette son manteau sur le bord
des fleuves et qu'on voit tressaillir dans l'azur les
frissonnantes étoiles. Comme on l'écoutait avec ravissement, un grand mouvement se fit dans la rue.
Un chien géant, qu'un boucher avait par maladresse
blessé de son couteau, et qui s'était élancé furieux,
renversant et mordant tout sur son passage, et en
même temps, un cheval échappé d'un chariot portant de grosses pierres de taille, et dont les traits
s'étaient rompus, se ruèrent à la fois dans la cour,
où l'effroi leur fit bien vite une large place. Mais en
entendant le chanteur, ces deux bêtes se calmèrent
immédiatement, et dociles, apaisées, muettes, tour-
nèrent vers lui des yeux pleins de douceur.

Puis, ce fut le tour de la musicienne. Elle fit réson-
ner sa harpe, et aussitôt tous les passants assemblés
là se rappelèrent qu'ils avaient une âme. En effet,
la jeune femme célébrait le Chant lui-même et la
gloire de la Musique; mais aussi le triomphe de
l'Ame délivrée, purifiée de la boue et des souillures
de la terre, et matière subtile ayant gardé sa forme
humaine, mais libre, affranchie, voyant et comprenant tout ce que lui avaient caché les voiles, s'élan-

çant dans le mouvement rhythmique de l'immense éther, et se mêlant éperdue à la lumière agissante et vivante. L'esprit des auditeurs succombait sous cette éblouissante vision d'astres et d'azur ; mais aussitôt la flûte du bon vieillard vêtu d'une peau de bête découpa ses arabesques sur le noir silence. Puis il chanta, lui aussi, et consola tous les misérables, qui toujours rêvent d'aller à la campagne, et n'y vont jamais. En l'écoutant, chacun d'eux croyait voir les horizons, entendre les bruissements et les murmures, et aspirer la brise de son propre pays, car dans le chant de ce pâtre au front rugueux, la noire nuit et le matin pourpré, les forêts pleines de bêtes et d'oiseaux, les vendangeurs et les moissonneurs, les prairies où les bergers chantent en gardant leurs troupeaux, la vie des arbres qui respirent et sous terre boivent la vie par les racines, le combat meurtrier, le triomphe, le déchaînement de la sève et des fleurs, déroulaient leurs prodigieux spectacles, et montraient l'universelle nature unie à l'être, dans les toujours renaissantes délices d'un immense baiser. Puis enfin, les chanteurs unirent leurs trois voix, et ce fut alors l'alliance de l'âme et de l'amour, de l'action et du rêve, de l'esprit vainqueur embrassant le désir accompli, et tous les auditeurs, agités et remués comme des flots, croyaient sentir leurs prunelles emplies de ciel.

J'ai dit qu'un trésor s'était amassé dans le chapeau posé à terre. Le plus vieux des musiciens prit ce chapeau et le mit dans les mains de monsieur Joam, en lui montrant du doigt la fenêtre du galetas où Césaire mourait, faute de pain. Il disparut ensuite avec ses deux compagnons, sans qu'on pût savoir comment ils s'étaient perdus dans la foule, qui, toute vibrante encore, se dissipa lentement, emplissant la petite rue Serpente d'une animation que, passé

ce jour-là, elle ne devait plus connaître. Le mathématicien gravit en hâte l'escalier, et lorsqu'il entra
dans la chambre du malade, il trouva près de lui un
médecin qu'il connaissait, le docteur Saumade. Ce
jeune savant, attiré dans la cour par la musique,
avait appris l'histoire du pauvre poète, et venait lui
offrir ses soins. — « Mon enfant, lui dit-il, vous aviez
deux maladies. L'une était la misère, et la voilà guérie par ce secours merveilleux ; l'autre, c'est l'anémie
parisienne. Dans quelques jours, lorsque la bonne
nourriture et le vin vieux vous auront rendu des
forces, partez pour un voyage à pied. Marchez devant
vous. Allez retrouver l'action, la fatigue, le grand
air dont vos poumons ont besoin, et bientôt vous
serez en état de composer de nouvelles chansons. »

Césaire obéit exactement. Au bout d'une semaine
il partait, et son ami Evan, convalescent à peine,
voulait l'accompagner aussi loin que possible. Après
avoir marché toute une journée, ils arrivèrent au
petit village d'Esbly, qui venait d'être détruit par un
incendie. Les maisons calcinées et noires n'étaient
plus qu'un tas de décombres ; les bestiaux fous couraient à l'aventure, et les habitants, sans asile, se
désolaient, sinistrement assis sur des pierres. Césaire distribua entre eux jusqu'à la dernière pièce
du trésor que les musiciens lui avaient envoyé par
monsieur Joam. Et comme Evan lui demandait quel
serait son recours, et qui lui fournirait les moyens
de continuer son voyage :

— Dieu, dit-il.

V

SÉANCE DE PORTRAIT

Le bal de l'Opéra hurlait, écumait, flamboyait, et mêlée affreuse de soies, de satins, de couleurs, de métaux, de clinquant, de perruques, de chevelures, d'écharpes envolées, de visages rougis par la fièvre de l'ennui et du plaisir, tourbillonnait sous les flammes effarées des lustres entourés d'un nuage de blanche poussière ; et là, tout haletait, vivait et se démenait avec la femme, par la femme et pour la femme.

Boutonné comme un huissier, pâle comme un spectre, grêlé comme une écumoire, sublime comme le tranquille dieu de ces folies furieuses, Musard, immobile, les menait de son petit bâton noir bien poli, et, comme Neptune les flots, exaspérait l'épouvantable océan de sa musique enragée. Au milieu de cette démence irritée, on voyait presque uniquement le grand Chicard, dansant son cavalier seul, coiffé du casque à plumet de Marty dans *Le Solitaire*, pour railler en une fois la tragédie et le mélodrame sentimental, et portant la longue veste à fleurs de Marivaux, pour en finir tout de suite avec les marivaudages de l'amour. Le *Çovage sivilizé* lui faisait vis-à-vis, et après lui allait entamer son monologue mimé, lorsque, tout à coup, se trouvant malade, il dut se retirer du quadrille. Mais il fut remplacé à l'instant même par un Diable, qui sortait on ne sait d'où, et qui, succédant à Chicard, de son vrai nom Alexandre Lévêque, effaça tout de suite son succès, comme lorsque la lune paraît et efface une pâle étoile. En effet, la danse de ce nouveau protagoniste était bien autrement bizarre que la sienne !

Comme Chicard lui-même, il prenait des élans effrayants, et ébauchait un geste d'une grandeur épique ; mais, tout à coup, l'élan et le geste s'arrêtaient net, sans qu'il fût possible de saisir la transition, et le chorégraphe redevenait calme, comme Talleyrand attendant une semonce de Napoléon. Bref, l'extraordinaire attrait de sa danse consistait surtout dans ce qu'il ne faisait pas, comme la beauté d'un poème classique se manifeste surtout par l'absence des rimes. Lorsque le grand galop se déchaîna, on y vit ce Diable, portant dans ses bras une femme évanouie, vêtue de blanc et échevelée. Où l'avait-il prise ! C'est ce qu'on n'a pas pu savoir, et d'ailleurs il allait étonner les Parisiens, qui ne s'étonnent jamais, par une bien autre surprise. Le galop à peine fini, le Diable s'éleva perpendiculairement ; non pas du tout en se servant de ses ailes vertes, membranées comme celles d'une chauve-souris, mais comme un aérostat ou un cerf-volant, en fendant lentement l'air, et il alla au deuxième étage, s'asseoir légèrement sur le rebord d'une loge, où le célèbre Gavarni causait avec une femme vêtue d'un domino de satin jaune soufre.

Le Diable tourna vers lui des yeux suppliants ; mais Gavarni se refusa entièrement à lui accorder une attention quelconque, et ne le vit même pas, occupé qu'il était à admirer la prodigieuse bêtise de sa voisine, toute mignonne, fine et aux mains d'enfant, qui lui parlant de Chateaubriand, le désignait par les mots: « Cet artiste ! » Cependant, quoique le peuple le plus spirituel du monde prenne bien vite son parti de tout, et même de ce qui semble être un miracle, quelques flâneurs, qui avaient vu la bizarre ascension, ne laissaient pas d'en être un peu éblouis.

— « Pour moi, disait l'aqua-fortiste Louis Leroy, je ne comprends pas du tout par quel artifice ce masque s'enlève comme une plume.

— Vous voilà bien, fit Émile Forgues, un rien vous étonne, et tout vous embarrasse.

— Mais enfin, dit l'amer Aussandon, s'adressant à Lassailly, la loi de la pesanteur...

— Il n'y a plus de lois depuis 1830, interrompit Henri Monnier, qui regardait ses amis avec l'air malin de Bixiou. — Mais tenez, ajouta-t-il, je ne veux pas vous intriguer, bien que nous soyons au bal masqué ! Il s'agit ici d'un truc très simple, qui m'a été montré à Londres, au moment des pantomimes de Noël, et quand je vous l'aurai expliqué, vous serez bien surpris d'avoir été tenu en échec par si peu de chose.

— L'œuf de Colomb ! dit Laurent Jan.

— Précisément, reprit Monnier. L'individu costumé en Diable a apporté avec lui, proprement plié dans sa poche, un pantin en baudruche, qui reproduit assez exactement son vêtement et sa figure. Lorsqu'il veut exécuter son petit tour de passe-passe, il se dissimule derrière un groupe, gonfle sa baudruche, la laisse s'envoler en l'air, et elle va se poser où elle peut. »

Au moment où le dessinateur des *Scènes populaires* parlait ainsi, l'évènement se chargea de justifier sa démonstration ; car le Diable ayant malhonnêtement frôlé de sa croupe la compagne de Gavarni, la jeune femme le frappa d'un petit coup d'éventail, et aussitôt il se mit à descendre en droite ligne, lentement,

4.

comme peut le faire une légère pulpe, gonflée d'air.

— «O dénouement abominablement simple ! s'écria Lassailly. Et dire que tout est comme ça ! N'est-ce pas à vouloir quitter cette vie absurde ? Et qui m'affirme à présent que la moitié de l'humanité n'est pas en baudruche ! »

Par cette force d'expansion qui est un des secrets de la vie, l'explication donnée par Henri Monnier s'était, au bout de quelques minutes, répandue dans tout le bal. On s'en voulait d'avoir admiré un ballon d'enfant colorié, si bien que le Diable put, tout à son aise, s'enlever jusqu'aux Muses du plafond et, autant de fois qu'il le voulut, redescendre sur le parquet : on ne s'occupait pas plus de lui que d'un article politique ! Cependant il poursuivait toujours Gavarni, et ses yeux évidemment le suppliaient ; mais, comme Monnier le remarqua fort bien, cet air de supplication, affecté par le pantin, était uniquement dû à la couleur bleu turquoise qu'on avait employée pour lui peindre des prunelles.

Après le bal, Gavarni et ses amis allèrent souper. Avec ceux que j'ai nommés il y avait aussi Ourliac, Tronquoy, Chandellier, le comte Valentini, et, de plus, une Jenny, une Pauline et une Arsène, magnifique dans sa robe rouge sang-de-bœuf. Au moment où on allait manger les premières écrevisses, cette belle personne, brûlée sans doute de mille feux, déclara qu'il faisait trop chaud dans le petit salon du Café Anglais, et, bien que dehors il gelât à pierre fendre, les convives réunis là étaient trop parisiens pour faire à quoi que ce fût une objection quelconque. Monnier ouvrit la fenêtre toute grande, et alors on vit le Diable, légèrement assis sur le rebord de cette fenêtre, et posant à peine, comme un parent pauvre en visite. Plus que jamais il sembla implorer Gavarni.

— « Encore cette baudruche ! » dit Monnier agacé.

Aussitôt il épousseta d'une chiquenaude le Diable indiscret, qui s'envola comme un léger flocon de laine
jeté au vent.

Le lendemain matin, Gavarni, qui ne s'était pas
couché, lisait un livre de mathématiques de Biot,
lorsque son domestique entra et lui dit : « Il y a là
un monsieur Lediable, qui demande à vous voir.

— Monsieur Lediable! dit Gavarni, je ne connais
pas ça. Ça doit être un créancier.

— Je ne crois pas, fit le domestique, car il me
semble qu'il m'a donné deux louis.

— Comment? Il vous semble !

— Oui. C'est-à-dire : il me les a bien donnés, en
effet. Seulement, je ne les retrouve plus. »

Cependant Gavarni donna ordre d'introduire le visiteur, et aussitôt il vit entrer, drapé dans un manteau sombre, le mystificateur du bal de l'Opéra.
Chose étrange! il était accompagné de trois femmes
vêtues en débardeurs, qui, silencieuses, s'en allèrent
au fond de l'atelier, et sans occuper d'elles, se mirent
à regarder des bibelots et des estampes. Quant à lui,
sur un signe du peintre, il s'était assis, toujours hum-
blement, sur le bord d'une chaise.

— « Vous êtes monsieur Lediable? lui demanda
Gavarni.

— Non, fit le visiteur, comme se résignant à un
aveu pénible, votre valet de chambre a mal compris.
Je suis le — Diable, le vrai — Diable, l'être idéal et
mythologique appelé : Diable.

— Ah! dit Gavarni. Et en quoi puis-je vous être
utile ?

— Voilà, fit l'étranger avec embarras. Je voudrais
obtenir un service, qui pour vous est très peu de
chose, et qui serait tout pour moi. Vous n'ignorez
pas que nous autres, créatures surnaturelles, nous
ne pouvons affecter d'autres figures que celles dont

le dessin nous a été imposé par les poètes, ou, à leur
défaut, par les artistes. Or, monsieur, faut-il tout
vous dire ? je souffre amèrement de l'aspect sentimental et romantique, du masque fatal et byronien
dont j'ai été affublé dans ce temps-ci. Tout le monde
s'est entendu pour me barbouiller de cette poésie
farouche, pour faire de moi un inassouvi et un plaintif,
à commencer par monsieur de Vigny, qui, ainsi que
l'a dit Sainte-Beuve, rentre à midi dans sa tour d'i-
voire ! pour finir par le spirituel Feuchères, grâce à
qui mon image désolée et ironique s'assied sur toutes
les pendules. Eh bien ! monsieur, franchement, cela
manque de joie ! Avec les primitifs j'ai eu des moments agréables ; du moins j'étais naïf, et souvent
le moyen âge a fait de moi une sorte de faune, galamment vêtu d'une robe de moine, et menant la vie
douce. Mais, ajouta-t-il en se regardant piteusement
je ne saurais vous dire combien je me déplais sous
ce masque douloureux, qui tient à la fois du mélodrame et de la romance.

— Ah ! dit Gavarni. De sorte que vous voudriez...?

— Je voudrais être moderne ! fit le pauvre Diable
en baissant les yeux, comme un enfant qui indûmen.
demande une friandise, avec la crainte d'être refusé!

— Fichtre ! vous n'êtes pas dégoûté, dit le peintre.
Enfin mettez-vous là. Nous allons essayer une séance
de portrait, qui du moins ne ressemblera à aucune
autre ! »

En effet, cette séance commença, et non-seulement
elle ne ressemblait guère aux autres, mais elle en
était absolument le contraire, car cette fois, au lieu
que ce fût le peintre qui copiât son modèle, c'était le
modèle qui copiait la pensée du peintre à peine exprimée, en se conformant d'une manière exacte à
l'image que l'artiste créait tout d'une pièce, avec
l'emportement et la sûreté du génie. Tandis que

Gavarni avait pris un bois, un crayon de mine de plomb, et dessinait, chaque trait qu'il avait jeté sur le bois se trouvait immédiatement transporté dans la réalité, le Diable se transformant et modelant, à mesure que courait le crayon, de façon à être la reproduction servile du dessin, improvisé d'une main délicate et rapide. Tout le monde connaît ce Diable de Gavarni, qui parut depuis dans un livre célèbre. Non-seulement c'est le Diable parisien, mais c'est le Parisien lui-même, le forçat des efforts stériles et de l'intelligence dépensée en pure perte, qui entasse de formidables travaux rien que pour arriver à exister, et encore, relativement ! Civilisé comme le Vice et élégant comme un animal sauvage, maigre comme l'Espérance, usé, miné, séché, brûlé jusqu'aux os, chaussé à ravir, emplissant à peine de ses jambes chimériques un pantalon coupé avec style par le tailleur anglais, à la fois chauve et échevelé à la dernière mode, serré dans son habit noir, qui est la livrée de ce galérien volontaire, à la fois dandy et casseur de cailloux, ce personnage distingué exprime par son seul aspect l'extraordinaire association de mots trouvée par Racine : « Un prince déplorable, » et il porte sur son dos, en guise de hotte, attachée par un cordon en bandoulière, une corbeille de bureau à jeter les vieux papiers, dans laquelle il collectionne ses sottises et celles des autres, ramassées avec un crochet de chiffonnier, car rien ne doit être perdu dans la nature !

Gavarni avait fini. Avant de mettre le G allongé et gracieux au bas de son dessin, il l'avait signé déjà par ces coups de crayon, d'une verve imprévue, qui sont les vrais témoins de son génie.

Or, le Diable avait parfaitement copié le dessin. Il était le dessin. Les teintes à l'encre de Chine, les hachures, les traits hardis et légers, tous les coups

de crayon et même les *repentirs* étaient scrupuleusement imités et traduits, quoique dans la réalité il
n'y ait pas de lignes! A un moment donné, l'artiste
prit un grattoir et enleva quelques coups de lumière
dans les noirs du pantalon; tout de suite, cet effet se
trouva reproduit sur le vrai pantalon du Diable. On
voyait que ce pauvre être s'était furieusement appliqué; timidement, il interpella son plus récent
Prométhée, et lui demanda d'une voix émue :

— « Est-ce bien cela?

— Oui, dit Gavarni. Mais faites attention, le bonhomme n'est pas tout à fait ensemble. Voyez donc,
là, il n'y a pas assez d'intervalle entre les deux yeux.
Prenez garde, le bras droit est mal attaché. Et puis
je voudrais tout cela plus libre, plus sans façon, plus
vivant. N'ayez pas l'air d'avoir été dessiné avec un
crayon dur, et trop bien taillé ! »

Les corrections indiquées furent faites fidèlement.
Le peintre approuva tout, et alors il eut à subir l'explosion de reconnaissance du visiteur, qui ne se sentait pas de joie.

— « Enfin! s'écriait-il, grâce à vous, bien cher
monsieur, je ne suis plus désespéré, je ne suis plus
amer, je ne suis plus romantique ! Je suis un diable
comme tout le monde! Je suis moderne! Je puis
dîner au Café Anglais et applaudir mademoiselle
Taglioni; je puis me promener sur le boulevard,
causer avec Roqueplan, avec Gozlan, avec Bixiou,
avec Maxime de Trailles! Ah! vous me sauvez...
l'éternité! Croyez bien qu'à mon tour, si je puis vous
être agréable...

— Mais dit Gavarni d'un ton sceptique, à peine
tempéré par son exquise politesse, je ne vois pas trop...

— Je vous entends, fit le dandy, vous pensez qu'é-
tant le Diable, c'est-à-dire la négation de tout, et l'ê-
tre infécond par excellence, je ne puis être bon à rien !

Détrompez-vous, car la vie parisienne se compose essentiellement de choses à ne pas faire, et dans cet ordre d'idées je puis vous guider et vous servir de la manière la plus fructueuse. Je puis vous apprendre à ne pas faire de peinture classique, à fuir les concerts, à ne pas fumer autre chose que la cigarette, à ne pas aller entendre des acteurs tragiques sous prétexte que Racine est un grand poète, à ne pas accepter de sauce blanche ni de roastbeef dans une maison bourgeoise, à ne boire nulle part le prétendu vin injustement appelé : « Madère », à ne prêter ni votre clef ni vos livres, à ne pas prêter ni emprunter d'argent, à ne pas raconter à une nouvelle amie l'histoire de vos amours anciennes, à ne pas dire trop souvent : « Moi ! » à n'avoir pas à la fois un ami et une maîtresse, à n'être jamais amoureux d'une actrice, et à ne pas courtiser une femme du monde, qui ne coûte rien, si votre revenu ne s'élève pas à mille francs par jour. Tenez, ce domino jaune soufre qui vous trotte par la tête ! je puis vous révéler que sa bêtise, jouée uniquement pour vous plaire, n'existe pas, et qu'au fond c'est une princesse curieuse, extrêmement dépravée, qui veut sans se mésallier, manger un petit morceau de Gavarni ! Que voulez-vous ne pas être, ne pas savoir, ne pas connaître, ne pas subir, ne pas faire ? Dans tout ce qui est le contraire de l'affirmation, je vous appartiens. Demandez, faites-vous servir.

— Eh bien, dit le peintre, en n'acceptant pas de vous un petit présent, je craindrais d'être impoli. Veuillez donc m'accorder le don de ne jamais peindre, ni dessiner, ni dire, ni penser un lieu commun !

— Eh ! fit le Diable, vous exigez tout de suite ce qu'il y a de plus cher ! Mais je ne saurais marchander avec vous. Cela est dit. Qu'il ne soit donc pas fait comme vous ne le désirez pas ! Par exemple, je suis obligé de vous accorder aussi, par la même occasion, le don de ne pas plaire aux bourgeois, et notamment à votre rédacteur en chef. »

Et comme il vit que Gavarni regardait avec un peu de surprise les femmes costumées en débardeurs, qui, de plus en plus vagues et incertaines, s'effaçaient au fond de l'atelier, à moitié noyées dans l'ombre, il reprit :

— « Vous vous demandez, toujours à cause de mon caractère négatif, ce que ces personnes inutiles peuvent faire de moi ? Mais remarquez à quel point elles sont banales et vulgaires. Et si elles ont consenti ce matin à être mes compagnes, cela tient précisément à ce qu'elles n'ont pas lieu ! »

VI

LE PETIT ACTEUR

Rien n'était plus attendrissant à voir que le pauvre petit Filloche, acteur au théâtre d'enfants de monsieur Comte. S'il restait tout petit, bien qu'il eût déjà vingt-sept ans et que son menton rasé fût bleu de barbe, c'est que les veilles prématurées ne lui avaient pas laissé le temps de grandir. Il avait dû être beau comme un ange, et ses jolis traits, sa peau transparente, ses doux cheveux noirs déjà éclaircis, ses sombres yeux de pervenche en témoignaient encore ; mais trop aimé par les petites demoiselles à l'âge où il aurait dû jouer aux barres et à la main chaude, il était devenu bossu. Puis la faim acharnée l'avait rendu féroce. Soit que ses appointements fussent insuffisants, ce que je ne saurais croire, soit qu'il sût mal les administrer, il ne mangeait jamais, et il eût volontiers mordu dans les pâtés de carton et dans les poulets vernissés des petites féeries. Habitant sous une fenêtre à tabatière, à peine justifiée par un grenier microscopique où il n'y avait ni cheminée ni poêle, il n'avait nullement l'idée de rentrer chez lui pendant les heures où il était libre, et, après la répétition, il s'installait, avec ses camarades Hast et Perdereau, dans le sombre et humide café du théâtre, donnant sur la rue Monsigny.

5

Là, on leur servait bien encore un jeu de cartes, qui semblait avoir été noirci par des doigts de sorcière, mais rien autre chose. Depuis de longues années, le cafetier Besinge n'avait pas vu la couleur de leur argent; et quant aux tropes, figures, mouvements éloquents, ruses, récits tragiques, déguisements de Scapin, roueries, farces et prières ayant pour but d'obtenir à crédit un breuvage quelconque, ils les avaient fidèlement épuisés. Cependant, comme il faut intéresser la partie, ils jouaient ordinairement à se pincer le nez avec la drogue; mais, le plus souvent, le perdant était tenu de sortir dans la rue, devant le café, et de s'asseoir dans le ruisseau en relevant sa jaquette, histoire de sourire, car ils avaient tout à fait fini de rire.

L'heure de la représentation arrivée, les trois misérables, en montant l'escalier du théâtre, entendaient la faim hurler dans leurs entrailles. Puis, ils se mettaient à *faire leur figure*, avec un pain de blanc d'Espagne, et avec de la terre d'ombre et du carmin en poudre, dont la provision, payée deux sous, pouvait durer indéfiniment. Pendant toute la soirée, Filloche, en faisant des imitations d'acteurs ou quelque jolie singerie, tâchait d'obtenir de quelque flâneur, ou d'une comédienne déjà grande demoiselle, la somme de trois sous, qui lui permettait d'acheter pour son souper un pain d'un sou et une tranche de veau piqué. Il aurait bien voulu, de son vivant, faire un vrai repas; mais c'était là le rêve des rêves, et qu'il caressait seulement aux heures où, halluciné par la faim, il dévalisait idéalement les marchands de comestibles.

Un soir que Filloche, étant rentré à jeun du théâtre, s'était couché de rage, et qu'il mangeait le matelas de son lit de sangle, on frappa violemment à sa porte. Jugez de sa stupéfaction, lorsque, s'étant levé en

chemise pour ouvrir, il vit entrer en procession des
garçons de Véfour, apportant sur des plats d'argent
un poisson, un pâté de foie gras, des saucissons, des
langues fumées, une volaille froide, une salade russe,
toutes sortes de fruits, de pâtisseries et de confitures,
en même temps que des paniers de bordeaux et de
champagne! Le pain lui-même n'avait pas été oublié,
et les garçons, qui déclaraient avoir été payés largement, remirent aussi au comédien une lettre parfumée, qu'il n'eut pas du tout l'idée d'ouvrir. Mais le
plus étonnant, c'est que derrière ces serviteurs étaient
entrés Hast et Perdereau, qui, les ayant rencontrés
dans la rue, les avaient suivis, attirés stupidement
par l'odeur des mets, et que ces parfums dont ils
s'emplissaient les narines, avaient justement conduits
chez leur camarade Filloche. Dans leur ravissement
frénétique, les trois acteurs se mirent à jeter en l'air,
à grands coups de poing, les plats et les victuailles,
et à exécuter des danses farouches, tout en boVcu-
lant et battant les garçons, qui s'enfuirent épouvantés. Quand leur fièvre se calma, ils ramassèrent la
volaille d'abord, et, dédaignant les fourchettes, se
mirent à manger avec leurs doigts, comme des sauvages, ce qui dura pendant toute la nuit et pendant
toute la journée du lendemain, vu que les trois amis
manquèrent la répétition, avec ensemble. Vers les
cinq heures, lorsqu'on vint chercher les argenteries
et les vaisselles, Filloche, encore gris et même en
extase, ouvrit enfin le billet. C'était une lettre d'amour,
écrite par la belle Marine Tizy, qui le soir même
devait se trouver au théâtre, dans l'avant-scène de
gauche.

Il faut dire maintenant comment lui était venu ce
caprice bizarre! Chose infiniment rare dans les exis-
tences aventureuses, Marine avait un véritable ami,
le jeune et illustre savant Emmanuel de Fère, qui,

jadis, avait été amoureux d'elle, sans lui en rien dire, parce qu'il avait des préjugés et tenait à boire dans son verre. Néanmoins, très attaché à cette charmante fille, il regrettait de la voir, par son stérile amour-propre, réduire tout à néant, fatiguer la fortune et émietter sa vie. Emmanuel, qui dans ses longs voyages en Orient avait étudié les religions et les magies, en savait long sur toutes choses, et lisait tristement dans l'avenir de Marine. Il lui avait souvent donné de grosses sommes, et avait essayé de la sauver de la ruine et des créanciers, mais toujours en pure perte. Un jour, comme, au retour de sa récente mission en Asie Mineure, il était venu voir son amie, Marine, comme à l'ordinaire, se plaignit de sa mauvaise chance, dit que rien ne lui réussissait, et qu'elle ne savait plus à quel diable se vouer. — « A présent, lui dit monsieur de Fère, tout vous réussira. — Quoi ! fit-elle, voulez-vous donc me donner un de vos millions ? Je vous le donnerais, s'il le fallait, dit le savant, mais ce sera inutile. »

Le lendemain, en entrant dans son salon, Marine pâlit d'admiration, en voyant un présent que lui avait envoyé Emmanuel. C'était une grande statuette grecque en terre cuite, une Vénus, que le jeune savant avait rapportée de l'île de Chypre et qui représentait la déesse entièrement nue. Coiffée d'un large diadème en éventail, formé de cinq fleurs d'anémone avec leurs tiges, l'Immortelle, comme une image du principe féminin dans le renouvellement des choses, tenant ses deux seins, et montrée dans une pose hiératique, était cependant modelée avec la plus délicate finesse, et son visage attirant, céleste, mystérieux, à la fois caressant et farouche, avait le charme délicieux d'un sourire énigmatique, et aussi celui du regard, car M. de Fère n'avait pas cru excessif de rétablir les choses dans leur état primitif, et de rendre à la Déesse les yeux faits avec de vrais saphirs, que le statuaire de Chypre lui avait certainement donnés jadis. La statuette avait été posée sur une colonne de marbre bleu, autour de laquelle s'élevaient les branches légères et flexibles d'un myrte d'argent.

Les premiers visiteurs qui se présentèrent chez Marine furent, comme elle, charmés par la vue de la Déesse. Il fallut les garder à dîner, puisqu'ils ne pouvaient se soustraire à l'enchantement, dans lequel, d'ailleurs, fut bientôt emprisonnée toute l'aristocratie parisienne. Les ducs, les grands artistes, les financiers célèbres ne sortaient plus de chez Marine que pour y revenir le plus tôt possible. Mais était-ce seulement la statue qu'ils admiraient ? Non, sans doute ; c'était Marine aussi, dont l'esprit et la beauté brillaient dans la lumière depuis que la Déesse était là, et qui semblait régénérée, refaite, trempée dans un bain de jeunesse et de joie. Tous les princes de la terre se pressaient chez elle, payant royalement l'hospitalité qu'ils recevaient, si bien qu'en peu de temps la jeune femme devint extrêmement riche, sans y songer. Non seulement on lui donnait des terres, des maisons, de l'or, des actions, des obligations, tous les papiers qui représentent de l'argent et des diamants, des pierreries, des joyaux, des œuvres d'art sans prix ; mais, si la table n'eût toujours été mise pour les festins, elle eût été exposée à collectionner des carpes du Rhin et des pâtés de foie gras, comme Gobseck.

Enfin, elle était adorée par les plus vaillants hommes, célébrée en vers sublimes et, qui plus est, amusants, son écurie était irréprochable ; elle vivait au milieu des fleurs comme un roi d'Asie au milieu des têtes coupées, et il n'aurait tenu qu'à elle de se trouver parfaitement heureuse, si elle avait été raisonnable ; mais elle ne l'était pas. Elle s'avisa

un jour que toutes ces admirations s'adressaient à la
Déesse et non pas à elle ; elle essaya de recevoir ses
amis ailleurs que dans le salon où régnait l'immortelle Vénus, et facilement les vit inquiets et préoc-
cupés. De ce moment-là elle se mit à haïr sa bien-
faitrice ; ce mauvais sentiment la brûla, la déchira,
finit par l'envahir tout entière, si bien qu'un jour elle
prit un marteau et, avec une rage affreuse, brisa la
statue. Au premier coup qu'elle frappa, elle sentit
en elle-même un grand écroulement, elle eut la conscience d'être perdue ; cependant elle s'acharnait
toujours, désolée autant que furieuse, et quand la
tête tomba, la tête divine, Marine lut distinctement
dans son sourire et dans les saphirs de ses yeux la
menace d'une prochaine vengeance.

Ce fut le soir de ce même jour qu'étant allée avec
une amie au théâtre Comte, (déjà frappée de folie,)
pour y manger des sucres d'orge à l'absinthe, elle
tomba éperdument amoureuse du petit Filloche,
comme Titania de Bottom coiffé de la tête d'âne, et
s'étant fait raconter son histoire, lui envoya, comme
entrée en matière, un souper de Gargantua. Le lendemain, à la sortie du spectacle, elle l'enleva dans
son coupé et l'apporta chez elle, où, couché parmi
les fleurs sur des divans de damas blanc, il fut servi
par de jeunes mulâtresses portant des gorgerins de
pierreries et des bracelets de roses. Alors commen-
cèrent les plus singulières amours qui aient jamais
amusé Paris. Partout, aux courses, aux bals par sous-
cription, aux premières représentations, aux soirées et
aux soupers de la bohème tapageuse, Marine arborait
son fantoche, qui avait quitté le théâtre Comte, et
qui, vêtu avec une élégance provocante, montrait une
espèce d'esprit biscornu et faisait des mots cruels.

Naturellement, tous les amis de Marine Tizy avaient
fui devant ce polichinelle, emportant avec eux la

source de ses richesses. Mais elle avait une grosse
fortune à manger et elle la mangeait, ou plutôt Filloche la mangeait. Un de ses premiers soins avait été
d'amener Hast et Perdereau, suivis d'une queue extraordinaire de va-nu-pieds, de petits comédiens sans
coiffe ni semelle, de grandes fillettes minces et frivoles, et le couvert était mis à perpétuité dans le
salon, où Filloche avait en outre institué un tir à
l'arc, des jeux forains, des boutiques de porcelaines,
et où des Alcides en maillot faisaient des tours et
avalaient des étoupes enflammées. De plus, comme
le petit bossu avait le goût de l'histoire naturelle, et
aimait à préparer des squelettes d'animaux, on voyait
çà et là, pendus au mur, des cadavres d'oiseaux et
d'écureuils, qui servaient à ses expériences.

Dans ce capharnaüm où la fumée de la pipe était
épaisse comme un mur d'airain, et où l'eau-de-vie
coulait à larges flots comme un fleuve d'Amérique,
on entrait, on mangeait, on dormait sur les sophas
devenus hideux, sans dire bonjour à la maîtresse de
la maison, et sans être connu d'elle. Comme Gero-
nimo qui, parlant des noces de Sganarelle, voulait y
aller en masque, afin de les mieux honorer, souvent,
faute d'habits bourgeois, les amis de Filloche apparaissaient, costumés avec des loques de théâtre, en
lanciers polonais ou en Turcs. Toute comptabilité
avait disparu de cette maison fantaisiste, d'où l'acteur faisait ses commandes aux marchands sans se
plier aux vils soucis matériels, si bien qu'au bout de
très peu de temps, il y eut parmi les convives de
Marine autant de créanciers que de jocrisses, et les
cris qu'ils poussaient pour être payés se confondaient avec les autres hurlements.

A la ville, Filloche faisait le dandy, montait à
cheval, se battait en duel, jouait un jeu d'enfer, et
cette vie en partie double ne tarda pas à vaporiser

tout l'avoir de la pauvre fille, qui voyait toujours son amant beau comme un astre, mais qui bientôt se trouva réduite aux bijoux de laiton et vêtue, comme Cendrillon, d'une robe de toile.

Alors, on commença à la laisser seule à la maison, et volontiers, avec le prix des derniers bibelots vendus, le petit bossu emmenait tout son peuple de fous, et le régalait d'une partie de campagne. Dans une de ces heures de délaissement, Marine, à bout d'ennui, manda Emmanuel de Fère, qui tout de suite se rendit à son appel. Le jeune savant la guérit déjà par son amitié et ses douces paroles, puis l'emmena faire un bon repas et une longue promenade en voiture, dans le bois de Vincennes, après quoi il la remit à sa porte, toute réconfortée.

Lorsque Marine entra dans son salon, elle fut démesurément étonnée en revoyant à sa place, sur son socle de marbre, la Vénus de Chypre, dont les prunelles de saphir la regardaient comme pour lui pardonner ! Alors, il lui sembla qu'elle reprenait possession d'elle-même et elle sentit dans son sang une douce fraîcheur, comme si elle eût été baignée dans une eau délicieuse. Le jour où elle avait follement brisé la figure de la Déesse, monsieur de Fère, sans rien dire, en avait fait emporter les morceaux, et à force de soins, de peines et d'argent, la statue avait été reconstituée par un habile artiste, sous la direction du célèbre statuaire Simart. Emmanuel l'avait gardée chez lui, se proposant de la rendre à son amie au moment où, ayant bu la dernière lie du calice, elle appellerait au secours, et c'est ce qui venait d'avoir lieu.

Marine savourait la profonde, l'immense joie de se sentir délivrée, lorsque Filloche entra en jaquette bleu de ciel, coiffé d'un chapeau de peluche amamarante et brandissant un léger stick d'écaille

blonde. En regardant ce joli petit bossu, qu'elle
crut voir alors pour la première fois, la belle Tizy
fut prise d'une gaieté délirante. Elle se mit à rire
avec une furie si effrénée, se tenant le ventre à
deux mains et se roulant sur les sophas, que le comédien, frappé de terreur, en resta immobile et
décontenancé. Enfin Marine sonna, et comme plusieurs valets entrèrent : « Otez-moi ce magot, » dit-
elle. Filloche eut beau se débattre ; il fut jeté dehors
par les domestiques, redevenus, par miracle, obéis-
sants et respectueux. A partir de ce moment-là,
tout rentra dans l'ordre, chez Marine. Elle fut,
comme auparavant, aimée, flattée, obéie, adorée,
et, tant Paris est une ville spirituelle, les amis qui,
de nouveau, s'empressèrent dans sa maison, ne
firent jamais aucune allusion à ses ridicules amours.
Elle-même, par une grâce particulière, les avait oubliées aussi complètement que si elle eût pu boire
l'eau du sombre Léthé, et tout cet absurde cauche-
mar était sorti de sa mémoire.

Filloche essaya de rentrer au théâtre des jeunes
élèves de monsieur Comte, mais il trouva sa place
prise ; et comme il possédait les talents les plus
variés, il gagna sa vie en vendant aux camelots de
petites figures bouffonnes qu'il taillait avec son canif,
le plus souvent dans le manche d'une vieille brosse
à dents. Toujours attiré invinciblement vers la
maison de la belle Tizy, il ne cessait d'y venir rôder
dans la cour et dans les écuries, si bien que les domestiques s'habituèrent de nouveau à le voir, et,
lorsqu'ils étaient trop occupés, l'employaient à faire
des commissions, dont il s'acquittait avec intelligence. C'est ainsi qu'il trouva à réaliser de petits
bénéfices, d'abord à l'insu de Marine, et plus tard
avec son consentement tacite. Il portait des mes-
sages, entre temps buvait de bons coups de vin avec

les palefreniers, et même, lorsqu'on était content de
lui et qu'il ne s'était pas attardé en chemin, on le
laissait manger à la cuisine, où il amusait le cocher
et les filles de chambre en leur faisant des tours de
cartes.

VII

LA CHIFFONNIÈRE

En quête d'impressions et de paysages bizarres, le poëte Étienne Silvant se promenait, après son dîner, dans la rue Brise-Miche, et s'amusait à inventorier cette voie étrange, qui semblerait appartenir aux plus lointaines provinces, si le grand mouvement d'une foule toujours pressée et compacte, circulant entre la rue Saint-Merri et la rue Maubuée, ne lui donnait en même temps un caractère très parisien.

Aux vagues lueurs que jetait dans la rue l'éclairage insuffisant des boutiques, il ne se lassait pas d'admirer le vaste atelier rustique du tonnelier, où il voyait assembler et cercler des fûts, celui de la blanchisseuse où les jeunes filles savonnaient, épaules et bras nus, celui du menuisier où un petit apprenti resté seul rabotait à la clarté d'une chandelle, et les étroits capharnaüms des revendeurs, encombrés d'objets poudreux et vagues, et la grande épicerie où une large baie carrée, ouverte dans le parquet près de la devanture, permettait de voir l'épicier lui-même, semblable à un pâle Valois, assis au milieu des pains de sucre, dans sa cave éclairée d'un bec de gaz, et sans doute méditant quelque bon coup de commerce.

Il jouissait de ce spectacle animé par le jeu des ombres et par de violents coups de lumière, lorsque, tout à coup, il fut arraché à sa flânerie par un cri affreux, déchirant, sorti comme d'une poitrine brisée.

Une voiture chargée de moellons, qui tenait toute la largeur de la rue, avait dispersé la foule ; mais sous les pieds des chevaux rétifs était tombée une vieille chiffonnière, à qui le pied avait manqué et qui allait être écrasée, infailliblement. Par malheur, il n'y avait plus là d'ouvriers ; seulement deux mauvais drôles en casquettes de soie virent la malheureuse dans cette situation terrible, s'éloignèrent sans la secourir, et l'un d'eux murmura en ricanant : — « Fricassée, la vieille ! » Mais Étienne Silvant aussi l'avait vue, maigre, pâle, vêtue de loques verdâtres, écrasée sous le poids de sa hotte renversée sur elle, et dans l'ombre il entrevoyait son visage convulsé, sur lequel pendaient tragiquement de très longues mèches blanches. Il s'élança sous les chevaux, saisit fortement la chiffonnière qu'il enleva dans ses bras, et n'eut que le temps de s'appuyer avec elle contre la boutique du tonnelier.

Les chevaux, vigoureusement fouettés par le charretier, avancèrent enfin, la lourde charrette passa, et Étienne put alors poser à terre sa compagne glacée et mourante. Mais lorsqu'elle se redressa, sans qu'il eût cessé de tenir d'une main sa main grêle, tandis que de l'autre il entourait son corps mince, le poète eut l'agréable surprise de voir la chiffonnière transformée en une femme belle, jeune, à la taille svelte, dont les cheveux blonds resplendissaient sous le gaz avec des frissonnements de lumière et d'or. Coiffée d'un béret de peluche, orné sur le côté d'un petit bouquet de plumes, elle montrait sur son noble visage, un peu pâle encore, le plus charmant sourire, et sa robe de cachemire couleur mousse, avec les garnitures et les agréments en peluche, était d'une élégance irréprochable. A point nommé, se trouvait là un coupé bleu clair, attelé de deux chevaux noirs, et le correct valet de pied ouvrit la portière. La belle dame monta dans cette voiture, d'un geste ami invita le poète à s'y asseoir près d'elle, et les chevaux partirent, faisant jaillir des gerbes d'étincelles sous leurs fins sabots, qui frappaient, en s'enfuyant, le vieux pavé stupéfait de la rue Brise-Miche.

Alors, se tournant gracieusement vers Étienne, la dame rompit le silence. — « Je suis, lui dit-elle, la fée Eryx, une de celles qui ont pour mission d'enseigner aux Parisiennes les enchantements, les grâces irrésistibles et le secret de communiquer la vie aux étoffes inertes ! Mais je dois songer à celles qui souffrent comme à celles qui triomphent. Ce n'est pas tout de donner aux chiffons une âme charmante : il faut ensuite que quelqu'un les ramasse dans la boue ! Voilà pourquoi je deviens, tous les samedis, une simple femme, sujette aux infirmités, à la vieillesse, à la mort, et je serais morte en effet, si vous ne m'aviez courageusement sauvée en exposant votre propre vie. Je n'ai rien à vous donner qui soit vraiment digne de vous, car l'amour des Fées ne peut qu'être fatal aux hommes. D'ailleurs, je sais que vous êtes aimé comme vous méritez de l'être, et fidèle ! et, pour rien au monde, je ne voudrais aller sur les brisées de la charmante madame Estelle Chezely. Mais, ajouta-t-elle en tirant de sa poche un long et mince écrin, fait avec de la peau de serpent bleu, vous me permettrez du moins de vous offrir un très bon cigare ?

— Madame, dit Étienne Silvant, excepté ce dont il ne peut être question entre nous, vous ne pou-

viez, certes, me faire un présent qui me fût plus
agréable que celui-là. Et, reprit-il en ouvrant l'écrin,
très visible alors, car le coupé roulait sur le boulevard en pleine lumière, voilà ce que nul Rothschild
ne peut se procurer, c'est-à-dire un cigare d'une
adorable couleur blonde, qui ne s'affaisse ni ne se
brise sous le doigt, qui déjà, sans être allumé,
exhale le plus délicieux parfum, et qui, à coup sûr,
me donnera une fumée pleine de caresses, de mystérieux bercements et de rêves.

— Oui, dit la Fée, c'est un bon cigare, et aucun
roi de la terre n'est assez riche pour en fumer un
pareil ; mais il a encore d'autres mérites, par-dessus
le marché. Remarquez cela, monsieur le poète, il
est coupé dans sa longueur par quatre toutes petites
taches pâles, comme on en voit quelquefois sur les
meilleures feuilles de la Havane. Lorsque vous l'aurez allumé et que vous le fumerez, vous n'aurez qu'à
former un vœu, si inouï, si titanique, si ambitieux
qu'il puisse être, et votre vœu sera immédiatement
exaucé, à une seule condition, c'est que vous aurez
soin d'éteindre votre cigare avant que le feu ait pu
atteindre la tache dont il sera le plus voisin. Vous
aurez donc à former quatre souhaits que rien ne li-
mite ! Aussi pouvez-vous à votre gré construire les
jardins de Sémiramis, trouver l'édition originale de
Shakespeare avec une reliure du temps bien conservée, accrocher dans votre chambre un tableau au-
thentique de Zeuxis ou d'Apelles...

— Mais, interrompit Silvant, ce pouvoir prodigieux, puis-je l'employer à soulager les souffrances
de tous, à supprimer les malheurs immérités, à réparer les abominables injustices du sort ?

— Hélas ! dit la Fée, conformément à de suprêmes
desseins que nous n'avons pas le droit de scruter, et
dont le but et la logique nous échappent, Misère est

la reine du monde! Elle pose son pied hideux sur les poitrines, arrache le pain des bouches affamées, montre au désespéré la vengeance et le couteau sanglant, et, baissant ses yeux brûlés qui n'ont plus de larmes, offre au petit enfant blême sa mamelle vide et tarie. Peut-être un jour le genre humain, ce héros intrépide, doit-il terrasser et étouffer le monstre; mais cette heure de délivrance et d'ineffable joie n'est pas encore venue. Pour le moment, faites le bien avec toute l'ardeur, avec toute la bravoure, avec toute l'obstination de votre charité; mais quant au talisman que je vous donne, il ne peut servir qu'à votre bonheur personnel.

— Hélas! dit le poète.

— Donc, reprit la fée Eryx, souhaitez des luxes, des trésors, des dominations, tout ce qu'il vous plaira, et votre vœu sera exaucé tout de suite, pourvu qu'après avoir fumé, vous ayez soin d'éteindre votre cigare, sans que le feu soit arrivé à l'une des petites taches pâles. Et, comme il faut tout prévoir, si au contraire il vous semble si agréable à fumer que vous n'ayez pas le courage de l'éteindre, eh bien! alors, vous resterez, sans plus, le savant et habile artiste que vous êtes, et votre désir ne se réalisera pas; mais, en revanche, vous aurez acquis la sagesse! »

Comme la fée Eryx achevait ces mots, le poète vit que la voiture était justement arrivée dans la rue de Lille, à la porte de la maison qu'il habitait. La Fée ajouta: — « Souvent, sans que vous le sachiez, je me donnerai le plaisir de voltiger près de vous dans un rayon, invisible et présente, car je me rappellerai toujours que je vous dois la vie. Et si vous avez besoin de mon secours, vous pouvez me faire accourir en m'appelant par quelques vers très bien rimés, ce qui ne vous sera pas difficile. » Puis, elle tendit à Étienne sa main admirablement gantée, et au moment même où il mettait le pied sur le seuil de sa porte, la Fée, la voiture, les chevaux, les laquais disparurent comme un rêve, ce qui ne causa au poète aucun étonnement, parce que la nature de son esprit le portait à n'être étonné de rien, si ce n'est, toutefois, de ce qui n'est pas surnaturel.

Conrad, le fantasque valet d'Étienne Silvant, s'était-il trouvé par hasard dans son jour d'honnêteté, ou bien était-ce l'influence de la fée Eryx qui se manifestait déjà ? Quoi qu'il en soit, lorsque le poète entra dans sa chambre, il y sentit une atmosphère de gaieté, de repos, de joie mystérieuse et tranquille. Les rideaux de damas antique étaient fermés soigneusement. Un grand feu de braises et de flammes, avec ses nappes rouges et roses, brûlait dans la cheminée. Les lampes étaient allumées, ainsi que les bougies des candélabres, et posés sur les tapis de riches étoffes, dans cette demeure presque exempte de meubles, les vases étaient remplis de fleurs coupées aux corolles écarlates. Après avoir revêtu ses habits de molleton blanc, Étienne se coucha sur un lit de repos de forme Louis XVI, terminé à la tête et aux pieds par des dossiers inégaux, circonscrits par une moulure à la ligne mollement tourmentée.

Près de lui, sur une petite table turque d'écaille et de nacre étaient posés son Rabelais et un volume des Odes de Ronsard ; la théière se tenait chaude devant la cheminée. Après avoir savouré un instant l'immense satisfaction de n'être ni à la comédie, ni dans le monde, ni ailleurs, le poète se versa du thé dans une petite tasse japonaise ornée de fleurs légères, et alluma enfin le cigare de la fée Eryx. Oh ! la belle fumée, claire, légère, aérienne, céleste, divinement bleue qui s'échappa alors de ses lèvres en flots gracieusement envolés ! Quant au goût même de cette fumée, velouté, à la fois ferme et subtil, caressant toutes les papilles avec une délicatesse amoureuse et tendre, il était si parfaitement exquis, si moelleusement suave, qu'il communiquait à l'instant même au fumeur extasié l'idée et le sentiment absolus du bonheur.

Alors, en lançant les bouffées de fumée transparente et claire, Étienne Silvant, rimeur de profession, se souvint qu'il était le maître du monde, plus puissant que Nemrod et Alexandre et Bacchos conquérant des terres indiennes, et que, s'il le voulait, il pouvait mettre à la place où gémissent les ruines des Tuileries un palais colossal taillé dans un seul diamant ; ou encore, acheter et faire démolir le boulevard des Italiens avec les rues avoisinantes, et à la place des maisons qui peuplent ces riches quartiers, faire planter d'arbres tout venus un grand parc de gazons verts, dans lequel il donnerait à ses camarades une chasse au lion ou au sanglier, après quoi il pourrait y offrir à son amie une fête galante, très exactement copiée sur cette *Fête chez Thérèse* que Victor Hugo a si magnifiquement inventée dans ses *Contemplations*. Cela était bien simple ; pour réaliser ces prodiges, ou encore, pour organiser une armée de deux cent mille hommes, composée de clowns plus rusés que des thugs et plus agiles que les Hanlon, le poète n'avait qu'à éteindre son cigare avant que le feu touchât à la petite tache pâle, et en vérité, cela était moins que rien.

Moins que rien ! Sans doute, pour un notaire, ou pour un receveur des contributions. Mais ce délié, ce sagace, ce puissant artiste, capable d'apprécier le charme d'une sensation absolue et complète, comment aurait-il pu se faire que volontairement il la brisât, anéantissant ainsi, de gaieté de cœur, une volupté surhumaine, démesurée, continue, semblable à elle-même ? Comme je déteste les surprises, les angoisses pour rire, la brutalité des coups de théâtre,

6.

et, sous quelque forme qu'elles se produisent, les *Suites au prochain numéro*, je dirai tout de suite que savourant par gorgées la fumée caressante et subtile, et se rassasiant lentement de cette ambroisie éthérée, Étienne Silvant fuma le cigare jusqu'au bout, sans donner un regret à tous les biens qu'il dédaignait, et stoïquement sacrifia ainsi l'empire du monde. Mais peut-être ne sera-t-il pas inutile de raconter en quelques mots comment les choses se passèrent alors dans son esprit?

Naturellement, Étienne n'était pas assez naïf pour concevoir ce que nous appelons l'ambition politique, et tout de suite il alla droit au but, rêvant la domination souveraine dans quelque vaste empire d'Asie, où, debout devant son trône, immobile comme la force absolue et la toute-puissance, il ferait trembler les peuples par une imperceptible contraction de son sourcil, tandis que les armées aux cuirasses d'or, les éléphants pensifs, les chars attelés de tigres, les bataillons d'amazones attendraient son suprême caprice, et où le soir il s'endormirait en mettant sa tête dans la gueule de son lion familier. Il y avait là quelque chose de séduisant; mais tout compte fait, en vrai Parisien, ce poète, évocateur de syllabes divines, avait horreur du cabotinage, et de tout ce qui aurait pu assimiler sa vie à un tableau de drame à spectacle. Et puis, le cigare était si bon à fumer qu'il laissa le feu dévorer la première tache, et continua à fumer encore.

Puis, il songea à être plus riche que cent mille Rothschild! Mais Étienne était un shakespearien sachant par cœur (en anglais) son *Timon d'Athènes*. Il se vit machine à signer des chèques, dévoré par des amis de rencontre, des parasites, des courtisanes imbéciles, des valets, et la seconde tache y passa comme la première. La troisième aussi, et voici pourquoi. Étienne Silvant qui, pour n'ignorer rien, ainsi que le recommande judicieusement le bon Théophile Gautier, avait dessiné dans les ateliers d'après le modèle nu, savait combien il existe de femmes physiquement mal construites, sans parler de leur intelligence obscure, et dont la configuration blesse nos idées d'ordre symétrique par une incomplète harmonie des proportions.

Aussi, après avoir, pendant un quart de seconde, rêvé d'être don Juan Tenorio, au moment même où le cigare donné par la fée Eryx était plus délicieux que jamais, il s'aperçut bien vite qu'un tel rêve aboutissait à désirer... rien du tout ! Étienne avait le bonheur d'aimer, d'adorer son amie madame Estelle Chezely, qui l'aimait aussi, par le plus grand des miracles, et qui proportionnée, elle, comme une ode bien faite, à la fois belle et jolie et de bonne humeur, ne disait jamais aucunes bêtises, parce qu'elle n'en savait pas. Et pourquoi aurait-il changé cette compagne riante et pleine de grâces, contre mille et trois femmes affolées et quelconques ? Non, il fuma, fuma encore, aspirant et lançant avec un pur ravissement la claire fumée bleue, et le feu dévora la troisième tâche du cigare.

Puis enfin, cependant, Étienne crut avoir eu quelque chose qui ressemblait à une idée. — « Avoir, s'écria-t-il, plus de talent que Victor Hugo ! » Mais, tout à coup, s'apostrophant lui-même : — « Imbécile ! dit-il, pendant que nous sommes seuls, avoue que tu possèdes un talent très suffisant pour exprimer ton âme telle qu'elle est, et, si puissantes qu'elles soient, les Fées ne fabriquent pas des âmes ! » Voilà comment il fuma jusqu'au bout les belles feuilles de tabac doré, brûlant la quatrième tache pâle comme les autres, et lorsque cela fut fini tout à fait, n'éprouvant aucun regret, parce qu'il avait été complètement heureux, il se dit en parfaite connaissance de cause :

— « C'est qu'en effet, tout ce que l'homme peut envier ici-bas, pour lui personnellement, ne vaut pas un bon cigare.

— Et, dit à son oreille une voix murmurante et douce, voilà précisément la vraie sagesse ! »

Cette voix était celle de la fée Éryx, qui en même temps voltigea, se montra vaguement dans un rayon de lumière, puis disparut. Je crois qu'elle avait eu bien envie de mettre un baiser sur le front de son sauveur, mais elle résista à ce désir et ne voulut faire aucune peine à l'amie du poète, ce en quoi elle se montra supérieure à bien des femmes. Mais sans cela, à quoi lui eût-il servi d'être une Fée, enivrée par les vertes senteurs de la forêt, et peignant ses blonds cheveux avec un peigne d'or, au bord des fontaines ?

VIII

VOLEUR DU FEU

Je suis lié depuis longtemps avec Hugues Sionnest, et je le connaissais avant que ses recherches sur la composition chimique de l'Ame n'eussent passionné l'Académie des Sciences et attiré sur lui l'attention du monde savant. Très attiré par ses éloquentes improvisations qui, alors que nous étions des jeunes gens, émerveillaient, à l'heure de l'absinthe, les artistes et les politiques du Café de Madrid, je ne m'attachais pas, comme les autres auditeurs, au sens de ses discours, mais j'en écoutais les mots et les harmonies de sons avec toute l'application soutenue qu'un poète peut mettre à ce travail ; et à la conjonction toujours pareille de certaines syllabes évocatrices, je n'avais pas tardé à m'apercevoir que Sionnest est magicien. Et même, sollicité par mes pressantes instances, il avait fini par me l'avouer ; mais il se refusait toujours à me montrer quelque échantillon de sa science, parce que, disait-il, je ne pourrais m'empêcher de publier les vérités qui me seraient révélées d'une manière surnaturelle, et que ces vérités, divulguées avant l'heure marquée par le destin, seraient fatales à l'humanité, comme un généreux vin de flamme qu'on ferait boire à un petit enfant.

Cependant, j'arrivai tout récemment à lui per-

suader que si je désirais soulever les mystérieux voiles
qui nous cachent l'avenir, c'était uniquement en
qualité d'artiste romantique, pour me procurer des
idées et des images nouvelles, dont je me servirais
tout au plus dans un ouvrage de pure fantaisie, qui
ne saurait être pris au sérieux par personne. Il consentit alors à me faire voir un petit coin du monde
tel qu'il sera dans cent cinquante ans, mais évidemment
à regret, et comme se reprochant par avance la promesse que je lui avais arrachée.

Au jour dit, je me rendis chez Sionnest. Très inquiet et troublé, il essaya de me faire renoncer volontairement au spectacle qui m'avait été promis.
Mais moi, je me bornai à invoquer sèchement la parole donnée, et mon ami dut se rendre à mon désir,
bien que ses membres fussent agités par un léger
frisson, et que je visse perler sur son front des gouttes
de sueur. Il prit à la main une bougie allumée, et,
marchant devant moi, me conduisit dans une grande
pièce obscure sans fenêtres, coupée en deux par une
glace sans tain qui en occupait toute la largeur, et
devant laquelle étaient placés deux fauteuils. En me
faisant asseoir, Sionnest me rappela que sous peine
de causer les plus irréparables malheurs, je devais
tout voir en silence et ne proférer aucune parole.
Puis, après avoir éteint la bougie, il se plaça devant
la glace et se mit à exécuter des passes magnétiques.

Au bout de très peu de temps, un brouillard lumineux et parfaitement visible commença à se former
derrière le cristal; après une sorte de lutte entre les
nappes brillantes et sombres, la clarté resta victorieuse, et de l'autre côté de la glace me permit de
voir distinctement une chambre dans laquelle un
homme était assis. Cette chambre, entièrement
occupée par des fils télégraphiques et téléphoniques,
des piles électriques et toutes sortes d'appareils

compliqués, était tendue d'un tissu dont les dessins me parurent avoir été obtenus au moyen d'une combinaison photographique. Quant à l'homme que je regardais très attentivement, avec la curiosité que pouvait m'inspirer un Parisien vivant dans cent cinquante ans d'ici, c'est-à-dire en l'an deux mille trente, ses vêtements me parurent avoir été imaginés uniquement au point de vue de l'utilité, et sans aucune de ces recherches d'élégance qui pour nous confondent étroitement et mêlent en une seule l'idée de vêtement et celle de parure.

Au bout d'un instant, dans la chambre éclairée qui s'ouvrait devant moi comme un théâtre, une porte s'ouvrit et donna passage à un visiteur. L'homme assis se leva pour le recevoir, et ils tombèrent dans les bras l'un de l'autre, avec les démonstrations bruyantes de la plus vive joie. Puis, le maître de la maison recula d'un pas et rompit enfin le silence.

— « Quoi ! dit-il, c'est vous, mon cher Chapri !

— Oui, mon cher Tourrier, dit Chapri, c'est moi-même, et vous ne sauriez croire à quel point je suis heureux de vous embrasser.

— Mais enfin, reprit Tourrier, qu'avez-vous pu devenir pendant tout ce temps-là, et comment peut-il se faire qu'en dix ans vous ne nous ayez pas même une fois donné de vos nouvelles !

— Je vais, dit Chapri, satisfaire votre curiosité en quelques mots ; après quoi vous comprendrez à quel point je suis avide de renseignements, et combien vous devez vous hâter de me mettre au courant de tout. Comme vous vous le rappelez sans doute, j'étais allé dans la Lune, à Orissa, capitale de la province de Pyrase, pour y prendre la direction d'une fabrique d'Or, fondée par la maison de Rothschild, de Paris. Je croyais pouvoir déployer là mon activité, et avoir à combattre les obstacles que présente encore presque partout la composition du précieux métal. Mais, dans les environs d'Orissa, les matières premières sont à si bas prix, les eaux d'une qualité si merveilleuse, et les carrières de pierre philosophale si riches et d'une exploitation si facile, que je n'eus aucun mérite à réussir. Je me dégoûtai promptement d'un travail que ne contrariait nul obstacle et qui n'était traversé par des périls d'aucune sorte.

Après donc avoir demandé et obtenu l'assentiment de mes patrons, que m'apporta sans retard le navire aérien des Postes, je cédai à mon contre-maître, très suffisant pour cette besogne toute tracée, l'administration de notre fabrique d'Or, et je partis, en compagnie de l'intrépide Irvingstone, pour un voyage de circumnavigation à travers les planètes. Ce voyage, mon cher ami, n'a pas duré moins de dix années, parce que nous dûmes partout jeter les bases de la Société générale pour le percement des Isthmes. Cependant, il fut relativement si rapide, eu égard à la quantité des Étoiles parcourues, que nous n'avions pas le temps d'attendre les arrivages de navires aériens, et que, par conséquent, je n'ai eu que très rarement, et à de longs intervalles, des nouvelles de la Terre. Débarqué aujourd'hui même, j'accours chez vous, poussé d'abord par mon affection, et ensuite par le désir poignant de me renseigner.

— Alors, fit Tourrier, vous dînez avec moi. Mais, avant tout, que désirez-vous savoir?

— Tout! » dit Chapri, en allumant un cigare que son ami venait de lui offrir, et qui, fait avec les feuilles violettes de je ne sais quelle plante, fit bientôt serpenter dans la chambre les spirales d'une fumée écarlate et rose.

— Mon ami, dit Tourrier, une étonnante révolution s'accomplit en ce moment dans l'humanité. Un mal affreux, nouveau, inconnu, sans précédent, que vous soupçonnez à peine, et dont vous ne pouvez avoir que de vagues notions, dévore avec une effrayante rapidité le corps social. Ce mal, c'est l'Individualisme !

— Comment cela ? demanda Chapri.

— Il n'y a pas plus d'un siècle, dit Tourrier, qu'obéissant au plus légitime des sentiments, et sentant que le règne de la Science nouvelle était à la fin venu, l'homme voulut détruire le fatras de l'ignorance, s'affranchir des vieilles erreurs, et anéantir l'amas des vieilles traditions croulantes qui embarrassaient inutilement sa marche. Avec quelle ardeur furent accomplis ces actes de délivrance et de justice ! Le feu, la dynamite, le picrate, les puissants agents chimiques d'alors (tellement dépassés depuis !) ne laissèrent rien subsister de ce qui avait existé jusque-là.

Jusqu'aux demeures des hommes, tout fut détruit, renouvelé selon les lois inéluctables du sens commun, et dès lors le lumineux Age d'or commença radieux pour nos pères, qui furent gouvernés, comme nous le sommes après eux, par les purs principes de la Nécessité. Eh bien ! mon cher ami, le croiriez-vous ? précisément depuis votre départ, oui, depuis bientôt dix ans, par une perversion inouïe, l'initiative de l'Individu tend à se substituer au Collectivisme, et, si l'on n'y prend garde, nous entraînera dans un abîme de maux.

— Vous m'étonnez ! dit Chapri. Dans une société aussi fortement organisée que la nôtre, que peut l'Individu isolé, et sans le secours des autres plus faible qu'un passereau ?

— Il peut, dit Tourrier avec animation, ce que peut la goutte d'eau qui creuse le rocher ! Vous voulez

7

des exemples? Ils seront effrayants. Vous savez
comment s'écrit l'Histoire, et certes, cette combinaison est si simple et si parfaite, qu'il faut être en
démence pour en souhaiter une meilleure. Placés
dans les chambres des parlements et des tribunaux,
dans les palais des chefs de l'État, dans les cabinets
des ministres, et en temps de guerre au milieu des
armées, des appareils photographiques et phonogra-
phiques reçoivent des sons, des impressions et des
images, qui, immédiatement fixés par la gravure,
paraissent dans les journaux nationaux. Puis, ces
feuilles, classées et reliées périodiquement, sont
mises dans les bibliothèques, à la disposition de
tous les lecteurs.

Les acteurs de la vie politique et militaire y sont
vus dans leurs attitudes réelles, et leurs paroles y
sont consignées avec le son de leur voix, reproduit par
un caractère figuratif, d'une absolue clarté. Est-il
possible de souhaiter raisonnablement autre chose?
Assurément non. Cependant, lors de la récente
guerre que nous avons soutenue contre la colonie
italienne établie dans le centre de l'Afrique, un
insensé, un fou, un maniaque s'est imaginé d'écrire
lui-même, ayant pour seuls guides sa mémoire et
ses impressions personnelles, un récit des événements auxquels il a assisté, récit que rien ne con-
trôle, fait sans le secours d'aucun phonographe, et
qui n'est pas même un journal; car, au lieu d'en
exhiber les feuilles une à une et quotidiennement,
il les a données en une fois, attachées ensemble, et
formant une sorte de bloc, qu'il nomme : LIVRE!

— Voilà, dit Chapri, une singulière aberration! Ce
novateur espère-t-il donc que quelqu'un ajoutera
foi à de prétendues reproductions de la vie, dans
lesquelles n'interviennent en aucune façon les indispensables dérivés de l'art photographique?

— Et, reprit Tourrier, si je vous disais qu'un autre fou encore plus dangereux veut se passer tout à fait de l'imprimerie, en racontant les événements dans une sorte de langage mesuré qui, à ce qu'il prétend, pourrait se fixer et demeurer aisément dans la mémoire! Mais laissons ces billevesées. Écoutez ce qu'il me reste à vous apprendre, et vous allez frémir comme moi. S'il est sur la terre quelque chose de sensé, de juste, de nécessaire, c'est la loi qui régit encore chez nous l'union des sexes. Considérant que l'attraction de l'homme vers la femme est variable, fatale, et échappe entièrement à la volonté de celui qui la subit, le législateur a voulu que nulle restriction n'en entravât la parfaite liberté. Quant aux enfants, ainsi que l'indiquait la saine raison, ils portent le nom de leur mère, et appartiennent à l'État, qui, naturellement, leur donne l'éducation et l'instruction. A la mort de chaque citoyen, les biens qu'il a pu amasser retournent à la masse commune. Tout cela est si élémentaire que sans doute les choses ont toujours dû se passer ainsi.

Mais, admirez l'esprit de destruction qui s'agite, et crée arbitrairement de redoutables utopies! Dernièrement, un jeune homme et une jeune fille se sont rencontrés, qui, prétendant éprouver un sentiment jusqu'alors inconnu, ont voulu croire éternel l'attrait momentané qui les pousse l'un vers l'autre, comme cela arrive à toutes les créatures, et proclament le désir qu'ils ont formé de vivre l'un pour l'autre, sans se quitter, séparés de leurs concitoyens, et formant ainsi comme un État dans l'État! De plus, ces insensés auraient conçu le projet excessif de garder leurs enfants pour eux, et de les élever eux-mêmes, au gré de leur fantaisie et de leur caprice.

— Ah! fit Chapri, voilà qui est insoutenable!

Ainsi ces associés bizarres enseigneraient à leurs
enfants ce qu'ils voudraient, sans se préoccuper
des intérêts de l'État et de la Cité! Et s'il leur plaisait, par exemple, de ne pas initier ces pauvres petits êtres à la première et à la plus utile de toutes
les sciences, il y aurait donc en France des citoyens
qui ne seraient pas photographes ! ! !

— Mon ami, dit Tourrier, l'esprit de révolte est
allé plus loin. Un des scribes que le gouvernement
emploie à surveiller le tirage des journaux téléphoniques, s'est avisé de supposer que l'action continue des Énergies de la Nature, et la persistance des
Lois qui les régularisent, impliquent dans ces lois
une personnalité, une volonté individuelle ; aussi
imagine-t-il d'en faire des êtres ayant une pensée,
une existence distincte, et qu'il nomme... DES
DIEUX !

— Des Dieux ! dit Chapri, devenu pensif.

— Mais, reprit Tourrier, ceci n'est rien encore !
Vous le savez, mon ami, depuis que les caducs procédés d'éclairage au moyen de la lumière électrique
ont été abandonnés, et que la combustion de l'inépuisable éther fluide permet de prolonger indéfiniment le jour, le plus pauvre village, comme les
capitales, a ses réservoirs de fluide éthéré, et un système de tuyaux, se ramifiant dans toutes les pièces
des maisons, affranchit de la nuit et de l'obscurité
tous les citoyens. De sorte que pour jouir du jour
artificiel, il suffit d'appartenir à une collection
d'hommes, et que l'État, ainsi que c'est justice,
nous dispense la lumière, comme l'eau, le calorique
et l'air respirable. Mais, que direz-vous d'une telle
démence ? Un être audacieux, voleur du Feu, a prétendu créer, posséder en propre, avoir pour lui
seul une clarté dont il serait le maître, qui lui appar-
tiendrait personnellement et pour l'usage de la-

quelle il ne relèverait ni de l'État, ni du département, ni de la ville !

Pour cela, il enfile dans un bâton un écheveau de coton, et il le plonge ensuite à plusieurs reprises dans des cuves où il a fait fondre la graisse d'un animal égorgé, qui, en se refroidissant autour du coton, se solidifie dans une forme allongée et cylindrique. Selon lui, une fois la mèche allumée, la graisse, en se consumant peu à peu, fournirait à la flamme un aliment continu, de sorte que notre voleur aurait à lui un flambeau qu'il pourrait cacher, montrer, emporter avec lui, allumer et éteindre lorsqu'il lui plairait, et cet éclairage étonnant, qui le place au-dessus de tous, lui donne un incalculable pouvoir et le dérobe ainsi à toute solidarité humaine, il le nomme, à ce que j'ai entendu dire : UNE CHANDELLE !

— Une chandelle ! s'écria Chapri éperdu. Voilà qui est inimaginable. Même en ces excès surprenants et farouches, qui peut dire maintenant où s'arrêtera le Progrès ? »

A ces derniers mots, oubliant les sages conseils de mon ami, je ne pus retenir une exclamation et un violent éclat de rire. Alors se produisit une explosion terrible, une nuit opaque nous enveloppa, et je tombai évanoui. Je sus bientôt que, la glace magique s'étant brisée en mille pièces, un de ses éclats avait frappé à la tempe Hugues Sionnest, et l'avait grièvement blessé. Cependant, lorsque je revins à moi, sur un divan de son cabinet de travail où il m'avait porté lui même, il ne me fit aucun reproche, et me dit avec douceur que je devais m'estimer heureux de vivre dans un temps où l'art des vers n'a pas encore été remplacé par un appareil automatique, d'une application usuelle, régulière et cursive.

7.

IX

LA BONNE JOURNÉE

Ce qui fit du vieux Pierre Meystre, ce peintre désespérément épris de Raphaël, une des grandes figures du siècle, c'est que l'amour du beau était sa religion, qu'il poursuivait la perfection avec une âpreté jalouse, et se souciait du succès et de son bruit malsain comme d'une vieille pantoufle ! En 1848, âgé alors de soixante-sept ans, membre de l'Institut depuis une trentaine d'années déjà, arrivé au comble de la gloire, ayant achevé une série de chefs-d'œuvre que ceux de sa dernière vieillesse devaient égaler, il passait des journées devant un plâtre de Michel-Ange, pour tâcher, disait-il, d'apprendre à dessiner, prétention que, d'ailleurs, on ne lui pardonna pas. A ce moment-là, où un tableau non achevé encore, sa *Naissance de Vénus*, lui avait été acheté cent mille francs, il était pauvre, et plus que pauvre, seul signe certain auquel on reconnaisse les dévots de l'art pour l'art, et pouvait calculer que depuis l'année 1801, (celle de son prix de Rome,) il avait, l'un dans l'autre, gagné trente sous par jour.

On venait de découvrir ses peintures allégoriques de la Chambre des Députés, en même temps que sa chapelle de Sainte-Élisabeth à l'église Saint-Roch, et en lisant les journaux qui le traînaient dans la boue, le traitaient de « crétin », l'appelaient « mouchard », et même : « Raphaël » aussi, par-dessus le marché, le vieil artiste se fût peut-être, en effet, pris lui-même pour un imbécile, s'il n'eût été en possession d'un idéal que rien ne pouvait détruire ni entamer. Le matin du 24 Février, il lisait ces ordures avec une sorte de tristesse, voyant comme il lui serait plus difficile encore de gagner le pain quotidien, lorsque des visiteurs lui apprirent qu'une révolution venait d'éclater.

D'ailleurs, il l'eût facilement appris sans eux, puisque bientôt il entendit le bruit de la fusillade, et que les balles vinrent s'enfoncer dans le châssis qui encadrait la verrière de son atelier, situé sur le quai Voltaire. Bien qu'il fût brave comme un soldat, et toujours prêt à donner son sang, Meystre n'eut aucunement l'idée d'aller se battre. L'adjonction des capacités le laissait froid, il n'éprouvait pas le besoin de nommer ses représentants, et il avait même tellement horreur de la parole, qu'au lieu de parler, il préférait jouer du violon ! Il se mit donc à son tableau, peignant la mer, le ciel, les accessoires. Quant à la figure d'Aphrodite, il n'y pouvait toucher sans avoir là le modèle, une certaine Laure Morpho, qui seule lui avait paru assez belle pour servir de thème à la création de la Déesse. Comme il travaillait avec sa verve incomparable, on annonça l'Américain acheteur du tableau, monsieur Arthur Biggar.

— « Oh ! dit-il, cher monsieur, voilà mon tableau ! Il est satisfaisant, peint dans une gamme aimable et dans une harmonie extrêmement gaie. » Puis, tirant de sa poche un portefeuille qu'il ouvrit et que les banknotes débordaient : « Pouvez-vous, ajouta-t-il, me le livrer tout de suite ?

— Eh ! fit brutalement le vieux Meystre, ne voyez-vous pas que ce tableau est à peine ébauché !

— Ébauché? fit l'Américain avec un flegme horrible, je ne crois pas ; parce que vous me l'avez promis pour le 22 courant, et que vous êtes un honnête homme.

— Allez au diable, dit Meystre, je ne suis pas un casseur de cailloux !

— Moi non plus, fit monsieur Biggar. Je suis négociant et je vends de tout. Cependant je me déciderais tout de suite à casser des cailloux ou à les faire casser, ce qui revient exactement au même, si j'y trouvais un bénéfice suffisant, ou même excessif. Mais, cher monsieur, je tiens ma parole, quand je me suis engagé à livrer à un jour convenu telle ou telle marchandise. Et si je n'avais pu me la procurer, je livrerais autre chose. Dans ce cas-là, je n'hésiterais pas ; disons mieux : je n'ai pas hésité. L'an dernier, à pareille époque, j'avais promis à un confrère de Cincinnati de lui livrer cent tonnes de porc salé ; n'ayant pu les réunir, je lui ai donné délibérément du chien salé. Mais pour rien au monde l'honneur de la maison Biggar et Biggar ne serait resté en affront.

— Allez-vous-en ! » cria Meystre d'une voix de tonnerre, en secouant son épaisse chevelure grise.

On entendait toujours siffler les balles ; le vieil artiste, rouge de fureur, essayait de travailler, et monsieur Biggar, qui s'était tranquillement assis, découpait avec son canif un morceau de bois blanc.

— « Monsieur, dit-il, je pars après-demain, à midi. Mais comme une heure me suffira pour emballer la toile et pour me rendre à la diligence de Calais, je prendrai encore le tableau, s'il est prêt à onze heures. Dans le cas contraire, je ne pourrai pas le prendre. »

Meystre qui, petit et trapu, était fort comme un taureau, et dont les bras semblaient avoir été taillés dans le marbre à coups de maillet par son maître Michel-Ange, se préparait à saisir éperdûment Biggar et à le jeter dans l'escalier, lorsque madame Meystre parut, souriante comme toujours, mais souffrante et fatiguée, très pâle sous ses cheveux blanchissants, et tourna vers son mari ses doux, sombres et profonds yeux bleus. En voyant sa chère compagne qui, s'il venait à mourir, serait presque dans la misère, Meystre comprit qu'il n'avait pas le droit de sacrifier cent mille francs, et tout à coup, par un héroïque effort, dompta sa colère.

— « C'est bien, dit-il à monsieur Biggar. Revenez après-demain. »

Cependant il était encore tout frémissant, ne pouvait plus tenir ses brosses, et tandis que sa chère Jacqueline se penchait vers lui et le baisait sur le front, il reprit un des journaux, *Le Sagittaire*, et machinalement le regarda. Un nom, celui d'Advielle, lui sauta aux yeux. Ce banquier venait de s'enfuir, laissant un million de déficit, emportant tous les fonds de ses clients, et par conséquent les pauvres économies de Pierre Meystre. Le peintre devint affreusement pâle, et d'un geste désespéré laissa tomber le journal.

— « Qu'as-tu ? lui dit madame Jacqueline.

— Rien, dit-il, ma bonne, ma chère femme. Mais laisse-moi un instant; j'ai à peindre un morceau difficile. »

En sortant de l'atelier, madame Meystre se croisa avec Léon Salmé, que Meystre avait envoyé à la recherche du modèle. Le peintre se tourna anxieusement vers son élève.

— « Eh ! bien, lui demanda-t-il, Laure Morpho ?

— Mon cher maître, dit Salmé, elle ne viendra

pas. Elle ne viendra pas de longtemps. Elle est au lit, attaquée de la petite vérole, et je crois bien qu'elle va mourir. »

Ainsi s'écroulait le dernier espoir de Meystre, qui sentit couler de ses yeux une larme brûlante. Il se leva, alla à un meuble à tiroirs où il prit un petit tas d'or qu'il divisa en deux parts inégales, et remettant à Salmé la plus grosse part, lui dit d'une voix ferme : « Porte cela à cette pauvre fille. » Puis, resté seul : « Eh bien, s'écria-t-il, je ne céderai pas ! Je ne céderai ni à la haine, ni à l'injustice, ni au découragement, et je peindrai ma Vénus sans modèle ! » Alors, pour se remettre au travail, il ramassa le numéro du *Sagittaire*, qui, tombé près de lui, le gênait, attirait son regard, et il ne put s'empêcher de lire encore un des articles où le journaliste avait traité si cruellement ses peintures de la Chambre des Députés : « Monsieur Meystre, qu'on a oublié d'embaumer, disait le journal, a peint, dans un entrecolonnement, un Hercule qui n'est pas fort, et cela tient peut-être à ce qu'il n'est pas fort lui-même. Cependant, comme ses succès appartiennent désormais à la fable, et comme il est certainement devenu un personnage mythologique, il fait bien d'invoquer les Dieux de la mythologie, qui seuls peut-être ont qualité pour le tirer d'affaire! »

Après avoir lu ces lignes, Meystre profondément triste, mais ardent comme à vingt ans, plein d'enthousiasme et de bravoure, beau comme un lion, secoua la tête pour écarter sa chevelure, et assura dans sa vieille main sa palette, où déjà les couleurs chantaient, impatientes de dérouler leurs harmonieuses gammes. Mais ayant baissé les yeux par hasard, il retira vivement son pied, que déjà venait atteindre comme une eau débordée, comme un flot tumultueux et chantant de la vaste mer.

C'était bien un flot, en effet, et c'était bien la
mer ! La mer bleue et verte, la mer d'Asie, couleur
de turquoise et d'aigue-marine, frangée d'écume,
striée, brodée et glacée d'argent, et partout baisée
et follement caressée par le fauve soleil. Habitation
et murailles, tout avait disparu ; aussi loin que l'œil
pouvait regarder, c'était la vaste mer, le ciel d'un
azur clair et profond à peine fouetté de nuages légers, et les souriantes îles, parmi lesquelles la
grande Cypre s'élève comme une souveraine et
plonge dans l'air son front parfumé. Mais un immense frisson de joie a couru dans la nature en-
chantée, et l'air s'est teint d'une vague lueur de
rose. Le flot, murmurant comme un chant de lyre,
frémit dans l'attente d'un événement prodigieux, et
le vieux Meystre voit tout cela ; mais il est trop
peintre pour s'étonner ; il peint, couvre la toile où
rapidement court sa brosse agile, et avec les couleurs de boue et de fange, torturées et vaincues par
son puissant génie, réalise l'infini, l'azur et la lumière.

Un grand silence effrayant, mortel, fou d'anxiété,
se fait pendant un instant ; puis tout à coup, de la
blanche écume naît et jaillit l'immortelle Aphrodite,
enfant, héroïque, délicieusement vierge, si grande
que son front semble toucher aux nuées. Sa chevelure d'or et de feu ruisselle, éparse ; montrant ses
dents de lys, un sourire entr'ouvre ses rouges lèvres,
que rien n'a souillées, pas même la divine ambroisie,
et montrant les bouts roses de ses seins, sa chaste
poitrine, son ventre droit et poli, ses bras robustes
et ses jambes superbes, le beau corps pétri de blancheur et de lumière, où par endroits rougit la jeune
pourpre du sang virginal, brille dans le tremblant
éblouissement de la clarté céleste.

D'un pas léger et rythmé, la grande Déesse mar-

che sur les flots. Ses noires prunelles expriment la
radieuse joie de vivre ; en s'éveillant, elle a compris
qu'elle-même sera la vie et le renouvellement des
créatures, l'éclosion de tout ce qui respire, et elle
agite ses doigts gracieux qui mettront la flamme dans
les poitrines et tresseront mystérieusement les âmes.
Elle va devant elle, charmée et charmeresse, ouvrant
ses paupières arrondies, levant glorieusement son
front d'or, et foulant la mer tumultueuse que n'ont
jamais effleurée les pas des Dieux. Tout à l'heure
elle abordera sur le sable d'or de la fertile Cypre,
dont les citadelles doivent être son partage, et où
elle régnera dans Salamis bien bâtie.

Et là, les Heures, qui l'attendent, la couvriront de
vêtements ambroisiens, attacheront sur sa tête une
couronne de violettes, orneront son cou de riches
colliers, et mettront à ses oreilles des fleurs de laiton et d'or précieux. Et en voyant la Vierge triomphante qui vient lui ravir son pouvoir, le plus ancien
des Dieux, le guerrier Amour, enfanté par la Nuit
aux ailes noires dans le sein infini de l'Érèbe, ne
pourra s'empêcher d'adorer ses bras de neige et sa
bouche entr'ouverte comme une rose ! Mais maintenant, elle s'avance d'un pas tranquille sur la mer
aux bruits sans nombre, et les regards attachés sur
le divin modèle, le vieil artiste peint avec furie, luttant avec les idéales blancheurs de la chair sacrée,
et il peindra jusqu'à l'heure où peu à peu les ténè-
bres envahiront la mer et les riantes îles, et où un
bienfaisant sommeil fermera ses yeux appesantis,
que le souvenir de la Vierge paphienne doit éblouir
à jamais.

Il faisait nuit noire lorsque madame Jacqueline
Meystre, inquiète de n'avoir pas encore vu son mari,
entra dans l'atelier, une petite lampe à la main. En
voyant le splendide tableau achevé, peint en une

fois avec la fougue du génie, elle ne put retenir un cri d'étonnement, qui aussitôt réveilla le peintre, et elle allait sans doute exprimer toute son admiration pour un tel chef-d'œuvre ; mais par un geste décisif, auquel cette excellente femme obéit sans réplique, Meystre, posant un doigt sur ses lèvres, lui indiqua d'une manière à la fois tendre et impérieuse, qu'elle devait garder le silence.

Seulement après que monsieur Biggar eut emporté le tableau, il raconta à sa femme le spectacle inouï qu'il lui avait été accordé de voir avec ses yeux mortels ; mais, ce moment passé, il ne voulut plus en reparler jamais. Il continua sa vie humble et sublime, entassant les chefs-d'œuvre et travaillant comme un ouvrier à la tâche ; mais la structure du corps humain, tel que nos habitudes et nos vices l'ont déformé, le jetait parfois dans des accès d'une gaieté prodigieuse.

La grâce robuste des modèles, nés dans le peuple et grandis librement, lui semblait encore acceptable ; mais il s'habituait plus difficilement à la maigreur prétentieuse de certaines femmes du monde. Lorsqu'il peignait le célèbre portrait où il a représenté la duchesse de Félise en robe jaune, un jour, en regardant la chimérique poitrine de cette grande dame, il fut pris d'un inextinguible rire, que madame Jacqueline, très heureusement présente, eut grand'peine à expliquer d'une manière acceptable. Pour rien au monde, elle n'eût proféré un mensonge ; mais elle se rappela à propos que Meystre avait, le matin même, relu *Lysistrata*, et elle exploita ingénieusement cette circonstance. De telle sorte que le rire intempestif de Meystre put être attribué, sans trop d'invraisemblance, au souvenir que lui avait laissé le pamphlet désopilant du poète Aristophane.

X

LES HUBERTINES

Silvin Rist, qu'on a connu il y quelques années au quartier Latin, est un bon Bourguignon de Thil-le-Château, taillé en force, bâti comme un jeune lutteur, fauve, trapu, aux yeux d'aigle, à la petite barbe bleuâtre, coiffé d'une noire toison de mouton frisé, qui lui descend jusque sur les sourcils. Il était né pour avoir une amie robuste et pour boire à grandes lampées le bon vin de la Côte-d'Or, et c'est d'ailleurs ce qu'il fait à présent; mais étudiant alors et logé dans un petit grenier de la rue du Dante, il ne buvait que de l'eau à la fois pure et impure, et se nourrissait de ces étonnants plats à six sous, plus mystérieux que la cuisine des sorcières de Macbeth. Tout jeune, il avait perdu d'abord son excellente mère, puis son père qui, venu à Paris pour faire de la littérature, était retourné à Thil, vaincu, traînant l'aile et plus maigre qu'un prisonnier oublié depuis vingt ans dans son cachot.

Le pauvre petit orphelin avait été recueilli par son oncle Eusèbe Rist, honnête vigneron des temps antédiluviens, qui regardait Paris comme un lieu de perdition et n'y était jamais venu. Lorsqu'il y envoya Silvin pour faire ses études de médecine, il crut agir très prudemment en ne lui allouant qu'une pension de cent francs par mois. Mais soigneusement, il lui recommanda d'éviter l'absinthe et les femmes légères, prescription à laquelle Silvin se conforma facilement; car la faible somme qui lui était accordée l'empêchait tout justement de mourir de faim, et il n'aurait pas eu de quoi acheter des livres et payer ses inscriptions, s'il n'eût de temps en temps reçu quelques louis envoyés en cachette par sa tante Ursule.

Il piochait comme dix terrassiers, passant les nuits à travailler sous une petite lampe qu'on n'aurait pas ramassée au coin de la borne, ignorant l'absinthe et tous les liquides funestes, comme s'ils n'avaient jamais été inventés; et tous les jours, sans exception, imitant la continence d'Alexandre, sans pour cela donner lieu à aucune gravure en taille-douce. Son sang chaud se révoltait bien quelquefois; mais il le domptait par la famine, et, pour tout régal, tétait le lait amer de la Science.

Vers quatre heures, par une après-midi de février où déjà de hâtifs effluves du printemps couraient dans l'air, il était resté seul dans une des salles de dissection, à Clamart, rue du Fer-à-Moulin, et il disséquait le corps d'une femme jeune et belle, morte à l'hôpital. Silvin, voulant étudier la crosse de l'aorte, sa situation, ses rapports, les branches artérielles auxquelles elle donne naissance, devait pour cela supprimer la partie antérieure du thorax, depuis le bas du cou jusqu'à l'abdomen, à l'endroit où le diaphragme sépare l'une de l'autre les cavités thoracique et abdominale. Il avait donc pratiqué avec le scalpel une incision elliptique, plus large en bas qu'en haut, et il allait continuer son travail en coupant les cartilages au moyen du sécateur, et en pratiquant deux traits de scie, l'un à droite, l'autre à gauche de la clavicule, lorsque, s'étant arrêté pour

bourrer une pipe, il regarda la tête pâle et charmante du sujet sur lequel il opérait, et dont les cheveux avaient été coupés courts.

Cette femme, il la connaissait bien! C'était une
nommée Apollonie, dont les danses éperdues et les
toilettes tapageuses avaient révolutionné les étudiants, et qui venait de mourir en quelques jours,
emportée par une fluxion de poitrine. Sa jolie tête
avait un caractère bizarre et fatal, dû sans doute à
la violence des minces sourcils noirs qui se rejoignaient, et formaient ainsi comme un arc parfait.
D'ailleurs, Apollonie avait appartenu à une légende,
et passait pour être une des nombreuses filles d'un
étudiant nommé Hubert qui, vingt ans auparavant,
avait recommencé au quartier Latin les exploits
d'Hercule, mettant à mal les femmes des honorables
commerçants. Il y avait semé une quantité considéra-
ble de filles, surnommées depuis les Hubertines, car
il ne produisait pas de garçons, préférant sans doute
renouveler au profit de ses successeurs le personnel
féminin, dont il avait fait un si effroyable massacre.

Silvin Rist regardait les belles lèvres d'Apollonie,
pensant comme elle se serait peu ruinée jadis en lui
donnant un de ces baisers qu'elle jetait à tous les
vents du ciel, lorsqu'au même moment il entendit
quelques bribes de chansons que criaient dans la
rue ses camarades qui venaient de partir, et, au
loin, les cornets à bouquins du carnaval, dont la
note absurde semblait un appel de plaisir et de délirante folie.

— « Ah! pensa-t-il en reprenant son scalpel et en
se penchant de nouveau sur sa tâche, je voudrais
bien une fois m'amuser aussi!

— Pourquoi pas? Va t'amuser! » murmura à son
oreille une voix faible et étouffée.

Silvin fut persuadé que c'était la morte elle-même

qui lui avait parlé, et logiquement il aurait dû avoir peur, trembler de tous ses membres ; mais au contraire, par une étrange transposition, il ne se sentit nullement effrayé, et à l'instant même fut convaincu, comme par de vives raisons, qu'il devait, du moins pour ce jour-là, rompre avec sa vie d'ascète et jeter son bonnet par-dessus tous les moulins.

En attendant, il commença par ôter sa blouse blanche tachée et souillée, rangea ses instruments et se hâta de rentrer chez lui, où il devait trouver le Pactole, car sa tante Ursule venait justement de lui envoyer trois cents francs. Il en rangea cent dans un tiroir et prit avec lui les deux cents autres. Puis, après avoir revêtu ses plus beaux habits, il s'en alla bravement de l'autre côté de l'eau, sur le boulevard, en fumant un cigare de cinq sous, et entra chez Désiré Beaurain, où il mangea des viandes réelles, but deux bouteilles de Corton, et, après son café, quelques petits verres d'une excellente eau-de-vie. Puis, toujours à pied, il traversa une seconde fois Paris et arriva au boulevard Montparnasse avec les idées les plus subversives.

Lorsqu'il entra au bal Bullier, où les robes à traîne et les habits de ville se mêlaient aux déguisements de carnaval, la fête était à son plus beau moment. C'était une cohue à s'étouffer, la danse bondissait et hurlait, et les femmes effrénées jetaient leurs pieds dans les yeux de leur vis-à-vis, avec un entrain superbe. En voyant Silvin Rist au bal, ses camarades étaient plus étonnés que s'ils eussent vu un ermite se faire diable ; mais à toutes leurs questions il répondit à peine quelques paroles vagues. La danse venait de finir, les femmes se promenaient seules, ou avec des cavaliers, ou par couples, et Silvin les dévorait des yeux, se régalait à les regarder, et, déjà ivre peut-être, reconnaissait parmi elles une quan-

8.

tité d'incontestables Hubertines, toutes belles ou
jolies, et marquées du même signe fatal et singulier. Mais l'orchestre commença à chanter et à ru-
gir ; les quadrilles se formèrent ; d'un regard rapide,
l'étudiant vit une grande fille, évidemment Hubertine celle-là, qui portait les cheveux courts comme
ceux d'Apollonie, et lui ressemblait comme une
sœur jumelle.

C'était la fameuse Anna Quir, surnommée Tire-Ligne
à cause de sa prédilection pour les mathématiciens,
et dont il entendit les deux noms murmurés tumul-
tueusement à ses oreilles. Elle s'était placée à la
danse sans cavalier, par une anomalie bizarre. Silvin,
qui de sa vie n'avait dansé, alla se mettre à côté
d'elle. Il sembla qu'elle l'attendait ; elle ne fit aucune observation et reçut avec un bon sourire ce
cavalier tombé du ciel. Puis tous les deux commen-
cèrent à s'escrimer, et ce qu'il y eut de véritablement
imprévu, c'est qu'à l'instant même l'étudiant sentit
se développer spontanément en lui un génie particulier et tout à fait remarquable pour la chorégra-
phie spéciale de ces kermesses, et on s'arrêtait pour
le regarder, comme jadis Brididi et le fameux Chicard. Il devinait dans les yeux de sa compagne ce
qu'elle allait faire, et bondissant comme un bonhomme en caoutchouc, lancé comme un clown, envolé comme une flèche, il improvisait une variation
qui, par avance, brodait ce thème inconnu.

Tous les deux sautaient comme des cabris, s'enla-
çaient comme des serpents, mimaient des scènes
alanguies, s'enfuyaient dans un tourbillon de foule
et reparaissaient en l'air comme s'ils avaient jailli
du parquet, couple voltigeant et éperdu comme des
oiseaux fous ou comme des plumes légères emportées
dans l'ouragan. Ils ne se quittèrent pas de la soirée,
se tutoyant, tenant des discours entièrement dé-

pourvus de sens qu'ils n'écoutaient ni l'un ni l'autre, et dans les intervalles des danses s'asseyant à des tables où ils buvaient de la bière, du cassis, du punch, de la crème de moka, où Silvin payait pour tout le monde, et où des femmes, souvent giflées par la jalouse Tire-Ligne, le couvraient de baisers jetés au vol, et comme s'il en pleuvait. Vers une heure du matin, quoique le bal dût se prolonger toute la nuit, les amis improvisés de Silvin partirent joyeusement par troupes, et docilement il allait les suivre, lorsque Anna Quir, appuyée et abandonnée sur son bras, lui dit d'un ton câlin, qui promettait tout et le reste :

— « Non, faisons auparavant une heure de voiture ! »

Les deux amis montèrent en effet dans une voiture de place, et je pense qu'Anna indiqua au cocher les Champs-Elysées ; mais ici, il faudrait prendre ce mot dans son acception propre, car le pauvre Silvin s'y enivra de mille délices, et s'il avait jeûné longtemps, comme plus tard le docteur Tanner, il put se dédommager par d'innombrables noces et festins, et à la table qu'Amour avait dressée pour lui dans ce fiacre, dévorer à lui seul un festin de cent couverts. Il ne s'était pas aperçu que, par l'ordre d'Anna, le cocher avait regagné le quartier Latin, et il était encore affolé par le parfum entêtant des roses et des tubéreuses qui fleurissent dans la Cythère idéale, lorsque, descendu à la porte d'une brasserie décorée dans le style du quinzième siècle, il fut poussé en avant par son amie, qui criait d'un ton victorieux : « Voilà Silvin Rist qui paie à boire ! »

Il se trouva au milieu d'une foule d'étudiants, de masques, de femmes, de gommeux, de rapins, d'êtres quelconques ; on buvait des bocks, du rhum, de la menthe, du curaçao, des grogs ; on mangeait des fruits à l'eau-de-vie, des tartines, des choucroutes,

et Rist payait toujours, enchanté, n'ayant plus conscience de rien et sentant ses idées et ses souvenirs
danser dans son front les pas fulgurants du bal Bullier. Après cette brasserie-là, une autre, deux autres, dix autres ; Anna ou Tire-Ligne entrait toujours
avec son refrain : « Voilà Rist qui paie à boire ! »
Et Rist buvait et payait, entièrement fou, mais montrant par sa bonne contenance qu'un estomac bourguignon est blindé et cuirassé comme un navire de
guerre. Enfin, dans un cabaret de la rue Monsieur-
le-Prince, (tous ceux de la rue Cujas, de la rue
des Écoles et du boulevard Saint-Michel avaient été
épuisés,) au moment où Anna continuait ses prodigalités, Silvin, en mettant la main à sa poche, remarqua avec sérénité qu'il n'y avait plus rien dedans, et il fit part à son amie de cet incident imprévu.
La belle Tire-Ligne ne manifesta aucun étonnement,
ne poussa même pas un « Ah ! » de surprise, et dé-
chevelée, un verre à la main, entonnant un refrain
sans queue ni tête, elle alla s'asseoir à une table
avec des amis à elle, non sans avoir regardé Silvin
avec ses yeux d'Hubertine, barrés de sourcils noirs,
d'une façon qui signifiait clairement : « Allez-vous-
en, gens de la noce, la fête est finie ! »

L'étudiant aimait autant cela, et il n'eut pas le
temps de regretter sa volage compagne, parce que
depuis un moment il luttait contre la plus pénible
de toutes les obsessions, et travaillait plus qu'il n'a-
vait jamais fait dans sa chambre silencieuse. En
effet, il s'était figuré, par une de ces idées que sug-
gère l'ivresse, qu'il devait à l'instant même se rappeler la matière de toutes ses études, se tenir prêt à
passer ses examens, et il se récitait tous les livres
appris ; en même temps rédigeait des dissertations
et des notes, écoutait le cours d'anatomie, réfutait
Bichat, relisait Claude Bernard, et exposait tout un

système sur l'homme préhistorique. C'est dans ces
dispositions qu'il sortit ébloui dans la rue, étonné
de voir les maisons danser des cavaliers seuls, et les
étoiles se livrer à des valses éperdues. Toujours il
étudiait, parlait, écrivait, évoquait ses souvenirs,
feuilletait les in-folio, faisait des efforts désespérés
pour se rappeler exactement les textes, et il voyait
les pages se dresser devant lui à peu près lisibles,
mais barrées par de noirs sourcils d'Hubertines!

Enfin, il se sentit pris par le froid, si effroyablement gelé qu'il n'eut plus la force d'avancer, et s'appuya contre une muraille. Il était alors rue Saint-
Séverin ; à deux pas de lui, il vit une brasserie encore éclairée et restée ouverte à cause du bal, et au
même moment, plongeant sa main dans une poche
oubliée, il s'aperçut avec une joie délirante qu'il y
restait une dernière pièce de vingt francs. Il pourrait donc se réchauffer, échapper à ce froid mortel.
Quant à boire, il n'y songeait plus. Il sentait se
croiser et se culbuter dans sa tête des meubles, des
déménagements, des bouleversements de chaises et
de commodes, mêlés avec les noms des diverses
maladies, et au milieu desquels le regardaient fixement les yeux de la pâle Apollonie et de l'enragée
Tire-Ligne.

Il entra dans la brasserie, où buvaient des gens
aux têtes spectrales et fantasmatiques. Lui, il voulait
s'abstenir de tout breuvage ; mais les petites servantes
aux parures farouches et aux pochettes de cuir ne
le lui permirent pas. L'une, aux prunelles glauques,
aux joues vertes et comme transparentes, vint le
regarder dans les yeux, et lui dit amoureusement :
— Bois avec ta petite Absinthe! — Bois avec ta
petite Phtisie! lui dit une autre, maigre, aux joues
caves, aux pommettes saillantes et rouges, au nez
dilaté. Et une autre encore, à la face stupéfiée, à

l'œil vitreux, à la bouche entr'ouverte, le tirait par le bras et lui disait : — Bois avec ta petite Typhoïde ! La quatrième, abattue, découragée, lasse de vivre, soupirait à son oreille : — Bois avec ta petite Péritonite ! — Bois avec ta petite Variole, avec ton petit Ictère, disaient les autres, et Silvin buvait avait elles les grogs, les menthes, les punchs, les sirops, surtout les absinthes, pures, noyées d'eau, panachées d'anisettes et de gommes hétéroclites, et, ivre-mort, voyait leurs faces effrayantes ponctuées par les sourcils en arc des Hubertines.

Enfin, des camarades à lui entrèrent, et fraternellement le ramenèrent dans son grenier de la rue du Dante. Mais Silvin ne put s'endormir ; il se voyait étendu sur la table de dissection, servant de sujet à une leçon d'anatomie comme celle qu'a peinte Rembrandt. Seulement, les écoliers qui l'écoutaient étaient ses professeurs de l'école, à cheveux blancs, et le professeur était Apollonie qui, nue et le thorax ouvert, portait une robe noire ouverte et un bonnet pointu, comme les médecins de Molière. Tire-Ligne l'aidait et la servait, et tandis que le spectral professeur enfonçait son scalpel dans les chairs, elle s'adressait à l'auditoire et disait d'une voix doctorale : « Voilà Silvin Rist qui paye à boire ! »

L'étudiant guérit, parce qu'il avait la vie dure, et, se tenant pour content de ce premier essai, il ne tenta plus de s'amuser, pendant la durée de ses études. Il les acheva promptement, et, une fois docteur, alla s'établir à Thil-le-Château. L'oncle Eusèbe et surtout la tante Ursule désiraient le marier ; et comme l'ancien étudiant Hubert, devenu père de famille et vigneron à deux portées de fusil de chez ses parents, avait de belles filles saines et robustes, à la noire chevelure, Silvin Rist put épouser une Hubertine sérieuse. Il la serre volontiers

dans ses bras fidèles, et, entre temps, il boit le bon
vin de son clos ; mais ce bon vivant aux muscles de
taureau est tout près de s'évanouir, lorsqu'en passant
sur son cheval devant quelque cabaret où sont
attablés des paysans, il voit briller dans les verres
pleins la bière couleur de topaze liquide, ou le flot
pâle et opalin de la verte absinthe !

XI

LE DERNIER BAL

Le brillant romancier Henri de Disty, qui a été si heureux par son mariage avec madame Paule de Trénil, a bien manqué cependant ne pas se marier, et il ne s'en est fallu que l'épaisseur d'un cheveu. Nous y aurions perdu certainement les œuvres fortes et émouvantes qu'il nous a données, depuis qu'il n'en est plus réduit à attendre fiévreusement un succès de théâtre ou de journal; mais il était écrit que ce vicomte devenu artiste aurait de la chance jusqu'au bout, et deviendrait le mari d'une femme saine de corps et d'esprit, et franchement belle, après avoir échappé à la plus dangereuse des enchanteresses parisiennes. Depuis deux ans déjà, la belle Paule était veuve de l'amiral de Trénil, lorsqu'elle rencontra Disty et l'aima passionnément, sans se faire illusion sur un talent très ferme et viril, mais qui aurait voulu être du génie; de sorte que le romancier, qui aimait la flatterie comme les chats aiment le lait, commença par ne pas trouver tout à fait son compte dans un amour où il ne jouait pas le rôle d'un dieu en exil.

Absolument franche et sincère, madame de Trénil n'aurait pas dit un mensonge pour sauver sa vie, et elle ne feignait pas de croire son ami supérieur à

Balzac. De plus, elle ignorait, parce qu'elle voulait l'ignorer, l'art d'être tour à tour tendre et méchante, capricieuse comme la mer, et de susciter ces craintes, ces terreurs, ces angoisses qui tiennent l'amoureux en éveil, et à chaque instant le laissent incertain entre un oui et un non, comme un voyageur qui marche au bord des abîmes. Avec elle, la chose dite était dite, et elle était probe comme un homme, ou plutôt comme une vraie femme. Enfin, elle n'aurait pas eu l'idée que Disty pût songer à autre chose qu'à devenir son mari, et en effet, c'est bien à cela qu'il songeait ; mais peut-être au fond de son cœur trouvait-il un peu dur de terminer aussi tôt son poème, d'une façon si prévue et si bourgeoise.

On pourrait croire qu'un romancier, habitué à les analyser et à les mettre en scène, doit n'avoir que du mépris pour les jeux compliqués de la coquetterie féminine ; mais ce serait une grave erreur. De même que les acteurs sont de tous les hommes ceux qui sont le plus facilement le jouet de l'illusion théâtrale, les écrivans qui étudient la femme sont ceux de tous qu'elle joue avec le moins de peine, car leur contemplation les affole, leur donne le vertige, et ils ne regardent pas longtemps les yeux d'Ève sans y voir trente-six chandelles. Surtout ces analystes sont très déconcertés par le manque d'artifice, et c'est ce qu'éprouvait Disty en face de madame de Trénil, qui portait naïvement ses belles robes, et qui, fraîche et superbe comme une pâle rose sous sa soyeuse chevelure noire, se lavait dans l'eau pure et ne songeait pas à s'imprégner de parfums enivrants et subtils.

Aussi, lorsque madame Aurélie de Favresse, blonde merveilleusement jolie et perfide, machinée comme une féerie, entreprit de troubler le bonheur de madame de Trénil, qu'elle trouvait insolent, elle

9

trouva en Disty un complice tout prêt à lui obéir, et
peu s'en fallut qu'elle ne supprimât pour toujours
son innocente rivale, parce qu'elle avait en effet sur
elle toutes sortes d'avantages. D'abord, au lieu d'être
franchement jeune, comme Paule, elle était arrivée
à cet âge qu'on ne dit plus, ce qui lui permettait de
se fabriquer de toutes pièces une jeunesse enfantine,
avivée par les plus délicieux caprices. Au moyen
des puissants cosmétiques, elle pouvait donner à
son teint ces douces colorations et ces nuances
délicates que dédaigne la nature, et familiarisée
avec les plus mystérieuses essences, sa chevelure
d'un blond assez terne prenait à volonté les éclats
de soleil, tous les ors vénitiens, ou d'autres fois la
jaune pâleur argentée et divine des cheveux
d'Ophélie. Madame de Favresse est maigre et peut
fournir à l'habile couturier un thème sans cesse
varié par la susurrante chanson des étoffes, et toujours gracieux. Exercée, comme jadis mademoiselle
Mars, à se servir d'une voix musicale entièrement
factice, elle s'entoure de voiles, de gazes, de nuages,
et lorsqu'elle à pris une pose élégiaque, longtemps
répétée et bien sue par cœur, elle sait se dire à elle-
même, comme le photographe : Ne bougeons plus !

Le danger de l'épouser n'existe pas, puisque
monsieur de Favresse se porte comme un chêne.
Mais cet homme d'esprit, qui collectionne les plus
belles chanteuses d'opérette, ne semble pas faire
fi de sa femme, afin de ne pas en dégoûter les autres,
et même, il se montre suffisamment jaloux pour que
la conquête d'Aurélie reste désirable et précieuse.
Ajoutez que joyeuse, folâtre, étonnée, irritée, ironique, touchante, et selon l'occasion idéale ou
nettement féroce, insaisissable comme un rayon de
lune, madame de Favresse se livrait à des tirades
bien amenées sur les poètes embourgeoisés comme

des aigles en cage; que, de plus, elle avait poussé l'hypocrisie admirative jusqu'à apprendre par cœur dans les romans de Disty des pages tout entières, et vous comprendrez que le romancier enguirlandé, tout prêt à ouvrir son bec, fût devenu en peu de temps aussi bête que le corbeau de la fable.

Au moment où se passe cette historiette, (c'était l'année dernière, vers la fin de mars,) madame de Trénil désolée voyait son bonheur s'émietter et se dissoudre. A quelques jours de là devait avoir lieu chez la marquise de Sellen un des derniers bals de la saison, et Paule devinait instinctivement que là se jouerait la dernière partie, que ce soir-là sa cruelle rivale ferait un effort suprême pour lui enlever décidément son ami, et pour se parer de lui devant toute la haute société parisienne. Certes, elle voulait lutter; mais commment? Après qu'elle se fut commandé une toilette composée avec un goût hardi et simple, elle n'en savait pas plus long. Elle prit donc le parti d'aller demander conseil à sa marraine, la vieille duchesse d'Isorez, qui était la sagesse même, et vivait reléguée dans son château de Chaville. Mais le malheur voulut que, réjouie par quelques vagues rayons, car il faisait une journée printanière, la duchesse fût partie en voiture, pour aller passer la journée à Versailles, chez des amis. Paule, qui comptait déjeuner chez sa marraine, se sentit alors un vif appétit, et au coin d'un joli chemin boisé, où déjà les arbres se piquaient de quelques feuilles d'un vert cru et vif, elle s'assit à la porte d'une vacherie, devant laquelle étaient dressées deux petites tables en bois rustiqué.

— « Puis-je avoir une tasse de lait? demanda-t-elle.

— Ah! dit une petite servante, rouge comme une pomme d'api, madame arrive bien. Il m'en reste une;

mais avant deux heures d'ici, je ne pourrais pas en donner une autre pour un louis d'or ! »

La fillette apporta une tasse d'un lait épais, jaune, crémeux, et un appétissant morceau de pain bis. Madame de Trénil se délectait déjà par avance à l'idée de savourer ce repas champêtre, lorsqu'elle vit arriver du côté du bois un être effrayant et décrépit, dont la misère lui inspira une profonde pitié.

C'était une vieille, vieille femme, pâle, maigre, portant sur son dos un fagot de bois mort, courbée sur un bâton, marchant à peine, résignée et triste sous ses rares cheveux blancs, et vêtue de fauves haillons, lavés par la pluie et séchés par le vent du ciel. Elle aussi sans doute avait bien faim, car, en passant, elle jeta sur le déjeuner de la belle Parisienne un tel regard de regret et de convoitise que Madame de Trénil en fut touchée jusqu'au fond de l'âme.

— « Ma bonne femme, dit-elle, asseyez-vous là et mangez. »

La pauvre vieille ne pouvait croire à une telle bonne fortune ; mais gracieusement Paule se leva, la fit asseoir à sa place, et la regarda manger avec une bonté toute filiale. Après avoir bien remercié son hôtesse en attachant sur elle ses profonds yeux bleus, la vieille replaça son fagot sur ses épaules et se remit en route ; mais à peine eut-elle fait deux ou trois pas qu'elle trébucha et faillit tomber. Les cordons d'un de ses lourds souliers d'homme s'étaient dénoués, et c'est en marchant sur ces cordons qu'elle avait perdu l'équilibre. Elle voulut se baisser pour les rattacher, et elle le tenta à trois reprises ; mais son vieux corps roide, usé, sec comme du bois, n'obéissait plus ; ses efforts furent vains et alors elle fit un geste désespéré. Mais madame de Trénil accourut vers elle ; avec la plus belle humeur du monde s'agenouilla dans le sable et remit en bon ordre le soulier de la pauvresse. Quand elle se releva, elle vit cette misérable pleine de joie, belle en sa pâleur, transfigurée.

— « Mon enfant, dit-elle à Paule de Trénil, je suis la fée Néis. Et, ajouta-t-elle en étendant sa longue main osseuse et brune, dont l'un des doigts se terminait, en effet, par un ongle pareil à une mince turquoise, quand nous nous reverrons, souviens-toi que j'ai un ongle bleu! »

La Parisienne regagna la station du chemin de fer, affamée toujours, mais heureuse d'avoir fait une bonne charité. Déjà elle ne se rappelait plus que vaguement les paroles de la vieille, et elle crut avoir été le jouet de quelque rêve né de sa fièvre, ou de l'impression que lui avait causée cette touchante figure. Mais à quelques jours de là, elle put se convaincre du contraire, dans une heure inoubliable et qui décida de toute sa vie. C'était au bal de madame de Sellen. Comme pour s'assurer du champ de bataille, Paule était venue de très bonne heure ; mais tout semblait conspirer contre elle, et d'avance elle se sentait vaincue. Sa toilette aurait dû être admirable : c'était une robe en lampas rose, très serrée au corps, et à longue traîne en queue de sirène. Un jardin de roses mousseuses recouvrait tout le devant de la jupe. Le corsage, décolleté très bas, était garni, tout autour de l'échancrure, d'une guirlande de roses mousseuses, ainsi que l'échancrure des bras, sans manches. Dans les cheveux étaient placées des roses pareilles, traînant très bas.

Mais à ce costume il manquait, hélas! quelque chose, la chance, le bonheur, le rien qui fait que tout est parfait! L'ouvrier n'avait qu'à moitié réussi, et il semblait à madame de Trénil que sa robe ne tenait pas sur son corps. Ses cheveux, qu'elle seule peignait et coiffait toujours, avaient été cette fois

9.

comme rebelles. Enfin un abominable rhume, ce
fléau auquel nulle beauté ne résiste, piquait ses narines, raidissait ses lèvres, et de longues quintes de
toux lui déchiraient la poitrine. Réfugiée dans un
boudoir, où elle se regardait tristement dans une
grande glace, ne sachant que devenir, et songeant
que pour une femme qui veut être aimée, il vau-
drait mieux avoir commis un crime que d'être en
proie à l'ignoble coryza, Paule vit venir à elle une
charmante jeune femme, vêtue d'une robe de satin
blanc à longue traîne, recouverte d'une tunique faite
d'un tissu de perles, et portant au cou, aux bras, aux
oreilles et dans les cheveux des perles fines d'un prix
inestimable.

— « Madame, lui dit cette étrangère, avec une
franche sympathie qui excluait toute idée de mysti-
fication, vous souffrez cruellement, je le vois. Mais
respirez ce flacon qui contient un parfum précieux,
et tout de suite vous serez guérie. »

Madame de Trénil approcha le flacon de ses narines, et non seulement le fatal rhume disparut
comme par enchantement, mais elle se trouva heureuse, fortifiée, sûre d'elle-même, et sentit couler
dans ses veines une chaleur délicieuse. Puis en la
touchant et l'effleurant à peine, la dame aux perles
rajusta la coiffure de Paule, dont les cheveux soyeux
obéirent tout de suite ; et elle n'eut qu'à toucher la
robe rose de son éventail pour qu'à l'instant même
elle devînt parfaite et merveilleusement seyante.
Madame de Trénil allait interroger celle qui la sauvait ainsi ; mais, sans lui en laisser le temps elle posa
un doigt sur ses lèvres, et ayant rapidement défait
un de ses longs gants, montra l'ongle bleu fait d'une
mince turquoise, auquel Paule reconnut la fée Néis !

Avant qu'elle fût revenue de sa surprise, sa protectrice l'avait entraînée dans le bal, séduisante, sou-

riante, heureuse, parée d'un tel attrait irrésistible
que les ducs, les poètes, les génies lui formèrent une
cour, ne voulurent plus voir qu'elle seule, et furent
subjugués par son rare esprit, brillant et pétillant
comme des gerbes d'étincelles. Henri de Disty, lorsqu'il arriva, eut grand'peine à parvenir jusqu'à elle,
et, en la voyant ainsi toute-puissante en sa grâce
triomphale, fut pour jamais reconquis.

Et combien plus quand parut, pour subir une irréparable défaite, madame de Favresse qui, elle, était
à son tour follement enrhumée, dont le rouge n'avait
pas voulu tenir, et qui, abandonnée de ses derniers
fidèles, eût alors son âge ! Sa robe en satin merveilleux jaune soufre brodé d'or pâle, avec la longue
traîne faite d'une gaze d'or dans laquelle était découpée la garniture d'ailes de papillons, était pour une
femme blonde un chef-d'œuvre d'audace, et dans le
succès eût semblé magnifique. Mais près de sa peau
qui parut terne et de sa chevelure devenue incolore,
cette dorure éclata comme un chant funèbre, et en
regardant les yeux du romancier amoureusement
fixés sur Paule, madame de Favresse put y lire distinctement sa condamnation définitive.

Cependant la fée Néis, qui, pour madame de Sellen
était une dame espagnole, la marquise de Alcaraz,
causait, près d'une jardinière de camellias, avec
l'excellent poète et concettiste français, Ernest
D'Hervilly. — « Oui, madame, lui disait-il, je pense
comme le guerrier Muza-Ben-Abul-Gazan a eu
raison jadis de mourir percé de mille coups au bord
du Xenil, plutôt que de renoncer à ce riant pays de
Grenade où fleurissent des femmes telles que vous !

— Non, répondit gaiement la fée Néis, lisant dans
le cerveau de son interlocuteur comme dans un livre
ouvert, ce n'est pas cela que vous pensez, *du moins
en ce moment.* Vous songez à écrire un poème consa-

cré à ce roi de Chypre qui, répandant sur ses vêtements un parfum tiré d'un fruit de Syrie dont se
nourrissent les oiseaux de Vénus, attirait ainsi leurs
ailes caressantes, et pendant son repas se faisait
éventer par des colombes familières. »

Ernest d'Hervilly allait répondre, mais la fée Néis
avait disparu, noyée et vaporisée dans la lumière.
Toutefois ce poète lyrique ne fut pas étonné, car il
sait combien nous sommes entourés d'êtres subtils,
affranchis de la guenille humaine, et, se promenant
l'été dans les bois, il a vu bien souvent des Fées que
soutiennent de légères ailes, et les petits Sylphes en
habits verts danser, au bord des mares argentées,
dans les frémissants rayons de lune !

XII

LA LYDIENNE

Oui, de nos jours, à deux pas de nous, comme au temps de Pygmalion, roi de Cypre, le même prodige se reproduisit d'un sculpteur qui fut amoureux de sa statue, et qui arriva à l'animer, à transformer le marbre en chair vivante et dans laquelle courut le glorieux sang, par la volonté et la force de son invincible désir. Déjà, depuis bien longtemps, Gérard Sainty brûlait, dévoré jusqu'aux os, pour la figure d'Omphale, que lui-même avait modelée dans l'argile, puis retrouvée dans la dure blancheur du marbre, lorsqu'il s'enferma dans l'atelier, renonçant à tout ce qui n'était pas elle, ne voulant plus boire ni manger, ni avoir aucun commerce avec les hommes. A travers la verrière le printemps d'avril jetait ses premiers rayons, et depuis trois jours Gérard était là immobile, ses yeux attachés sur les yeux de la statue et sur ses lèvres, qui parfois semblaient vouloir s'ouvrir et parler.

Il n'avait pas dormi, il n'avait pas bougé de place ; mais enfin il se sentit accablé, brisé par la fièvre, et alors, comme pour mourir dans la douloureuse extase de sa passion, n'ayant plus en lui rien de vivant que son désir, il se rapprocha de la statue, lui prit les mains dans ses mains frémissantes, et follement, fu-

rieusement, avec l'effroyable intensité que peut acquérir la pensée humaine dégagée de tout et ras-
semblée sur un seul point, désira la voir et la sentir
vivre ! Et en effet le prodige s'accomplit. Avec une
volupté si atroce et divine qu'il crut alors avoir sur
son front l'aile caressante de la Mort, il sentit que le
marbre devenait moins froid, acquérait la chaleur
de la vie. Sur le corps d'Omphale le marbre prit de
chaudes blancheurs avivées de roses, les délicates
veines bleuirent, les membres eurent conscience de
leur élasticité, et la tête, la tête divine ornée d'une
couronne d'or, s'anima, pâle, émue, aux lèvres rougissantes déjà, aux narines palpitantes, aux prunelles
d'or, et la lourde chevelure blonde ruissela sur les
épaules et sur le dos flexible, comme les flots d'une
mer courroucée, baisés par le fauve soleil.

Et dégageant des mains du statuaire ses mains
tièdes et fraîches, la grande Omphale s'avança, libre,
fière, couronnée d'or, laissant flotter autour d'elle
la belle peau de lion tachée de sang. Gérard courut
vers elle, voulut la saisir, poser un baiser, né de son
long et persistant désir, sur sa lèvre pareille à une
pâle fleur ; mais la Reine divinement nue se recula
avec une décision nette et prompte.

Sur une table d'écaille et de nacre était posé un
flacon plein d'un vin couleur de topaze, et tout auprès un pain fait avec de la fine fleur de froment.
Gérard emplit à moitié le verre et voulut l'approcher
des lèvres de sa royale amante ; mais elle se recula
encore. Puis ses lèvres célestes s'ouvrirent, et le statuaire entendit le son de sa caressante et impérieuse
voix.

— « Ainsi, tu m'aimes ! » dit-elle.

— « Oh ! » fit Gérard, qui de nouveau pour la saisir étendit ses bras avides. Tout l'atelier semblait
animé par une puissante et mélodieuse joie. Superbes

dans leurs vêtements envolés, les femmes des tapisseries portaient fièrement leurs robes relevées par
des agrafes et ouvertes sur les jambes nues ; les délicates miniatures sculptées des meubles flamands, les
ébènes incrustées d'ivoire et d'étain, les flottants damas blancs et roses, les laques rouges, les fleurs coupées dans les vases déroulant leurs enivrantes gammes de couleur et de lumière, les joyaux, les coffrets
ornés de flamboyantes pierreries chantaient comme
un hymne de ravissement et d'amour; et montrant
ses seins aigus, son ventre poli et ses nobles jambes
de guerrière, la grande Omphale posait ses pieds
nus sur les tapis éclairés de vives notes de turquoise,
de pourpre et de rose, tandis que toutes les statues
de l'atelier semblaient la regarder curieusement,
avec des airs d'envieuse et tranquille épouvante.

— « Oh! » fit Gérard, posant ses mains éperdues
d'amour sur les bras de marbre déjà réchauffés.

— « Non, dit Omphale. Voyons d'abord si la vie
que tu peux me donner mérite la peine de vivre!
Car, ajouta-t-elle, tant qu'une lèvre humaine ne m'a
pas effleurée, tant que je n'ai pas touché à la nourriture des hommes, à ce pain et à ce vin doré comme
une flamme, je suis libre encore de rentrer dans l'immobile froideur glacée, de redevenir statue et marbre, et de retrouver la beauté impérissable que m'a
donnée ton génie.

— Non, dit Gérard Sainty, vis pour moi!

— Eh bien! dit Omphale, en promenant sur les
statues de l'atelier ses yeux brillants de courroux,
commençons par briser celles-là! »

Elle se mit à brandir la massue, une grosse et rude
branche d'arbre hérissée de nœuds, où se voyaient
par endroits des cheveux collés dans des taches de
sang, et elle marcha vers les statues. Il y avait,
sculptée dans le marbre, Andromède, la douce rivale

des Néréides, que déjà le monstre va dévorer, et
dont le regard interroge ardemment les cieux. Il y
avait, moulée en plâtre, l'amazone Atalante, qui fut
nourrie du lait des ourses, et dont la chasse et la
guerre ont affiné les membres agiles. Il y avait, à
peine ébauchée, captive encore dans le marbre blanc
et rugueux, Salmacis, la nymphe Carienne, mêlée au
flot de sa fontaine murmurante ; et, modelée seulement dans l'argile encore humide, montrant encore
les hésitations, les caresses, les trouvailles heureuses, les hardiesses du travail récent, Ariane, souriante, joyeuse, folle d'amour, couronnée de raisins,
transfigurée par les baisers d'un dieu, jouant folâtrement avec des panthères et des lionceaux. Omphale s'élança pour briser férocement ces statues
avec la branche d'arbre aux nœuds hideux ; mais
d'un mouvement instinctif, involontaire, le statuaire
s'était jeté au-devant d'elle, comme pour défendre
ses œuvres menacées. Alors la Reine le regarda avec
un profond, souverain et incurable mépris.

— « Ainsi, dit-elle, je vivrais, proie offerte à tes
baisers, nourrie du pain des hommes, soumise aux
infirmités et à la mort, et celles-là ne seraient pas
brisées ! Et j'aurais pour rivales ces filles de ta pensée
et de tes mains industrieuses, ces créatures nées
comme moi sans mère, et qui resteront, comme je
l'étais, silencieuses et divines ! Et qui me dit que la
beauté d'une d'entre elles n'est pas égale à la mienne
et que ton désir tout-puissant, armé et fort comme
un dieu, ne l'animera pas à son tour, tandis que je
me consumerais, femme désolée et pleurante, dans
les angoisses de ma douleur jalouse ! Ah ! plutôt
mille fois rentrer dans le délicieux oubli glacé, où
le sentiment de mon existence n'était qu'un insensible rhythme, vibrant dans les extases infinies de
la blancheur sans tache !

— Eh bien! dit Gérard, brisons les statues!

— Non, tu les as regrettées, dit la reine Omphale, et éternellement ce regret serait comme un froid serpent qui me mordrait le cœur. » Alors elle jeta la massue et saisissant dans ses mains les mains tremblantes du statuaire, elle attacha sur lui ses yeux pleins d'une colère tranquille. « Il faut, ajouta-t-elle, que tu me voies redevenir marbre insensible, et c'est à toi, à mon amant! que je veux rendre en une longue étreinte, la vie fugitive que tu m'as donnée. »

Gérard sentit avec horreur que les mains de sa bien-aimée devenaient froides, puis glacées, puis inanimées; il voulait lui retirer les siennes, mais il était comme tenu dans un étau, captif sous l'impérieux regard d'Omphale, et peu à peu il vit sur ses bras et sur son corps divin les couleurs de la vie diminuer disparaître, se fondre dans les blancheurs. Au moment où le visage de l'adorée reprenait sa rigidité marmoréenne, il lui sembla qu'une larme unique, froide, désespérée, sinistre, était tombée de l'un de ses yeux, et s'était figée sur sa joue ; mais il n'eut pas le temps de regarder cette douloureuse larme de pierre. Le même froid qui envahissait le corps de la statue pénétrait aussi ses membres à lui; il souffrait toutes les tortures de la mort par le froid ; son sang glacé ne circulait plus, ses cheveux se hérissaient, ses doigts raidis ne pouvaient plus se mouvoir. Enfin, la main de la statue, devenue immobile, leur rendit la liberté, et Gérard Sainty tomba comme gelé aux pieds de la triomphante figure de marbre.

C'est dans cette situation que le trouva le peintre Paul Trian, un véritable, un inestimable ami, qui se dévoue pour ses amis avec une charité aveugle, sans vouloir comprendre, et sans leur demander leurs secrets. Il coucha Gérard dans un lit brûlant, le frictionna de toutes ses forces avec la main et avec le

10

gant de crin, et, en toute hâte, fit mander le célèbre docteur Spite, qui tout en s'apitoyant sur la souf-
rance de Gérard Sainty, ne put s'empêcher de voir
avec une certaine satisfaction un accident qui donnait raison à toutes ses idées. — « Ah! disait-il,
niera-t-on encore l'énorme déperdition de calorique
et de fluide nerveux causée par le travail intellectuel?
Ainsi voilà un homme vigoureux, énergique, bien
portant, qui en plein avril, par une température de
douze degrés, meurt littéralement de froid, uniquement parce qu'il a donné, livré à l'inspiration toute
sa chaleur vitale, et parce qu'il a voulu égaler les anciens que soutenait une force surnaturelle, en créant
dans un siècle où le penseur est forcément isolé, son
admirable Omphale ! »

Le malade entendit ce nom prononcé, et poussa
un profond, un effroyable sanglot. Il en fut ainsi
pendant tout le temps qu'il fut en proie au délire de
la fièvre. Chaque fois qu'il entendait ce nom qui
forcément fut très souvent prononcé près de lui,
c'étaient de longs, de tristes, de douloureux gémissements. Très bien soigné par le docteur Spite, veillé
par son ami avec une sollicitude fraternelle, Gérard
finit par guérir, et il semblait avoir retrouvé tout à
fait la possession de lui-même et l'équilibre de ses
facultés, lorsqu'un matin, se soulevant péniblement
et s'appuyant sur son coude, il dit à Paul Trian :

— « Écoute, c'est d'elle, c'est de cette Omphale
que m'est venu mon incurable désespoir. Je ne veux
plus la voir jamais. Dès que je pourrai me tenir debout, je voyagerai longtemps au loin, te chargeant,
si tu le veux bien, de recevoir et de lire mes lettres,
de veiller à tous mes intérêts et de me suppléer en
toute chose. Fais vite venir un notaire, afin que je
puisse te donner la procuration nécessaire. Quant à
la statue, brise-la, vends-la, donne-la, fais-en ce

que tu voudras mais que je ne la voie plus, que je
ne sente plus jamais sa main, sa chère main, épouvantablement froide ! »

Paul Trian est un homme supérieur, dont le talent
touche au génie ; il sait qu'il ne faut pas demander
d'explications à ceux qu'on aime, ni à ceux qu'on
n'aime pas, et qu'il n'y a jamais besoin de rien comprendre. Gérard alla à Rome, où pendant plus d'une
année il peignit pour se distraire, et trouva le moyen
de réagir un peu contre sa meurtrière tristesse par
l'étude obstinée de Michel-Ange. Cependant, par les
soins de Paul Trian, l'Omphale de Gérard fut exposée
au Salon de 1880, où l'immense succès obtenu par
cette figure aurait certainement valu à son auteur
la grande médaille, s'il ne se fût produit une objection qui parut sans réplique.

Par la conception grandiose, par la fermeté et la
simplicité de l'exécution qui, dans une note bien
moderne et française, et sans aucune intention de
pastiche, faisait songer à la sereine splendeur des
marbres grecs, l'Omphale sembla une œuvre émi-
nente et tout à fait hors de pair ; mais ni les professeurs, ni les artistes, ni le jury, ni les critiques
d'art ne purent accepter la tragique larme, d'une
vérité inquiétante que, selon ce qu'ils pensaient,
Gérard Sainty avait minutieusement sculptée sur la
joue de la reine Lydienne.

Louée, blâmée, affirmée, contestée, discutée, cette
larme fut l'occupation de tout Paris pendant huit
jours. Les uns y virent une protestation du vieux
Romantisme de 1830, qui une dernière fois essayait
de relever la tête ; les autres, commençant à défiler
la série des mots barbares, dénoncèrent là une
tentative *réaliste* ou... *naturaliste*! Le ministre reçut
Paul Trian, et lui dit que, désigné depuis longtemps
pour cette distinction, Gérard Sainty serait certai-

nement nommé officier de la Légion d'honneur, s'il
consentait à effacer, à enlever d'un coup de ciseau
la scandaleuse larme de marbre.

Paul se garda bien d'écrire cela à son ami, car il
avait scrupuleusement tenu sa promesse, et dans
aucune de ses lettres ne lui parlait de la statue
d'Omphale, assez instinctif pour deviner une immense
douleur, assez discret pour ne pas vouloir la connaître, et réunissant ainsi les qualités les plus rares
que puisse posséder un homme né de la femme.
Cependant la presse s'en donnait à cœur joie, et le
plus accrédité des journalistes s'amusa à broder sur
le cas de Gérard Sainty ses plus étincelantes et capricieuses arabesques, dans un article à sensation,
intitulé : *Phidias madrigaliste.* « De tout temps,
disait-il, on a affirmé que les femmes sont parfois
amoureuses de ceux qu'elles torturent, et même en
son poème d'*Atta Troll*, Henri Heine prétend qu'Hérodiade était follement éprise de Jean-Baptiste lorsqu'elle lui coupa la tête, pour s'amuser ensuite à la
faire sauter sur un plat d'or, en jouant avec cette tête
sanglante comme avec une orange. Il est possible aussi
qu'après avoir réduit son esclave Hercule, acheté
trois talents, à filer sa quenouille comme une vieille
femme, Omphale ait eu un peu de remords d'avoir
traité ainsi le vaillant Amphitryôniade ; mais s'est-
elle repentie de cette cruauté jusqu'à en pleurer ?
C'est ce que nous ne pouvons admettre ; et, en tout
cas, si une telle hypothèse peut fournir une amu-
sante fantaisie à un poète humoriste, il nous semble
excessif de traduire ce madrigal dans la pierre dure
et de mettre à Phidias un clair habit zinzolin, comme
s'il avait été assez l'ami de Watteau pour garder
avec lui les Amintes et les Colombines enamourées ! »

Gérard Sainty n'obtint pas de récompense ; mais
la statue avait fait tant de bruit qu'elle fut vendue

soixante mille francs à lord Bletso. Quand Gérard revint, il essaya vainement de reprendre sa vie et ses habitudes ; la vue seule de son atelier lui causait d'insupportables angoisses, et il se remit à voyager, cette fois en compagnie de son fidèle Paul Trian. Comme ils traversaient à pied une partie de l'Écosse, un jour ils virent un château géant et sinistre aux tourelles de granit, appuyé devant une sombre forêt et devant lequel coulait une étroite rivière où voguaient des cygnes noirs. En apercevant ces murailles inconnues, Gérard sentit son sang s'arrêter, ses membres se glacèrent, il tomba inanimé, et son ami dut l'emporter dans ses bras jusqu'à la prochaine auberge. Dès qu'il eut repris ses sens et qu'il fut hors de danger, Paul interrogea secrètement l'hôte, et voici ce qu'il apprit. Le château appartenait à lord Bletso, et c'est là qu'il avait enfermé la statue de la reine Omphale.

XIII

INTERMÈDE

Étienne Saignol serait un rapin, s'il y avait des rapins parmi les poètes. Doué d'un extraordinaire génie comique et habile dans l'art de faire exécuter aux rimes françaises les cabrioles et les tours de force qui peuvent réjouir les esprits blasés, il cède volontiers à un certain goût pour la farce, qu'il a puisé chez les vieux conteurs, et chez ce charmeur des mots et des phrases passionné pour Aristophane, il y a un peu du caricaturiste. Dernièrement il avait touché la somme de deux cents francs, prix d'un article sur les cotons, publié en variété dans un journal grave, et il s'était promis expressément de ne pas rentrer chez lui sans avoir dissipé ce capital de la manière la plus inutile. Cependant comme il faut toujours penser au sérieux dans une certaine mesure, il se rappela que sa petite amie Jacqueline avait envie d'une bague, et justement, en passant dans la rue des Grands-Augustins, devant la boutique de l'auvergnat Touya, il en vit une très ancienne, en argent, d'un travail compliqué et bizarre, servant de monture à une topaze brûlée, couleur de rose.

Il entra chez l'Auvergnat, qui pour le moment, renversé dans un fauteuil du temps de Henri II, riait à se tordre, en montrant des dents de carnassier, épouvantablement blanches. Saignol acheta la bague et la paya quarante francs; mais comme Touya ne cessait de rire, sans égard pour ses mâchoires, trop solides pour être décrochées, le poète lui demanda enfin le motif de cette gaieté désordonnée et furieuse.

— « Monsieur Saignol, je vais vous dire, fit l'Auvergnat, qui, trop roué pour avoir gardé l'accent de son pays, parle le plus pur parisien, je ris comme ça, parce que je pense que je suis un honnête homme!

— Contez-moi donc ça, dit le poète.

— Voilà, dit Touya, riant toujours. A la mort de monsieur Margerit, ce vieux membre de l'Institut qui demeurait rue Dupuytren, et qui n'a laissé que de mauvaises nippes, nous avons tout acheté sur place, mon confrère Guipratte et moi. Guipratte avait dans son lot ce fond de vase cassé que vous voyez là, et dans lequel de mauvais morceaux de verroterie étaient enfouis dans la poussière. Il l'avait acheté un sou et ne savait qu'en faire, de sorte qu'il me proposa de me le céder pour six liards. Moi j'avais mon idée, ou plutôt du coin de l'œil j'avais vu quelque chose; mais je ne voulais pas tromper un collègue, et je lui dis : « C'est bien vu, tu as bien réfléchi, tu me les cèdes pour six liards! » Bref, Guipratte conclut le marché, je donne les six liards; je ne lui devais plus rien, mais comme je tenais à avoir tous les procédés de mon côté, je lui ai encore payé une chopine, parce qu'il faut avoir de la conscience. J'avais bien vu, parmi ces morceaux de verre il y avait un bon diamant, que je viens de vendre deux cent cinquante francs au bijoutier; mais, n'est-ce pas, je suis honnête, puisque j'ai demandé à Guipratte s'il avait bien réfléchi, et voilà ce qui me fait rire! Maintenant je suis bien sûr que

le fond du vase ne vaut plus rien, et, ajouta-t-il en
le vidant sur une table, si vous voulez, je vous le cède
pour deux sous ! »

Parmi ces morceaux de verre, Saignol en vit un
d'un bleu intense avec des reflets verts, et dans
lequel semblaient courir des étincelles d'argent ; il
le prit, et donna à l'enfant du revendeur une petite
pièce d'or. Arrivé sur le quai, où il faisait très froid,
car on était en janvier, le poète qui tenait et frottait
dans ses doigts cette verroterie, s'aperçut qu'il était
sorti avec un paletot trop mince. — « Ah! se dit-il,
je voudrais bien avoir un peu plus chaud ! »

A l'instant même une douce, intime, délicieuse
chaleur se répandit également dans ses membres,
et il sentit un profond bien-être. — « Ah ça, se
demanda-t-il, est-ce que par hasard j'aurais dans la
main un talisman ? » Et il se rappela que le savant Margerit avait voyagé longtemps dans l'Inde et
en avait rapporté d'étonnants secrets. Puis, sans
s'arrêter plus longtemps à cette pensée, il regarda
un platane étendant ses branches dépouillées et
pensa : « Toi, je voudrais bien te revoir avec ta
parure du printemps ! » Aussitôt l'arbre docilement
se couvrit de petites feuilles, d'un vert tendre, qui
se mirent à frissonner sous la bise. — « C'est donc
vrai ! dit Saignol avec une gaieté éperdue, eh bien
alors, nous allons nous amuser ! » En même temps,
il s'aperçut que lorsqu'il touchait le talisman dans
ses doigts, il devenait invisible pour les passants qui,
jusqu'à ce qu'il eût pris le parti de se reculer à
temps, le heurtaient en pleine poitrine. « A la bonne
heure, dit-il je vais donc faire quelques bonnes
farces ! »

Comme entrée de jeu, il se donna le plaisir de
déshabiller les passants et de les rhabiller à son
goût, suivant une plus exacte justice. Ce fut d'abord

une pauvre petite fillette de douze ans, rouge, rose, ébouriffée, charmante, dont la robe était si mince qu'on voyait sa chemise à travers l'étoffe élimée. A ses souliers, il y avait plus de trous que de cuir, et gelée jusque dans la moelle des os, l'enfant levait, rassemblait ses bras maigres, et faute de mieux chauffait ses mains à son haleine, en les approchant de ses lèvres devenues violettes. Saignol fit bien les choses, et ayant frotté le talisman de toutes ses forces, il la vêtit d'une bonne et chaude robe en tartan à carreaux bruns et noirs, avec pèlerine pareille, la chaussa de bas de laine et de solides bottines, et la coiffa d'une jolie capeline bleue. Ensuite passa en voiture une ridicule bourgeoise obèse, tandis qu'en même temps marchait sur le trottoir une marchande de pommes belle et gracieuse, à la haute taille, vêtue de haillons misérables. Rétablissant les choses dans leur ordre légitime, le poète, après avoir échangé leurs costumes, mit la vilaine dame sur le trottoir et la belle fille dans la voiture. Il regardait de tous ses yeux pour voir si ces transformations s'opéraient comme au théâtre, au moyens de trapillons ouverts par lesquels le machiniste passe sa main pour tirer des fils, mais il ne remarqua rien de semblable, et il dut reconnaître que les Ariels et les Génies emploient une machinerie moins élémentaire.

Cependant, marchait à pas lents, se rendant vers l'Institut, le grand astronome Lorice. Sa tête pâle était belle comme celle d'un dieu qui tient les constellations captives dans ses prunelles ; mais il faut bien avouer que son habit noir, son chapeau souffleté par les autans et principalement son pardessus laissaient tout à désirer. Respectueusement, Saignol ne voulut rien changer à la coupe de son habit depuis longtemps adoptée, ni à la forme de son chapeau, qu'il se borna à rendre entièrement neufs, mais pour le pardessus, qui n'avait plus forme humaine, il ne consulta que sa propre fantaisie, et voulut que le grand Lorice fût enveloppé dans un palctot garni et doublé en vraie loutre, d'une douceur idéale. Que dut penser, lorsqu'il rentra chez lui, ainsi transfiguré, sa vieille gouvernante Brigitte !

Puis, étant entré dans la petite et affreuse rue de Nevers, Saignol, regardant à travers les murailles, devenues pour lui transparentes, vit de pauvres femmes d'ouvriers qui, sur un feu insuffisant, s'efforçaient en vain de faire une cuisine mangeable avec les gésiers, les cœurs et les bas morceaux achetés au marché pour des sous. Le poète entra chez les marchands voisins, acheta de la viande, du pain, du beurre, des légumes, qu'il paya avec le prix de son article sur les cotons, voulant faire la charité avec ses propres deniers, et envoya le tout aux humbles ménagères désolées, en faisant aux fournisseurs cette recommandation ironique : « Vous direz que c'est de la part du propriétaire ! »

Après quoi il se rendit à l'Académie Française et entra, invisible, dans la salle des séances. Il était temps. On jugeait un concours de poésie, et l'orateur allait inviter ses confrères à couronner le poème le plus vertueux, et naturellement le plus mal rimé. Mais Saignol toucha son talisman, et tout de suite les lieux communs amassés depuis de longues années sous le crâne de l'immortel se volatilisèrent, disparurent dans le grand tout, tandis que des idées saines et raisonnables venaient prendre leur place et d'elles-mêmes se rangeaient dans son cerveau avec un ordre merveilleux.

— « Messieurs, dit-il, la Poésie ne saurait avoir d'autre but qu'elle-même, et si elle peut améliorer

les hommes, c'est en réveillant en eux le noble instinct du beau, et non pas du tout par une démonstration quelconque, car la vérité n'a que faire avec
les fictions. Je vous propose donc de donner le prix
à celui des concurrents qui a été le plus sincèrement
poète, et qui l'a montré par l'harmonie de ses vers,
par l'audacieuse invention des images et par le bel
accouplement des rimes. Quant aux tendances morales, je suis d'avis de les négliger complètement,
attendu que la morale est une science et que la
poésie en est une autre, poursuivant des buts différents, celle-ci la recherche du beau, celle-là l'étude
de la vérité. »

Après ce discours, l'ouvrage d'un poète romantique et subversif, savant dans l'art d'enchanter les
syllabes sonores, fut couronné à l'unanimité. Les
voûtes de l'Institut ébranlées tressaillirent, et dans
les claires prunelles de monsieur Pingard passa,
comme un éclair, le vague pressentiment des prodiges futurs. Quant à Étienne Saignol, heureux d'avoir
contribué à étendre le tapis de pourpre sous les
divins pieds de la Muse, il s'en alla dîner chez un
traiteur, auquel il inspira l'idée fabuleuse de faire
sincèrement sa cuisine avec du poisson frais, de la
vraie viande et du beurre qui fût réellement de première qualité, ce dont ledit traiteur faillit devenir
fou, lorsqu'en s'éveillant le lendemain, il se rappela,
sans pouvoir les expliquer, les détails de cette scandaleuse orgie.

Après avoir fumé un bon cigare, Étienne Saignol
entra au Théâtre-Français, où devant l'élégant public du mardi qui, récolté à l'Opéra, continue à aimer
la musique, les sociétaires jouaient avec une incurable perfection *Oscar, ou le mari qui trompe sa femme.*
Le poète émit le vœu que cette ridicule comédie de
monsieur Scribe cédât immédiatement la place à

une œuvre honnête, et c'est ce qui se produisit, à sa
grande joie. Sans qu'il y eût aucunement besoin
des machinistes, le chimérique décor de salon disparut, pour laisser voir une toile d'une merveilleuse
exactitude, représentant « le Paradis du bon Dieu »,
et *Oscar*, rentrant dans le néant dont il n'aurait
jamais dû sortir, permit d'entendre l'excellent et
mirifique mystère de Théophile Gautier appelé : *Une
Larme du Diable*. On en était justement à la scène
quatrième, et à cet intéressant morceau du dialogue :

LE BON DIEU

A quoi allons-nous passer la soirée ? Sainte Cécile !
si vous nous jouiez un air sur la basse que le Domi-
niquin vous a si galamment donnée ! Que vous en
semble ? mon bon roi David danserait, pendant ce
temps-là, un pas de sa composition.

SAINTE CÉCILE

Que vous jouerai-je ?

LE BON DIEU

Du Mozart ou du Cimarosa, à ton choix. Je défends
au vent et au tonnerre de dire un seul mot de tout
ce soir ; je veux entendre mon grand air avec tranquillité.

La pièce était montée de la manière la plus remarquable. Mademoiselle Croizette, en robe rose sèche,
représentait Magdalena à souhait pour le plaisir des
yeux ; Virgo immaculata avait emprunté le visage
modeste de mademoiselle Bartet ; Sarah Bernhardt
jouait Desdemona ; Worms prêtait à Satanas une
expression fatale et byronienne ; Mounet-Sully, en
Othello, roulait des yeux terribles ; Alix et Blanche-

flor, c'étaient mesdemoiselles Reichemberg et Blanche Baretta ; Maubant tenait sans éclat, mais avec beaucoup de convenance, le personnage si difficile du bon Dieu. Le Fauteuil même et la Bergère, meubles datant du temps de Molière, dirent leur scène à la grande satisfaction de monsieur Emile Perrin, qui cependant était inquiet : mais il l'est toujours.

En cette occasion, son trouble était d'autant moins justifié que les abonnés du mardi ne s'aperçurent nullement du changement de spectacle, et crurent avoir entendu la suite d'*Oscar, ou le mari qui trompe sa femme*. Pour éviter la cohue, Étienne sortit un peu avant la fin du mystère, et en traversant le vestibule, admira les laquais géants en redingotes fourrées de renard bleu, qui sont le plus récent orgueil de la maison de Molière. — « Seulement, pensa-t-il tout bas, ils ne sont pas encore assez énormes ! » Les valets ne se le firent pas dire deux fois ; leurs corps s'allongèrent et montèrent jusqu'au plafond feuillé en éventail, qu'ils soutinrent alors sur leurs têtes, à titre de cariatides ; mais les contrôleurs ne semblèrent pas s'en apercevoir, parce qu'en effet, amplifiés ainsi, ces domestiques ne paraissaient guère plus grands qu'à l'ordinaire.

Étienne Saignol arriva sur le quai Voltaire ; enivré par la poésie du divin Théophile Gautier, il sentit s'agiter dans sa tête le drame qu'il était en train de composer : *Le Roi Harold*, et il voulut faire la scène où Edith au cou de cygne, marchant pieds nus dans le sang, retrouve sur le champ de bataille d'Hastings le corps d'Harold, qu'elle couvre de baisers. Il entendit quelques beaux vers battre des ailes sous son crâne avec des frémissements de rimes sonores, mais n'en étant pas encore satisfait, et ne s'apercevant pas qu'à ce moment-là même il tourmentait le talisman de ses doigts inquiets, il s'écria imprudem-

11

ment : « Voilà, il faudrait que cette scène-là fut faite
par Shakespeare ! » A peine eut-il proféré ces mots,
ô horreur ! horreur ! horreur ! agitant leurs ailes
géantes, les vers fulgurants, les images sublimes,
les pensées effrayantes et divines, les répliques farouches, les mots épiques se mirent à faire leur tumulte
dans sa faible tête, et Étienne Saignol, épouvanté,
lança son talisman dans le fleuve, au milieu des flots
verts. — « Sang et tonnerre ! s'écria-t-il encore
éperdu, il n'aurait plus manqué que ça ! Être un faux
Shakespeare, me parer, moi infirme, des plumes du
dieu, et voler la gloire immortelle ! »

Il rentra dans son joli nid de la rue de Seine, où
sa Jacqueline l'attendait, rose, ingénue, heureuse,
travaillant à quelque ouvrage d'aiguille, et elle battit
des mains en voyant la petite bague que son ami lui
avait apportée. Après les bons premiers baisers, elle
reprit son aiguille ; Étienne se mit à travailler à côté
d'elle, et refit sa scène. O bonheur ! ce n'était plus
du Shakespeare ! c'étaient des vers comme peut en
faire un bon artiste parisien de ce temps, où il est
défendu d'être un colosse.

Et Étienne Saignol s'applaudit d'avoir jeté le morceau de verre aux étincelles d'argent, car si on peut
bien emprunter le secours des Ariels pour s'amuser
un peu, dès qu'il s'agit de poésie et de création,
l'artiste, pour unique talisman, doit se contenter, si
mince qu'il soit, de son propre génie.

XIV

JAMAIS TROP TARD

Dans la chambre aux riches tentures lilas tendre, caressées par de froids ornements d'argent, où dans la cheminée murmurait triomphalement un feu aux énormes flammes, à demi couchée sur une chaise longue et ses fauves cheveux dénoués, la belle Éliane Torre, vêtue d'un peignoir de soie blanche et ayant au cou un collier de fleurs écarlates, se tenait immobile et calme, dans l'éclat de sa splendide jeunesse, tandis qu'à ses pieds le jeune Henri Hellen se meurtrissait le front et s'arrachait les cheveux, en proie au plus affreux désespoir.

— « Mon cher enfant, dit enfin la courtisane de sa voix un peu rauque et cependant charmante, ce n'est pas ma faute s'il y a entre nous un abîme si large et si profond que, pour le traverser, il faudrait bâtir un pont de cent mille arches! Ce que j'ai, ce que je vends, ce que je donne, je ne vous l'ai jamais refusé ; ce n'est pas ma faute si vous n'en voulez pas, et à ce propos vous m'obligerez en reprenant le petit portefeuille de maroquin blanc, effroyablement gonflé, que vous m'avez envoyé au fond de la corbeille de fleurs. Mais quoi! vous me demandez de l'amour, et je n'en ai pas, je n'en tiens pas: dans mon cœur il n'y a que du mépris et de la haine! J'ai

été élevée par une mégère qui me piétinait sur le
ventre; en plein hiver j'errais avec une robe de
toile, sans chemise, et chaussée de souliers qui
n'avaient pas de semelles! Mes fêtes, c'était quand
je pouvais piquer la fourchette dans la poêle des
arlequins à un sou; enfin j'ai été vendue tout enfant,
sans cesser d'appartenir à l'ignoble misère. J'ai été
arrêtée, brutalisée, jetée dans les prisons; j'ai connu
toutes les horreurs avant d'avoir acquis la force de
vivre; à présent que me voilà riche, belle, maîtresse
de tout, plus indifférente que si j'avais été taillée
dans le marbre, vous me dites : Donne-moi de
l'amour! Et avec quoi voulez-vous que j'en fasse!

— Oh! dit Henri Hellen, nous nous en irons
sous des cieux nouveaux qui ne t'ont jamais insultée,
et je noierai tes vieilles douleurs dans le flot débordé
de mes adorations. Je baiserai jusqu'à les effacer tes
adorables cicatrices, et je ferai de toi une femme
bénie, vénérée, enviée, entourée de mille respects!

— Non, fit Éliane, va-t'en, et ne te retourne pas,
ne regarde pas en arrière! Tu ne peux, dis-tu, aimer
que moi seule; eh bien! alors fais comme moi, n'aime
rien. Et songe que ta passion est oubliée et perdue
comme un diamant que tu aurais jeté au fond d'un
gouffre .»

Henri se releva et tendit ses bras vers elle, et de ses
sombres yeux bleus lui jeta un long regard suppliant,
mais elle n'y répondit que par un froid et impassible
sourire. Quand le jeune homme fut parti, déjà pâle
comme s'il eût été couché dans la tombe, Éliane se
fit dévêtir et se coucha dans son lit orné de fraîches
et légères peintures, après avoir ordonné à sa femme
de chambre de remplir de bois la cheminée. Autrefois, quand elle était petite, elle avait eu si longtemps et si souvent froid, que maintenant elle aimait
à se réjouir par la vue de ces feux inutiles.

Elle s'endormit apaisée, heureuse, contente d'elle-même, ne songeant pas plus à Henri Hellen que s'il n'eût jamais existé, et enchantant ses yeux verts par le spectacle éblouissant des grandes flammes. Et après que le sommeil l'eût doucement terrassée, elle les vit encore. Ces hautes et glorieuses flammes entraient, roulaient sous ses prunelles fermées, comme des nappes de topaze en fusion, de pâle azur et de pourpre vive. Bientôt, sans cesser de brûler et de flamboyer, elles devinrent une chevelure, et cette chevelure incandescente frémissait autour d'un visage divinement beau, d'un visage pâle et terrible, aux yeux noirs comme la nuit, et aux lèvres dédaigneuses, qui était celui du guerrier, du chasseur, de l'implacable tourmenteur Amour. Il tenait à la main sa torche embrasée et fumante, et comme la courtisane endormie dans sa blonde chevelure souriait et balbutiait encore :

— « Non ! je n'aimerai aucun de ceux qui sont assez fous pour m'adorer !

— Tu les aimeras tous ! » dit le dieu.

Maintenant la flamme était devenue une large plaque de sang, dans laquelle était couché Henri Hellen mort, tragiquement frappé d'un coup de couteau, et Éliane le vit ainsi parmi les aveuglantes clartés de son rêve, tel qu'elle eût pu le voir dans la réalité, car en effet il s'était tué en rentrant chez lui, et une sinistre blancheur de neige montait peu à peu sur sa face tranquille. Le mort se souleva péniblement sur son coude, et lui aussi, attachant sur la courtisane ses yeux sans regard, il murmura à son tour ces mots épouvantables :

— « Tu les aimeras tous ! »

Le lendemain matin, lorsque Éliane Torre apprit la mort de Henri, elle ne s'émut que médiocrement de cette catastrophe, et ne s'épouvanta même pas

de savoir son rêve si exactement et si fatalement
réalisé, car elle regardait la vie parisienne comme
une bataille forcenée et furieuse où chacun doit
marcher en avant, sans s'inquiéter de ceux qui
tombent en route. Et d'ailleurs elle ne s'appartenait
déjà plus! Elle se sentait métamorphosée, étrange,
comme frappée d'une puissante secousse électrique;
son sang coulait dans ses veines avec une chaleur
délicieuse, et en elle s'éveillaient, comme un renou-
veau luxuriant, toutes les idées et toutes les sen-
sations d'une jeune fille adolescente. Elle rêvait du
printemps, des premières pâles roses, des tendres
feuilles vertes, elle écoutait le murmure de quelque
source invisible, et ses belles dents agacées étaient
avides de mordre l'écorce des jeunes arbres. Elle
riait sans savoir pourquoi, et son cœur battait plus
vite, et tout à coup une larme perlait au bord de sa
paupière et coulait lentement sur sa joue frissonnante. Enfin elle prit dans un vase des roses coupées
et se mit à les baiser, à les déchirer, à les mordre
follement. Les pétales meurtris, hachés, se collaient
à ses lèvres étonnées elles-mêmes d'un pareil carnage, et Éliane eût sans doute continué ce massacre
et cette orgie de fleurs, si sa femme de chambre
n'eût annoncé le général Juric.

Tout Paris connaît ce spirituel octogénaire qui,
lorsqu'il passe au Bois sur son cheval, fait très bonne
figure, et à qui son étonnante maigreur, habillée par
un tailleur excellent, permet de conserver la plus
irréprochable élégance. Le général, dont les proues-
ses et les bonnes fortunes furent encore célèbres
sous le règne de Louis-Philippe, n'a cédé à la vieillesse que pied à pied, et en se défendant comme
un diable. Ses cheveux étaient si solidement plantés
qu'il lui en reste quelques-uns, et tous les matins il
fait une heure d'escrime avec un maître d'armes de

régiment. Il est droit comme un lys ; mais enfin il a l'air d'une figure taillée dans une racine d'arbre par quelque sculpteur ironique, et si la société des femmes lui est toujours indispensable, il sent bien qu'il en est réduit désormais à les aimer comme un père, ou plutôt comme un arrière-grand-père.

Beaucoup trop sensé pour se montrer jaloux, ce vieux vainqueur était un de ceux qui fournissaient à Éliane son luxe princier ; mais il ne manifestait aucune curiosité intempestive, se contentait, et pour cause, de quelques très menus suffrages, et se tenait pour fort heureux de venir de temps en temps écouter son babil d'oiseau et savourer auprès d'elle une tasse de chocolat. Aussi, jugez de son étonnement lorsque, folle, ardente, éperdue, le corps ployé comme une branche de saule, Éliane lui jeta au cou ses bras blancs, couvrit de baisers son vieux visage recuit, et s'enlaçant à lui comme un serpent, lui cria d'une voix passionnée :

— « Edgard, m'aimes-tu ! »

Le général Juric ne souffre pas qu'on se moque de lui, mais il pense qu'il faut respecter les plus bizarres caprices des femmes, et tout en trouvant la dernière lubie d'Éliane un peu excessive, il la subit de bonne grâce, en homme du monde habitué à écouter tout ce qu'on veut.

— « Ma chère enfant, dit-il, vous savez que je suis très riche et tout à votre service. Suis-je assez heureux pour que vous ayez désiré quelque chose ? Des diamants ? quelque collier de perles ?

— Ah ! les perles ! je m'en moque bien ! » dit Éliane. Et, saisissant sur le guéridon une magnifique parure, elle la jeta à terre et la foula, l'écrasa sous ses pieds. Puis elle reprit : — « Ce n'est pas cela que je te demande, Edgard ; je te demande si tu m'aimes ! Ah ! vois-tu, si tu te donnais à une autre que moi, j'en mourrais, mais je la tuerais auparavant. Tiens, laisse ta femme, partons, allons-nous-en, fuyons, allons nous cacher sous l'ombre noire des feuillages, dans quelque retraite bien obscure, où je passerai ma vie à tes genoux, comme un chien soumis! »

Le général était profondément ennuyé, comme ce renard du fabuliste qu'une poule aurait pris; il aurait voulu être à cheval, devant l'ennemi, à la tête d'une division, sous la pluie d'obus et de mitraille. Il tenta de partir, parla d'affaires indispensables; mais alors Éliane se jeta à genoux, s'accrocha à ses mains, se laissa traîner gémissante, et finalement s'arracha les cheveux, se meurtrit la poitrine avec les ongles, poussa des sanglots et des hurlements. Il était trop facile de voir qu'elle ne jouait pas la comédie; cependant, se trouvant en face d'un problème insoluble, le vieux Juric n'essaya pas de comprendre, et il s'enfuit comme il put, en murmurant dans sa moustache blanche :

« La malheureuse aura marché sur un volume de vers! »

Même scène avec le banquier Cardinaux, dont l'obésité, le petit ventre pointu, la calvitie prétentieuse et les favoris frisés au fer, horriblement teints en noir, rendaient ces effusions encore plus ridicules. Même scène avec le comte de Guimeuf, avec le député Olery, avec le grand usinier Sauffroy, et pour eux tous Éliane Torre se traînait désolée et frappait son front contre les meubles, car, ainsi que le dieu le lui avait prédit, elle les aimait tous! Elle les aimait, elle les suivait, crevant des chevaux à ce métier stupide; elle épiait ses rivales; elle voulait égorger l'honnête madame Cardinaux, et madame Juric si calme et belle sous ses blancs cheveux d'aïeule. Cependant ses excentricités l'avaient mise à la mode plus qu'elle n'y avait jamais été; l'or, les

diamants, les pierreries, les titres de rente affluaient
chez elle; on lui donnait des terres des maisons, des
châteaux, et c'était dans son boudoir un défilé de Turcs,
de Brésiliens ployant sous les chaînes d'or, d'Améri-
cains vingt fois millionnaires, de jeunes princes im-
berbes ayant dans leurs yeux l'étonnement de Paris,
de vieillards stupéfaits d'être encore au monde, et
Éliane les aimait tous! Elle leur parlait comme
Juliette parle à Roméo, elle se mirait dans leurs
prunelles éteintes et elle couvrait leurs mains de
larmes amères. C'est ainsi que, pareille à une cavale
dans le manège, elle courait pantelante sous le fouet
vengeur du dieu insulté, proie livrée à l'inexorable
Parodie, et faisant des divins mots « Je t'aime » un
lieu commun effrayant, qui brûlait ses lèvres déchirées de désir et de fureur.

Mais comme il n'est pas de condamnation sans
appel, bientôt, par un phénomène inattendu, sa vie
se dédoubla. Le jour, elle était cette insensée éprise
de grotesques amants et mordue par des torches de
flamme; mais la nuit, pendant son sommeil, elle se
voyait ainsi tourmentée et déchue, et elle avait horreur de son ignoble martyre. Bientôt, dans ces longs
sommeils où elle luttait, tentait de se retrouver elle-
même, l'image de Henri Hellen lui apparut, confuse
d'abord, puis tout à fait nette et réelle. Elle le re-
voyait pâle, triste, tel qu'il s'était agenouillé devant
elle la veille de sa mort, et elle se mit à l'adorer de
toutes les forces de son âme, lui demandant pardon,
et rougissant de se montrer à lui couverte des plus
viles souillures.

Henri Hellen la regardait avec une profonde pitié,
mais restait immobile, comme ne pouvant rien pour
elle, et enchaîné par je ne sais quelle force mystérieuse. Mais enfin Éliane rassembla tout son être
dans une aspiration infinie, et la force de son amour

fut telle qu'une nuit, devenue enfin libre de pardonner, l'Ombre, la chère Ombre se pencha, et posa ses douces lèvres sur le cœur de la bien-aimée. Le lendemain, elle se réveilla réconciliée, souriante, guérie de sa folie, se sentant irrévocablement unie à Henri qu'elle devinait présent, dont le souffle caressait sa chevelure, et savourant avec une ineffable volupté les délices de la mort prochaine.

Ses yeux ravis, son front lisse et pur étaient redevenus ceux d'une jeune fille, et un furtif rayon courait parmi les roses de sa bouche ingénue. Enfin, tandis que pour nous elle semblait s'endormir, elle s'est éveillée avec une radieuse allégresse dans le flot de la Jouvence immortelle qui lave toutes les taches et efface toutes les cicatrices. Car il n'est jamais trop tard et il n'est jamais tard pour rien, pourvu que nous osions délivrer par un suprême effort le céleste Désir, qui, toujours captif en nous, veut frapper la terre d'un pied bondissant, et s'enfuir d'un vol effréné jusqu'aux bleus resplendissements de la Joie et de la Lumière.

XV

UN MEISSONIER

Pierre Alek, ce jeune homme d'une beauté étrange, qui est récemment arrivé de l'Australie avec une si grande fortune, et qui étonne Paris de ses caprices et de sa téméraire bravoure, était, il n'y a pas plus de seize ans, écolier à la pension Podevigne, dont le jardin planté d'arbres est fermé par une haute et vieille muraille, du côté de la rue du Pas-de-la-Mule. Pour certains enfants d'une âme aventureuse et libre, les pensions et les collèges sont toujours des enfers ; mais combien plus pour ceux qui n'ont pas de parents, et qui, une fois enfermés dans ces geôles, ne revoient pas au dehors une maison amie, vers laquelle puissent s'envoler la pensée et le souvenir ! Alek était de ceux-là ; il ne savait rien de sa naissance et ne connaissait au monde qu'une seule personne, maître Estieu.

Ce parfait notaire payait la pension de Pierre, et deux ou trois fois par an venait le voir ; mais, sans doute obéissant à des ordres absolus, il ne le faisait jamais sortir chez lui, et, pendant ses rares visites, il lui parlait avec une glaciale froideur, presque avec dureté. Bien certainement, Pierre était né de quelque mystérieux et fatal amour, et sa beauté à la fois virile et féminine, ses beaux yeux pleins de pen-

sées, sa terrible et noire chevelure en broussaille,
sa haute taille, ses membres robustes ne démen-
taient pas cette supposition nécessaire; mais ce qui
la rendait plus vraisemblable encore, c'est que le pauvre Alek subissait déjà toutes les tortures et toutes
les brûlures que la passion allume dans nos veines.

A douze ans? Oui, sans doute; car le tyran de
tous les êtres s'empare de ceux qui seront ses élus
et ses victimes, non lorsqu'ils ont atteint tel âge,
mais dès que leur âme s'éveille, et ceux qui devaient
être des amants dignes de ce nom ne se souviennent
pas d'avoir vécu sans porter au flanc la divine et
toujours saignante blessure. Amoureux sans objet,
mais souffrant et comme exilé faute d'une affection
féminine, regrettant amèrement, comme un trésor
qu'on aurait perdu, les baisers qu'il n'avait connus
jamais, tout à fait rebelle à l'amitié, Pierre se consumait dans la plus affreuse des solitudes, d'autant
plus irrémédiable qu'en aucune manière il ne se
sentait pareil à ses jeunes compagnons.

Tandis qu'il errait, désolé, fou, en proie à une
douloureuse extase, dédaigneux de sa force inutile,
eux s'amusaient à toutes sortes de jeux, sautaient,
couraient, faisaient circuler leur sang. Tous avaient
des amis, et comme on était alors au mois de mai,
dans la joie et le triomphe des feuilles vertes, ils
satisfaisaient encore l'instinct de sociabilité inné
chez l'homme, en élevant dans leurs pupitres des
hannetons, diverses bestioles et même des souris
blanches. Mais Pierre Alek ne pouvait apaiser son
cœur à si bon marché, et l'espérance, la tranquillité
inconnue, l'ivresse de vivre, ne lui apparaissaient
qu'avec de vagues formes féminines.

Un peu avant le dîner, pendant les dernière heures
d'un dimanche de soleil que le beau temps rendait
encore plus triste que les autres dimanches, resté à

peu près seul dans le jardin, car presque tous les
écoliers étaient ou en promenade ou sortis chez
leurs parents, Pierre, qui, pour ne pas se joindre à ses camarades, avait feint une indisposition,
errait comme d'habitude, songeant, affolé, cruellement navré, et regardant la verte parure des arbres.
Enfin, voulant toucher quelque chose de vivant, il
profita d'un moment où le *pion*, absorbé dans la
lecture de quelque livre, ne pouvait le voir, et, grim-
pant dans l'un des marronniers, il en arracha une
belle branche fleurie ; puis s'étant assis sur un banc
vermoulu, il se mit à la baiser follement. Il la posa
près de son visage comme pour calmer le feu qui le
brûlait, et murmura douloureusement ces mots :

— « Oh ! qui donc m'aimera ?

— Moi », dit à son oreille une faible, douce, harmonieuse voix, petite, petite, si petite qu'elle semblait la très lointaine vibration d'une corde d'instrument, à peine frôlée par une brise légère.

Pierre Alek mit la branche de marronnier sous
ses yeux, et lentement, avec mille précautions, écartant et soulevant les feuilles l'une après l'autre, sous
l'une d'elles il vit, oh ! avec quel ravissement ! une
petite, toute petite personne, parfaitement vivante,
divine, souriante, agile, pas plus grande que les
plus petites poupées, haute à peine comme un doigt,
laissant flotter ses cheveux blonds plus légers que la
cendre fine, agitant de petites ailes de papillon,
vêtue d'une gaze transparente et dorée comme une
libellule, entr'ouvrant sa jolie bouche vermeille pas
plus grosse qu'une tête d'épingle, et chaussée de
petits souliers rouges !

Pierre Alek pensa bien tout de suite que c'était
une Fée, car il n'y a pas de femmes de cette taille-là,
et les femmes ne se montrent pas avec des ailes visibles. D'ailleurs, le petit être était d'une si parfaite,

12

si délicate, si merveilleuse beauté, et ses traits étaient
si délicieusement purs, que rien de ce qui existe
n'aurait pu lui être comparé. Elle ressemblait aux
plus adorables figures qu'on voit dans les miniatures
peintes sur le vélin des missels, mais seulement avec
plus de bonne humeur et plus de joie. Pierre Alek
la saisit avec un tendre respect, et, l'approchant
d'abord de ses lèvres, il lui dit tout doucement :

— « Comment te nommes-tu ?

— Myr », dit la petite Fée, qu'il avait ensuite ap-
prochée de son oreille.

La conversation entre eux deux était bien difficile,
tant la voix de Myr était faible ; mais l'écolier et la
Fée lisaient dans les yeux l'un de l'autre, et ils
avaient vu tout de suite qu'ils se comprendraient
sans parler. Cependant Alek demanda à la petite
Myr si elle consentirait à rester toujours avec lui, et
elle répondit qu'elle le voulait bien. Interrogée sur
sa nourriture, elle apprit à son ami qu'elle mangeait
de petits morceaux de fleurs, et que, lorsqu'elle avait
soif, elle buvait une ou deux gouttes de rosée.

Puis ils se promenèrent dans le jardin ! la fée Myr
voltigeait sur l'habit de Pierre ou sur son cou, ou
dans ses cheveux, et parfois venait se poser sur sa
main ; il la regardait alors et contemplait ses petits
yeux amis, plus vifs que de clairs diamants.

Mais l'heure du dîner allait sonner ; craignant
quelque fatale surprise, Alek monta à la classe, et
dans son pupitre installa la Fée le plus mollement
qu'il put, sur des cahiers très doux. Cela dut aller
ainsi pour ce soir-là. Mais après la longue soirée,
après l'interminable nuit, dès le lendemain matin, il
s'avisa d'un aménagement plus confortable. Il cons-
truisit d'abord une grande boîte en beau papier très
fort, dans laquelle il plaça le lit de la fée Myr, fabriqué très adroitement avec de la laine et des chiffons

qu'il prit à la lingerie, et un mouchoir blanc qu'il feignit d'avoir perdu. Un pétale de rose, couvert de rosée, qu'il déroba dans le jardin particulier de madame Podevigne, fournit à Myr un repas somptueux, et dès la première récréation, Pierre, taillant et sculptant le bois avec son canif, s'occupa de lui composer un mobilier.

Oh! dès lors quelle vie heureuse commença pour eux! Pierre Alek, devenu le modèle des écoliers, travaillait avec ardeur, sans ennui, sans fatigue; car il se sentait plein de force, toute chose devenait claire pour lui, et s'il rencontrait quelque difficulté, il n'avait qu'à ouvrir son pupitre et à regarder un instant les yeux de la petite fée pour voir clair tout de suite dans les poèmes de Virgile et d'Homère.

Myr restait bien sagement dans sa maison; mais quand parfois Alek arrivait à pouvoir se cacher derrière un rempart de livres, alors il la délivrait, et elle venait courir et voltiger sur le papier blanc du devoir, sur les pages du dictionnaire grec, et c'était une fête sans pareille. Ce grand bonheur dura tout un mois, ce qui est bien long pour un bonheur humain, et se termina de la façon la plus cruelle. Le très méchant *pion* Murraz, qui croyait voir son autorité méconnue et s'acharnait aux petites choses, persécutait surtout l'élevage des hannetons; un jour qu'il vit Alek ouvrir et fermer trop souvent son pupitre, il lui cria d'une voix menaçante :

— « Apportez-moi le hanneton que vous avez-là ! »

Pierre nia, refusa d'obéir; mais, par malheur, il avait à côté de lui un élève nommé Pers, un de ces traîtres, de ces dénonciateurs, qui se trouvent dans toutes les assemblées d'hommes. Le malin Murraz lui fit un signe imperceptible, et aussitôt, avant que Pierre Alek eût pu s'y opposer, il se saisit de la boîte de papier où demeurait la fée Myr, et la porta au *pion*. Plus étonné que si quelque génie eût ouvert devant lui les portes de diamant du monde invisible, Murraz voulut voir de près la petite Fée, et il la meurtrit horriblement dans ses gros doigts hideux ; mais enfin elle put lui échapper, et, toute blessée et saignante, s'envola péniblement par la fenêtre grande ouverte.

La douleur de Pierre Alck, privé de son amie, fut affreuse ; il ne dormait plus, ne mangeait plus, et pendant les études, pâle et farouche, il restait oisif et ne songeait qu'à la chère absente. Enfin, au bout de trois jours, comme il était tristement penché sur un dictionnaire ouvert où il ne cherchait rien, ô joie ! ô délivrance ! il y vit tout à coup sautiller la petite Myr, qui le regardait avec ses yeux en pleurs. A cette vue, son cœur se serra, car la Fée marchait en s'aidant de petites béquilles, et une de ses ailes était brisée. Alck allait la remettre délicatement dans sa petite maison ; mais, averti par un coup d'œil de Pers, le *pion* se précipita, et prit la pauvre Myr, qui put s'échapper encore, mais cette fois déchirée, écrasée et presque morte. Alck sortit du banc, saisit le *pion* à la gorge, le renversa, et, à la grande joie des écoliers, piétina sur son ventre avec une effrayante fureur.

Une heure après, le notaire Estieu, averti sans retard, venait chercher Alck à la pension ; dès le lendemain, il le conduisit à Cherbourg et l'engagea, comme mousse, sur un navire de l'État qui partait pour une longue traversée dans l'extrême Orient. Pendant les longs jours, sur le pont, le pauvre enfant suivait des yeux les rayons de soleil, et espérait revoir sa chère Myr. Pierre a vécu, lutté ; il est devenu riche, brave, savant, mais il ne l'a jamais revue ; peut-être ses pauvres petites ailes malades ont-elles été trop faibles pour l'emporter sur le grand océan ; et d'ailleurs, une fois qu'on est devenu homme, on ne retrouve jamais les Fées qui vous enchantaient quand on était petit.

Entre autres choses, Pierre, dans ses voyages, a appris la peinture, et à force de volonté, d'obstination et surtout d'amour, il est arrivé à faire un portrait, imparfait sans doute, mais extraordinairement ressemblant de la petite fée Myr.

Comme il possède des millions et qu'il peut payer ses fantaisies comme un roi, il désire que cette très exacte effigie soit traduite en un chef-d'œuvre, et il a offert deux cent mille francs à Meissonier, en le priant de vouloir bien entreprendre ce travail. Le grand peintre a accepté, non à cause de la somme, qui, pour lui, n'a qu'un intérêt très médiocre, mais parce qu'il voit là un curieux problème d'art, intéressant à résoudre. D'après un renseignement absolument sincère et fidèle, un génie comme lui peut-il ressusciter, suppléer la vie et deviner une âme ? En tout cas, seul parmi les artistes, il saura traduire, avec son dessin parfaitement régulier, une bouche ténue comme la plus mince des étincelles qu'enlève, en arrondissant un rubis, l'outil du bon joaillier, tailleur de pierres fines !

12.

XVI

LE DIAMANT BLEU

Quelle émotion ce fut dans Paris lorsqu'un matin du mois dernier la belle Adolphine Cazade fut trouvée dans son lit assassinée, le sein tragiquement percé d'un coup de couteau! Pendants et dénoués, les longs cheveux noirs de la courtisane étaient collés dans le sang de sa blessure, et un frisson d'épouvante semblait courir encore sur la face épouvantablement pâle. Selon la femme de chambre Eugénie, le meurtre devait avoir été commis par un riche Anglais, sir Georges Lucy, qu'elle avait laissé à une heure du matin, prenant le thé avec Madame, et dont l'attitude indiquait suffisamment qu'il ne se disposait pas à rentrer chez lui. On marcha sur cette piste, mais, à la place du prétendu Anglais aux beaux cheveux de neige, dont toute la personne n'était qu'un déguisement, la police ne tarda pas à débusquer le vrai coupable, un juif, usurier et marchand d'habits, nommé Guéra, qui, avec sa fille Michal, tenait une petite boutique dans le passage du Pont-Neuf.

On sut bien vite que ce Guéra, un des grands comédiens de l'immense farce parisienne, jouait un rôle à tiroirs très compliqué, et endossait, pour varier son personnage, toutes sortes de travestissements divers. En effet, on le voyait sordidement vêtu dans le repaire où il tendait ses filets sur le faubourg Saint-Germain, exploitant les fantaisies des écoliers, l'honnête pauvreté des professeurs et des savants besogneux, la misère cachée des familles nobles, et où en apparence il semblait ne vendre que des habits d'occasion, des fusils, des accordéons, des cors de chasse, des montres fatiguées du Mont-de-Piété et des reconnaissances blanches et jaunes. Mais à la Bourse et dans la Chaussée-d'Antin, où parfois il s'associait pour de grandes affaires avec des financiers illustres, il avait à sa disposition plusieurs figures de dandies de toutes les nationalités et de tous les âges, et on le voyait tour à tour Anglais, Russe, Brésilien, Valaque, Suédois, toujours avec ces papiers parfaitement en règle qui semblent avoir été spécialement inventés pour les intrigants.

Quant au vrai Guéra, nul ne le connaissait. C'était un avare exalté, furieux, sublime, qui au besoin savait et très largement dépenser de l'or pour en gagner et pour augmenter son trésor, mais que les prodigalités d'Harpagon et de Shylock eussent fait sourire. Un couloir absolument noir, inconnu, perdu, menait de sa boutique à un cabinet sans cheminée et sans fenêtre, donnant sur une cour infecte, éclairé seulement par une très haute lucarne à la vitre noire de crasse, et où l'eau ruisselait sur les murs. C'est là que sans coffre, sans boîtes, sans tiroirs, Guéra entassait à même le parquet son or, son argent, ses diamants, ses pierreries, sur lesquels il se roulait et qu'il baisait avec des transports d'autant plus vifs qu'il ne les éprouvait pas seul. Toute petite, il avait élevé sa fille Michal à se passer comme lui d'air, de soleil, de vêtements, de nourriture, mais à se saoûler de métaux et de richesses. Elle était presque née sans mère, ou plutôt elle était bien en réalité la fille de l'Or, car voici dans quelles conditions étranges elle était venue au monde. Guéra avait pour compère, pour associé, pour complice dans ses combinaisons d'usure les plus compliquées, un autre juif nommé Bichri, dont la fille Tzila était extrêmement belle. Bichri la croyait sage ; mais déjà riche en secret et prodigieusement avide, elle avait commencé presque enfant encore à se vendre, et avec les sommes qu'elle amassait ainsi, elle faisait des coups de commerce. Ayant avec le flair du génie deviné le trésor de Guéra, elle s'offrit à lui elle-même, vint quatre ou cinq fois le voir en cachette, et, après chacune de ses visites, s'en alla les poches bourrées de pièces d'or, et ployant sous le poids.

Malgré la finesse et la perspicacité de Bichri, elle put dissimuler sa grossesse, accoucha en secret, et elle apporta à Guéra l'enfant né de leurs singulières amours, qui fut Michal. L'usurier la reçut avec joie et en fit un autre lui-même. Dès qu'elle put comprendre quelque chose, il lui enseigna la haine des hommes, le mépris de tout, et il trouva en elle la plus docile écolière. Habillée de haillons sordides, chaussée de savates déchirées, restaurée par quelques bouchées d'une nourriture grossière, désaltérée avec une goutte d'eau, elle ne désirait rien de plus, et, comme son père, se trouvait heureuse pourvu qu'elle pût se rouler sur des tas d'or et les baiser, les étreindre, les faire écrouler, sonner et chanter, et elle s'y couchait dans une ivresse extasiée, après avoir rempli ses mains, sa bouche et sa poitrine de diamants et de rubis !

Par un phénomène dont nulle science ne peut donner l'explication, Michal était peu à peu devenue tout à fait pareille à ces métaux et à ces gemmes qu'elle adorait ; sa chair avait la blancheur métallique de l'argent ; sa chevelure avait pris exactement la couleur, le brillant, les fauves reflets de l'or; ses oreilles, ses ongles, ses gencives avaient l'apparence de la nacre et du corail rose; ses lèvres de rubis oriental avaient un éclat pareil au rayon rouge du spectre solaire, et ses prunelles étaient des améthystes de Ceylan devenues vivantes. Ainsi elle ressemblait à une de ces farouches idoles, faites de pierreries, qu'on adore dans les temples indiens. Mais lorsqu'elle eut atteint sa quatorzième année, Michal fut en proie à une maladie de consomption qui la mina rapidement; Guéra, fou de douleur, craignit de la voir mourir, et consulta alors son coreligionnaire, le docteur Adriel. Naturellement, le célèbre médecin attribua la maladie de la jeune fille au manque d'air, d'exercice, de nourriture, et déclara à l'usurier que, s'il ne voulait perdre Michal, il devait changer absolument son genre de vie.

Tremblant pour son enfant adorée, Guéra obéit tout de suite et frénétiquement fit danser ses millions. Il acheta à Montmorency un petit palais entouré d'un parc, et y logea Michal à laquelle il acheta des chevaux, des voitures, des vins comme les rois seuls en boivent, et pour laquelle il enleva à prix d'or un chef du Café Anglais. La jeune fille courut dans les campagnes, savoura l'air plein de parfums, fut entourée de gracieuses servantes et vit même le monde, car Guéra avait changé de peau et pour le moment jouait le rôle d'un nabab insouciant et prodigue; mais plus Michal vivait dans des conditions normales, plus son mal s'aggravait. Elle ne souffrait pas, mais elle semblait se fondre, son corps diminuait et en même temps devenait comme glacé et rigide. Pour satisfaire son unique passion, son père lui avait arrangé dans cette villa un réduit secret plein d'or; mais elle ne put s'y plaire; ce qu'elle aimait, ce qu'elle regrettait avec des larmes amères;

c'était le tas d'or resté dans le taudis au passage du Pont-Neuf, et elle en eut la nostalgie si forte et si poignante qu'il fallut vendre tout et l'y ramener bien vite.

Là, elle sembla d'abord retrouver la vie, mais bientôt elle recommença à dépérir. Seulement, Guéra fit alors une découverte singulière, inouïe, et qui lui donna quelque espérance. Chaque fois qu'il apportait au trésor une nouvelle quantité d'or et de nouvelles pierreries, Michal renaissait, ressuscitait, retrouvait des forces, apparaissait transfigurée ; mais ses forces s'usaient bientôt et ne pouvaient être rétablies que par un subit accroissement de richesses. Il étudia ces étranges alternatives et ne put s'y tromper ; l'or, les diamants étaient positivement les seuls remèdes qui pouvaient soulager Michal, et en les touchant elle y puisait la vie. Elle était devenue si faible qu'elle parlait à peine et que le son de sa voix ne pouvait presque pas être entendu ; et ses appétits s'étaient développés avec une puissance de désir si intense et si lucide qu'elle avait pu compter et connaître une à une chacune des gemmes, chacune des pièces d'or de tous les pays et de tous les temps qui formaient le tas immense.

Bientôt Guéra ne put songer à en détourner une seule ; chaque fois qu'il l'avait essayé, il avait vu Michal tomber morte, privée de sentiment, froide comme la glace. Au contraire, il dut employer tout son génie à réaliser des gains inattendus ; mais comment faire des affaires sans aucune mise de fonds ? Il emprunta d'abord à quelques-uns de ses confrères ; mais cette ressource devait être tout de suite usée, et le visage de sa fille exprimait une épouvantable déception, lorsque dans ses pâles mains il ne mettait qu'un peu d'or. Enfin, il essaya de la tromper en lui apportant de fausses pierreries, des perles imitées, fabriquées merveilleusement par un joaillier de ses amis ; mais instinctivement, sans les regarder, et les ayant effleurées à peine de ses mains débiles, Michal les reconnaissait fausses, les jetait avec dédain sous ses pieds et retombait mourante sur le tas d'or.

Comment la sauver maintenant ? Guéra s'acharnait à son commerce ; mais ne pouvant plus prêter ni acheter, si ce n'est avec la recette même du jour, il ne réalisait plus que des bénéfices insignifiants et il se débattait en vain contre l'impossible. Un matin, il était dans sa boutique et un étudiant venait lui offrir une bague de diamants qu'il eût laissée pour cent francs et qui valait au moins•quatre fois cette somme. Michal, qui s'était traînée près de son père en s'appuyant aux murs, jetait sur la bague d'ardents regards de convoitise ; mais quand Guéra fit mine d'aller chercher dans le réduit les quelques louis nécessaires à cette acquisition, elle se mit devant la porte avec une telle expression de désespoir, de colère et de fureur, que l'usurier vaincu rompit le marché, renvoya l'étudiant et laissa tomber ses bras avec un découragement profond. A ce moment-là passa, traversant le passage du Pont-Neuf, le riche sir Thomas Arden, qui est, comme on sait, grand amateur de pierreries et qui avait fait souvent des affaires avec Guéra. En l'apercevant dans sa boutique, dont la porte était restée ouverte, il entra, et tirant de sa poche un riche écrin : « Il faut, dit-il, que je vous montre quelque chose de curieux. »

Et il prit dans ses doigts, tira de la boîte, mit sous les yeux de Guéra fou d'admiration, de convoitise, de désir effréné, car il pensait à sa fille ! l'éclatant, le prodigieux, le féerique, le céleste diamant bleu. — « Voyez, dit-il, son poids est de 46 carats 1/7, deux carats de plus que celui de monsieur Hope, qui a été payé 450,000 francs; mais pour sa couleur bleue du plus beau saphir et pour son vif éclat adamantin, il est évidemment bien supérieur à l'autre! » Guéra, qui avait pris le diamant et le retournait dans ses doigts, entassa paroles sur paroles, cherchant une combinaison fabuleuse pour s'en emparer, pour le garder; mais ni Talleyrand ni Scapin n'eussent réalisé ce problème, d'acheter un diamant d'un demi-million et de le payer en monnaie de singe. Aussi l'heureux sir Thomas Arden s'en alla-t-il librement, après avoir repris cet astre cristallisé, qu'il avait rangé dans l'écrin et remis tranquillement dans sa poche.

Quant à Michal, en voyant le diamant, elle s'était élancée pour le saisir; mais toute brisée et défaillante, à peine avait-elle pu faire un pas, et lorsque sir Arden remit l'écrin dans sa poche, un cri s'échappa du fond de sa poitrine, morne, désespéré, épouvantable, mais en même temps si faible que les deux hommes ne l'entendirent pas, et, sans que ni l'un ni l'autre s'en aperçût, elle roula évanouie sur le parquet, dans un coin sombre de la boutique. C'est ainsi que Guéra trouva sa fille; il la coucha, et, par tous les moyens, tâcha de la faire revenir à elle; mais elle était rigide, entièrement glacée, on ne sentait plus les battements de son cœur, ses lèvres, devenues pareilles à du corail rose, troublaient à à peine le miroir; son père l'eût crue morte tout à fait, si, de temps en temps, elle n'eût étendu la main, et d'une voix gutturale comme un râle, soupiré du fond de sa nuit sinistre ces seuls mots : « Le diamant! » Le docteur Adriel, mandé en toute hâte, épuisa toutes les ressources de son art et ne put en aucune façon réveiller Michal. Guéra dut lui raconter, mais sans tenir compte des faits antérieurs, la visite de l'Anglais et l'envie que Michal avait eue du diamant bleu. — « Eh bien! dit le docteur à bout de ressources, il faut tâcher de vous procurer cette pierre! »

Après avoir de son mieux couvert, bordé son enfant, dont il arrangea la pâle tête sur les oreillers, Guéra courut chez sir Thomas Arden, pour essayer de lui emprunter le diamant bleu, et ne pouvant lui dire la vérité, qui n'aurait été compréhensible ni pour lui ni pour personne, inventa à ce sujet mille contes, dont l'Anglais ne crut pas un mot, mais qui l'attendrirent par la prodigieuse dépense d'imagination que l'usurier faisait, pareil à une Schéhérazade qui, avant d'avoir le cou coupé, improvise les plus émouvantes histoires. D'ailleurs, ce seigneur qui ne sait pas les noms de ses châteaux et qui possède en propre la huitième partie de Londres, se soucie d'un caillou, si beau et transparent qu'il soit, comme d'une feuille de papier à cigarettes. « Ma foi, dit-il, je vous prêterais volontiers ce joyau bizarre; mais en vous quittant, j'ai justement rencontré Adolphine Cazade qui en a eu envie, et je le lui ai donné; or, mon cher, le lui redemander serait inutile, et il serait plus court d'en aller chercher un autre au Brésil, dans la province de Minas Geraès! »

C'était donc à Adolphine Cazade qu'il fallait arracher le trésor! Guéra rentra chez lui, pour voir sa fille et pour prendre de l'argent; mais Michal, entre deux évanouissements sans doute, s'était levée et traînée jusqu'au tas d'or, et il ne fallait pas songer à en emporter une seule pièce. Guéra, à force d'éloquence et d'astuce, trouva dix mille francs chez Bichri, se travestit en riche Anglais et courut chez Adolphine, par qui il sut se faire accueillir, grâce à ses façons de grand seigneur parfaitement imitées. Au milieu de la nuit, comme elle dormait profondément, il trouva les clefs, fouilla les tiroirs, et s'empara du diamant; mais à

13

ce moment-là même il vit la courtisane qui s'était
réveillée, et qui le regardait de ses yeux grands ouverts. N'ayant pas le choix des moyens, il lui planta
un couteau dans le cœur et s'enfuit. Quand Michal
toucha la splendide pierre d'azur, elle s'éveilla, vécut,
ressuscita, et pendant tout le reste de la nuit l'usurier savoura l'immense ravissement de la voir rose,
gaie, souriante, parlant d'une voix charmée et délicieusement heureuse. Mais au matin, les agents qui
avaient trouvé la trace de Guéra, enfoncèrent la
porte de la boutique, et Michal tomba morte, lorsqu'ils arrachèrent brutalement de sa main serrée,
crispée, devenue d'acier, dure comme un étau, le
miraculeux et céleste — diamant bleu !

XVII

UN VIEUX VAUDEVILLE

Pour dire le vrai, nos auteurs contemporains n'ont pas inventé les premiers de faire au théâtre des Variétés des pièces bouffonnes sur des sujets grecs, et même sur Hélène, fille de Tyndare. En 1828 fut jouée, au théâtre du boulevard Montmartre, une farce mêlée de couplets, intitulée *Les Folies de Sparte*, dans laquelle les Dieux, habillés en masques de carnaval, dansaient la galopade alors dans sa nouveauté, raillaient le toupet du roi Charles X et égrenaient des colliers de calembours, tandis que la fille de Léda elle-même tenait des propos de caserne, chantait *La Mère Godichon*, se saoûlait de champagne et jurait comme le perroquet Vert-Vert. Les collaborateurs de la pièce, Séwrin et Hippolyte, n'y avaient pas cherché malice ; mais le principal auteur, nommé Farette, celui qui avait imaginé le sujet et mis l'affaire en train, agissait au contraire en connaissance de cause et avec préméditation.

C'était un très beau garçon de trente-quatre ans, brun, élégant, frisé, qui remportait de grands succès de vaudevilles et de grands succès de femmes, et qui ne se consolait ni des uns ni des autres. On répétait ses mots au foyer, où il luttait d'esprit avec Brazier, Dartois et Dumersan ; il avait trompé mon-

sieur Hope avec la belle Flore, il avait été furieusement aimé de la célèbre Aldegonde, et il ne semblait
pas indifférent à la jolie Minette, qui venait alors de
jouer *La Villageoise somnambule, ou les Deux Fiancées;*
mais ces bonnes fortunes relativement faciles ne
satisfaisaient pas un homme dévoré d'ambition, qui
en secret rêvait l'amour des femmes du monde. Et
de même la vogue de ses couplets le laissait froid;
car il avait eu l'appétit du grand art, il y avait dans ce
chanteur de ponts-neufs un poète manqué, et les
nuits, enfermé chez lui, il rimait des odes qu'il avait
l'esprit de trouver idiotes, mais sans pouvoir se rési-
gner à n'être qu'un farceur et à porter une hotte
sur son dos, où il aurait voulu sentir palpiter et
frémir des ailes.

Aussi de sa part *Les Folies de Sparte* étaient une
œuvre de révolte, de haine, de vengeance. De haine
pour qui? Pour Lamartine qui ne devait jamais savoir
le nom de Farette, pour Victor Hugo, pour Byron,
pour la poésie, pour les Dieux d'Homère qui ne
voulaient pas entrer dans ses alexandrins, pour la
Rime, qui le fuyait obstinément, et qu'il ne pouvait
pas même, comme Boileau, rattraper au coin d'un
bois. Au café des Variétés, où il fumait sa pipe et
jouait aux dominos avec Francis, avec Gabriel, avec
Rochefort père, ses amis les vaudevillistes s'éton-
naient de le voir triste et silencieux, ne pouvant
deviner qu'une vipère à la dent aiguë lui mordait le
cœur. Enfin comme les répétitions des *Folies* s'avan-
çaient, il se réveilla, se ranima, eut des 'accès de
gaieté folle; il allait donc se relever, exhaler sa rage,
piétiner sur la Lyre, insulter, ridiculiser ce monde
des Dieux et des héros qui n'avait pas voulu de lui.
Le malheur, c'est qu'il insultait à l'aventure et qu'il
n'avait pas la satisfaction de voir si ses coups porte-
raient.

Il aurait voulu lutter, combattre, se heurter à des contradictions ; mais, au contraire, tout se passait le plus simplement du monde. Ses collaborateurs même et le directeur Brunet ne soupçonnaient pas du tout qu'il eût voulu écrire autre chose qu'une farce naïve et bonne enfant ; Odry jouait Pâris avec une bêtise aimable, et mademoiselle Minette répétait son rôle d'Hélène gracieusement, sans la moindre méchanceté. Les journaux ne s'émouvaient pas, annonçaient complaisamment la pièce, et les poètes semblaient en ignorer l'existence. Cependant il fallait à Farette un ennemi, un adversaire qu'il pût voir en face, à qui il pût dire : « C'est à toi que j'en veux ! » Enfin, un matin, au sortir de la répétition, il se frappa le front avec une joie délirante : il avait trouvé.

Il s'était rappelé le vieil Étienne Rymer, qu'il fuyait maintenant avec un peu de pudeur, mais qui l'avait aimé et conseillé jadis, lorsqu'il essayait d'être un poète. Célèbre dans toute l'Europe par ses admirables études sur Eschyle, Pindare et Aristophane, ce savant helléniste était, en outre, un chimiste et un astronome de premier ordre. Dans ses longs voyages en Orient, il avait appris des sciences inconnues. Un demi-siècle avant messieurs Daubrée, Deville et Caron, il avait reproduit artificiellement des minéraux cristallisés, fabriqué le corindon blanc et le cymophane, et il était mal vu à la cour de Charles X, où les jésuites l'avaient accusé de faire de l'or et de pratiquer la magie. Quoi qu'il en soit, le sens de tous les mythes lui était connu, il en avait la religion et l'amour ; il semblait avoir vécu dans l'épopée homérique, et vu les palais d'or où les Dieux, assis sur leurs trônes, boivent le vin de l'éternelle joie.

Farette sauta dans un cabriolet et se fit conduire

13.

chez Rymer, qui habitait, dans la rue de l'Est, une
vieille maison entourée de jardins. Poussé par ce
qu'Edgard Poe devait appeler plus tard le démon de
la perversité, il ne pouvait faire mieux que d'aller
trouver le seul homme qui fût, dans son cœur, un
antique Hellène ; du moins il était sûr que ses blasphèmes ne tomberaient pas dans le vide. Cependant
en entrant dans la vieille chambre sévère, encombrée
de grands livres et d'instruments de physique, il eut
quelque honte de la mauvaise action qu'il allait commettre, et surtout il se sentit déconcerté en voyant la
sérénité et le calme austère du vieillard qu'il venait
tourmenter sans nul motif. Mais un impérieux désir
de faire le mal s'était éveillé en lui, plus fort que sa
volonté, et il n'était plus libre de se repentir.

— « Mon cher maître, dit-il à Rymer, j'ai écrit
une comédie grivoise...

— Oui, je sais, dit Rymer, *Les Folies de Sparte*,
pour mademoiselle Minette, et vous venez me demander des renseignements sur Hélène !

— Précisément, dit Farette avec effronterie. Je
voudrais savoir si au moment du siège de Troie elle
était déjà, comme on l'assure, une vieille dame
forcée de mettre du fard ; si elle avait un parasol et
des mouchoirs de poche ; comment elle remplaçait
le corset par quelque vêtement analogue, dont elle
devait avoir grand besoin ; si elle mangeait de la
viande grillée sur les charbons et sentant la fumée ;
si elle se montra bien aimable avec Pâris lorsque
Vénus la força à faire médianoche en plein jour, car
ces détails me fourniront des traits comiques, et je
pense que vous savez tout cela.

— Oui, dit tranquillement le vieillard dont le
visage fut alors terrible, je puis vous dire tout ce qui
concerne Hélène de Sparte, et je puis même, si vous
le voulez, vous la montrer ! »

A ces mots, Farette se sentit glacé par un frisson
mortel; cependant, par bravade, il fit un signe d'ac-
quiescement. Il aurait bien voulu reculer, s'enfuir;
mais une force inconnue le clouait sur place, tandis
que Rymer lisait à voix haute, dans un grand livre,
des paroles appartenant à une langue inconnue du
vaudevilliste. Tout à coup, bien que cette matinée
de novembre fût claire et sereine, un orage d'été,
déchaîné, furieux, épouvantable, éclata; la pluie
fouettait les vitres, le tonnerre grondait, les éclairs
déchiraient le ciel, et la chambre fut enveloppée
d'une nuit sinistre. Mais bientôt, au milieu de cette
obscurité, un espace s'éclaira, surmonté par un
brillant ciel de saphir, et dans la clarté frissonnante,
comme le disaient les vieillards troyens assis au-
dessus des portes Scécs, ressemblant terriblement
aux déesses immortelles, elle apparut, elle la fille de
Léda, la reine Hélène de Sparte, tenant à la main
une grande fleur écarlate !

La tragique et fulgurante beauté de son visage
avait l'éclat d'un astre, et entr'ouverte, sa bouche
petite, aux lèvres épaisses et rouges, laissait voir des
dents de jeune loup. Ses yeux, ses yeux immenses,
d'un noir d'enfer, étaient, comme les sourcils, agran-
dis et continués par une ligne bleue. Ses pommettes
saillantes, son teint mat et chaud, mais très pâle,
son nez droit et très large, ses narines ouvertes,
petites et palpitantes, ses joues un peu fortes brillaient de la plus enivrante jeunesse, et, fièrement
posée sur le col héroïque, cette noble tête rayonnait,
environnée par la gloire opulente de sa blonde chevelure. Sur le front une rangée de cheveux à petites
frisures calamistrées formant une ligne très droite ;
deux masses, passant derrière les oreilles et venant
tomber sur la gorge, et sur le dos toute une crinière
éparse et dénouée, employaient les flots de cette

toison pareille à une fauve et ruisselante dorure, et qui, tressée avec des fils d'or, était semée d'une légère poudre d'or aux éblouissantes étincelles.

Comme dans un éclair, le pâle vaudevilliste put voir le diadème d'or très pâle et d'électrum composé de rosaces, de nœuds et de rinceaux, au milieu duquel rayonnait le mystérieux swastika qui est le signe sacré des races aryennes, et de chaque côté du diadème, de grandes pendeloques attachées par des chaînes et se terminant par des plaques plus fortes, de forme triangulaire. Il put voir le cou chargé de colliers de jaspe, d'agate, de jadite, de porphyre, de cornaline, et au-dessus de ceux-là, un autre collier en perles de verre bleu clair et bleu foncé, entre-mêlées d'amulettes, de têtes de coqs et de colombes, ayant au milieu une tête de vache, et terminé par une plaque ronde avec sept diamants, quatre ailes, deux en bas et deux en haut, et le swastika au milieu.

Il vit, comme un poème de couleur extasiée et fleurie, les robes de la reine de Sparte ! Celle de dessous, en très fine étoffe rouge, à très petits plis calamistrés, brodée de fleurs de couleurs naturelles ; celle de dessus, couleur de rose indien, avec des manches descendant jusqu'au tiers des bras. Au bas de la robe s'ouvraient des fleurs de lotus alternées avec des boutons, brodés en or, en argent et en couleurs ; au-dessus se déroulait une bande de petites vaches avec des ailes recourbées ; puis venait une autre bande de fleurs, et au-dessus de tout cela, jusqu'au milieu des cuisses, des ornements pareils à des Z couchés, rouges, vert prasin et bleu céleste. Et sur toute la robe, de très minces plaques d'or dé-coupées, très rapprochées, affectant des formes de croix, de fleurs, de papillons, de lions. Farette vit aussi la ceinture de toile d'or brodée d'ornements alternativement carrés et ronds, couleur d'aigue-marine, et les souliers en cuir blanc, gaufrés d'or, à pointes recourbées, et le voile en légère étoffe noire, avec plaques d'or, bordé de petites vaches et entouré d'une broderie en plumes d'oiseaux découpées comme des écailles de serpent, et les riches bracelets montant depuis le poignet jusqu'à la moitié de l'avant-bras.

Et surtout il vit le noir, l'impérieux, le céleste regard de la reine de Sparte, ses lèvres entr'ouvertes montrant les blanches dents de neige et de lys, toute la gloire qui émanait d'elle, sa taille superbe, son pâle front d'astre, sa belle main qui tenait la fleur rouge, et en l'apercevant, il tomba évanoui, foudroyé aux pieds de Rymer.

Quand le vaudevilliste revint à lui, il était dans un fiacre, qui roulait au galop contre l'habitude de ses pareils, et qui ne tarda pas à le déposer devant le café des Variétés. Abasourdi, éperdu, la tête brisée comme par un coup de massue, Farette gravit rapidement l'escalier; il avait hâte de vivre, de se retrouver dans son milieu, d'échapper au rêve épouvantable, et enfin de parler! Mais, ô terreur! c'est en vain que sa bouche s'ouvrit, que ses lèvres remuèrent, elle ne purent proférer aucun son; Farette était devenu muet! Il y avait à sa table habituelle Rochefort, Dartois, Hippolyte, qui tous l'interrogèrent, s'empressèrent autour de lui; mais le vaudevilliste ne devait plus parler jamais.

Il saisit une ardoise et un morceau de craie, et voulut écrire, expliquer à ses amis ce qui lui était arrivé; il y renonça bien vite; comment un homme habitué à n'écrire que du dialogue, coupé par des points de suspension, aurait-il pu rendre vraisemblable le récit d'un tel événement, embrasé par les aveuglantes flammes de la vérité? Quelques jours plus tard, *Les Folies de Sparte* furent représentées

avec un grand succès; les amis de Farette ne l'aban-
donnèrent pas, et il put composer avec eux plusieurs
pièces en un acte, car il prenait part aux séances de
collaboration en indiquant des idées et en répondant
aux objections sur son ardoise.

Au bout de quelque temps, Brunet voulut avoir
un pendant des *Folies* écrit par les mêmes auteurs,
et il fut convenu qu'on ferait *La Jarretière d'Eurydice*.
Mais le jour où, pour écrire sa part, Farette voulut
prendre une plume, ses deux mains, l'une après
l'autre, refusèrent d'obéir; elles étaient paralysées!
C'en était fait de l'aimable et brillant chansonnier;
il n'eut d'autre ressource que de demeurer figurant
au théâtre même qui avait vu ses triomphes; encore
ne pouvait-il s'habiller que grâce au dévouement
d'un autre figurant, nommé Dalifol, ancien ténor
qui avait perdu sa voix et qui, déchu lui-même,
savait plaindre les misérables.

Pendant quarante ans, Farette a traîné sur les
théâtres de Paris; il est mort presque octogénaire,
sur la scène de la Gaîté, pendant un entr'acte d'*Orphée aux Enfers*. Une ferme lui est tombée sur la
tête et lui a brisé le crâne. Frappé, livide, effrayant,
sanglant, au moment d'expirer, il a retrouvé la
parole, et, d'une voix profonde, sépulcrale, déjà
éteinte, il a murmuré douloureusement ces deux
seuls mots :

— Les Dieux!

XVIII

UNE BELLE-MÈRE

Être trompé, voir ses plans contrecarrés, sa vie troublée, sa dignité compromise par la fantaisie d'une femme, que cela est triste pour un honnête homme ! Certes si quelqu'un méritait ce nom, et peut-être même celui de grand citoyen, c'était bien monsieur Eusèbe Chamrion, qui s'était toujours appliqué à servir le progrès moral et matériel. Après s'être enrichi dans les fournitures militaires, il offrait maintenant ses capitaux à l'agriculture, et les lui prêtait à un taux assez élevé pour stimuler la paresse du paysan, forcé ainsi de dompter et de violenter la terre avare. Membre des Sociétés contre l'abus du tabac et pour l'extinction de la volupté, président à vie de la Société pour la destruction de l'idéal, il prouvait la largeur de son esprit en ne proscrivant ni la peinture, pourvu qu'elle offrît un intérêt dramatique, ni la poésie consacrée à des démonstrations utiles. Enfin il s'était montré dénué de préjugés, en épousant la fille d'un de ses fermiers, plus riche que lui, il est vrai, mademoiselle Marguerite Sauvel.

Pendant les trois quarts de l'année, il la laissait seule dans un château, au fond de la Sologne ; mais n'était-ce pas là une salutaire protestation contre les tendances mondaines et l'abus des dissipations fri-

voles? Cependant, comme il faut garder son rang et
conformer sa manière d'être aux idées généralement
admises, monsieur Eusèbe Chamrion avait une maîtresse ; mais il l'avait choisie instruite, modeste, parfaitement correcte, et il gouvernait son second
ménage avec autant d'ordre et d'économie que le
premier, voulant qu'en toutes choses sa conduite sagement mesurée pût servir de modèle et d'exemple.

Ayant ainsi organisé son existence officielle, il pouvait, sans que personne y trouvât à redire, jouir du
fruit de ses travaux, et céder à son unique faiblesse,
en courant un peu les aventures, mais prudemment,
dans le monde des petits théâtres, lorsqu'une lettre
de monsieur Hurlier, son fidèle intendant, vint le
consterner tout à coup, en lui apportant une nouvelle foudroyante.

Madame Marguerite Chamrion était romanesque !
Au lieu de laisser au travail sa fortifiante initiative,
et de relever le paysan en maintenant sa responsa-
bilité tout entière, elle allait elle-même à domicile
visiter les pauvres, soigner les malades, et, accompagnée de sa fille Élise, déjà âgée de dix ans, leur
porter du linge, des médicaments, des provisions,
de l'argent même, remplaçant ainsi l'héroïque lutte
pour la vie par une charité stérile et corruptrice.
Donc, c'était en vain que le philanthrope avait eu
la sagesse de ne servir à sa femme qu'une pension
des plus modestes, et il fallait qu'elle s'imposât
d'étranges privations, car, avec ce revenu à peine
suffisant, elle avait réalisé d'affreux prodiges, si bien
que, dans le village voisin du château, et à cinq ou six
lieues à l'entour, il n'y avait presque plus de misérables. Ainsi, elle avait détruit l'inspiratice des grands
desseins et des actes héroïques, la bonne déesse
Pauvreté, dont elle ne comprenait même pas l'utile
et saine influence.

Monsieur Chamrion n'attendit pas un jour ; il partit, et arriva à son château sans avoir prévenu personne, comme une bombe. Au moment où il montait l'escalier, il entendit les sons de l'orgue qui accompagnaient un chant exalté, lyrique, extasié, céleste, une improvisation évidemment, car cette musique n'était d'aucun maître connu, et, avec une stupéfaction facile à comprendre, il reconnut la voix de sa femme, dont jusqu'à ce jour il n'avait pas soupçonné l'étendue et la richesse. Le mal était plus grand que monsieur Chamrion ne l'avait supposé ; sa femme était artiste, musicienne, poète même ; elle sacrifiait à des arts énervants, sans aucune application pratique, supposant l'idée mensongère du surnaturel ; et qui sait si elle n'en avait pas infecté déjà l'esprit de son enfant ? Hélas ! après l'explication orageuse qui eut lieu entre les deux époux et à laquelle fut présente madame Laure Ambrosi, marraine d'Élise, il n'y eut pas de doute possible ; la jeune fille aussi était inspirée, improvisatrice, par-dessus le marché aumônière et charitable ; elle avait tous les défauts de sa mère ! Sans perdre une minute, monsieur Chamrion écrivit à Paris, pour que sa maîtresse fût congédiée avec un cadeau honorable, et s'installa au château, avec sa femme et sa fille. Il n'était que temps.

De ce moment-là, il supprima à madame Marguerite toute pension personnelle, paya lui-même les fournitures et les couturières, et interdit toute fabrication de vêtements pour les enfants du village. Désormais, au lieu de se livrer à ce travail démoralisateur, Marguerite et Élise raccommodèrent les nappes et les torchons, comme c'est le devoir des bonnes ménagères. Outré de les voir l'une et l'autre pâles, minces, pensives, toutes blanches avec leurs chevelures blondes et leurs grands yeux bleus comme le ciel, il pensa qu'en menant une vie normale elles acquer-

14

raient de la force et ressembleraient à tout le monde.
En effet, il les conduisit aux fêtes d'orphéons, aux
ouvertures de comices agricoles, et de plus invita des
voisins, donna des dîners et des fêtes ; néanmoins son
espoir ne se réalisa pas.

Quant à la musique, eh! mon Dieu! monsieur
Chamrion n'était pas un Turc ; il avait ôté les clefs de
l'orgue et des pianos, mais il proposa à sa femme de
les lui rendre, si elle voulait jouer des choses raisonnables ; il adorait l'opéra comique, en tant que
genre national, tout en lui préférant l'opérette, qui
est plus dans le mouvement et qui délasse à propos
l'homme occupé de choses sérieuses ; car, disait-il
avec une aimable érudition, l'esprit est un arc dont
il faut parfois dénouer la corde, et qui ne peut rester toujours tendu. Madame Marguerite refusa avec
douceur ; elle aimait mieux repriser ses torchons.
Elle les reprisa pendant un an, baisant à la dérobée
le front d'Élise, parce que monsieur Chamrion n'aimait pas ces effusions sentimentales, après quoi
elle mourut désolée, dans les bras de madame Ambrosi.

Après avoir consacré à ses regrets le temps stric-
tement nécessaire, (il avait horreur de tous les excès,) monsieur Chamrion ramena sa fille à Paris, et
fut enfin libre de lui donner une éducation raisonnable. Il n'y manqua pas. Élise apprit des éléments
de toutes les sciences, beaucoup de géographie,
toutes les langues vivantes, la tenue des livres, car
on ne sait pas ce qui peut arriver ; mais d'autre part
son père n'épargnait rien pour lui donner d'agréables distractions. Avec le concours de madame Ambrosi, il recevait à dîner de bons vivants comme lui,
et il ne comprenait pas que leurs amusantes plai-
santeries ne parvinssent pas à dissiper la tristesse
d'Élise. Enfin, il la conduisait à l'Opéra-Comique,

ou même aux Bouffes, quand la pièce était suffisamment morale.

Parfois il priait sa fille de lui jouer ses morceaux favoris, des quadrilles, de lui chanter des airs d'opérette, et Élise essayait de le satisfaire ; mais aussitôt son chant se changeait en une improvisation ardente, enflammée, aux accents surhumains ; et monsieur Chamrion allait bien vite fermer le piano. Après quelques années de cette existence épouvantable, devenue pâle, immatérielle, mince comme sa mère, la jeune fille se mourait ; les médecins consultés ordonnèrent de l'emmener à Fontainebleau, de l'y faire vivre en pleine forêt. Monsieur Chamrion obéit, loua une maison près du pont de Valvins, et alla s'y installer avec sa fille et madame Ambrosi. Chaque jour une calèche suffisamment munie de provisions les emmenait sous bois, et ils y faisaient tous les trois de longues promenades.

Chaque jour aussi ils rencontraient une jeune femme gaie, élégante, rose, aux fins cheveux blonds, qui jetait sur Élise des regards pleins de pitié et de sympathie. On fit connaissance par un hasard des plus simples. Un après-midi, à la Mare-aux-Fées, Élise eut comme un évanouissement, et madame Ambrosi chercha en vain son flacon de sels, qu'elle avait oublié. L'inconnue, qui vit le geste, tira vite de sa poche un petit flacon d'émeraude, vint l'offrir de la manière la plus gracieuse, et aida madame Ambrosi à asseoir Élise sur une roche moussue et à lui donner les plus tendres soins. Tout de suite, par une sympathie irrésistible, la jeune fille aima cette jolie et secourable femme ; mais ce qu'il y eut de plus étrange, c'est qu'à première vue, monsieur Chamrion, dont le cœur de pierre devint alors vivant, en tomba follement amoureux. Ce fut une de ces passions absolues, subites, irrésisistibles, contre lesquelles il n'y a pas de recours. Par un hasard singulier, l'étrangère, qui se nommait madame Ada Ellis, habitait une maison toute voisine de celle que monsieur Chamrion avait louée, et ainsi l'intimité la plus étroite s'établit immédiatement entre des personnes qui ne se connaissaient pas la veille.

Mais les événements devaient se succéder de la manière la plus rapide. Sans s'inquiéter, lui pourtant si pratique, de savoir qui elle était, où elle allait, d'où elle venait, si elle était riche ou non et quel avait été son passé, monsieur Chamrion offrit sa main à madame Ada Ellis, et fut agréé. On put, sans danger pour la santé d'Élise, revenir à Paris, où le mariage fut célébré avec la plus grande pompe, car la jeune fille semblait guérie déjà. Dès les premières heures de leur amitié, Ada l'avait si bien choyée, réconfortée, caressée, elle l'avait entourée de tels soins maternels qu'elle l'avait fait revivre, et pour mieux dire, elle l'avait ressuscitée à force d'amour !

Quant à monsieur Chamrion, il était métamorphosé du tout au tout, et retourné comme un gant. Contrairement au grand axiome shakespearien, en vertu duquel l'homme ne change jamais et reste toujours semblable à lui-même, il était devenu son propre contraire. Il était bon, aimable, spirituel, soulageait les misères, et toutefois, dans les rares moments où il prenait possession de lui-même, il paraissait furieux d'agir d'une manière radicalement opposée à ses principes ; mais il servait de proie, bien moins à l'amour véritable, qu'à une possession magique. Volontiers cet économiste eût pincé de la guitare, et il apportait à sa femme des fleurs venues du bout du monde, pierreries vivantes et frémissantes, dont chacune avait coûté plus que son poids en billets de banque.

Le ridicule mobilier de l'hôtel Chamrion s'en alla à l'Hôtel des Ventes, et fut remplacé par des cabinets de la Renaissance, par des sièges authentiques du temps de Louis XIV, par des tapisseries illustres, par de nobles tentures brodées en jais blanc, par des bronzes dorés du plus grand style, et les murs furent ornés de tableaux d'Ingres, de Delacroix, de Henri Regnault et d'une série de dessins de Watteau à la sanguine et à la pierre noire. Les esprits, les génies, tous les Parisiens du vrai Paris, adoptèrent la maison de madame Ada Chamrion, où une jeune fille venue de l'Inde, couleur d'or fauve, et qui ne savait pas le français, faisait une cuisine d'une perfection suprême. On y causait surtout; mais aussi, parfois, les quatre musiciens qui existent encore y jouaient du Palestrina, du Bach et du Mozart, et les âmes s'envolaient alors dans l'infini, comme si la main de quelque ange-titan eût violemment déchiré un pan du ciel.

Le matin, Ada et la jeune Élise, heureuse, fortifiée, guérie, s'en allaient promener au Bois, sur des chevaux indomptés et sauvages pour tous, mais qui leur obéissaient comme des chiens fidèles. Au retour, la jeune fille, vaillante et rose comme une fleur, mangeait de grand appétit, puis, vêtue de quelque belle robe orientale, et sa blonde chevelure dénouée, elle s'asseyait à l'orgue, et comme autrefois sa mère musicienne et poète, elle improvisait des chants divins, que par un prodige inouï son père put alors comprendre, car cet ancien classique avait jeté son bonnet par-dessus les moulins, et savait maintenant par cœur les *Émaux et Camées* et *Les Fleurs du Mal!* Mais quoique toujours enragé contre lui-même, et regrettant dans son cœur le temps où il était un imbécile, il donna une bien autre preuve de sa complète transformation. Il avait toujours

14.

exécré la noblesse comme représentant un ordre de préjugés désormais abolis ; cependant, lorsque ce jeune officier si célèbre par sa bravoure, le marquis Henri de Rivoire, devint passionnément épris d'Élise, il n'hésita pas à lui accorder la main de sa fille, avec une dot de trois millions, ce qui permit à la société parisienne d'admirer un des plus beaux couples qui eussent jamais réuni les enivrantes magies de la beauté, de la richesse et du contagieux amour.

Ayant ainsi rétabli partout l'ordre et la joie, madame Ada Chamrion n'avait oublié personne, pas même la bonne marraine Laure Ambrosi. On ne sait comment elle put s'y prendre, mais le mari de cette excellente femme, monsieur Jacques Ambrosi, un savant modeste dont les travaux étaient jusque-là restés obscurs, fut tout à coup mis en pleine lumière, et presque en même temps nommé membre de l'Académie des sciences et officier de la Légion d'honneur. Un matin que madame Ada était à sa toilette, madame Ambrosi la remerciait avec effusion de ces bonheurs qu'elle savait lui devoir.

— « Mais qui donc êtes-vous, lui disait-elle, vous qui devinez nos plus secrets désirs et pour qui il n'existe rien d'impossible ?

— Élise allait mourir, dit d'une voix profonde madame Ada ; je ne pouvais la sauver qu'en me sacrifiant moi-même, et en m'unissant à son père pour le reste du temps qu'il a à passer sur la terre. Ces roches, ces mousses, ces gazons, ces sources furtives, ces frondaisons noires de la Mare-aux-Fées où vous m'avez rencontrée pour la première fois, sont ma vraie patrie. Et tenez, dit-elle en écartant le peignoir qui couvrait ses blanches épaules, voyez comme j'ai été forcée de replier et de meurtrir, pour les cacher à tous les yeux, mes pauvres ailes de papillon. Je suis la fée Hada !

— Une fée! je m'en doutais! » hurla monsieur Chamrion, qui bondit comme un tigre, arracha les ailes et les foula, les brisa sous ses pieds. Dès lors, la pauvre Hada perdit la conscience de son existence antérieure, et dans ses longues rêveries, triste, accablée, oppressée, elle s'efforçait de ressaisir sa pensée et tâchait de se souvenir. Mais le temps arrange tout. Monsieur Chamrion est mort; les ailes brillantes de la fée ont repoussé; maintenant, avec ses compagnes, elle voltige comme autrefois sur les gazons étoilés de fleurs au bord des eaux dormantes, et parfois, la nuit, elle vient baiser tendrement le front d'Élise endormie dans sa blonde chevelure.

XIX

LES PAPILLONS GRIS

Errant à travers les interminables couloirs du ministère de l'Instruction publique, à la recherche d'un bureau que je ne devais pas trouver ce jour-là, ni aucun autre jour de ma vie, ivre de pupitres, de garçons de bureau, d'escaliers A, d'escaliers B, d'escaliers X, j'arrivai enfin dans un corridor situé si haut, si loin, et au bout d'un si formidable dédale, que je croyais bien ne revoir jamais la vie, les cieux, les hommes et les femmes, ni les rues pleines d'agitation et de soleil. Je frappai à une porte fermée par un loquet de prison, et croyant avoir entendu le mot : « Entrez! » (mais c'était une illusion) je l'ouvris délibérément. Je vis alors trois personnages, que certes je n'oublierai jamais en cette vie terrestre ; mais eux ne me virent pas, car je me trouvai caché par une table, sur laquelle était dressé un énorme édifice de cartons blancs à lisérés bleus, pareils à ceux qui, du haut en bas, garnissaient les murs de la chambre.

Sur une autre table étaient méthodiquement rangées des boîtes de verre, dans lesquelles s'agitaient des papillons, les uns d'un ton grisâtre et d'une allure lourde et infirme, les autres brillants, éclatants, d'une beauté divine, et semblant faits de lumière et de flamme. D'un côté de cette table était assis monsieur Pélegry, que j'avais souvent rencontré dans le monde et que je savais attaché au ministère, sans qu'on m'eût jamais dit quelles fonctions il y remplissait. De l'autre se tenait debout un homme de quarante ans environ, vêtu avec l'élégance la plus correcte, mais dont les traits, beaux et réguliers en eux-mêmes, montraient l'affaissement que donne au visage humain l'habitude des pensées banales et vulgaires.

Entre eux deux semblait jaillir un garçon de bureau maigre, idéalement mince, pâle comme un homme égrégore, avec de petits yeux horriblement noirs, et des cheveux plats et courts, aussi noirs que ses yeux, sur une tête presque chauve. La fixité de son regard, l'agilité de ses gestes, l'impérieuse décision de ses mouvements donnaient l'idée d'un chirurgien exercé aux opérations les plus difficiles, et il tenait d'ailleurs à la main une trousse à demi ouverte, dans laquelle brillaient les lueurs cruelles de l'acier. Au moment où j'entrai sans être vu, monsieur Pélegry parlait au visiteur qui se tenait debout en face de lui, de l'autre côté de la table.

— « Ainsi, disait-il, monsieur Félisaz, vous êtes bien certain de ne plus être directeur de théâtre?

— Oui, monsieur, dit Félisaz, j'en suis bien certain; et d'ailleurs je vous apporte les pièces à l'appui. »

Monsieur Pélegry examina longuement ces pièces, les confronta avec de volumineux dossiers qu'il tira d'un carton, remplit et signa plusieurs feuilles imprimées, divisées par des lignes verticales et horizontales, puis, s'adressant alors au sinistre garçon de bureau :

— « Sabrazès, dit-il, monsieur est en règle. Vous pouvez lui rendre son AME. »

D'un geste net et violent, le garçon assit monsieur Félisaz dans un fauteuil articulé de malade ; puis, ayant ouvert ses vêtements, il saisit un scalpel et lui fit à la poitrine une incision d'une certaine longueur, au-dessus et au-dessous de laquelle il fit avec le bout de ses doigts de légères pressions contrastées et rhytmiques. Bientôt par cette ouverture béante s'échappa un vilain papillon grisâtre, qui voulut s'enfuir ; mais Sabrazès s'en empara avec une étrange dextérité, et l'emprisonna dans une boîte de verre. Puis il prit dans une autre boîte un papillon de lumière et de flamme qui, par le même chemin, entra éperdument dans la poitrine de M. Félisaz. Aussitôt le chirurgien-garçon de bureau pansa la légère blessure, et remit en ordre les vêtements du patient, qui tout de suite se leva transfiguré, et dont le visage exprima alors autant de bonté que d'intrépide franchise. Il sortit, après avoir échangé une poignée de main avec monsieur Pélegry ; mais, malheureusement, il heurta du coude quelques-uns des cartons à lisérés bleus qui me servaient de rempart, et il me fut impossible de dissimuler plus longtemps ma présence.

Le premier mouvement de M. Pélegry fut de diriger sur moi un revolver ; cependant il me reconnut, et, comme à regret, déposa sur la table l'arme meurtrière.

— « Quoi, c'est vous ! » me dit-il avec une profonde tristesse. Puis, ayant rapidement endossé son pardessus, mis ses gants, pris son chapeau et sa canne : — « Descendons ! » dit-il. Il me guida à travers un enchevêtrement d'escaliers et de corridors, autres que ceux par lesquels j'étais venu, et, une fois sortis, nous marchâmes silencieusement à côté l'un de l'autre, jusqu'à ce que nous fussions arrivés aux Tuileries, où nous nous assîmes sur des chaises, dans un endroit très désert.

— « Ah ! mon ami, fit alors M. Pélegry, comment vous êtes-vous dirigé dans un labyrinthe dont une créature non initiée n'avait jamais trouvé le bout, et par quelle fatalité avez-vous surpris ce secret qui, depuis deux siècles, avait été fidèlement gardé par les intéressés, c'est-à-dire par les directeurs de théâtre et les employés supérieurs du ministère, et qu'ils se transmettaient de génération en génération, comme les Bourbons se transmirent de père en fils, jusqu'à Louis XVIII, celui du Masque de fer, qui restera une indéchiffrable énigme pour les historiens ! Maintenant me voilà forcé de tout vous dire.

— Mais... voulus-je répondre.

— Il le faut, reprit impérieusement M. Pélegry ; mais croyez que nous saurons trouver de sérieuses garanties pour nous assurer votre silence ! » Puis il ajouta, d'un ton plus radouci : « Vous comprenez, mon ami, que forcé à chaque minute de profaner ses Dieux, de marcher avec ses gros sabots sur la poitrine nue de la Poésie, de préférer des inepties aux belles œuvres et d'insulter Shakespeare au profit de Bobèche, pas un directeur de théâtre ne pourrait vivre une heure, s'il avait gardé dans son sein une âme humaine ! C'est pourquoi une mesure de haute raison politique nous force à leur prendre leurs âmes, que d'ailleurs nous leur rendons plus tard fidèlement, comme vous l'avez vu, et que nous leur remplaçons par des âmes de directeurs, impénétrables à la poésie, appropriées pour l'usage auquel elles doivent servir, et dont la fabrication première appartient au célèbre Vaucanson ! Autrement, ne voyez-vous pas qu'il arriverait de deux choses l'une : ou, comme je vous l'ai dit, les directeurs mourraient, épouvantés de leurs propres blasphèmes ; ou bien, avec un moyen de propagande aussi puissant que le théâtre, le génie, l'incoercible génie entraverait bien vite le triomphe permanent de la médiocrité, qui est la sauvegarde et l'unique salut des sociétés modernes...

— Ah ! m'écriai-je en interrompant le fonctionnaire, je comprends maintenant une histoire à laquelle j'ai assisté dans ma première jeunesse, et qui pour moi était toujours restée inexplicable !

— Dites-la-moi, fit obligeamment M. Pélegry. Il y avait une fois...

— Il y avait une fois, repris-je, un jeune poète nommé Paul Dior, qui était beau comme le jour, et qui avait du génie. Tandis qu'il écrivait, une charmante femme, noble, énergique, aux traits divinement purs et à la brune chevelure relevée sans apprêt, vivait autour de lui, attentive, souriante, âme délicieuse de la maison, dont les gestes et les attitudes étaient comme les strophes toujours harmonieuses d'une ode vivante. Paul avait composé un drame en vers, un chef-d'œuvre ; c'est cette *Agnès Sorel* que nous avons plus tard applaudie au Théâtre Français ; mais à ce moment-là, il était aussi incapable de faire jouer sa pièce que de payer en beaux deniers comptants le Régent ou le Sancy, et pourtant il avait ce qu'on n'a jamais : un ami intelligent, dévoué à sa gloire ! Edmond Servat, esprit ailé, délicat, subtil, aurait été organisé pour tous les arts ; mais il s'était désintéressé de tout, pour ne songer qu'aux succès de Paul Dior ; pour lui, il allait trouver les personnages importants, grattait de ses ongles les portes d'airain, entreprenait les démarches les plus fabuleuses, moisissait dans les antichambres ; et s'il se ressouvenait qu'il était lui-même un artiste, c'était pour graver quelque merveilleux frontispice en tête d'un poème de Paul, ou pour mettre quelques-uns de ses vers en musique, sans briser ni violenter leurs tremblantes ailes. Oh ! les longues, les divines heures que les deux amis passèrent ensemble, Edmond écoutant passionnément les strophes que le poète lisait de sa voix attendrie et mâle, ou jouant de quelque instrument pour bercer la flottante rêverie de Paul Dior, tandis que debout, pensivement accoudée, la belle Émilie regardait son ami avec une fière tendresse, en attachant sur lui ses yeux bleus !

Cependant Edmond Servat ne se lassait pas de combattre pour le poète. Intrépidement, il sollicitait les journaux, mettait des députés en campagne, intéressait l'amour-propre des comédiens, et collé à son habit noir comme à une robe de Nessus, il passait, lui artiste, des cinq ou six heures dans un bal, pour échanger une seule parole avec quelque homme politique très influent. Enfin, abusant de son expressive beauté, il avait séduit des femmes d'un abord difficile, auprès desquelles il se faisait don Juan, Lovelace, Faublas et Chérubin, dans le seul but d'obtenir un mot de recommandation pour *Agnès Sorel!*

Intrigant comme Figaro, poétique, suppliant, enthousiaste, mué en plus de transformations que Corentin et Peyrade, il jouait mille rôles pour arriver à faire jouer une pièce, et toujours se demandait comment, à défaut de l'administrateur de la Comédie-Française, on peut attendrir un directeur de l'Odéon. C'est d'ailleurs ce qu'il fut bientôt à même de savoir de première main, grâce au plus extraordinaire enchaînement de circonstances. En ce temps-là régnait une tragédienne illustre, qui sans nulle fatuité aurait pu écrire sur ses cartes de visite : *Autocrate de toutes les Frances!* Ayant à choisir un directeur, le ministre très galamment lui passa la main, et lui promit d'obéir à son caprice, quel qu'il fût. Or la grande artiste rencontra dans un salon un jeune homme dont la tête lui plut, et ce jeune homme était Edmond Servat ; si bien que ce fut Servat lui-même qui fut nommé directeur de l'Odéon !

Après avoir lu la nouvelle dans les journaux, Paul Dior acheta tout de suite des gants neufs, pour aller lire le lendemain *Agnès Sorel* aux comédiens ; mais, à son grand étonnement, il ne reçut pas de bulletin de lecture. Bien plus, pendant trois semaines, Servat ne donna pas signe de vie. Émilie, qui avec son impeccable instinct de femme avait deviné la vérité, voulait que dignement son ami s'abstînt de toute démarche ; mais Paul s'inquiétait des raisons qui avaient pu amener un tel malentendu, et désira en avoir le cœur net. Il alla donc trouver le directeur de l'Odéon, qui lui débita divers lieux communs et calembredaines, et ne lui parla pas plus d'*Agnès Sorel* que si le roi Charles VII n'eût jamais chéri tendrement la Dame de Beauté. Enfin, Paul Dior ayant abordé la question de front et pris le taureau par les cornes, Edmond Servat lui répondit...

— Je sais ce qu'il lui répondit, je le sais tout à fait, dit, en m'interrompant, monsieur Pélegry. Il lui répondit : Mon cher poète, j'ai entendu parler de votre pièce de la façon la plus élogieuse. Il paraît qu'elle renferme des morceaux excellents, de jolis détails, surtout de très beaux vers (où n'y en a-t-il pas aujourd'hui?) mais encore faudrait-il savoir si elle est scénique ! Certes, je suis connu pour mon esprit libéral ; mais enfin qu'est-ce que je demande à une pièce? c'est qu'elle soit une pièce ! Les jeunes gens d'aujourd'hui raillent volontiers l'art de monsieur Scribe ; mais peut-être fallait-il un certain génie pour marier chaque soir autant de jeunes filles qu'en pouvait courtiser Hercule, et pour intéresser trois générations consécutives à des colonels de hussards !

— Quoi, dis-je, vous savez...

— Oui, fit Monsieur Pélegry, cette petite tirade est rédigée depuis fort longtemps, et nous en avons des exemplaires imprimés dans toutes les administrations !

— Mais, repris-je alors, ce que du moins vous ne sauriez deviner, c'est la fin de l'histoire !

— Si fait, dit le fonctionnaire, je puis la deviner. Renversé quelques mois plus tard par un nouveau caprice de la même tragédienne ou d'une autre, Edmond Servat est revenu chez Paul Dior ; il s'y est assis dans le cabinet de travail, sur les mêmes coussins qu'autrefois, et il a recommencé à écouter avec admiration les poèmes de son ami. Émilie, indignée, a d'abord voulu le chasser ; mais elle a été désarmée par la sincère naïveté d'Edmond Servat, qui avait oublié ses propres trahisons aussi complètement que s'il eût bu l'eau stagnante du Léthé, dans une coupe de corne noire. Voyons, n'est-ce pas cela ? J'imagine même qu'il dut alors recommencer ses anciennes campagnes...

— A ce point, repris-je, qu'il alla trouver Étienne Rougier, son successeur à l'Odéon, et n'ayant rien pu obtenir de lui, le força à le suivre sur le terrain, où ce directeur lui perça le poumon d'un maître coup d'épée. Mais en expirant, déjà livide et la bouche pleine de sang, il trouva encore la force de murmurer ces dernières paroles : Écoutez le vœu d'un mourant. Jouez *Agnès Sorel!*

— Et, fit Monsieur Pélegry, Rougier ne la joua pas, et au contraire reprit *La Demoiselle à marier,* de monsieur Scribe. Tout cela était indiqué, et étant admis les faits que nous connaissons, votre histoire n'a rien d'extraordinaire ; car, à l'Odéon, Edmond Servat obéissait à son âme spéciale de directeur de spectacle, tandis que chez Paul Dior, il était l'instru-

ment docile et extasié d'une âme immortelle. En
effet, il y a papillons et papillons, sans compter celui
qui folâtre au bout d'un fil de fer, et qui, jusque dans
la sombre vallée de Josaphat, voltigera encore sur
le front piriforme et stupéfié de Jocrisse !

XX

LES HUIT SOUS DE PIERROT

Avec quel ravissement j'entrai hier dans le jardin du Luxembourg, où les lilas sont habillés de verdure, où les feuilles des marronniers s'ouvrent, et où il y a déjà un arbre fruitier couvert de sa neige blanche, et tout en fleurs ! Je voulais y continuer la lecture du livre posthume de Flaubert : *Bouvard et Pécuchet;* mais lorsque j'eus mis avec soin mes lunettes pour me livrer à cette chère occupation, je vis que l'opticien Moreau me les avait choisies avec des verres d'un numéro beaucoup trop élevé. Cette circonstance me permit d'apercevoir distinctement les choses *dites* invisibles, et c'est ainsi que je pus voir avec un peu de souffrance, mais sans nul effort, les Sylphes en robe verte et les Ariels, qui sont chargés de préparer l'éclosion du printemps. Je sus alors combien fut chimérique et, tranchons le mot, puérile la conception du grand poète Henri Heine, s'imaginant que ces petits êtres déroulent sur le sol des tapis cousus d'avance, qui sont les prairies, et attachent les feuilles aux branches des arbres avec de petits fils de soie.

Non, les Sylphes rougiraient de cette mise en scène initiale; ils se sont mis au courant de la science; ils activent le mouvement de la sève par des passes magnétiques, et, avec d'ingénieuses machines, diri-

15.

gent sur le tronc des arbres des courants d'éther
fluide. Ils se servent aussi des puissants moyens de
la Chimie moderne, et c'est ainsi que je les vis travailler au milieu de leurs cornues et de leurs alam-
bics, sur de petits fourneaux de briques roses, où
brûle une flamme céleste ravie aux astres, et qui
s'alimente d'elle-même.

Tout en me récréant à regarder ce curieux spectacle, j'étais arrivé près de l'édifice érigé devant le
jardin de l'École des Mines, et où Polichinelle joue,
pour l'amélioration et l'enseignement des foules,
son intéressante comédie. Voilà véritablement un
beau théâtre, où s'agite l'imitation exacte et photographique de la Vie; car il a pour acteurs, non pas
des guignols sans jambes, mus avec une grossière
agilité par une main humaine, mais de vraies marionnettes en bois, soutenues et mises en mouvement par des fils gouvernés dans les frises, comme
nous-mêmes (ainsi que chacun le sait) nous obéis-
sons à une série de fils que les Anges tiennent dans
le ciel.

La pièce venait de finir, et, après avoir baissé le
rideau, on l'avait relevé, pour que les petits pompiers pussent visiter avec soin toute la scène, et parer aux risques possibles d'incendie. Le beau, l'héroïque Polichinelle, debout à l'avant-scène, près du
Chat immobile, songeait aux moyens d'abaisser le
niveau de l'art et d'augmenter le chiffre des recettes,
et moi, je venais de m'asseoir sur un banc et d'ouvrir mon livre, lorsque parut un monsieur élégamment vêtu d'un paletot couleur de chair, qui tenait
à la main un volumineux manuscrit.

C'était évidemment, et sans nul doute possible,
un auteur dramatique! Son visage fatigué par les
veilles et ses yeux profondément sérieux accusaient
de longs travaux, et en effet, bien qu'il parût plus

jeune que son âge, cet écrivain devait avoir atteint,
à peu de chose près, l'âge de dix ans. Il ôta poliment
son petit chapeau à bords plats, et s'avança vers
l'autocrate, non sans une certaine émotion.

— « Seigneur !... dit-il.

— J'entends, j'entends ! » fit Polichinelle. Puis
après avoir chanté des paroles incohérentes sur l'air
qui lui est familier, il ajouta : « Vous m'apportez une
pièce ! Eh bien ! il est possible que je la prenne ; je
ne dis pas non. Elle me va même assez, votre pièce,
quoique j'aie des traités avec mes auteurs habituels
pour jusqu'à 1901. Il est bien entendu, n'est-ce pas,
que nous l'intitulons : *Ripaille et Massacre.*

— Non, monsieur, dit l'auteur, elle se nomme :
Les Huit sous de Pierrot.

— Bon ! bon ! reprit Polichinelle, c'est convenu,
Ripaille et Massacre. Et cela marchera très bien avec
les chiens, les trompes de chasse, le petit homme
rouge, la chaîne des forçats, et le défilé des soldats
tyroliens dans l'Alhambra.

— Mais, murmura l'auteur, il n'y a pas...

— Oui, dit le maître, vous avez raison de tenir aux
galériens. Vous les aurez. Maintenant, vous êtes trop
raisonnable pour ne pas accepter quelques corrections indispensables. Vous consentez ? A la bonne
heure. Alors vous prendrez les trois dernières scènes
du *quatre* et vous les mettrez dans le *un,* puis vous
terminerez le *quatre* par les deux premières scènes
du *un.* Quant au *trois,* qui fait longueur, il faut le
couper complètement.

Mais fit l'auteur, puisque vous n'avez pas encore
lu...

— Sang et tonnerre ! cria Polichinelle, suis-je ou
ne suis-je pas un homme de théâtre ? J'en suis un,
n'est-ce pas ? Eh bien ! rapportez-vous-en à mon expérience. Seulement, voilà le diable, vous allez me

demander des décors, des artistes exceptionnels;
vous voudrez que j'engage Scaramouche et Violette;
je n'en ferai rien. Après ça, si vous ne me les de-
demandez pas, c'est que vous ne croyez pas à votre
ouvrage, et alors pourquoi voulez-vous que moi, j'y
croie? Au moins avez-vous un bon nom pour l'affiche? On vous nomme?

— Py, dit l'auteur dramatique.

— Hem! hem! c'est un peu court. Et avec cela
vous n'avez pas un prénom?

— Si fait. Luc.

— C'est trop court! c'est trop court! cria Polichinelle en roulant des yeux féroces. Je ne jouerai jamais un auteur qui se nomme Py, qui ne veut pas
faire de coupures, qui me force à engager Violette et
qui exige des galériens!»

En criant ainsi, il se démenait, se laissait tomber,
se relevait en frappant à grands coups de sabots sur
l'avant-scène, lorsque parut dans le ciel des frises,
au fond du théâtre, une jolie petite marionnette-
fée vêtue d'une robe d'or transparent, ornée de pierreries et de plumes brillantes. Naturellement elle
était soutenue en l'air par des fils, mais on voyait
frémir et s'agiter sur son dos de transparentes ailes
de papillon. Avec un caressant et charmant sourire,
elle étendit ses bras vers Polichinelle, qui ne pouvait
la voir, mais qui aussitôt se radoucit et devint extrêmement aimable.

— «Monsieur, dit-il, j'ai eu tort; le nom de Py
est adorable!» (Et il se mit à chanter ce monosyllabe
cent fois répété, sur l'air entraînant de *la Polichinelle*.) Puis il ajouta : « Votre comédie me plaît infiniment, et je veux en entendre un morceau tout de
suite. Lisez, s'il vous plaît, à la page 23, ligne huit!»

Monsieur Py était certainement étonné que Polichinelle, ne connaissant rien du tout de sa pièce,

choisit précisément cette page et cette ligne; mais, craignant la susceptibilité farouche de son directeur, il ne fit aucune objection et se hâta d'obéir, tandis que la fée-marionnette disparaissait dans les frises. La scène qu'il lut était d'une grande beauté tragique, et exprimait une des plus violentes luttes qui puissent déchirer l'âme humaine. C'est celle où Pierrot, qui n'a plus que deux sous et qui a promis un bouquet à sa bonne amie, le marchande à la bouquetière, lorsque vient à passer le pâtissier, portant sur sa tête un plat de beignets appétissants, brûlants, dorés, saupoudrés de sucre blanc comme la neige, et exhalant la plus suave odeur de fleur d'orange.

A cette vue, Pierrot sent ses lèvres, son palais, son ventre chatouillés par de douces titillations, et sur tout son être passer l'enivrante et chaude caresse du Désir. De ses noires prunelles il appelle, attire et sollicite les beignets succulents, et déjà en idée ses lèvres les baisent, ses blanches dents les mordent, et, avec une délirante joie, il les mange! Avec des mots pareils à ceux qu'Orphée trouva pour séduire la sombre Perséphonè, il tâche d'attendrir le pâtissier; puis, n'ayant pas réussi dans cet essai loyal, il s'efforce de lui dérober adroitement sa marchandise; mais là encore son attente est douloureusement déçue, et l'inflexible pâtissier ne consent nullement à se dessaisir de ses beignets, si ce n'est au prix d'un sou la pièce.

Pierrot effrontément va accomplir la plus lâche des trahisons; déjà il tend ses deux sous pour avoir deux beignets, lorsque tout à coup se présente à son souvenir charmé la figure même de Colombine! Il la voit court vêtue, enamourée, souriante, avec ses lèvres plus rouges que la fleur piquée dans ses cheveux, avec son petit nez fripon, avec sa blanche poitrine où glisse un rayon de lune, et, remportant

sur lui-même une immortelle victoire, il s'empare
d'un bouquet magnifique et donne ses deux sous à
la bouquetière, non sans les avoir arrosés d'une
larme cornélienne, arrachée à ses yeux par la gour-
mandise expirante.

— « Monsieur, dit Polichinelle en se jetant dans les
bras de Py, voilà qui est admirable, et on n'a rien
écrit de plus beau depuis Shakespeare et Flan! Je
vous mets en répétition tout à l'heure, tout de suite,
à deux heures pour le quart! Quant aux droits, je
donne huit pour cent, que pour vous je réduis à six,
parce que vous n'êtes pas de l'Académie, et sur lesquels je prélèverai deux encore, pour le lever de
rideau, que d'ailleurs on ne jouera pas. Il ne me
reste plus à vous demander qu'un simple renseignement. Quel est le *clou* de votre pièce?

— Mais, dit monsieur Py interloqué, il n'y a pas
de *clou*.

— Pas de *clou!* cria Polichinelle redevenu furieux.
Et vous espérez que je jouerai une pièce sans *clou!*
Sans ballons, sans serpents mécaniques, sans cuirassiers russes à cheval, sans pustules de Nana! J'aimerais mille fois mieux jouer un *clou* sans pièce. Allez,
monsieur Py, vous n'êtes qu'un ingrat. Après tout
ce que j'ai fait pour vous! Mais voilà ce qu'on gagne
à vouloir encourager la littérature. — Ah! monsieur
le conteur, ajouta-t-il en se tournant vers moi et en
m'interpellant directement, je suis un homme bien
malheureux, cruellement méconnu, et vous devriez
employer vos soins à me faire rendre justice!

— Mais, dis-je, monsieur Polichinelle, je ne vois
pas ce qui vous manque. Vous êtes connu comme
le loup blanc, célèbre comme Nabuchodonosor,
galonné sur toutes les coutures, orné d'une Alpe
sur le dos et d'une autre sur la poitrine, superbe-
ment vêtu de soie écarlate et bleue...

— Ah! fit le grand bâtoniste, on ne me prend suffisamment au sérieux, ni comme initiateur, hélas! ni comme militaire! Croyez-vous que je ne souffre pas de porter à un titre dérisoire ce riche habit de général, qui n'est pas la représentation d'un grade réel? Mais dites-moi si je suis apprécié comme je mérite de l'être, en tant que penseur et philosophe! Monsieur Dumas fils, que j'avais toutes les raisons de croire honnête, s'enrichit en me volant mon idée, et lance son fameux *Tue-la,* alors que depuis deux cents ans, sans faire nul embarras, je tuais régulièrement ma femme trois ou quatre fois par jour! Il est vrai qu'elle était immédiatement guérie par un baume tout-puissant, dont, sans reproche, monsieur d'Ennery s'est emparé avec un étonnant sans-gêne! »

En tapant contre le mur la tête dure de mes petits, j'ai résolu le problème de l'éducation obligatoire; en pendant le Bourreau à sa propre potence, j'ai radicalement supprimé la peine de mort; et en rossant le Diable à coups de bâton, n'ai-je pas à jamais vaincu le règne terrifiant du Mal? En me résignant à lamper assez de vin pour teindre mon nez du plus pur écarlate, j'ai voulu affirmer la saine tradition française, la glorieuse joie de Rabelais. Mais cela n'est encore rien, et on ne connaît pas mes vertus! Un montreur de marionnettes comme moi, le célèbre Balzac, parlant d'un petit bossu à l'âme céleste, dit que sa bosse était l'étui de ses invisibles ailes; eh bien! je suis logé à la même enseigne, et ce sont mes quatre ailes que je cache dans mes deux bosses! Je ne puis pourtant pas le dire moi-même, et graver sur mes cartes de visite : *Polichinelle, ange français.* Mais vous, monsieur le conteur, vous n'êtes pas tenu à la même réserve, et il vous appartient de faire briller au grand jour la sereine beauté de mon caractère.

— Je le ferais, dis-je, avec le plus grand plaisir ;
mais, illustre maître, oserai-je vous prier de donner
satisfaction à monsieur Py?

— Non! non! hurla Polichinelle, qu'il aille se
promener. Je ne jouerai jamais une pièce sans
clou! »

Monsieur Py allait ouvrir la bouche pour répondre :
peut-être avait-il trouvé dans son imagination un
maître *clou ;* mais à ce moment, la petite fée-marionnette descendit du ciel de toile peinte, toujours
soutenue par ses fils de fer et par ses palpitantes
ailes, et ayant posé ses petits pieds délicats sur les
planches du théâtre, se mit à danser devant Polichinelle, comme autrefois Salomé, fille d'Hérodias,
dansa devant le Tétrarque Hérode-Antipas. Au son
d'une musique exécutée par des instruments invisibles, elle courait, s'élançait, poursuivant quelque
rêve enfui, faisant frémir ses ailes, émue, enfiévrée,
languissante, tordant sa mince taille de guêpe, tandis
que, sans s'arrêter jamais, ses petits pieds, lancés
comme des aiguilles dans les mains d'une habile
ouvrière, dessinaient sur le parquet, comme sur une
trame, tout un jardin de fleurs, de jours, de festons
et d'éblouissantes broderies. Arrivée au bout de sa
strophe délirante, elle resta immobile, les bras ten-
dus vers le vainqueur du Bourreau et du Commissaire. Polichinelle extasié, rouge de joie et plus
vermeil que la flamme d'un bon feu de hêtre, disparut
un instant, puis revint, tenant à la main un sac
aussi gros qu'un œuf de pigeon et crevant presque
sous le poids des monnaies, qu'il mit dans les bras
de l'auteur dramatique.

— « Monsieur Py, lui dit-il, voilà votre prime en
espèces sonnantes, et je vous fournirai un *clou* moi-
même, car, pour les auteurs qui me plaisent, j'ai

une quincaillerie en règle et tout un assortiment de *clous!* Dans quatre minutes, pour les cinq, nous répéterons *Les Huit sous de Pierrot*, et je flanquerai à l'amende tous les acteurs qui ne savent pas leurs rôles. Mais, en attendant la répétition, passez derrière la toile, et nous boirons ensemble une bouteille d'amontillado! »

Le jeune monsieur Py ne se le fit pas dire deux fois et, comme Camoëns, serrant son manuscrit sur sa poitrine, passa derrière le théâtre, après m'avoir envoyé le plus aimable salut. Cependant, comme la petite fée-marionnette était restée sur la scène, je m'approchai et je la contemplai avidement. En la regardant de près, je vis bien qu'elle était, comme je l'avais pensé, non pas de bois, mais de chair, d'une chair satinée et délicate comme celle d'une fleur. Sa bouche, sa toute petite bouche était empourprée par un sang divin, et ses tout petits yeux couleur de violette réfléchissaient l'air et le ciel. Elle s'approcha de moi d'un pas rhythmé comme une odelette, et répondant à ma pensée :

— « Ami, dit-elle, je suis la fée Ooh, une petite inspiratrice de chansons et de rimes, et c'est moi que la Reine a déléguée dans les comédies, pour induire les directeurs de théâtre à avaler quelquefois un peu de poésie, comme une médecine amère. Mais garde-toi bien de trahir mon incognito, car ces méchants-là me tueraient. Ne leur fais pas soupçonner qu'ils ont affaire à une pensée vivante, et laisse-leur croire éternellement que je suis en bois! »

16

XXI

LE PARODISTE

Arrivé à Paris le 21 décembre, le célèbre **Paganini** devait assister le soir même au bal de la cour, et le lendemain donner un grand concert à la salle Herz. Avant de s'habiller pour le bal, il entra avec quelques-uns de ses amis dans un café du Palais-Royal, où ils se firent servir un bol de punch. On aimait alors cette liqueur romantique et inspiratrice, que Casimir Delavigne appelait : *un bol en feu*, bien moins pour la boire que pour la regarder, et pour voir les folles Salamandres danser dans la flamme orangée et rose, avec leurs tremblantes robes faites d'un transparent azur.

Le grand violoniste se plaisait particulièrement à contempler ces feux aériens, légers, frémissants, dont le reflet embellissait encore sa tête d'oiseau de proie, ses profonds yeux noirs flamboyants, ses cheveux déroulés et longs comme de noirs serpents, et sa bouche ironique, pensive, enthousiaste, dont les rouges lèvres de pourpre sanglante attiraient et retenaient la lumière. Égayé par la vue des flammes charmeresses, et heureux de parler à un auditoire intelligent, d'être compris comme on ne l'est qu'à Paris, de remplacer une longue phrase par un seul mot évocateur, dans une de ces conversations faites de pur esprit où la pensée peut, comme la lumière d'une étoile, traverser sans obstacles des millions de lieues, Paganini lâchait la bride à sa verve, envolée et planant comme une puissante Chimère, lorsqu'il se sentit troublé et glacé tout à coup par un spectacle inattendu.

En face de lui, assis devant un autre bol de punch, au milieu d'amis qui, vaguement et vus d'ensemble, pouvaient ressembler aux siens, un être qui lui ressemblait grossièrement à lui-même, causait comme lui et avec les mêmes gestes. Comme lui, il avait des yeux brillants et une bouche rouge et vermeille, mais allumés bien moins par le feu du génie que par une malice infernale. Ses longs cheveux annelés et tordus étaient non pas noirs, mais bien plutôt bleus; son visage, à cause sans doute d'une épaisse barbe rasée, semblait entièrement bleu, et pour tout dire, l'être tout entier, chair et vêtements, faisait l'effet d'être bleu.

En voyant ses gestes, son attitude, et jusqu'au mouvement de sa phrase servilement reproduits par ce mime effronté, Paganini ne douta pas qu'il eût affaire au diable appelé Éloy, dont la fonction consiste précisément à imiter et à parodier les manifestations de l'âme humaine.

Ce soupçon se changea en certitude, lorsqu'à plusieurs reprises ce démon sembla étouffer de chaleur, bien qu'il fît assez froid dans le café, et, sans que ses compagnons en fussent aucunement étonnés, plongea son visage bleu dans la flamme du punch, opération qui semblait le soulager et le rafraîchir délicieusement. Ne voulant pas subir l'affolement de ces fantasmagories, le violoniste dit adieu à ses amis, et, impatient de rentrer dans la vie réelle et de respirer l'air pur, se hâta de sortir du café.

Une heure après, Paganini était au bal des Tui-

leries, causant avec madame la duchesse Blanche
de Santus, à laquelle il venait d'être présenté par
l'ambassadeur d'Autriche, et il éprouvait un plaisir
infini à entendre cette charmante femme, dont la
grâce délicate et suprême s'unissait si bien à ses regards d'une pureté céleste. Il avait pu apprendre
dans toute l'Europe que madame de Santus était
une admirable musicienne, mais il crut bien plutôt
avoir devant lui la Musique elle-même, lorsqu'il put
s'enivrer de cette noble démarche rythmique, et de
cette voix mélodieuse, dont la suavité égalait l'é-
blouissante richesse. Grande, mince, très pâle, avec
d'épais cheveux noirs, de tendres yeux bleus et des
traits d'une fierté angélique, la duchesse portait sa
charmante tête sur un cou long et flexible comme
celui de madame Récamier, et ses longues mains
pâles, faites pour les cordes de la harpe, étaient
celles d'une sainte Cécile.

Au premier mot échangé, les deux artistes s'étaient
reconnus frères; par une sorte de pudeur divine, ils
ne parlaient pas de leur art, mais ils sentaient qu'ils
vivaient dans le même amour passionné, et la Muse,
qu'ils ne nommaient pas, était présente au milieu
d'eux. Cependant Paganini fut bientôt en proie à un
cruel malaise, car il voyait le roi Louis-Philippe
s'approcher, vouloir lui parler; il comprenait bien
que cette faveur était inévitable; mais il tâchait de
la retarder, de gagner des minutes, des secondes,
et d'écouter encore l'adorable voix, devinant trop
que, même tombés d'une lèvre royale, les compliments obligés sur son talent de virtuose rompraient
l'enchantement, comme un cristal sonore qui tombe
et se brise en mille pièces. Mais il devait au même
instant subir une autre impression bien plus irri-
tante et plus pénible encore!

Entendant textuellement reproduite, à quelques

pas de lui, une phrase qu'il venait de prononcer, tourna la tête et vit le diable Éloy, maigre comme lui, vêtu exactement comme lui, portant les mêmes décorations, ayant pris une pose calquée sur la sienne, et entièrement semblable à lui, si ce n'est qu'il avait toujours le même visage bleu. Que ce démon nerveux, tordu, frémissant, affectât d'être son Sosie effréné et sa caricature, le violoniste y eût à la rigueur consenti; mais ce qui lui sembla monstrueux et insoutenable, c'est que ce mauvais plaisant causait avec une femme, ou plutôt avec une vaine image de femme, qui était la vivante parodie de la duchesse de Santus. Elle avait la même taille, la même chevelure, les mêmes yeux bleus que son divin modèle ; mais c'était la romanesque prétention d'un bas-bleu, imitant la splendeur et la simplicité ingénue d'une âme inspirée. Paganini ne voulut pas servir plus longtemps de prétexte à cette ignoble dérision ; avec un déchirement profond, mais résolûment, il prit congé de madame de Santus, et il alla se placer sur le passage du roi, qui, en effet le complimenta comme il s'y était attendu, et trouva le moyen de lui adresser les flatteries les plus inattendues et les plus spirituelles.

Après le roi vint monsieur Thiers, alors premier ministre. Paganini admira la netteté et la correction de tout ce petit homme, dont le toupet tordu et pointu avait la précision d'un coup d'archet bien donné. L'historien déjà fameux, qui tenait à être universel comme Voltaire, ne manqua pas à sa tactique habituelle, qui consistait à parler guerre aux soldats et commerce aux quincailliers. Il fit à Paganini l'histoire de la musique chez les différents peuples, lui raconta l'invention des instruments, et finalement lui donna des conseils pratiques sur l'art de jouer du violon. Le grand virtuose avait hâte de

16.

rentrer chez lui, afin de ne pas les utiliser; mais
avant de quitter le bal, il eut la satisfaction de voir
que monsieur Thiers allait recommencer la même
leçon au diable Éloy qui, lui, buvait avidement la
parole de l'homme d'État, comme si c'eût été du
Johannisberg de la comète, versé dans une coupe
d'or ciselée par Benvenuto et ornée de rubis pareils
à des gouttes de sang.

Enfin Paganini se retrouva dans sa chambre d'hô-
tellerie, et sans quitter son habit noir et ses décorations, altéré de vérité après avoir vécu dans les vaines
fictions du monde, il saisit son violon, son cher violon; éveiller la suave, l'immatérielle, la pénétrante
musique, n'était-ce pas se retrouver encore avec
madame de Santus? Le virtuose entama son fameux
Carnaval de Venise, qu'il devait jouer le lendemain
à la salle Herz; mais tout de suite il vit en face de
lui, accroupi sur son propre lit, le diable Éloy qui,
lui aussi, jouait du violon! Ce détestable bouffon
avait quitté toute vergogne; bleu de la tête aux pieds,
il avait repris sa vraie figure de singe bleu. Toutefois
il était toujours en habit de bal; mais sur son dos
palpitaient des ailes bleues de chauve-souris, et sa
chair et ses vêtements semblaient être de la même
substance étrange et mal définie.

A l'instant le maître comprit le plan infernal ourdi
contre lui; s'il ne parvenait pas à le vaincre, à le terrasser, à le coucher sur le flanc, mort de fatigue et de
honte, n'était-il pas certain de voir le lendemain même
le diable Éloy arriver en même temps que lui à la salle
Herz, et, devant la duchesse de Santus, avilir par
une parodie honteuse les efforts désespérés de son
génie? C'est pourquoi il regarda son ennemi en face
et mentalement lui dit : (car qu'était il besoin d'articuler des paroles?) « Eh bien! puisque tu veux que
nous jouions du violon, jouons-en! »

Paganini joua. Brodant, commentant, répétant le
motif original avec une invention exaltée, sa variation courait, dansait, voltigeait dans l'air éperdu,
grimpait et descendait les escaliers de cristal, éclatait
en fusées, retombait en gerbes d'étincelles, déchirait le silence comme un éclair, implorait, suppliait,
riait, chantait avec mille voix impérieuses et folles,
et les doigts du virtuose palpaient, caressaient, mor-
daient, égratignaient les cordes, agiles, tremblants,
fiévreux, précis, multipliés par un incroyable délire,
tandis que l'archet, avec une décision magistrale,
écrivait sous leur dictée le miraculeux poème, scandé
par un rhythme pressé, échevelé, furieux, enivrant,
divin. Le Diable aussi jouait, s'escrimant, s'essouf-
flant à suivre avec ses doigts bleus le vol des doigts
de Paganini.

Croyant résoudre et étonner la difficulté en la
compliquant, il mêlait son jeu de tours de force,
s'élançant en l'air, retombant de façon à poser sa
tête bleue sur un chandelier ou sur le goulot d'une
carafe, et cependant ne cessant pas de jouer et suivant toujours le maître, mais comme un âne enragé
suit un cheval de race, et lorsque les doigts brisés,
usés, stupéfiés par un exercice trop compliqué pour
sa pensée paresseuse, il revenait enfin au thème
primitif, c'était avec la frénétique joie d'un naufragé
qui, ballotté dans l'immensité des flots, touche enfin
la terre et, d'une main crispée, s'accroche à quelque
roc solidement suspendu au-dessus de l'orageuse
mer!

Cependant, il ne se décourageait pas! Sous l'impérieuse, sous la caressante, sous la bondissante
voix du violon de Paganini, la vulgaire chambre d'hô-
tellerie avait disparu pour faire place à la rose et
rougissante Venise, où l'eau et l'air vivent, fris-
sonnent; les statues aux blancheurs de neige, les

dorures, la mer folle et pailletée, les noires gondoles,
les lanternes gothiques avec leurs figures de saints;
sur le quai, les Grecs et les Lévantins de la Comédie, et les mendiants, les enfants demi-nus, le soleil
dorant les statues de saint Georges et de saint Théodore, les envolées de colombes blanchissant l'azur
du ciel, irradiaient le rêve palpitant de la mélodie.
Et dans ce décor se ruait le Carnaval, amoureux,
débordé, facétieux, délirant, fantasque; les Colombines au petit pied, les Polichinelles aux manches
de pingouin, Fricasso et Brighella, et Spezzafer, Tar-
taglia et ses besicles, les médecins et les apothicaires, les Égyptiens et les Mores; et toute une foule
bleue, rose, verte, violette, bariolée, écharpes et
plumes, tricornes et masques blancs, et Zerbinette
et Violetta et Narcisa la folle et les masques à moustaches et les Arlequins et les Mezzetins, et les Sca-
ramouches avec leur moustache peinte d'une ligne
noire au milieu du visage, et tout le tourbillon des
satins, des amours, des cris et des guitares, emportés
par une gamme chatoyante, qui, éveillée comme
un serpent de feu sous les doigts de Paganini, déroulait ses anneaux réguliers jusque dans le ciel.

Le diable Éloy se pressait, se hâtait, remuait, lui
aussi, ses doigts comme du vif-argent, tout en se
multipliant en culbutes et en sauts périlleux, et la
voix essoufflée de son violon créait aussi une Venise,
mais plate, chimérique, turbulente, absurde, pareille
à un mauvais decor de féerie, et peuplée de masques
sans gaieté et sans sourire, que les vrais masques
emportaient, entraînaient, culbutaient, foulaient
aux pieds, et qui disparaissaient, effacés par la res-
plendissante couleur du maître, comme la peinture
d'une vieille toile, que l'artiste efface en peignant
par-dessus des chairs, de la pourpre et des fleurs,
et tout l'harmonieux concert de la vie débordante de

joie. Les mains du Diable s'agitaient, sa poitrine haletait, son visage bleu se contractait dans un effort terrible, et son violon râlait, gémissait, se plaignait, pleurait, mais chantait toujours, suivant effrontément l'éblouissante et joyeuse variation du grand virtuose. Mais enfin, le pauvre Éloy, à bout de force et à bout de souffle, laissa échapper le violon bleu, et se renversant en arrière, tomba inanimé sur le tapis, où son corps aplati et ses ailes, écrasés par le choc, dessinèrent, au milieu des arabesques et des fleurs, une grande tache bleue.

Pagani était fort embarrassé de ce cadavre de Diable, qui, trouvé dans sa chambre, eût sans doute étonné plus qu'il ne convient ses hôteliers. Toutefois, espérant que son audacieux rival n'était pas mort tout à fait, il allait essayer de lui faire respirer des sels ; mais tout à coup Éloy se releva, regarda le maître, et avec un air de défi reprit son violon. Le maître aussi reprit le sien ; mais aux premières notes qu'il en tira, les cordes, à l'exception de la chanterelle, se brisèrent violemment. Paganini, sans se laisser étonner, prit sa canne et continua à jouer sur la chanterelle, tandis que le diable Éloy serrant contre lui son violon dont les cordes s'étaient également brisées, jouait avec la pelle à feu.

Ils jouaient toujours *le Carnaval de Venise*, et le ciel bleu rayonnait, les noires gondoles glissaient sur les flots pailletés, la foule des masques envahissait la chambre, plus pressée que les feuilles mortes soulevées par les tourbillons du vent d'automne, et il n'y aurait pas eu de raison pour que cette lutte finît, si l'illustre virtuose n'eût obéi comme malgré lui à une inspiration soudaine. Songeant à madame de Santus, qu'il revit comme au bal des Tuileries avec ses yeux bleus exprimant son âme profonde et pure,

il improvisa, et par un miracle inouï intercala et
souda en plein *Carnaval* une phrase immatérielle,
idéale, céleste, qui fut l'image et le vivant portrait de
cette Ame. — « Ah! cela, je ne puis pas le faire, »
sembla dire en pantomime (car il n'avait pas le droit
de parler à des hommes) le diable Éloy découragé, et
ayant rassemblé son corps mince et bleu, comme
un bourgeois soigneux ferme son parapluie, il sortit,
honteux, vague, réduit à sa plus simple expression,
et déjà presque décoloré, par la fente de la porte.

Le lendemain, à la salle Herz, Paganini éprouva la
plus délicieuse impression qu'il lui fut jamais donné
de ressentir, en jouant pour la seule madame de
Santus, présente devant lui, vêtue de blanc et couronnée de pâles roses, son fameux *Carnaval de
Venise*, et aussi une *Idylle*, qu'il avait improvisée
pendant la nuit et que la duchesse écouta avec ravissement, comprenant qu'elle en avait été le rêve, le
sujet et l'inspiratrice. Pendant le cours de sa brillante carrière, le célèbre artiste n'a jamais revu le
diable Éloy ; mais ce mystificateur n'a pas renoncé
à son système d'imitation, et il ne quitte guèr Paris,
où il trouve mieux qu'ailleurs l'occasion d'exercer
sa facétieuse industrie.

C'est lui qui, sous divers noms chimériques, pu-
blie des poëmes dont on dit que *les vers sont aussi
bien faits que ceux de Victor Hugo*. C'est lui aussi qui
peint des Watteau pour l'exportation, des Delacroix
de topaze, de turquoise et d'améthyste, et des Corot
tout à fait pareils aux vrais, que les amateurs
payent fort cher, et qui plus tard, dans les ventes,
montent couramment à vingt-huit francs, quand le
commissaire-priseur est un malin, qui a la langue
bien pendue.

XXII

LA BAGUE D'AMÉTHYSTE

Oh! la libre Amérique! Pendant le vertigineux voyage qu'il fit dans le Far-West, le jeune vicomte français Maurice de Lux put se convaincre que, dans le Nouveau-Monde, les moutons eux-mêmes ont l'esprit pratique, et comptent le temps pour beaucoup, la vie pour rien. En effet, ces pacifiques animaux traversant la voie par foules serrées, pressées, innombrables, arrivent à arrêter un train lancé à toute vapeur, car le train en écrase des centaines, des milliers, des milliers, des milliers encore, faisant des blancs troupeaux quelque chose de pareil à la reine Jézabel en compote que décrit si bien Racine; mais par-dessus leurs frères sanglants, meurtris, écrasés, réduits en bouillie, les moutons passent, passent toujours, avec la paisible obstination qui est leur génie; et comme il en passe plus que le train ne peut en écraser, les tranquilles moutons arrêtent court l'effroyable hydre de fer aux naseaux de feu, dont le crâne ouvert laisse échapper des torrents de fumée. Voilà assurément ce que ne trouveraient pas des moutons européens; ils attendraient sottement que le train eût passé, et de la sorte dilapideraient le temps, qui est la plus précieuse et la plus chère de toutes les denrées.

En Amérique, tout obéit à la dévorante loi du Progrès. Mais ce qui est en retard chez nous, et singulièrement perfectionné sur cette terre véritablement industrielle et commerciale, c'est l'organisation des journaux quotidiens. Peu de jours après son arrivée à Pug Town, dans l'État de Géggling, Maurice de Lux se rendant pour une affaire importante aux bureaux du journal *the Whole World's harbinger,* admira ces bureaux grands comme une ville, autour desquels se pressaient tant de courriers à cheval, tant de messagers, tant d'employés des télégraphes, tant de voitures, de camions et de chariots, qu'à cet endroit de la rue n° 27, on aurait pu jeter en l'air un objet quelconque sans qu'il pût jamais retomber jusqu'à terre.

Ce qu'on a dit de la corruption qui règne dans ces utiles offices est extrêmement exagéré ; car, en déployant, il est vrai, toutes les ressources d'une diplomatie ingénieuse, et en jouant à propos du revolver et du bowie-knife, le jeune homme eut seulement à dépenser quelques billets de mille francs, pour arriver jusqu'au directeur du journal, monsieur Thomas Crocker. Comme il franchissait la porte du cabinet où se tient habituellement cet homme illustre, monsieur Crocker se leva, et sans autre forme de procès tira sur lui six coups de son revolver. Par bonheur, Maurice ne fut pas atteint ; cependant une des balles avait traversé son chapeau et l'autre son veston ; mais ce sont là des bagatelles auxquelles on ne fait pas attention une fois qu'on a traversé l'Océan.

— « Monsieur, dit poliment l'Américain à Maurice de Lux un peu étonné, puisque vous venez me trouver, c'est que vous avez des affaires à traiter avec moi. Alors, naturellement vous êtes mon ennemi : pardonnez-moi donc de vous avoir traité comme tel! Mais enfin, puisque la chose n'a pas réussi, veuillez vous asseoir et causons.

— Volontiers, dit le jeune homme en s'asseyant. Je viens...

— Ah! interrompit vivement monsieur Crocker, ne me dites pas pourquoi vous venez, avant que j'aie pu vous faire apprécier l'invincible et souveraine puissance du journal que j'ai l'honneur de diriger. Avec une somme suffisante d'annonces dans le *Whole World's harbinger*, on peut faire tout, surtout l'impossible. Voulez-vous être César, Fulton, Shakespeare? Voulez-vous être un saint? Voulez-vous faire mûrir des ananas au Spitzberg? Désirez-vous vendre des terrains qui n'existent pas, épouser la fille d'un roi ou vous débarrasser de votre femme au profit d'un autre citoyen? »

Maurice regardait le correct gentilhomme à la longue barbe, aux longs pieds, aux épaules carrées, affectant dans son ensemble l'apparence d'un T majuscule, et bien empaqueté dans sa jaquette mordorée, rayée de jaune, et dans son pantalon bleu à petites raies rouges. Il allait lui répondre; mais déjà monsieur Crocker s'était élancé pour surveiller l'arrivée de plusieurs petites locomotives, qui, traversant son cabinet après avoir ouvert les portes, comme dans un décor de féerie, lui apportaient de nombreux courriers. Entre temps, avec l'agilité furieuse d'un pianiste, il transmettait des dépêches à l'aide des appareils télégraphiques et téléphoniques installés autour de son cabinet.

Enfin il vint se rasseoir et dit gracieusement à Maurice de Lux :

— « Maintenant, Monsieur, je suis tout à vous. Seulement, dans quelques minutes, je vous demanderai la permission de vous quitter un instant, parce que je me bats en duel dans la forêt qui touche à

17

cette maison, avec monsieur **Walter Yartz**, directeur de l'*Universal and famous newspaper*, et avec ses trois fils.

— Ah! dit Maurice. Et quel est le motif de cette rencontre?

— Monsieur Yartz, dit Crocker, s'est très mal conduit avec moi. Il a traîtreusement manqué à sa parole. L'important pour nous est de ne pas être devancés pour les comptes rendus de théâtres, dont nos lecteurs sont très friands. Or, pour le drame intitulé : *Les Massacres de l'Illinois*, nous étions convenus, monsieur Yartz et moi, de ne rien publier avant la naissance de l'auteur. Eh bien! ce malhonnête homme, au mépris de la foi promise, a raconté le scénario du drame, et en a donné des fragments, la veille même de cette naissance. C'est là un procédé inqualifiable !

— Mais, dit Maurice stupéfait, comment pouvez-vous savoir qu'un enfant, né d'hier, fera plus tard un drame intitulé : *Les Massacres de l'Illinois?*

— Rien de plus simple, fit monsieur Crocker. Il sera élevé exprès pour écrire ce drame, et sous peine d'un dédit formidable, ses parents prennent l'engagement de le lui faire écrire dès qu'il aura atteint sa vingtième année. Où en serions-nous si, pour parler des pièces de théâtre, nous étions forcés d'attendre qu'elles existassent ! Mais pardonnez-moi; l'heure du duel me réclame. » Puis, tendant à Maurice de Lux un étui ouvert : « Veuillez, ajouta-t-il, choisir un cigare. Je serai de retour près de vous dans moins de dix minutes. »

Monsieur Crocker prit sa carabine et sortit. Il revint, en effet, au moment qu'il avait indiqué et sonna un valet de chambre.

— « Jim, lui dit-il, allez ramasser les gentlemen qui sont par terre dans la forêt, et reportez-les chez eux. »

Puis, se tournant vers Maurice, qui l'interrogeait du regard : « Je leur ai, à tous les quatre, cassé la jambe droite. »

A ce moment entrèrent dans le cabinet des ouvriers portant d'innombrables clichés qu'ils déposèrent sur une grande table.

« Ah! venez, monsieur, approchez-vous, dit monsieur Crocker; voilà des dessins dont vous admirerez j'espère, la composition, la grandeur, l'exécution hardie et spirituelle. Voyez! quel tumulte, quelle terreur, quelle émotion tragique! Ici, la maison de ville qui s'écroule; là, cette femme qui descend par une corde et qui tient son enfant dans ses dents! Voyez! voilà le nègre incendiaire, pendu en vertu de la loi de Lynch, et là le pompier qui, aveuglé, sanglant et le ventre ouvert, meurt victime de son dévouement. Ce sont des dessins relatifs à l'incendie de Quick City, dans l'État voisin de Liplabour.

— Ah! dit Maurice, il y a eu un incendie à Quick City?

— Non, répondit tranquillement monsieur Crocker, pas encore. Il aura lieu le 27 du mois prochain, à sept heures du soir.

— Mais, dit Maurice, comment savez-vous...

— Ah! comprenez donc, cher monsieur! dit Crocker, étonné du peu d'intelligence de son interlocuteur. L'incendie, comme cela tombe sous le sens, est organisé par les soins mêmes du journal, avec le concours d'un des premiers metteurs en scène de Paris! En ces matières, nous devons agir comme le dieu païen Jupiter, et comme la police de votre premier empereur, qui pour être certains de prévoir les événements, avaient soin de les faire eux-mêmes. Aussi un directeur de journal digne de ce nom doit-il être assez fort pour se substituer au Destin! »

Maurice de Lux, indigné, éprouvait le besoin d'o-

béir à sa conscience, de protester violemment contre
une semblable violation de la justice ; cependant, il
était pris déjà dans le tourbillon américain, et commençait à ne plus voir les vérités morales que
comme les couleurs d'une roue tournante, qui
toutes se mêlent et se confondent dans l'aveuglante
lumière. D'ailleurs, au moment où il allait parler, le
grand journaliste trouva le moyen de détourner ses
idées, en lui demandant avec la plus gracieuse cour-
toisie :

— « Vous plairait-il, monsieur, de voir ma fille,
miss Ellénore Crocker ? »

Sur la réponse affirmative du jeune homme, miss
Ellénore, mandée par le téléphone, parut aussitôt.
C'était une belle personne, forte comme un chêne,
évidemment nourrie de succulents roastbeefs, mais
pâle et romanesque, offrant l'aspect général d'une
Ophélie bien portante. Sa robe princesse très collante, à raies bleues et rouges et à reflets chan-
geants, était serrée par une énorme ceinture en soie
rouge et bleue ; elle portait au cou une fraise, avec
un gros bouquet de roses rouges et de bleuets placé
à gauche, et son chapeau de peluche dégradée, ses
bas, ses pompons, ses rubans, son parapluie même
complétaient cette puissante harmonie bleue et
rouge.

— « Ma fille, prophétesse et docteur en médecine,
dit M. Croker.

— Comme prophétesse, dit miss Ellénore, je pense
que le Très-Haut viendra nous aider à dompter
les Amorrhéens et les Amalécites. La colère sera la
roue de son chariot, les regards de ses yeux seront
des aigles irrités, et sa justice sera comme une faux
aiguisée pour couper l'herbe. En tant que docto-
resse, j'estime que nous ne devons admettre aucun
principe surnaturel échappant à nos moyens d'in-

vestigation, et que, comme il n'y a qu'une substance unique, il n'y a aussi qu'une maladie, occasionnée par des êtres vivants, dont nous devons avant tout connaître à fond l'organisme. — Mais, monsieur, continua miss Ellénore en changeant de ton, ne désirez-vous pas m'embrasser?

— Si fait, miss, dit Maurice de Lux avec une furia toute française. Et déjà, il allait prendre la main de la jeune fille, lorsqu'elle ajouta avec un sourire engageant :

— C'est vingt mille dollars.

— Oui, fit monsieur Crocker avec bonhomie, elle se fait sa dot par ce moyen.

— Mon Dieu, miss, dit Maurice, je suis un simple gentilhomme français, et je vous avouerai que ce prix, quoique modique...

— A votre aise, on ne force personne, » dit miss Ellénore, qui se retira majestueusement et pensivement, dans le flot de rubans rouges et bleus voltigeant autour de son cou et de ses manches, avec un fracas turbulent et silencieux.

Maurice de Lux put enfin parler à monsieur Crocker de l'affaire qui l'amenait. Un précieux joyau de famille lui avait été dérobé, et, pour tenter de le retrouver, il voulait s'adresser à la publicité du journal.

— « Monsieur, lui dit l'Américain, rien ne résiste à un nombre suffisant d'annonces dans le *Whole World's harbinger,* et vous retrouverez certainement ce que vous cherchez, quand vous en aurez fait, par exemple, pour deux mille dollars. Après cela, si vous trouvez fastidieux d'attendre, et de prendre ces soins multiples, vous pourrez, moyennant la même somme rentrer immédiatement en possession du joyau, ajouta monsieur Crocker, et, ouvrant un carton numéroté d'où il tira une fort belle bague antique, taillée dans une améthyste et curieusement gravée, il la présenta au jeune homme. Et comme Maurice ne pouvait dissimuler un peu d'étonnement : — « Oui, reprit-il, nous avons pris le parti de centraliser les vols, et d'annexer ce service aux autres branches du journal, afin d'en simplifier le mécanisme ! »

Le Français, étourdi par ces débauches d'esprit pratique, se hâta de payer et de partir. Mais comme il traversait un corridor noir, il se sentit saisi par deux bras robustes, puis sur ses joues, sur ses yeux, sur ses lèvres tomba une pluie de bons et ardents baisers, et une voix à la fois énergique et caressante, la voix de miss Ellénore, lui dit à l'oreille avec un doux emportement :

— « Eh bien ! alors, ce sera donc pour rien ! »

Maurice de Lux ne trouva pas que cette aubaine fût à dédaigner ; cependant, ce jour-là même, il partit pour la France, sur le premier navire qui mit à la voile. Quoiqu'il fût très brave il tremblait déjà de se voir marié à l'étonnante prophétesse, et il avait le plus vif désir de se retrouver dans un pays où les journaux sont moins rapidement informés qu'à Pug Town, mais où ils se procurent leurs renseignements d'une façon moins farouche et paradoxale.

XXIII

LE RENÉGAT

Parmi les poètes encore vivants, Claude Justel a été certainement à ses débuts un des moins pauvres, car lorsqu'il vint à Paris en 1858 âgé alors de dix-sept ans, il pouvait compter expressément sur la somme de quatre-vingts francs par mois. Cette pension, qui représentait les intérêts de l'héritage maternel, lui était servie par son père, très riche négociant en soieries, né et établi à Tours, qui certes aurait pu faire un sort plus heureux à son fils unique; mais monsieur Justel était un homme trop pratique pour encourager la fainéantise, et après s'être montré assez généreux pour épouser une femme pauvre, il ne voulait pas faire encore la folie d'encourager chez lui un assembleur de rimes.

L'honnête commerçant comprenait d'autant moins les révoltes de son fils, qu'en ordonnant l'éducation de cet enfant, il croyait avoir fait une large part à la fantaisie; en effet, à sa sortie du lycée, il lui avait fait apprendre à fond la langue anglaise qui, dans le commerce, mène à tout, et il lui avait lui-même enseigné à lire la musique et à jouer de la clarinette. Mais Claude, essentiellement peu virtuose, si ce n'est en vers, arrachait à cet instrument d'aveugle des cris déchirants, et, quant à son anglais, il l'em-

ployait à lire sans cesse, passionnément, les comédies et les féeries de Shakespeare. Aussi monsieur Justel vit-il sans chagrin s'éloigner de lui un être aussi
subversif, qui parlait à des Pucks et à des Ariels invisibles, et qui, sur le grand-livre de la maison grif-
fonnait le portrait vague et aérien de la princesse
Miranda.

Voilà comment Claude Justel connut le paradis
du poète, une mansarde sans cheminée, située à un
septième étage, dans une maison de la rue de Lille,
et d'où il voyait, par une toute petite fenêtre, un grand
morceau de ciel et quelques vertes cimes d'arbres.
Un lit de fer chimérique et dérisoire, une cuvette, un
pot à l'eau, une assiette, un verre, un couteau, placés
dans un placard tout petit ; un vieux fauteuil déchiré
et délabré, une table de bois blanc, où tenaient,
avec ses plumes et son papier avarement économi-
sés, une dizaine de volumes, sans compter le bien-
aimé Shakespeare, tel était le mobilier de ce petit
palais, où Claude se nourrissait de pain, égayé,
aux grands jours de gala, par quelques fruits secs,
et buvait de l'eau claire, qu'il allait chercher lui-
même à la fontaine. Enfin, il y vivait toujours vêtu
d'un tricot, d'un vieux pantalon de molleton bleu et
d'une blouse, afin de conserver honnête et vraisemblable le seul vêtement qui lui permît de sortir un
instant le soir, pour remettre un peu d'air dans ses
poumons.

Dans de telles conditions d'existence, ne possédant
rien, ne pouvant rien espérer, n'étant distrait par
rien, Claude n'avait aucun motif pour ne pas chercher la perfection, et il la poursuivait en effet, avec
une religion ardente et fidèle. Regardant mille spectacles, les cieux lointains, les paysages, les Dieux,
les histoires, les légendes, les enchantements, dans
la chambre noire de son cerveau plein d'images et l

de rêves, il étudiait, en lisant et relisant ses maîtres, le divin métier qui permet de les animer et de les peindre, et écrivait des vers d'autant plus polis, achevés, éblouissants d'une originalité imprévue et charmeresse, que n'ayant que lui-même pour confident et pour public, il devait ainsi à chaque minute satisfaire le plus exigeant, le plus subtil et le plus difficile de tous les juges. Et après avoir composé des poèmes curieux, attirants, d'une vie intense, et deux comédies de la plus bizarre et curieuse fantaisie, Claude aima d'autant plus son travail et sa solitude, lorsqu'il eut essayé d'en sortir pour affronter les revues littéraires et les théâtres; car partout éconduit avec la plus dédaigneuse impolitesse, le jeune rimeur eut à essuyer les plus amères déconvenues, et même un directeur plus sincère que les autres ne craignit pas de lui dire cruellement : « Rappelez-vous mes paroles, monsieur, et, sachez-le bien, vous ne serez jamais qu'un poète ! »

Ainsi condamné, Claude se replongea avec une sombre joie dans l'étude acharnée de son art, et n'eut plus souci de se promener, si ce n'est dans l'idéale forêt des Ardennes ! Qui ne l'a éprouvé ? le culte de la maison, si pauvre qu'elle soit, mais passionnément et uniquement chérie, finit par donner une vie propre au silence qu'on y écoute, à l'air qu'on y respire, à l'atmosphère qui vous enveloppe, aux idées qui naisssent du milieu même où elles vont éclore, et l'artiste voué à la bienfaisante Solitude sent alors qu'elle devient un être personnel et conscient, dont la protection vous enveloppe avec une mystérieuse tendresse. Cet être, évidemment féminin, bientôt Claude Justel le sentit, le devina s'agitant et passant autour de lui ; il eut une chère, une précieuse, une invisible compagne, dont la conversation même ne lui fut pas interdite, car des idées lui étaient soudainement communiquées, répondant aux siennes, et formulées en mots exquis, dont il avait la rapide intuition, et qu'il entendait dans le silence recueilli et attentif de sa propre pensée.

Puis, à mesure qu'elle se sentit mieux aimée et comprise, l'amie se rassura et devint plus hardie. Claude ne la voyait, ne l'entendait pas encore, mais il avait conscience de son souffle, du rhythme de sa marche; il la devinait assise auprès de lui, ou penchée sur son épaule, et lisant les vers qu'il écrivait, avec des rimes fermes, sonores, glorieusement viriles. Elle *parlait* plus souvent dans ce langage muet, et pourtant si réel, au moyen duquel les idées et les mots, sans être émis par une voix, arrivaient directement au cerveau et à l'entendement du poète. Peu à peu elle se familiarisa tout à fait; elle voulut que son ami pût la nommer, et un jour il se sentit inondé de joie, et éprouva dans son cœur, comme noyé, une ivresse délicieuse, car il sut tout à coup, par une révélation immédiate et indiscutable, que sa compagne était une fée et se nommait Euryale.

Son pas léger devint perceptible, Claude entendit sa douce respiration, et sentit la caresse errante de de sa chevelure. Puis bientôt, dans un rayon de lumière, il l'entrevit fuyante, il vit son vague profil, l'éclair de ses yeux, son petit pied frémissant, et tout de suite la rapide vision disparaissait; mais Euryale était toujours là, inspiratrice, amie, et maintenant, à son réveil, Claude ne s'étonnait plus de voir ses papiers rangés avec l'instinct fidèle d'une femme, et son Shakespeare ouvert à l'endroit qu'il fallait lire, et la pauvre rose qu'il avait achetée un sou quinze jours auparavant, restée fraîche et vivante et glorieusement rose! Le jour où Euryale se décida à devenir tout à fait visible, son ami n'eut pas d'étonnement ni d'effroi ; il reconnut, tels qu'il se les était figurés, son front céleste, sa blonde chevelure, ses yeux bruns, sa lèvre fière, son corps svelte vêtu d'une robe blanche, et la légère couronne de fleurs qui frissonnait sur son front, comme baisée et caressée par l'aile tremblante d'une folle brise !

Alors pour ces deux âmes, quelle vie ! Claude et Euryale ne se parlaient guère en mots humains ; mais leurs pensées mêlées ensemble, tressées étroitement, se pénétraient dans un accord voluptueusement chaste. Après s'être montrée un instant, la Fée disparaissait pour que son bien-aimé pût écrire, continuer son poème ; mais après qu'il l'avait admirée tout à l'heure, grande et pareille à une jeune reine, maintenant, assise sur un livre au milieu de la table de travail, elle s'était faite toute petite et mignonne, pas plus grande qu'une petite poupée, agitant ses petites ailes de papillon ; elle souriait à Claude avec sa petite bouche aux dents de perles, pas plus grosse qu'un grain de groseille, et si son ami était parfois tenté d'écrire un lieu commun séduisant ou une rime presque vulgaire, il était bien vite ramené au devoir par la petite moue gracieuse et indignée d'Euryale ! C'est ainsi que de plus en plus il devenait un grand artiste, comprenant mieux à chaque minute le magique pouvoir de l'harmonie évocatrice et la gloire invincible du Verbe.

Mais qui n'a, par sa propre faute, perdu le bonheur ? Par un de ces énervants et chauds matins de printemps qui déroutent l'esprit, mettent le feu dans nos veines et nous brûlent de cruels désirs, Claude, attiré par l'inconnu malsain, par je ne sais quelle folle et irrésistible envie du changement, par le chimérique besoin de créer et de subir l'agitation stérile, s'habilla et voulut quitter sa chère maison. Comme il allait sortir, la fée Euryale, toute petite, courant et voltigeant sur les manuscrits, voulut le retenir par un geste désespéré; mais Claude n'était déjà plus maître de lui; il ne voulut pas voir les yeux de son amie brillants de larmes, et il s'en alla, sans jeter sur elle un dernier regard. A peine était-il arrivé dans la rue, que d'immenses affiches bleues, roses, vertes, violettes, apposées sur les murs, attirèrent son attention. Sur toutes, on lisait ces mots : *Poèmes médiocres, par Eugène Bertina,* 56e, 57e, 58e *édition.* Faut-il dire que devant ces triomphales pancartes, Claude Justel éprouva comme un sentiment de colère jalouse?

Mais près de lui passèrent, accompagnées de leurs filles, des dames appartenant évidemment à la plus haute société du faubourg Saint-Germain. — « Oui, ma chère, disait l'une d'elles, je lis les *Poèmes médiocres,* et je ne puis m'en rassasier. Véritablement ce jeune homme est plein de cœur! » Puis ce fut un groupe de très jeunes peintres, qui croisèrent Claude, en suivant une jeune modiste embarrassée d'un lourd carton, et l'un d'eux s'écria follement : « *Moi, c'est la vertu qui m'enivre!* comme dit l'auteur des *Poèmes médiocres.* »

Pour échapper à cette obsession, Claude Justel entra dans un café, et, avant de s'asseoir, regarda les journaux rassemblés sur une table, près du poêle. Il n'y en eut pas un sur lequel il ne pût lire en grosses lettres : *Bibliographie. — Poèmes médiocres, par Eugène Bertina.* 59e *édition!*

Comment le poète se trouva-t-il assis à la même table que monsieur Ulric Lagès, le célèbre rédacteur de la *Revue continentale,* dont il avait fait très imparfaitement la connaissance dans une de ses visites inutiles à l'éditeur Vigor, et comment la conversation se trouva-t-elle engagée entre eux? Claude ne se le rappela jamais, et quand il se souvint de cette scène, il revit seulement son interlocuteur ayant devant lui, selon la phraséologie de monsieur Scribe, tout ce qu'il faut pour écrire, et lui lisant à demi-voix, avec un enthousiasme non dissimulé, quelques pages des *Poèmes médiocres*. L'aspect de Lagès était prodigieusement négatif et diabolique. Sa maigreur, ses vilains cheveux blonds plus clairs que le teint de son visage, ses yeux atones, sa bouche incertaine irritaient le regard par leur manque de précision, et pourtant Claude Justel, sans se l'expliquer en aucune manière, subissait déjà la domination de ce ridicule individu. — « Au fait, dit tout à coup le pâle tentateur, ce n'est pas être hardi que d'entasser des vers dans un tiroir, et de composer des comédies que personne n'entendra jamais! Et vous qui êtes doué d'une si merveilleuse faculté d'assimilation, puisque vous voyez comment s'obtient le succès, pourquoi ne vous amuseriez-vous pas à écrire des poèmes comme ceux-là? Oh! par jeu, et rien que pour voir si la chose est possible! » ajouta-t-il avec une légère nuance d'ironie, et il sortit, après avoir désigné du doigt le papier et les plumes placés sur la table.

Comme s'il eût été forcé d'obéir stupidement à cette injonction, Claude se mit immédiatement à parodier les *Poèmes médiocres*, entassant les lieux-communs vertueux et patriotiques, se complaisant à écrire des vers cacophoniques et gris, à accoupler des rimes niaises et incolores, à faire rimer les mots simples avec leurs composés, et les syllabes brèves avec les syllabes longues; enfin, à commettre tous les crimes que peut conseiller à un poète le pâle démon de la perversité.

Ce qu'il y eut de pis, c'est qu'ayant d'abord imité Bertina avec une capricieuse raillerie, il ne tarda

18

pas à trouver dans ce travail de singe un plaisir
extrême. Peu à peu il prenait au sérieux les pom-
peuses niaiseries qui tombaient de sa plume; il se
disait qu'en somme, il serait non plus un rêveur,
mais un citoyen utile, et ces mots : 59e *édition*, dansaient et flamboyaient devant ses yeux, sur les
affiches roses et violettes! Il *savait* qu'en rentrant
dans sa mansarde il n'y retrouverait plus Euryale,
mais il avait hâte d'y rentrer, pour continuer son
œuvre nouvelle. En effet, au bout de trois jours il
avait entassé plus de cent feuillets des *Poèmes bourgeois et militaires*. A peine les avait-il mis en ordre
et soigneusement pliés, que le blond Ulric Lagès
apparut soudainement et les enfouit dans sa poche.

— « C'est bien, dit-il, je vais les porter à la *Revue
continentale*. »

Maintenant, je serai bref, car il est inutile de raconter une carrière que tout le monde connaît. On
sait comment la *Revue continentale* et la *Revue inter-
médiaire* s'arrachèrent les poèmes de Claude Justel,
devenu, après Bertina, l'idole des hommes graves;
comment son livre philosophique : *Le Divorce spirituel*, passionna l'opinion, et comment ses deux comédies, en habit noir et en vers, obtinrent, à force
de modération, des succès excessifs. Il ne voyait
plus jamais Euryale avec ses yeux humains; mais,
dans sa pensée, il la voyait distinctement, pâle, malade, frappée au cœur, tournant vers lui des yeux
farouches et désolés. Toutefois, débarrassé heureusement de toute superstition, il chassait loin de lui
cette image navrante, bien décidé à ne plus s'attendrir sur des chimères, que les sérieux devoirs vinrent
enfin lui faire oublier. En effet, séduit par la poésie
moralisatrice de Claude Justel, le riche quincaillier
Rémérand lui donna, avec un million de dot, sa
fille Euphémie, tout à fait semblable à une petite

carotte, et l'Académie ouvrit enfin ses portes à l'heureux auteur des *Poèmes bourgeois et militaires.*

La séance de réception de Claude Justel avait
réuni l'élite du monde parisien, et digne, sérieux,
devenu entièrement chauve, le poète converti lisait
avec une molle onction son discours noblement
composé de phrases à rallonges, lorsque tout à coup
il vit s'animer, se multiplier, foisonner les palmes
brodées sur les habits de ses collègues, et ces palmes
devinrent les feuillages d'une fraîche et verte forêt
romantique, sur lesquels, à travers la coupole de
l'Institut ouverte et déchirée, s'étendit un vaste ciel
bleu, frissonnant et pâle, ouaté de blanches nuées,
et les fleurs, les étoffes, les joyaux qui brillaient sur
les toilettes des dames étaient devenus les fleurs
écloses dans la verte forêt.

Alors, dans une blanche lumière intense et aveuglante, se mit à défiler un petit cortège, qui était le
cortège funèbre de la fée Euryale. Il y avait d'abord
des rossignols et des fauvettes qui chantaient, puis
des insectes musiciens, des bourdons qui sonnaient
de la trompette dans des fleurs recourbées, des sca-
rabées qui jouaient du tympanon et du tambour sur
des têtes de pavot, puis les Sylphes, vêtus de vert,
puis, portée par ses sœurs les Fées, Euryale morte,
blanche, couronnée de blanches roses, puis Obéron,
Titania et son page, Ariel, Puck, Miranda, Célie,
Rosalinde en habit de garçon et beaucoup de belles
petites dames aux cheveux d'or, tenant des baguettes
de diamant. Malgré lui, l'académicien Justel regardait toujours l'éblouissante lumière qui le stupéfiait;
enfin la parole lui manqua, et il tomba évanoui.

On lui sut très bon gré de cet accident, qui fut
mis sur le compte de sa modestie excessive; mais sa
vue, offensée par la clarté féerique, est restée incertaine et très affaiblie. Il est maintenant forcé de

porter un abat-jour vert, et complètement désintéressé de la poésie depuis qu'il a vu la fée Euryale
glacée et morte, il distrait son long, tranquille et
incurable ennui, en jouant de la clarinette.

XXIV

LES CARTONS VERTS

Il y avait une fois un roi de Bohême, nommé Borizivoï, comme le premier de ses prédécesseurs chré-
tiens, qui entreprit de faire le bonheur de son peuple.
Pour arriver à ce résultat, il choisit comme premier
ministre Ottocar de Sternberg, un jeune homme plein
d'audace et de génie, dont l'esprit n'était pas empêtré
dans la vieille tradition, et lui donnant tout pouvoir,
il se borna à lui dire : «Fais ce que tu voudras, mais
fais bien! » Ottocar réalisa tout de suite ce programme effrayant d'audace et de clarté, et ne fut
pas embarassé pour tout mener de front, l'administration intérieure, l'éducation des armées, les rela-
tions diplomatiques avec les puissances étrangères,
la protection donnée au commerce et aux arts. Il
pensait vite et juste, savait se faire obéir, ne souffrait
pas les objections composées de lieux-communs ou
de mots vides de sens, et une mesure qu'il avait jugée
utile était immédiatement appliquée.

Aimable et spirituel, adroit à tous les exercices du
corps, profondément érudit, ayant étudié et deviné
les secrets de la vie dans l'histoire, le comte de
Sternberg était doué en outre d'une force physique
peu commune et d'une patience à toute épreuve. Il
pouvait, sans se reposer, voyager à cheval pendant

18.

tout un jour, et lire les fatras les plus compliqués ; et, comme un Arabe, il eût gardé une immobilité de statue, pendant de longues heures, sous la piqûre des moustiques. Enfin, ce jeune homme voulant le bien, armé pour le faire, et dont le front mâle était coupé en deux par la cicatrice d'une large blessure gagnée dans les combats, possédait encore, par-dessus toutes ces qualités, l'invincible puissance qui produit les miracles et vient à bout de toutes les difficultés : l'amour !

Oui, ce maître, cet assembleur de nuages, ce conducteur d'hommes, aimait comme un pâtre aux pieds nus, et le paradis du ciel s'ouvrait pour lui dans les riants yeux bruns de la bien-aimée. Il aimait Vlasta, la fille du conseiller Stoymir, enfant belle et sincère, fièrement couronnée de sa noire chevelure, et si jeune qu'on voyait sur sa peau brune la tendre rougeur rosée du sang vermeil. Bientôt ils devaient être mariés et le conseiller voyait cette union prochaine avec une immense joie, sachant que nulle part au monde Vlasta n'aurait pu appuyer sa jeune tête sur un cœur plus brave que celui d'Ottocar. Souvent, pendant les courtes heures de liberté que la politique laissait au ministre, ces amants se promenaient ensemble, heureux, extasiés, ravis, sous les verts ombrages du parc attenant au château du conseiller, si unis qu'ils sentaient leurs deux âmes mêlées et tressées étroitement, si chastes que l'ami n'eût pas osé effleurer du bout du doigt la main de son amie. C'est pour offrir à Vlasta, comme un joyau digne d'elle, le bonheur d'une nation, qu'il savait vouloir, imaginer, résoudre ; que sa pensée, dévorant les espaces, allait droit au but comme un oiseau rapide, et qu'il marchait sans fatigue à travers les embûches et les périls, comme s'il eût été protégé par une armure de diamant.

Dès qu'il fut au pouvoir, bouleversant la vieille machine et piétinant sur les abus avec une méprisante indifférence, Ottocar stupéfia les vieux politiques et leur fit tomber des yeux les plus rudes écailles. Aidé d'un jeune secrétaire nommé Mathias, qu'il avait recueilli enfant abandonné, et dont le dévouement était sans bornes, il se levait avant le jour, lisait lui-même sa correspondance, jetait au panier les lettres inutiles et répondait immédiatement à celles qui annonçaient un fait digne d'être pris en considération. Au lieu d'accorder de ces audiences collectives où une foule désolée et importune s'abêtit à regarder sottement des huissiers, des banquettes et une porte par où on ne passe jamais, il indiquait une heure précise à chacun, en cinq minutes se faisait expliquer nettement par le solliciteur l'affaire qui l'amenait, et s'il y avait lieu, disait simplement : « Revenez demain, vous aurez ma réponse ! » Le premier qui entendit cette phrase inouïe se pinça le bras pour s'assurer qu'il était bien éveillé, et ensuite se crut devenu fou ; mais il revint le lendemain, obtint ce qu'il avait demandé avec justice, et dès lors, comme le feu mis à une traînée de poudre, ce bruit se répandit dans la ville de Prague et dans tout le royaume que le peuple n'était plus seul, isolé sans recours, laissé et abandonné comme un orphelin, et qu'il y avait sous le ciel quelqu'un à qui il pouvait parler !

Un inventeur toujours éconduit, promené à travers les bureaux, aveuglé par la poussière des paperasses, avait trouvé un procédé sûr et peu coûteux pour rendre incombustibles les monuments, les palais, les navires de guerre, en enduisant les meubles, les boiseries et même les étoffes d'une composition qui les protégeait sans en altérer la substance ; las, découragé, accablé de misère, il se consumait, n'ayant même plus le courage de la lutte. Le comte de Sternberg le reçut, et vingt-quatre heures après, son procédé était adopté par le roi et par le conseil, qui en ordonnait l'application immédiate.

Un vieux brave, le général Mnatha, qui avait fait jadis de merveilleux exploits dans la guerre contre les Silésiens, accusé à tort d'avoir trempé dans une intrigue de cour, avait été disgracié par le père du roi Borizivoï, et depuis vingt années essayait en vain de prouver son innocence; en quelques heures, le ministre éclaircit cette affaire bien moins compliquée au fond qu'elle ne semblait l'être, car toute complication n'est qu'apparente! et le vieux Mnatha reprit le rang que lui méritaient sa bravoure et ses glorieuses blessures. D'éternels procès entre les particuliers et la couronne se terminèrent, au grand étonnement de tous, par des dénoûments heureux et inattendus; les menaçantes sociétés secrètes furent dissoutes, du jour où Sternberg fit venir leurs chefs et, preuves en mains, leur montra qu'ils ourdissaient leurs plans dans une cage de verre. Le sort des ouvriers dans les villes, des paysans dans les campagnes, fut pour Ottocar l'objet d'une sollicitude constante; toute question se rapportant à ce grand problème était immédiatement étudiée, définitivement éclaircie, et toujours résolue dans le sens le plus libéral.

Enfin le ministre poursuivit les intrigants et les accapareurs avec la plus implacable sévérité, et ne permit plus que personne s'enrichît aux dépens du pauvre, une nouveauté dont l'apparition imprévue dut sembler singulière, même en Bohême.

Le système du comte de Sternberg était bien aisé, mais qui jamais s'avisa de l'adopter? Il avait, au milieu de son cabinet, une grande table absolument purgée de tous papiers parasites, et il y mettait,

les gardant sous ses yeux, les papiers relatifs aux
deux ou trois affaires qui devaient être décidées le
lendemain. Puis il faisait venir les chefs de services,
les spécialistes, les hommes dont les lumières pouvaient l'aider, se faisait apporter les pièces à consulter, s'il y en avait, et séance tenante, sans nommer de commissions, ni faire barbouiller des rapports
inutiles, résolvait ou faisait résoudre la question
pendante. On imagine que de tels procédés expé-
ditifs devaient étonner la routine ; aussi le chef du
cabinet du ministre, le vieux Néclan, qui était la bu-
reaucratie incarnée et couchait avec des manches
vertes, ne tarda-t-il pas à vouer à Ottocar une haine
comme les couve un ancien employé monté en grade,
qui pendant trente ans de sa vie a été assis sur des
ronds de cuir !

— «Mais, Monseigneur, dit-il à Sternberg, qui
entendait garder sur sa table les réclamations
auxquelles il voulait faire droit, si je n'emporte pas
ces pièces, quand seront-elles classées?

— Elles ne le seront pas, dit le ministre.

— Mais quand passeront-elles par les bureaux?

— Jamais !

— Et alors elles ne seront rangées dans aucun
carton !

— Non, dans aucun. »

Si irrités qu'ils fussent, les yeux de Néclan ne
lançaient pas de flammes, et ce fut la seule raison
pour laquelle le ministre ne fut pas réduit en cen-
dres. Le vieillard se retira en saluant jusqu'à terre,
mais sans doute méditant quelque vengeance de
Caraïbe, agitant sa main crispée, comme pour saisir
les papiers absents, et, les lèvres blanches, la gorge
sèche, il murmurait tout bas avec une rage froide :
— « Dans aucun carton ! »

Le soir de ce même jour, comme la nuit tombait,

Ottocar, assis dans un fauteuil, près d'une fenêtre
de son cabinet donnant sur les jardins, regardait les
masses noires de feuillage se mêlant déjà au ciel
obscur, et, bien seul, songeait à ses travaux et à son
amour, lorsqu'il fut presque aveuglé par un nuage
formé de cette poussière très particulière qui flotte
et plane dans les bureaux. Et de cette poussière
sortit un être bizarre, essentiellement absurde, qui
s'écria d'une voix pareille à celle des plumes d'oie
égratignant les feuilles de papier ministre :

— « Je suis le Démon des Cartons Verts ! »

Cette assertion paraissait fondée, car son corps,
ses jambes, ses pieds, ses bras, ses mains n'étaient
qu'une série de cartons verts à lisérés blancs, et
comme dague il portait à sa ceinture, faite d'une
courroie en ruban de fil, un large grattoir, destiné
sans doute à effacer des pâtés gigantesques. Pour
son visage, évidemment modelé avec du papier mâché, il était fort pâle. Les yeux étaient deux pains à
cacheter noirs, le nez était une bouteille de sanda-
raque, et la bouche était formée d'un pain à cacheter rouge, adroitement coupé en deux, de façon à
pouvoir s'ouvrir, tandis que les oreilles étaient deux
essuie-plumes en drap gris, plissés à petits plis et
ornés d'un léger manche d'ivoire. Son front et le
sommet de son crâne étaient remplacés par une de
ces boîtes surmontées d'une pelote, qui sur leur enveloppe cotelée et rebondie portent des épingles,
tandis que leurs flancs enferment les pains à cacheter. Tout en parlant, ce monstre ouvrait sa poitrine,
d'où il tirait des dépêches sur lesquelles il effaçait
des pâtés avec son grattoir, et qu'il scellait ensuite
au moyen de pains à cacheter pris dans sa tête, qu'il
ouvrait à cet effet et qu'il refermait ensuite avec soin.

— « Je suis, dit-il, le Démon des Cartons Verts !
Sache que le vil troupeau des hommes, et les rois,

les capitaines, les génies, les savants, les poètes, le
peuple pliant sous le faix, n'ont été créés que pour
justifier la création des bureaux et des employés, et
que les bureaux ne servent qu'à abriter, et les employés à adorer des cartons verts, où tout se résume
par des liasses de papiers qui ne seront jamais lus
de personne! Le carton vert contient et étouffe les
destinées de l'humanité, et moi, je suis le Démon des
Cartons Verts! Veux-tu te soumettre à ma puissance?
— Mais, fit dédaigneusement Ottocar, je suis précisément venu ici pour détruire les cartons verts! »
A ces mots, le démon bureaucrate poussa un
effroyable cri de papier de fil qu'on déchire, et sauta
dans le jardin avec un bruit de carton froissé et de
tambour; puis, ô sinistre épouvante! au loin, sous
les ombrages noirs, Ottocar crut le voir emportant
dans ses bras de carton Vlasta échevelée et pâle. Il
courut chez le conseiller Stoymir, et put se convaincre que cette vision n'avait rien de réel, car il
trouva son amie souriante comme à l'ordinaire et
brodant des fleurs de soie et d'or à la clarté des
lampes; cependant elle semblait triste comme à
l'approche d'un malheur qui, ainsi qu'on va le voir,
ne se fit pas attendre. Le lendemain, retenu assez
tard chez le roi par son service, Ottocar, lorsqu'il
rentra dans son cabinet, ne fut pas médiocrement
surpris et furieux d'y voir les murs entièrement couverts par d'élégants casiers d'ébène qui supportaient
d'innombrables cartons verts. Comme il querellait
son valet de chambre en lui demandant l'explication
de ce ridicule décor, le vieux Néclan entra, et s'in-
clinant profondément :
— « C'est moi, dit-il, qui les ai fait poser! J'ai vu
que Votre Excellence désirait avoir sous la main les
principaux dossiers, et j'ai cru lui être agréable en
organisant cet aménagement. »

Ottocar allait éclater ; mais à ce moment-là entra le roi lui-même, précédant les quelques personnes auxquelles le ministre avait donné rendez-vous.

— « Mon cher ministre, dit-il, j'ai entendu parler de vos décisions heureuses, dignes du roi Salomon, et je veux assister en personne à votre audience, pour vous adresser les félicitations que vous méritez.

— Sire, répondit le comte de Sternberg, ce sera pour moi un grand honneur. » Et il se préparait à prendre des mains de son secrétaire Mathias les dossiers des visiteurs, lorsqu'à sa profonde stupéfaction il vit que la table où il les avait laissés était entièrement vide.

Pâle de colère, il se tourna vers Néclan, et lui demanda :

— « Où sont les papiers que j'avais laissés sur cette table ?

— Monseigneur, dit le chef du cabinet, ils sont maintenant classés, étiquetés par lettres, chiffres et séries, et rangés avec les autres papiers dans les cartons verts ! »

Ottocar ouvrit un de ces cartons, littéralement pleins, encombrés et bourrés de paperasses couvertes d'une épaisse couche de poussière ; y chercher quoi que ce soit eût été moins facile que de retrouver une aiguille dans un grenier à foin ; il dut renoncer à reconnaître dans ce fatras les papiers dont il avait besoin, et avoua franchement son embarras au roi Borizivoï.

— « Allons, mon pauvre ami, dit le roi après avoir d'un geste congédié les solliciteurs, je vois qu'on ne m'a pas trompé, et qu'en croyant mettre à la tête de mon royaume un homme pratique, j'avais imprudemment choisi un rêveur !

— Sire, dit respectueusement le vieux Néclan, qui à ce moment-là ressembla d'une manière effrayante au démon bureaucrate, Son Excellence s'exagère les difficultés de sa charge. Tous ces papiers sont classés très régulièrement, aucun d'entre eux ne saurait échapper à une investigation sagace, et on trouve tout ce que l'on veut dans les cartons verts ! » A peine avait-il prononcé ces paroles que deux des cartons s'élancèrent spontanément de leurs cases, et, avec un grand bruit, tombèrent sur le parquet. Sur l'un d'eux étaient écrits en grosses lettres ces trois mots : *Comte de Sternberg* et sur l'autre on lisait distinctement cette inscription : *Princesse Lybu-sa*. En tombant ils s'ouvrirent, et laissèrent échapper de nombreux papiers, dont le secrétaire Mathias, avec un zèle imprudent, voulut s'emparer; mais Néclan les lui arracha des mains, et les disposa sous les yeux du roi dans un ordre clair et irréprochable.

Les uns avaient trait à une conspiration ourdie par le comte de Sternberg, et indiquaient les plans, les ressources, les moyens d'action des conjurés; les autres étaient des lettres d'amour adressées au comte par la princesse Lybussa. Si le malheureux Ottocar avait pu se faire écouter, il lui eût été facile d'expliquer à son maître que le complot dont il s'agissait avait éclaté un demi-siècle auparavant, et que son aïeul, nommé, comme lui, Ottocar de Sternberg, conspirait alors au profit de ses rois légitimes, contre l'usurpateur Brétizlas. Il eut pu dire aussi que la princesse Lybussa, dont les lettres venaient de rouler sur le parquet, était, non pas la sœur, mais la grand' tante du roi actuel, coïncidence facile à comprendre dans l'un et l'autre cas, à propos de familles ou, de génération en génération, les noms de baptême se perpétuent avec une piété fidèle. Mais le roi Borizivoï ne voulut rien entendre, et avec une ingénieuse cruauté, les lettres de la princesse furent envoyées à Vlasta, qui, le cœur à jamais saignant et brisé,

19

entra le jour même dans un couvent, et que le comte
de Sternberg ne devait jamais revoir.

Quant à lui, jugé par le grand conseil constitué
en haute cour de justice, il fut condamné à voir ses
palais rasés, son écusson brisé par la main du bourreau, et à avoir la tête tranchée. Cependant, par un
reste d'affection, le roi commua sa peine en un exil
perpétuel, et comme, par une claire nuit étoilée,
Ottocar était conduit vers l'inconnu sinistre, en regardant aux vitres de la chaise de poste qui l'emportait,
il vit qu'elle était traînée par de maigres chevaux
roux, aux blondes crinières échevelées et flottantes.
Sur l'un deux était monté, comme postillon, le Démon des Cartons Verts, qui de temps en temps ouvrait sa poitrine de carton et en tirait des paperasses,
puis les donnait à dévorer aux pâles chevaux-fan-
tômes, qui semblaient se repaître de cette nourriture avec un plaisir extrême. Le Démon était entièrement fait d'un assemblage de cartons verts, et son
visage était en papier mâché, avec des yeux de pains
à cacheter noirs, tel que naguère Ottocar l'avait vu
dans son cabinet de ministre; seulement, sur la pelote qui lui servait de crâne se dressait, en guise de
plumet, un beau paquet de plumes d'oie aux longues
barbes, autour duquel s'enroulait et volait dans le
vent une élégante ficelle !

XXV

LE CYGNE

Oui, mon cher Giacomelli, je vous serai éternellement reconnaissant de m'avoir enseigné à comprendre le langage des oiseaux, qui vous est familier,
comme il le fut jadis au divin Aristophane. Grâce à
vous, je sais ce que disent la caille, et la huppe, et le
geai, et le perroquet conférencier, et la grue, essentiellement sociable, et l'oie pleine de tendresse, et
l'infatigable hirondelle, libre dans les cieux, et le
pinson et le rouge-gorge, et l'alouette, fille du soleil,
et tous les autres oiseaux.

À Asnières, dans cette triste, orageuse et étouffante
nuit de printemps où Daniel Berrus mourut de la
blessure qu'il venait de recevoir en duel, j'ai très
bien entendu ce que disait le Rossignol, lorsqu'il
interrompait son ardent, son fiévreux, son éblouissant
chant d'amour, pour louer ce musicien, ce poète,
qui allait mourir à vingt ans, si beau, aussi pâle que
sa chemise sanglante, et comme noyé dans les res-
plendissants flots d'or de sa blonde chevelure.

Daniel était venu à Paris, exalté par cette renaissance dont nous voyons l'aurore et qui, ramenant
les temps orphiques, va refaire de la musique et de
la poésie, ridiculement séparées, un seul art ayant
la voix et la note, la parole et le chant, et réunissant

dans sa variété infinie toute la pensée et toute la lyre.
Déjà il commençait à écrire sa première symphonie
lyrique, une *Andromède* qui selon ses jeunes maîtres
s'annonçait comme une œuvre d'une pénétrante
originalité, lorsqu'une catastrophe déplorablement
vulgaire vint mettre fin à sa courte vie.

Au concert Pasdeloup, pendant l'entracte, Daniel
Berrus, tout à coup arraché à sa rêverie, entendit
les éclats d'une scène violente, et vit près de lui une
femme seule, sans protecteur, qui, poursuivie par
un très élégant jeune homme, se plaignait amèrement d'être insultée. Sans tenir compte de ses pro-
testations et de sa colère, l'assaillant retenait de
force, dans les siennes, les mains de la dame inconnue, et, aux injures dont elle l'accablait, répondait en souriant par d'insolentes paroles d'amour,
débitées avec un accent ironique. Daniel prit parti
pour sa voisine, au grand étonnement du jeune
homme qui, poliment, mais sèchement, affirma à
son interlocuteur que c'était là une querelle intime,
dont il regretterait de s'être mêlé.

Mais comme l'irritation de la dame redoublait, et
comme elle faisait d'impatients efforts pour se dégager, le poète, n'obtenant rien, eut recours à la force,
et traita l'indiscret amoureux d'une façon qui rendait une rencontre inévitable. Le duel eut lieu en
effet. Daniel Berrus eut le poumon percé d'un coup
d'épée, et c'est pourquoi il agonisait dans cette
chambrette où à travers la fenêtre ouverte, je pus
entendre distinctement ce que disait le Rossignol
dans les sombres marronniers en fleur.

Nous n'étions pas seuls, Paul Adnet et moi, à
veiller les derniers instants de notre jeune et malheureux ami. La femme qu'il avait défendue avait
tenu à honneur de venir s'asseoir près de son lit, et
nous avions reconnu en elle cette jolie et célèbre

Caroline Aspe, dont l'incommensurable bêtise est devenue proverbiale. A vrai dire, elle avait été défendue par Daniel beaucoup plus qu'elle ne l'eût souhaité. L'indignation que lui inspiraient les entreprises du boursier Edmond Loriol tenait à ceci surtout que, dans un souper récent au Café Anglais, il lui avait préféré son amie Juliette Lauré ; or, après avoir mangé la grive, ce glouton voulait ensuite croquer le merle, qui, sans la trop chevaleresque intervention de Daniel Berrus, se serait sans doute laissé faire, après une lutte suffisamment héroïque. Mais, à présent que le poète avait été frappé à cause d'elle, Caroline, bien qu'elle eût horreur de tous les spectacles tristes, avait cru devoir faire la sœur de charité, comme le lui conseillaient les souvenirs des innombrables romans qu'elle avait lus.

Elle avait commencé par chercher dans sa garde-robe une toilette convenable pour la circonstance, pas trop claire, évidemment, pas noire non plus, de peur d'impressionner le mourant, et il faut bien reconnaître que celle qu'elle avait trouvée était une merveille d'appropriation. Robe de crêpe de Chine fumée, avec agréments en faille vert bronze. Depuis le chapeau simplement orné d'une seule joie jaune orange, jusqu'aux bas, la variation sur ces deux tons était fidèlement suivie, et le bouquet de réséda, avec un bouton d'or, que Caroline portait au cou, le manteau en drap anglais couleur fumée, sans boutonnières, à basques très longues, avec un nœud en haut et un autre derrière, placé très bas, et enfin les souliers austèrement vernis, complétaient cet ajustement sévère.

Mais une fois le personnage costumé, il faut le jouer, et c'est là que Caroline Aspe était sérieusement embarrassée. Elle avait rêvé de réconforter le malade par de douces paroles, de sucrer des tisanes dans

19.

des tasses élégantes et tragiques; elle ne savait que
devenir près d'un mourant qui pouvait à peine dire
quelques mots et qu'il fallait laisser tranquille. Au
fond très dépaysée, ce qu'elle pensait était surtout :
rien du tout! Accessoirement, l'idée que Daniel
n'était pas beau ainsi, le désir vague de s'en aller,
l'atmosphère orageuse plus difficile à supporter dans
une chambre de malade, lui causaient un pénible
malaise. Elle était surtout très occupée de ses mains
très petites et un peu grosses, qu'elle avait dégantées,
et dont elle inspectait minutieusement les ongles
vulgaires, rosis par les poudres et polis par les
patients outils de l'artiste.

Nous eûmes pitié d'elle, et nous l'engageâmes à
retourner à Paris prendre un peu de repos, ce qui
était on ne peut plus facile puisque sa voiture l'attendait dans la rue, et nous l'assurâmes que rien
n'arriverait en son absence. Cette inspiration avait
été d'autant meilleure, qu'après son départ Daniel
se réveilla, retrouva un peu de force, et pendant
cette heure, qui fut la dernière, nous parla de son
art avec une inspiration divine; car, dégagé des liens
de la chair, il entendait déjà les éternelles harmonies,
et voyait distinctement l'*au delà*, ce que cherche
toujours notre esprit avide, et qui nous est caché
par un invisible voile, derrière lequel l'Évidence
éclate dans sa beauté ravie et dans le resplendissement de sa gloire triomphale.

Cependant le Rossignol chantait : « O musicien,
mon frère, tu meurs bien, après avoir chanté amoureusement tes premières odes, et sans avoir été
l'artiste esclave pour les plaisirs de la vile populace!
Tu n'auras pas agité les ignobles grelots de l'Opérette, ni fait antichambre chez les directeurs de
spectacle, ni respiré pendant le jour l'air vicié des
salles de théâtre, éclairées par des quinquets funè-

bres enfermés dans des lanternes triangulaires. Tu
n'auras pas tenté d'insuffler ton âme à des virtuoses
ou à des marionnettes, et tu t'en vas à travers les
cieux éperdus, à travers les jardins où fleurissent les
lys de la lumière et les rougissantes roses de la joie,
mêler ta voix aux chœurs extasiés des étoiles.

Tu meurs à vingt ans, beau, ingénu, fidèle, sans
que la Vie ait pu te marquer de ses ongles acérés !
Tu meurs idéalement, pour ce qu'il y a de plus beau
sur la terre, pour une femme, et, afin que ton sacri-
fice soit plus pur et plus complet, tu meurs pour
une femme absurde, qui a moins de cervelle qu'une
linotte, et moins de pensée qu'un oiseau-mouche !
Et maintenant, musicien mon frère, délivré, planant
comme nous, tu vas ouvrir tes ailes, aspirer et contempler l'infini, marcher à travers les astres, gravir
d'un pas bondissant les escaliers d'azur et franchir
avec ravissement les éthers, au milieu des immaté-
riels Esprits, qui s'enivreront délicieusement de ton
chant lyrique ! »

Deux siècles parisiens, c'est-à-dire quinze jours,
s'étaient écoulés depuis que nous avions déposé un
baiser suprême sur le front glacé de Daniel, lorsque
par un soir de mai, un peu avant que la nuit tombât,
me promenant sur les bords du lac d'Enghien, où se
reflétait un ciel de pourpre, de cuivre et d'incendie,
je fus tout à coup charmé par un chant sublime,
extra-terrestre, dont l'harmonie victorieuse et débordante d'allégresse me sembla ouvrir pour moi à travers les cieux déchirés la vision des palais de saphir
et de diamant où le toujours jeune Désir s'unit pour
jamais à la Psyché immortelle sous le regard bienveillant des Dieux. Dans cet hymne furieux, splendide, éperdument envolé, il y avait quelque chose de
douloureux comme la suprême joie et quelque chose
d'apaisé comme le triomphe définitif; j'étais encore

trop loin du chanteur pour entendre les paroles
qu'il prononçait; mais déjà sa voix m'emplissait
d'une fierté sereine, comme si j'avais bu une réconfortante et généreuse liqueur.

Enfin, guidé par cette voix, j'arrivai à l'endroit où
elle exhalait ses puissants accords, et je vis que le
chanteur était un cygne meurtri et près de mourir.
A son flanc s'ouvrait une blessure de forme ronde,
qui paraissait avoir été faite par une balle, et sur ses
douces plumes à la blancheur de neige, s'étalait une
large plaque de sang, et à ses pieds aussi et autour
de lui il y avait du sang. Le noble oiseau élevait
désespérément son cou, faisait un effort pour ouvrir
ses ailes, et disait son ode, l'œil perdu dans les
funèbres rougeurs du ciel. Alors mon cher Giacomelli, grâce à ce que vous m'avez enseigné, je pus
entendre et comprendre parfaitement les paroles
qu'il prononçait, et je l'écoutai en silence, tandis
que les flots du lac agités par le vent lui répondaient
à de courts intervalles par un vague et suave murmure.

Le Cygne chanta : « Sois la bienvenue, Mort, qui
déjà caresses mes plumes frissonnantes, et pose sur
moi ta froide lèvre, ô libératrice! Viens m'effleurer
de ta rafraîchissante haleine, et verse sur mes yeux
appesantis le calme sommeil, car j'ai assez vécu
dans ce monde triste et vulgaire, qui n'a même plus
le sens de la musique, et où se mêlent des paroles
de sottise et de haine, prononcées sous la lumière
des chastes étoiles! Ah! jadis les cygnes furent heureux! Ils s'envolaient par troupes dans l'azur, et
leurs ailes les emportaient chantants à travers les
espaces; mais devenus semblables aux hommes qui
nous entourent, nous avons perdu le céleste don,
l'appétit de l'infini, la gloire du vol; nos ailes retom-
bent inertes sur nos flancs désolés et nous ne chan-

tons plus qu'à l'heure où tu viens, ô Mort, écouter
notre voix délivrée, dont les accents te saluent, ô
compagne, mère attentive, bienfaisante nourrice!

Les cygnes furent heureux dans les eaux du Min-
cio, et lorsqu'ils couvraient de leurs voiles les marais
de Mantoue, et lorsqu'ils allaient porter aux astres
le nom de Varus, et plus encore lorsqu'ils voguaient
sur les fleuves sacrés près des rivages où les Orphées
éveillaient la grande lyre. Dans les flots d'argent de
l'Eurotas, la blanche Léda se baignait nue, et tout
à coup elle vit paraître le divin Cygne, qui doucement
nageait vers elle et qui la regardait avec ses yeux
pleins d'amour; elle s'enfuyait craintive et charmée,
et de ses bras robustes fendant l'onde blanchissante;
mais toujours l'oiseau la suivait, et lorsqu'elle arriva
enfin au rivage, lorsqu'elle tomba lassée parmi l'herbe
et les fleurs, sous le doux ombrage des lauriers-
roses, l'oiseau de neige qu'elle n'avait plus la force
de repousser effleura ses lèvres de rose, et ouvrit tout
palpitant ses ailes frémissantes. Hélas! des œufs de
cygne pondus dans les propriétés qui avoisinent le
lac d'Enghien ne sortira jamais aucune Hélène ni
aucune Clytemnestre, et on n'en verra pas non plus
sortir Castor et Pollux; que feraient ce lutteur et ce
dompteur de chevaux au milieu des Parisiens ané-
miques, dont la pâleur fait honte à la blancheur de
nos ailes?

Les cygnes ont été dieux et poètes, ils ont vécu
parmi les héros et les porteurs de lyre; mais à présent, esclaves sur un lac ridicule, nous voyons passer
des bourgeois en villégiature, des architectes, des
marchands d'esprit qui n'ont pas d'esprit, et c'est
pourquoi je te salue, ô Mort, et je bénis la blessure
sanglante qu'un imbécile m'a faite, en tirant sur
moi avec une carabine de salon! Et maintenant, em-
porte-moi, sombre nuit que je sens rouler dans mes

joyeuses prunelles; partons, fuyons loin de ce
paysage absurde, et allons-nous-en dans les vastes
éthers où planent les ailes et les âmes, et où tout se
renouvelle dans le sein profond de l'invincible et
mystérieux Amour! »

Ainsi chantait le Cygne, et à ce moment-là même
je vis s'avancer un couple d'amants, qui représen-
taient Roméo et Juliette modernisés, un jeune homme
et une jeune femme, qui semblaient s'adorer l'un
l'autre autant que le permet la mode actuelle, c'est-
à-dire pas du tout; pour être exact, je dois même
dire qu'ils semblaient animés tous les deux de la
plus amicale froideur et de la plus tendre indifférence. Mais il eût été difficile de rencontrer des
amoureux plus jolis et d'une élégance plus stricte-
ment correcte. Sachez tout de suite que c'étaient
la jolie Caroline Aspe et le boursier Edmond Loriol,
le meurtrier charmant de mon ami Daniel, avec
qui elle s'était vite réconciliée, sans doute afin de
prouver que le poète était mort pour une cause
absolument chimérique.

D'ailleurs ce boursier était vêtu avec une perfection
à laquelle n'atteindra jamais aucun poète; fort et
agile, ses épaules larges et sa taille mince conve-
naient à un gentleman accompli, et son petit, petit,
petit chapeau à larges bords, sa frange de cheveux
sur le front, ses grands et gros yeux, son monocle
sans cadre, ses petits favoris droits, ses moustaches
ébouriffées au bout, son col droit et bas ouvert d'un
travers de doigt, son nœud de cravate, bleu à pois
blancs, son veston chamois, son gilet blanc rayé de
bleu violet, son étroit et court pantalon bleu, ses
longs souliers vernis blancs et noirs, ses gants
jaunes, le petit paletot ardoise qu'il portait sur son
bras et le parapluie avec béquille, le très fin parapluie qu'il se préoccupait de tenir toujours exacte-

ment à deux longueurs de main de l'extrémité, n'auraient pu être blâmés en aucune façon par la plus sévère critique.

Pour la dame, sa toilette, que je pus admirer encore, malgré l'obscurité croissante, était une délicieuse symphonie de blanc et de surah rose chair. On ne saurait assez louer le large col en valenciennes, le corsage collant lacé devant, avec pointe devant et derrière, le petit panier drapé, serré sur les hanches, et la jupe courte, avec de petits volants alternativement de surah et de valenciennes, courant depuis le haut jusqu'en bas. Sa très large ceinture de soie brochée rose à fleurs blanches était retenue derrière, un peu à gauche, par un nœud dont les gros bouts tombaient jusqu'au mollet. Sur son chapeau paillasson blanc s'étalait un nœud pareil à celui de la ceinture, et comme une gracieuse chanson de printemps fleurissait le poème de ses souliers blancs et de ses bas couleur de rose.

Je me cachai précipitamment dans l'ombre, au moment où les amoureux s'approchèrent et virent l'oiseau mourant.

— « Oh! mon Dieu, fit Caroline, vois donc, Edmond! voilà l'oiseau que tu as tué. Tout à l'heure, dans ton jardin, quand je t'ai prié de tirer, je croyais bien avoir vu une oie; je ne pensais pas du tout que c'était un cygne. » Et comme, à ce moment-là même, le Cygne expira, elle ajouta, avec une petite moue très légèrement ennuyée : « Oh! pauvre bête! »

— « Ma chère, lui dit Loriol, ce jardin est celui de mon ami Adhémar Clomes, qui ne se fâchera pas pour si peu de chose. S'il le veut, je lui payerai son oiseau, et tout sera dit. D'ailleurs il ne faut pas plaindre le Cygne! Le héron est un oiseau *chic*, autrefois jugé digne par les rois de servir de but au noble faucon ; le merle est un oiseau *chic*, à cause de sa tournure d'académicien ; le serin même est un oiseau *chic*, comme emblème des fils de famille éduqués par les demoiselles ; mais le Cygne a le tort de rappeler Virgile et la poésie heureusement abolie, et par conséquent n'est pas un oiseau *chic!* »

Caroline Aspe ne comprit rien du tout à ce que lui disait son ami, comme d'ailleurs elle ne comprenait jamais rien du tout à aucune chose au monde. Cependant, voulant paraître intelligente, elle fit un petit geste d'assentiment, et, s'occupant à creuser un trou dans le sable avec le bout de son ombrelle rose garnie de valenciennes, elle répéta avec un accent de conviction, et de sa jolie voix, idiote à désarmer les plus terribles Anges :

— « Pas *chic*, le Cygne ! »

XXVI

LE CONVIÉ STUPÉFAIT

Le grand poète Baudelaire était assis devant sa table, occupé à traduire son auteur favori et son attitude, sa façon d'être était faite, comme tout ce qui l'entourait, pour donner la plus noble idée du travail littéraire. La lèvre calme, l'œil brillant, le visage comme éclairé par une lumière intérieure, le savant artiste eût offert, s'il y avait eu là un témoin, l'admirable spectacle d'un homme qui se livre tout entier à ce qu'il fait. Entouré de cahiers de notes, de lexiques, de grands volumes ouverts et de cartes géographiques, il écrivait sur de beaux feuillets blancs, d'une écriture hardie et virile, avec une régularité parfaite, et ses ratures même, exécutées avec une ferme décision, avaient un caractère d'élégance séduisant et rhythmique. Un grand feu clair brûlait dans la cheminée, les flammes se reflétaient dans les ors des cadres et des orfèvreries, les fleurs des épais tapis et le damas écarlate des rideaux brillaient par intervalles, et cependant le poète écrivait sous la lampe dont la clarté baignait son papier d'une égale et pure lumière. Il traduisait ce conte d'Edgar Poe si étonnamment révélateur : *Le Démon de la Perversité*, et tout en adoptant d'une manière générale la théorie du conteur américain, il ne pouvait s'empêcher de

20

la combattre intérieurement par de très puissantes objections.

Edgar Poe suppose qu'obéissant à un principe inné et primitif qu'il nomme *perversité*, « faute d'un terme plus caractéristique », et auquel présiderait un démon spécial, nous agissons dans certains cas d'une manière coupable, nullement par un motif d'intérêt ou de contentement personnel, mais uniquement *par la raison que nous ne le devrions pas.* Qu'il existe quelque chose de pareil, c'est ce qu'il est difficile de nier, car autrement il deviendrait impossible d'expliquer pourquoi on nous voit absorber de nouveau un breuvage malsain et dont le goût nous a déplu, ou courtiser ardemment une femme qui nous inspire une vive répulsion et dont l'amour ne nous causerait aucune joie, ou assister à la représentation d'une comédie qui d'autres fois nous a déjà ennuyés, ou soutenir passionnément dans la discussion une opinion qui est le contraire de la nôtre, ou payer très cher dans une vente un objet d'art que personne ne nous dispute et qu'au fond nous n'avons aucune envie de posséder.

Mais, d'autre part, il est bien malaisé de concevoir, même parmi la gent démoniaque, un être parfait et absolu dans le mal, car aucun sentiment ne conserverait en lui sa qualité propre, et sa haine devrait être le contraire de la haine, son désordre, le contraire du désordre, ce qui revient à dire qu'il ne saurait exister. S'il pense et agit une seule fois selon la logique des choses et comme un autre sentirait et agirait à sa place, si une belle ligne lui paraît belle et s'il éprouve quelque plaisir à respirer les parfums d'une rose, il cesse à ce moment-là d'être pervers, et s'il ne l'est pas toujours, il ne l'est jamais en tant que principe, ou esprit exerçant une fonction précise et continue. — « En tout cas, se dit tout à coup Bau-

delaire, si ce Démon existe, je voudrais bien le voir,
et juger par moi-même s'il a de la suite dans les idées
et s'il pourrait sans défaillance manifester longtemps
le courage de son opinion. »

Baudelaire avait à peine prononcé ces mots, que
devant lui parut, debout à côté de sa table de travail,
le Démon de la Perversité, dont l'aspect contrasté
et inharmonique répondait assez exactement aux
exigences particulières de son personnage. Plantés
sur un front large, mais uni comme une glace et
sans aucune protubérance, ses cheveux étaient cré-
pus et laineux comme ceux d'un nègre, mais d'un
blond très doux, et ses sourcils presque blancs om-
brageaient des yeux d'une couleur singulière. En
effet, la sclérotique en était parfaitement noire, et
dans le globe de l'œil fait d'un or pâle, la pupille
était comme un diamant terne et qui n'aurait jeté
aucun éclat. La bouche, au contraire, avait l'acuité
et la fixité d'un regard, et semblait voir les objets ;
un nez qui commençait en aquilin, et dont tout à
coup les narines se relevaient follement, comme
celles d'une Roxelane ; de toutes petites oreilles délicates et roses comme celles d'une femme ; une
barbe lisse et fine d'un noir bleu, et un cou de cygne,
infiniment trop mince, qui s'accordait aussi mal que
possible avec une large mâchoire bestiale, complétaient cette physionomie inattendue et dérisoire.
Quant aux dents, toutes petites et dépassant de beaucoup le nombre réglementaire, elles étaient en nacre
transparente, et montraient de tremblants reflets
couleur d'azur, de rose et de flamme.

Quoiqu'on fût au cœur de l'hiver, le Démon, qui
semblait grelotter, portait un costume printanier de
couleur tendre, et, en dépit de son air sérieux et de
ses profondes rides, était vêtu comme un élégant
jeune homme qui s'en va en villégiature. Évidem-

ment ses mains inquiètes cherchaient un pardessus
absent, mais il se devait à lui-même d'être en opposition directe avec l'évidence et de s'affubler d'un
habit léger, uniquement parce qu'il aurait fallu des
vêtements chauds.

— « Mon cher poète, dit-il, me voici tout à votre
service !

— Je ne crois pas, fit Baudelaire, de sa voix caressante, rhythmée et ironique ; car, s'il en était ainsi,
je vous obligerais à chérir comme moi la règle, et à
trouver les plus intimes voluptés dans la conscience
du devoir accompli. Mais, monsieur, ajouta-t-il avec
une désinvolture que don Juan n'eût pas désavouée,
me ferez-vous le plaisir de dîner avec moi ? »

Sur un signe affirmatif du Démon, Baudelaire,
tirant à l'écart son petit domestique noir, lui donna
ses ordres à voix basse, et Thomy, enchanté d'être
le complice d'une farce, se mit à rire avec une
naïveté malicieuse. Cependant le Démon disait gracieusement, de son air le plus hypocrite :

— « Cher poète, croyez bien qu'en venant chez
vous, j'ai résolu de conformer mon esprit au vôtre,
et que je suis tout prêt à vous inspirer les desseins
les plus honnêtes.

— A charge de revanche, monsieur, dit le poète.
Soyez assuré que, pour ma part, je ne négligerai
rien pour vous suggérer les idées les plus perverses.»

Cependant Thomy avait dressé la table, devant
laquelle étaient placés deux fauteuils, l'un à la mode
habituelle, l'autre sens dessus dessous, les pieds en
l'air. Baudelaire offrit celui-ci au Démon qui, visiblement chagriné, se jucha sur un de ces pieds
menaçants, tandis que le poète, confortablement
assis, lui tendait un plat d'argent rempli d'excellents
cigares secs.

— « Ah ! dit le Démon surpris,

— J'y pense, fit Baudelaire, vous prenez peut-être le café en même temps? » Et il fit un signe à Thomy, qui apporta la cafetière et les liqueurs.

Le Démon, pris au piège, comprit que son hôte allait lui servir un repas retourné comme un gant, commençant par les cigares pour finir par les huîtres, et ne put s'empêcher de trouver que c'était là par trop de perversité, d'autant plus que, parti de l'enfer sans avoir pris ses précautions, il mourait littéralement de faim.

— « Non, dit-il, mon cher poète, je ne veux pas déranger vos habitudes. Si cela vous est égal, dînons comme tout le monde! »

Baudelaire eut pitié du pauvre Diable, et lui permit de se réconforter : cependant il ne résista pas au plaisir de lui faire mélanger les confitures avec les rôtis, le bordeaux avec les vins d'Espagne, et les India pickles avec les crèmes glacées. Le Démon n'osait refuser, dans la crainte de ne plus du tout paraître pervers; mais enfin il but tant de vins, tant d'eau-de-vie de grain, tant de kummel, tant de grogs au genièvre, tant de curaçao blanc et vert, qu'il ne devint pas ivre, faculté de tout temps refusée aux esprits, mais qu'il éprouva le besoin de chanter *La Mère Godichon!* Et comme il l'entonnait d'une voix à la fois grêle et violente, en respectant la mélodie sur laquelle furent de tout temps adaptées ces paroles saugrenues :

— « Oh! non! s'écria le poète, ne chantez pas *La Mère Godichon* sur cet air-là! Chantez-la, je vous prie, sur l'air sentimental que monsieur Niedermayer a écrit pour *Le Lac* de Lamartine! » Et il ajouta avec une expression satanique, dont le Démon fut sincèrement effrayé : « De la sorte, cela sera infiniment plus pervers! »

Le pauvre être voulut protester, mais, sur un signe

20.

de Baudelaire, le petit nègre Thomy prit son violon et joua impérieusement la mélodie du *Lac*, tandis que tenant son hôte captif et subjugué sous le rayon de ses noires prunelles, le poète par une oppression magnétique, le forçait à exécuter le tour de force musical dont il lui avait suggéré le bizarre programme. Très médiocre prosodiste, comme tous ses pareils, le Démon de la Perversité faisait d'incroyables efforts pour placer les syllabes de *La Mère Godichon* sous les notes du *Lac ;* il peinait, se démenait, se donnait un mal infini, épouvanté lui-même de l'abominable charivari qui s'échappait de ses lèvres, et ses yeux pâles et sombres, ses tristes yeux inexpressifs lui sortaient de la tête. Enfin surmené, étouffé, hors d'haleine, il s'arrêta tout à coup sur un son inconnu des oreilles terrestres, et qui, étonné d'avoir eu lieu, mourait avec un grotesque sanglot.

— « Non, dit-il. Décidément, si vous le voulez bien, j'aime mieux causer !

— Causons, dit Baudelaire.

— Oui, reprit le Démon en jouant la passion avec une visible froideur, parlons des femmes ! A voir cette mantille, ces joyaux, ces éventails épars sur les meubles, il n'est pas difficile de voir que vous les adorez. Et, n'est-ce pas ? quoi de plus charmant que de les adorer toutes, au lieu de se confiner sottement dans l'amour d'une seule ! D'un seul regard, d'un seul rêve, embrasser tout le peuple féminin, les gothons et les reines, les courtisanes et les marchandes de pommes, les duchesses et les modèles, les dames et les bourgeoises, et même, comme le veut Ronsard, les belles servantes, et se dire : Tous ces yeux, toutes ces lèvres de pourpre et de rose, toutes ces chevelures, tous ces corps superbes, toutes ces voix qui avec un accent différent prononcent les doux mots : Je t'aime, sont à moi par la grâce et par la force de mon désir, n'est-ce pas avoir enfermé et tenu dans sa pensée la création tout entière? Ah! cette volupté de faire siennes, par un appétit avide et toujours inassouvi, les innombrables filles sorties du flanc d'Ève, je suis certain que vous le savourez en dilettante, et que, sans vous fixer jamais, vous courez capricieusement de la brune à la blonde!

— Monsieur, répliqua sèchement Baudelaire, sans m'arrêter à ce que cette figure offre de trivial et de désagréablement classique, je me bornerai à vous dire que je ne saurais, selon votre détestable expression, courir de la brune à la blonde, par cette raison absolue que je déteste toutes les blondes. Je n'aime qu'une seule femme, qui est extrêmement cuivrée, presque noire, et puissé-je être préservé d'en aimer jamais une autre qu'elle, dont sans cesse je chante en mes vers les précieuses et infinies beautés! Quant à votre système de vouloir, en pensée ou autrement, posséder toutes les femmes, croyez bien qu'il a été inventé pour les hommes d'un intellect borné et d'une imagination pauvre ; car pour le poète vraiment sagace et intuitif, la vie entière suffit à peine pour comprendre, deviner et admirer dans leur variété infinie les qualités diverses et les subtiles et délicates vertus de la bien-aimée. C'est lui, monsieur, qui possède les innombrables filles d'Ève, mais en une seule qui, pour celui qui sait les y trouver, les contient toutes! Votre effréné coureur de jupes me fait l'effet d'un misérable gourmand qui voudrait manger à la fois à son souper tous les gigots qui existent sur la terre, et qui, par conséquent, ne mangerait rien du tout. Mangez-en de bon appétit un seul qui soit tendre, saignant et cuit à point, et j'estime, monsieur, que vous aurez fait un vrai repas.

— Oh! fit le Démon, prenant un air dégagé et

dissimulant son embarras sous une apparente indifférence, les femmes, les amourettes et tout ce qui
relève de la galanterie, c'est au fond bien peu de
chose! Ce qu'il y a de vraiment sérieux, — et ici je
cesse d'être pervers pour me livrer tout entier à ma
symphatie pour vous, — ce qu'il y a, dis-je, de
sérieux, ce sont les pures jouissances que vous
donne l'art si élevé de la Poésie, surtout lorsqu'il
est employé à chercher la vérité, à hâter le progrès
définitif, à engendrer le bien; car je suppose qu'un
grand artiste comme vous n'est pas un enfileur de
mots et un vain assembleur de rimes sonores!

— Monsieur, répliqua Baudelaire, ce piège-ci est
un peu grossier. Vous savez aussi bien que moi que
la poésie n'est ni la science ni la morale. Uniquement
préoccupée de créer le beau, elle n'a qu'Elle-même
pour objet, et *la Vérité n'a rien à faire avec les chansons*.

— Allons, fit le Démon piqué au vif, je vois que
décidément nous ne saurions nous entendre!

— Pourtant, dit Baudelaire avec une trompeuse
bonhomie, permettez-moi, à mon tour, de vous
donner un bon conseil. Si vous habitiez parmi nous,
il est hors de doute qu'avec vos raisonnements
captieux et la grande quantité de lieux-communs
relatifs à toutes sortes de sujets dont vous possédez
une ample provision, vous arriveriez à une haute
fortune littéraire et politique. N'avez-vous jamais
songé à quitter la société du *vieux monsieur* pour
vous établir sur la terre, où certainement vous
occuperiez une place distinguée dans les Revues,
dont les rédacteurs peuvent prétendre aux croix, à
l'Académie et à l'estime motivée de leurs concitoyens?

— Pardonnez-moi, dit le Démon, j'y ai songé, et
j'ai été arrêté par des considérations professionnelles
dont le secret ne m'appartient pas. Mais je vois que

vous désirez travailler; il ne me reste qu'à prendre congé de vous, en regrettant que vous ayez pu méconnaître la pureté de mes intentions.

— Monsieur, dit le poète, buvez un grog et fumez une dernière cigarette, pendant que je vais arranger ma table et couper mes feuillets de papier blanc; car vous savez que j'accomplis cette utile besogne avec un soin méthodique. »

Le Démon se mit à boire et à fumer silencieusement, cherchant encore s'il ne pourrait pas prendre en faute son adversaire, et trouver le défaut de son invincible cuirasse. Mais comme il ressassait en lui-même ses raisonnements spécieux, Baudelaire, cessant de faire manœuvrer le couteau à papier, reprit tout à coup la parole.

— « Monsieur, demanda-t-il brusquement au Démon, pardonnez-moi si ma question vous semble indiscrète, mais de vous à moi, êtes-vous bien sûr d'exister?

— Comment cela! fit le Démon abasourdi.

— Dame! reprit Baudelaire d'une voix extrêmement douce et câline, si vous êtes réellement l'Esprit de la Perversité, ce qui pour vous est pervers, en d'autres termes contraire à votre principe, c'est de penser d'une manière non conforme à la perversité, en cédant à des motifs justes et raisonnables. Mais si une fois vous vous laissez gouverner par le bon sens et par la justice, il n'y a aucune raison pour que vous ne leur obéissiez pas toujours; ce qui vous amène à être le contraire de vous-même, c'est-à-dire à ne pas exister, comme j'avais précisément l'honneur de vous le dire.

— Tête et sang! cria le Démon furieux, j'y renonce! Il n'y a rien à faire avec des gens comme vous, et j'en serai pour mes frais de voyage. Que Béchet emporte la logique et les logiciens! »

La belle Jeanne venait d'entrer et, chose humiliante pour lui, ne semblait pas du tout avoir aperçu cet énergumène. Gracieusement assise dans un fauteuil, elle travaillait à une tapisserie rehaussée de soie et d'or. Dans la chambre débarrassée et rangée par Thomy, le feu brillait, clair et joyeux, reflété dans les riches étoffes; les bougies des torchères étaient allumées, et Baudelaire, assis devant sa table, sous la lampe amie et tranquille, écrivait des vers. Comme il lisait ces mêmes vers dans la pensée du poète, et à mesure qu'ils y naissaient pouvait en constater la noble ordonnance et l'harmonique et virile facture, le Démon de la Perversité vit bien qu'en effet il n'avait rien à faire là. Violemment, il sauta en l'air et retomba couché sur le dos; puis, diminué rapidement, aplati à vue d'œil, et enfin devenu aussi mince qu'une feuille de papier pliée en quatre, il disparut par la fente très étroite ouverte sous la porte, avec la nette et impersonnelle rapidité d'un pli sans importance qu'on vient de jeter dans la boîte aux lettres.

XXVII

FEUILLETON DE THÉATRE

— « Non ! me disais-je en moi-même avec une imprudente joie, puisque je ne suis plus un juge, puisque j'ai brisé mon glaive inutile, puisque j'ai jeté aux orties ma robe et mon bonnet carré, puisque je ne suis plus condamné à dégager les mythes et les symboles cachés dans les vaudevilles, et à trouver chaque soir une idée dans une botte de foin, il me semble évident que rien ne me forcera à aller voir ce soir aux Variétés la première représentation de *La Pharmacienne adultère !* Il paraît que cette comédie a été enrichie d'une musique à mourir de rire, que madame Judic sera une épouse étonnante, baissant jusqu'aux genoux ses yeux amoureux avec une pudeur forcenée, et que Baron jouera le pharmacien avec un nez en trompette, qui est en effet une trompette ; grand bien leur fasse ! Pour moi, entièrement délivré de ces cruels plaisirs, je renonce à toi, Vaudeville, à tes pompes et à tes chefs-d'œuvre, et puisses-tu souffler dans ton agréable turlututu jusqu'à en mourir ! »

Ainsi, je prononçais des imprécations en pleine forêt de Fontainebleau, caressé par la brise, foulant sous mes pas les mousses veloutées, et m'enivrant de voir découpée sur le léger ciel la tendre, l'adorablement tendre verdure des feuilles de mai, qui foisonne et délicieusement frémit autour des vieilles branches noires.

J'étais venu de Marlotte jusqu'à la tragique et charmante Gorge-aux-Loups avec une colonie d'artistes, et de là les abandonnant à leurs études de paysage, plein d'un intime ravissement, je m'étais enfui sous les feuillées, sous les frondaisons, à travers les routes inconnues, fier de m'en aller sans savoir où, et de temps en temps voyant les Nymphes des bois passer et disparaître dans un frisson de lumière, tandis que je roulais une cigarette avec le long tabac doré et fauve rapporté de la Tunisie par Paul Ginisty.

Selon ma coutume, je m'étais complètement égaré, je ne savais plus du tout où j'étais; je me confiais au hasard pour me ramener à un moment donné chez l'aubergiste où l'on dîne, et toujours je m'en allais devant moi, heureux prisonnier de la forêt, qui me retenait charmé parmi ses roches, ses broussailles, ses eaux dormantes, ses antres farouches, ses troncs géants et ses clairs rideaux de verdure. J'avais marché pendant de longues heures, si bien qu'enfin j'avais vu le soleil se coucher dans la pourpre rose et violette, et le ciel se teindre de lilas clair et de safran, et la nuit tomber, et se lever la lune, qui par places glaçait d'argent les feuillages et le gazon, et qui, tour à tour cachée et dévoilée par les nuées, inondait alors le ciel de sa rafraîchissante clarté. Grisé de parfums, de liberté, de grand air, je savourais surtout avec une volupté féroce le plaisir de ne pas être aux Variétés dans ma stalle, et tout à coup, au milieu du vague silence et des murmures étouffés de la douce nuit, je m'écriai en laissant échapper de mes lèvres une bouffée de fumée odorante et bleue :

— «Ce qu'il y a de certain et de réjouissant, c'est que je n'écrirai plus jamais un feuilleton de théâtre !

— Si fait ! tu en écriras un, et plus tôt que tu ne penses ! » me dit une petite voix aimable, mutine et légèrement ironique, une voix pareille à celle du clair ruisseau et du feuillage froissé, qui d'ailleurs avait bien raison, puisque je suis précisément en train de faire ce qu'elle avait dit ; mais il faut reconnaître que j'y ai été amené par des circonstances tout à fait exceptionnelles et difficiles à prévoir. Qui m'avait parlé ? Ce fut, je crois, une petite branche verte que je vis se pencher vers moi dans la nuit alors devenue obscure ; mais au moment où le vent la rejeta en arrière, cette branche me fit plutôt l'effet d'être une svelte petite Fée, couronnée de feuillage, qui s'enfuyait dans l'ombre, après m'avoir durement renvoyé à mes moutons. Je marchai encore, pouvant à peine me diriger, tant il faisait noir ; mais enfin j'arrivai à une clairière où la lune tout à coup dévoilée à demi brillait entre les branches ; et je me trouvai en face d'un vrai théâtre, où je pus lire au-dessus de la scène ces mots écrits en lettres faites avec des lucioles : *Théâtre des Fées.*

J'allais me retirer discrètement, craignant d'être importun comme un Parisien qui prétendrait entrer à la Comédie-Française pendant une des représentations du mardi, mais un petit Sylphe-huissier, dont le costume se composait uniquement d'un habit noir à la française, et qui portait sur sa poitrine nue une chaîne d'argent, me dit avec une indulgente bonté :

— « Vous pouvez entrer, mon ami ; le spectacle est gratis pour les poètes et pour messieurs les enfants. »

J'entrai donc dans l'enceinte, qui d'ailleurs n'était fermée que par des bosquets d'églantiers en fleur

21

assez espacés, et entre lesquels on pouvait entrer et
sortir facilement ; surprise bien douce pour un spectateur encore meurtri par les strapontins et les
cruels tabourets de nos théâtres ! Avant de regarder
la scène, dont les coulisses étaient formées par des
arbres et par des rideaux de riches étoffes orientales, je fus surtout occupé du public ; car autour
de moi étaient debout, assises, envolées, couchées
sur des fleurs ou des coussins, mille Fées d'un ordre
inférieur.

Mais les grandes, les reines, les illustres occupaient les avant-scènes, les loges, les galeries, également construites de branches d'arbres fleuris et
d'étoffes de couleur divinement éteintes, jaune
soufre, bleu pâle, rose de Chine, lilas clair, brodées
de soie, d'argent et de pierreries. Mais les loges servaient bien plus à compléter l'architecture de la
salle qu'à abriter réellement les Fées, qui plus volontiers se tenaient en l'air, volant avec leurs ailes
de papillon, ou légèrement assises, ou simplement
appuyées sur un doigt au rebord de la galerie.
D'ailleurs elles changeaient continuellement de
place, allant de l'une à l'autre, comme de jeunes et
gracieux oiseaux, et se mêlant ou se dispersant, au
gré de leur voltigeante causerie.

Le Sylphe-huissier ne m'avait pas trompé en me
disant que messieurs les enfants étaient admis à ce
spectacle. Il y en avait beaucoup, dont les bonnes
faces joufflues et roses riaient sous leurs chapeaux à
plumes, et qui, en attendant la représentation, cro-
quaient des bonbons et des cerises, en ayant soin
de ne pas essuyer leurs mains sur leurs habits
blancs.

Il y avait aussi des poètes, d'abord ceux que vous
connaissez et qui vivent parmi nous, puis d'autres
aussi qui nous ont quittés déjà, mais qui étaient

revenus des Avalons et des Florides, exprès pour assister à la comédie. C'est ainsi que je reconnus le profil du chantre des *Nuits*, et la chevelure ambroisienne du grand Théo, et cet Apollon en exil, qui, en de si tendres et splendides poèmes d'amour, caressait tour à tour et égratignait la bien-aimée, et lui offrait, en y laissant parfois une épine, des roses au cœur pourpré, glorieusement teintes dans le sang de son cœur. Je vis aussi un ancien et divin rimeur, vêtu en empereur romain, qui se penchait amoureusement vers sa guerrière Cassandre, et un grand diable d'écolier tout à fait pendu à une vraie potence, et qui, bien que pendu, n'en chantait pas moins sa *Ballade aux Enfants perdus* ou celle de *la Grosse Margot*. Et aussi quelques femmes au regard inspiré et profond, dont la plus belle avait le front couronné d'un noir laurier.

Quant aux critiques, il avait été impossible de les avoir, parce qu'ils étaient retenus à Paris par la représentation de *La Pharmacienne adultère*. Mais pour remédier à leur absence malencontreuse, les Fées avaient eu l'idée de grimer de petits génies à leur ressemblance, et si exactement que l'illusion aurait été complète, si la gravité du masque n'eût été démentie par la tournure enfantine de ces journalistes par occasion. L'un d'eux s'était dessiné de noirs sourcils et s'était fait une face barbue et socratique très-réussie. Il était gentiment serré dans sa redingote à deux rangs de boutons; mais il avait été impossible d'obtenir de lui qu'il mit des culottes. Quant à ses petits pieds, il les avait chaussés de souliers de satin rose à bouffettes; mais il jouait son rôle à merveille, et ne riait pas du tout en parlant de *la scène à faire*.

Un autre, tout en chevelure, avait caché sa petite bouche sous une longue moustache de chef gaulois.

Un autre, pour ressembler littérairement à son modèle, n'avait qu'à laisser tomber de ses lèvres, chaque fois qu'il parlait, des tas de rubis, de diamants, de saphirs et d'escarboucles. Par exemple, on n'avait pu le décider à adopter le costume moderne. Ce fantasque lutin s'était obstiné à prétendre que, bien qu'il eût à représenter un écrivain contemporain, il le rappellerait bien plus fidèlement en étant vêtu comme un prince italien du XVIᵉ siècle. Un autre enfin, grimé à l'image de l'infatigable critique qui doit écrire et corriger son article le soir même, assistait à la représentation dans sa voiture tout attelée, prête à l'emporter vers la féroce imprimerie, toujours altérée et saoule comme les tonneaux sans fond des pâles Danaïdes.

Les trois coups furent frappés, et alors s'éleva une musique d'un sentiment pénétrant, qui tout de suite s'empara des âmes des spectateurs, les rassembla et les mit dans l'état où peut les vouloir le poète. En l'écoutant, je vis bien comme on a eu tort de supprimer l'orchestre dans nos théâtres, où les spectateurs parlent de choses et d'autres, et tout-à-coup, sans transition, doivent écouter les sanglots de Chimène ou les tristes plaintes de Phèdre. Cette musique, d'ailleurs, devait durer pendant tout le spectacle, le mélodrame étant en somme au théâtre la forme la plus parfaite qui ait été encore trouvée. Elle n'était pas exécutée par des virtuoses invisibles, parce que rien n'est inquiétant comme de ne pas du tout voir les gens à qui on a affaire; mais vaguement estompés dans une claire vapeur, les musiciens paraissaient et disparaissaient tour à tour, et parfois seulement, la lumière, vite accrochée, laissait voir une prunelle, un bout de chevelure, un hautbois, une cymbale, le coin doré d'un luth. Souvent aussi ces artistes laissaient parler à leur place le ruisseau, la brise, le rossignol, la fauvette à tête noire, ou la grande et mystérieuse Lyre qui frissonne dans les bois.

Le rideau ne se leva pas, mais se dissipa, car c'était un rideau de vraies et pâles nuées, et je pus admirer le décor, qui n'était ni une toile peinte, ni, comme Georges Sand le suppose grossièrement dans *Le Château des Désertes*, un assemblage incohérent d'objets réels, mais bien au contraire une vague et flottante illusion, qui surtout montrait au spectateur ce qu'il voulait voir, et permettait que ce qui était pour l'un un palais aux nobles architectures fût pour l'autre une clairière déserte ou un jardin de délices.

L'éclairage de la scène était varié, divers et changeant, comme la musique. Tantôt c'étaient des troupes de feux-follets et de lucioles, tantôt des chandelles que mouchait un moucheur, pour honorer les origines de la comédie, tantôt des flambeaux que portaient des Nymphes demi-nues ou des nègres vêtus d'écarlate, tantôt un lustre fait de blanches étoiles incendiées, qui descendait des frises, pour éclairer principalement les paysages et les endroits où il ne peut pas y avoir de lustres. Quant aux comédiens, sans cesse transformés et renouvelés, comme c'étaient des Fées et des Génies, sans quitter la scène, ils passaient d'un rôle à un autre; mais au lieu de subir ce qu'on appelle au théâtre un changement de costume à vue, et qui consiste à déboutonner des nippes que la main du machiniste entraîne dans un trapillon, tout en eux se transfigurait en effet; non-seulement le costume, mais aussi le corps et le visage, sans pourtant qu'ils devinssent méconnaissables, car, pour nous amuser et nous ravir, une surprise ne doit jamais être complète, et ne doit pas casser brutalement le fil qui nous guide à travers les enchantements du labyrinthe poétique.

21.

Il faut bien que je finisse par parler de ce qu'on jouait, puisque tel est précisément l'objet de ce feuilleton, pour lequel j'ai été spécialement engagé. Mais avant d'entamer cette analyse fidèlement exacte, je dois faire comprendre que les acteurs du Théâtre des Fées ne s'astreignaient pas à s'emprisonner dans une comédie unique, dont il faut, coûte que coûte, subir jusqu'au bout l'affabulation, mais au contraire voulaient que leur spectacle se comportât comme notre pensée elle-même, où une vision en évoque une autre, et qui au bout d'un instant se trouve quelquefois à mille lieues de son point de départ. D'ailleurs, pour éviter au spectateur toute fatigue, les scènes étaient coupées par des divertissements et des intermèdes qui n'avaient avec elles aucun rapport, ou qui d'autres fois en reproduisaient fidèlement l'esprit. Il y avait un clown qui venait quand il voulait et disait ce qui lui passait par la tête, puis des cortèges de marionnettes, et comme au Châtelet dans *Michel Strogoff*, des défilés de cuirassiers de plomb, et aussi comme au Trocadéro et comme dans tout les salons parisiens, un petit Ariel cadet à la face longue et joyeuse, à la bouche ouverte en hauteur, qui était nu, vêtu seulement d'un habit noir, et venait. D'abord, il disait des monologues, où il était question de n'importe quoi; mais au bout d'un moment, il prenait le parti de ne plus rien dire du tout. Il continuait à être le Monologue, virtuellement, par la force de son génie, et en se bornant uniquement à avoir lieu. Mais un point rose sur sa lèvre et une étincelle dans ses yeux racontaient de si drôles de choses que toute l'assemblée riait follement de ce qu'il aurait pu dire, et qu'il aurait dit évidemment, s'il l'avait voulu.

Mais la comédie? C'était d'abord l'enfant Chérubin, aux airs de fille, avec l'ardeur, la flamme, la

gentillesse, la délirante folie de ses TREIZE ans,
(voyez Beaumarchais, préface du *Mariage*,) qui conte
sa peine aux échos, et qui baise la brise errante, le
flot des sources et mord l'écorce des jeunes arbres!
Le voilà disant, chantant son divin martyre, beau
comme un ange, et seul, sans les Rosine, les Suzanne et les Fanchette que son regard enflammé
cherche sous les ombres des feuilles : car n'est-il
pas à lui seul un poème et une comédie tout entière?
Ensuite il y eut la scène des quatre Arlequins muets,
qui jouent de la guitare sous le balcon d'Isabelle,
avec des gestes et des grimaces si comiques et bouf-
fons qu'en les regardant on ne peut se tenir de rire.
Ensuite l'ode dialoguée d'Horace : *Tant que j'ai su*
te plaire, que récitaient deux acteurs merveilleux.
Et comment? En quelle langue? Dans toutes les
langues; car cette histoire éternelle de tous les
amants, chacun l'entend comme elle résonne dans
son propre cœur, et Lydia n'a pas besoin de parler
en latin pour que le beau mot CLARIOR éclate dans
sa voix orgueilleuse et charmée, comme un cri de
trompette! Puis ce fut un jardin de Watteau, dans
lequel, sur la barque pavoisée de fleurs, les martyrs
de l'amour s'embarquaient pour la triste et folle
Cythère. On y voyait Silvia qui aimait son valet Do-
rante, devinant bien qu'il était un seigneur déguisé,
et cependant comme on marche à côté d'un abîme,
éprouvant une agaçante et attirante joie à penser
qu'il aurait pu être en effet un vrai valet. Après eux,
on voyait un Satan en habit gorge-de-pigeon cour-
tisant Alix et Blancheflor, et mademoiselle de Mau-
pin en habit de garçon, puis Colombine lutinant un
noir Scaramouche et un Mezzetin rose.

Puis, la scène changeait, et devenait une forêt où
Orlando et Rosalinde faisaient de l'esprit en ayant
le cœur brûlé d'amour. Puis elle devint un paysage

douloureux et triste avec un lac gémissant, auprès duquel on entendait, dites par quelqu'un d'invisible, les déchirantes strophes de *L'Intermezzo : De mes grands chagrins je fais de petites chansons ; elles agitent leur plumage sonore et prennent leur vol vers le cœur de ma bien-aimée.* Oui, par quelqu'un d'invisible, car elles doivent rester une voix et un chant mystérieux ; mais tandis qu'elles étaient dites avec la musique suave qu'elles contiennent en elles, seule en scène, l'ombre plaintive du grand Deburau, blanche comme le lys et comme l'aile de neige des cygnes, en mimait, oh ! avec quelle enivrante, avec quelle subtile délicatesse ! les idéales et tendres ironies : *Elles en trouvent le chemin, puis elles reviennent et se plaignent ; elles se plaignent et ne veulent pas dire ce qu'elles ont vu dans son cœur.* Et tandis que le doux Pierrot mimait cette cruelle chanson, l'Ane que Watteau a mêlé aux comédiens italiens le regardait, pensif, avec une prunelle humaine.

Puis vinrent le duc d'Athènes et la reine des Amazones, Héléna et Hermia et leurs amants, et Flûte, Lecoing, Étriqué, Meurt de Faim, Groin et Bottom, avec sa tête d'âne. Il croyait que, comme autrefois, la reine Titania allait baiser sa tête ridicule, et même, dans sa folie, il se croyait devenu académicien, et il disait : « Baise, ô reine chérie, baise ton petit académicien ! » Mais ce n'est pas tous les jours fête ; bien loin de le pomponner, Titania et toutes les Fées, ainsi que Robin Bonenfant, Phalène, Toile d'Araignée et Grain de Moutarde, avaient envahi la scène pour le houspiller comme il faut avec des branches d'églantier. Puis la scène avait disparu et aussi les spectateurs, et nos chers bien-aimés, chassés par le matin naissant !

Il ne restait plus que les Fées, dont jusqu'au lointain les chastes danses s'enfuyaient, et peu à peu

diminuaient et se vaporisaient dans la tendre clarté
bleue. Enfin tout s'évanouit; seul, un bon monsieur
Sylphe avait eu l'obligeance de rester, pour me remettre dans mon chemin. A grands pas, je me diri-
geai vers l'auberge, où je savais trouver dans une
armoire à moi connue une bouteille de beaujolais et
un jambon fumé à la chair brune et rose. Je n'avais
pas de temps à perdre pour souper de bon appétit et
dormir un peu, et je songeais, non sans une certaine
inquiétude, que l'ordre des Fées devait être obéi et
que j'avais mon feuilleton à faire.

XXVIII

PARFAIT AMOUR

Anatole Passeron, dont la destinée s'est depuis lors métamorphosée du tout au tout, était, il y a quelques années, un de ces spirituels dessinateurs qui dépensent dans les journaux à images des trésors de verve, d'invention et de folie. Il excellait à représenter les scènes de haute vie, les bals, les soirées du grand monde, les baigneuses de Trouville, les belles à grand spectacle, les gentilshommes voués à la mode excessive, et ses dessins coloriés attiraient le regard par la fougue de leur allure, aussi bien que par leurs taches d'une hardiesse effrénée et splendide. Mais parfois aussi Anatole prenait la brosse du peintre, et étudiait alors la vie en plein air avec la délicatesse raffinée d'un coloriste. Il savait comprendre et exprimer avec une intensité pleine de passion et de rêves le poème que réalisent le visage, les attitudes et les toilettes des Parisiennes assises dans les Tuileries, et en égarant dans les allées du bois une irréprochable amazone, la montrer flattée et caressée par les invisibles caresses de l'atmosphère. Quelques portraits d'homme, où Passeron avait traduit l'élégance moderne dans un sentiment original et juste, avaient été d'autant plus fêtés que l'artiste lui-même ressemblait à ses

modèles, et aurait offert la parfaite image de ces
jeunes rois de la vie heureuse, si une chevelure beaucoup trop longue et de légères moustaches, retrous-
sées infiniment plus qu'il ne convient, ne l'eussent
rattaché aux traditions abolies du romantisme, en
lui donnant l'air conquérant d'un raffiné du temps
de Louis XIII.

Enfin, Anatole Passeron avait mille raisons pour
vouloir devenir un véritable artiste, car il aimait et
il était aimé! C'était dans la maison même où il
habitait, rue de Fleurus, et où son modeste atelier
s'ouvrait sous le ciel, qu'il avait connu mademoiselle
Noémi de Zasses, pauvre comme lui, mais dont
l'étrange et divine beauté était de celles qui en
tout pays doivent même d'une fille sans dot faire
une grande dame.

Noémi était née dans l'Inde, où son père s'était
marié par amour et avait gagné des millions. De
retour en France, il avait été ruiné par des désastres
financiers, et en mourant il avait laissé sa veuve
sans ressources. Madame de Zasses et sa fille vivaient
en raccommodant avec un merveilleux talent les
dentelles, les broderies et les étoffes anciennes;
mais, pour Noémi comme pour sa mère, cette humble
existence semblait comme un sacrilège du sort, et,
malgré leur résignation souriante, on ne pouvait se
figurer ces deux femmes autrement que sous des
ajustements superbes et au milieu des éblouissantes
clartés d'un luxe royal. Avec ses beaux traits orien-
taux, sa pâleur olivâtre au reflet lumineux et presque
vert, son nez droit, ses longues paupières, ses chaudes prunelles, sa bouche en arc et ses cheveux d'un
noir bleu, Noémi ressemblait à une de ces déesses
que célèbre la poésie indienne, et qui dans leur
main blonde comme l'or tiennent une fleur de lotus.
Elle était vraiment un rêve de peintre, et c'est pour

elle qu'Anatole Passeron tâchait d'être un peintre, travaillant et luttant dans le petit atelier où parfois elle daignait entrer un instant avec sa mère, et qu'en partant elle laissait comme éclairé et vivifié par sa chère présence.

Et pour savoir au juste s'il avait bien ou mal fait, Anatole n'avait nul besoin de consulter la rumeur publique ou le jugement de ses amis. Noémi était sa conscience vivante, et, avec le sûr instinct virginal d'un esprit que nulle mauvaise pensée n'a troublé, l'approuvait ou le condamnait en dernier ressort. Si le peintre avait obéi sincèrement à sa nature, si même en ses dessins frivoles il avait su garder l'ardeur de la vie et le sentiment de l'art, s'il avait été lui-même, il trouvait sa récompense dans les yeux de la jeune fille tranquille et satisfaite. Mais s'il cherchait un succès de mauvais aloi et s'égarait dans des idées compliquées et littéraires, il la voyait triste, et comprenait alors qu'il avait fait fausse route.

Avant de connaître mademoiselle de Zasses, Anatole avait parfois de la tendance à la bouffonnerie, aux légendes prétentieuses ; en lui, comme chez beaucoup de jeunes peintres, il y avait du rapin et du cabotin, et volontiers il s'amusait à se costumer dans l'atelier pour ses amis, à jouer des scènes, à faire des imitations d'acteurs. Il lui avait suffi de voir Noémi pour comprendre l'infirmité de ces viles pantalonnades, et pour se rappeler que le plus léger croquis doit vibrer d'une façon rhythmique, et avoir sa beauté, comme un poème. Mais qui ne court sans cesse la chance de succomber à un danger mille fois évité, et de retomber dans son péché d'habitude ?

Un matin de printemps, par un de ces cruels soleils de mai qui dans la ville de pierre nous accablent, et nous conseillent tant de sottises, Anatole,

en passant dans la rue de Seine devant la boutique
d'un épicier-liquoriste, fut à la fois attiré et stupéfié
par un objet inouï, et ne put s'empêcher de le contempler avec une horreur qui allait jusqu'au ravissement. C'était un flacon en verre creux, moulé de façon à représenter le buste de monsieur Thiers, et
que le distillateur avait empli de la liqueur appelée :
parfait amour! L'épaisse liqueur rouge animait ce
ridicule estampage, faisait flamboyer la lèvre, allu-
mait la prunelle, et donnait à cette froide effigie une
abominable réalité chimérique.

Anatole commença par se demander qui pourrait
être assez insensé pour acheter une telle chose absurde, puis, hypnotisé par l'éclat rouge et rose de la
liqueur. striée de soleil, s'amusa à penser combien
il serait comique et fabuleux d'avoir chez soi ce patriotique flacon de *parfait amour*. Bref, enivré par
l'idée de commettre une action qui n'avait pas le
sens commun, il l'acheta et l'emporta dans son atelier, où il l'installa triomphalement sur une vieille
console dorée, entre deux flambeaux Louis XV,
puis, sans y songer davantage, se mit à travailler.

Mais s'il avait oublié le flacon à figure humaine, il
faut croire que le flacon, lui, ne l'avait pas oublié :
car nulle action n'est indifférente! Tandis qu'Anatole laissait courir sur le bristol sa plume trempée
dans l'encre de Chine, le buste transparent et rouge
ne le quittait pas des yeux, le regardait fixement et
sans doute lui communiquait les plus détestables
inspirations. Quoi qu'il en soit, tout ce qu'il y avait
de plat et de *non artiste* dans les recoins de l'âme
d'Anatole Passeron reparut et s'étendit comme une
tache d'huile. A quelques jours de là, on put voir
dans son journal : *Paris vivant*, le commencement
d'une série où il avait représenté avec un minutieux
amour, en des dessins exécutés sans flamme, à petits

22

traits astucieux et sournois, des bourgeois chauves,
ventrus, obèses, maigres, tortus, occupés de riens et
diseurs de riens, non, comme par le crayon d'un
Daumier, saisis dans un mouvement initial et rapide,
mais suivis dans la microscopique niaiserie de leur
pensée, et surtout parlant! car sous ses dessins Passeron avait écrit des légendes de plus en plus longues, cherchant la très petite bête, et à mesure que
son crayon était moins éloquent, devenant plus ba-
vard.

Ces images étaient vraies sans doute, d'une détestable vérité indifférente et quelconque, mais sans
aucun de ces traits hardis et généralisés qui gran-
dissent le dessinateur de mœurs et font de lui un
historien. Elles étaient vraies comme le geste des
gens qui tournent leurs pouces, et comme la conversation des imbéciles qui causent de la pluie et du
beau temps, vraies à justifier l'exclamation de ce
prince qui, voyant un tableau où l'artiste avait fait
sortir d'un vilain puits une Vérité mal construite,
lui dit avec un geste de profond ennui : « Oh! de
grâce, monsieur, donnez-moi une déesse Mensonge
qui ait les jambes bien faites! »

Un jour, quoiqu'il s'appliquât et procédât avec
lenteur, Anatole avait dessiné un si grand nombre
de ces petits groupes loquaces et tâtillons, que vers
le soir il s'était presque endormi sur sa chaise, en
faisant le geste machinal de tremper sa plume dans
le godet d'encre de Chine. A ce moment-là, s'agitant
et sautant de meuble en meuble, comme un homme
qui saute à cloche-pied, le buste de monsieur Thiers,
en verre creux rempli de *parfait amour*, arriva jusque
sur sa table, et lui dit d'une petite voix de verre fêlé,
aiguë et ironique :

— « Je suis le génie de la Bourgeoisie et je te dis
ceci : Anatole Passeron! ne touche pas au Bourgeois,

parce que, si tu y touches, le Bourgeois te dévorera, et tu deviendras bourgeois toi-même. »

Anatole crut avoir rêvé, mais il s'en fallait de tout; rien n'était plus vrai que cette prédiction implacable, et à partir de ce moment-là, le dessinateur dégringola sur la pente du mauvais art, comme sur une montagne russe. La première fois qu'il rencontra dans l'escalier mademoiselle de Zasses, à la tristesse, à la sévérité de son regard, il comprit qu'il ne devait pas lui parler, mais il ne devina pas qu'il ne lui parlerait plus jamais! Emile Bruni, le directeur très artiste du *Paris vivant*, n'aimait guère la nouvelle manière de Passeron ; seulement il ne put rien dire, parce que le succès de ses *Bourgeois* fut immense. Toutefois, la clientèle du journal s'était déplacée, et les acheteurs nouveaux furent des bourgeois, qui avec l'instinct sûr de l'animal, se sentirent caricaturés sans haine par un homme destiné à devenir un des leurs.

Devenu de plus en plus littéraire, Anatole, avec ses dessins et ses légendes amplifiés, composait des scènes qu'il jouait dans les ateliers, et avec des imitations de voix et de faux-cols, ressuscitait Monnier, mais sans fantaisie. On parla beaucoup de ces intermèdes, dont le bruit se répandit même dans le monde honnête, si bien que Passeron se trouva de par leur célébrité raccommodé, après une longue brouille, avec son oncle, le riche droguiste Pierre Malus, et ce négociant vint le prier de vouloir bien jouer ses scènes, après un dîner, chez le peaussier Batillat, qui mariait sa fille Adèle. Anatole consentit, heureux de montrer ses talents, et composa même pour le dessert une chanson dans le genre Béranger, avec le couplet sentimental, le couplet satirique, le couplet amoureux, le couplet bachique et le couplet patriotique, croyant encore se moquer de Béranger et des bourgeois ; mais c'était le dernier éclair d'un flambeau prêt à s'éteindre.

Acclamé chez le peaussier où la mariée l'embrassa, il continua les mêmes exercices chez les amis de ce bon vivant, et chez le quincaillier Baratin, chez Haby, le marchand de soies grèges, chez Portejoie, le marchand de rouenneries, il n'y eut pas de bonne fête si Passeron n'y jouait ses *Scènes bourgeoises*. Bientôt, ennuyé d'arranger en toupet sa longue chevelure et de relever le faux-col au moment de faire sa parade, il trouva plus commode de couper ses cheveux et ses moustaches, de laisser pousser ses favoris et de porter des cols très hauts et des vêtements amples, afin de ressembler à ses héros.

Comme si la nature voulait se prêter à son caprice, ses cheveux s'éclaircirent, tombèrent presque entièrement, son ventre se développa, et au bout de très peu de temps, il se trouva parfaitement identique à ceux qu'il prétendait imiter. Le peaussier Batillat, dont les affaires avaient prospéré et dont la vie s'écoulait en festins, ne pouvait plus se passer d'Anatole Passeron, qui lui-même s'était acoquiné à la bonne cuisine de ménage du quartier Saint-Denis. Il lui offrit carrément la main de sa seconde fille Adélaïde, avec deux cent mille francs de dot, et l'artiste accepta d'autant plus facilement que cette grande et mince personne était très jolie.

Svelte, trop svelte peut-être, elle plaisait par ses yeux bleus et par ses doux cheveux blonds, et l'aimable régularité de ses traits un peu ténus était assez séduisante pour empêcher de remarquer une tache de vin presque effacée et des taches de rousseur très peu visibles, qui donnaient même de l'accent à son doux et placide visage.

A la mairie où fut célébré le mariage, Anatole vit avec un douloureux étonnement que l'officier de

l'état civil, sur qui on semblait avoir passé à l'aquarelle un ton uni, de couleur rouge, était la vivante
reproduction du buste en verre creux de monsieur
Thiers, rempli de *parfait amour*, et que les habits
même de ce fonctionnaire affectaient la même colo-
ration, de façon à former une détestable et parfaite
harmonie. Le dessinateur sentit alors en lui comme
un dernier mouvement de révolte; il eut envie de
tout planter là, de retourner à son atelier et à ses
anciens dessins excessifs. Ce qui contribua à l'exaspérer, c'est que, comme il faisait très chaud, le maire
essuyait soigneusement avec un foulard son front
où perlaient des gouttes d'une sueur pourprée, tout
à fait semblable à des gouttes de *parfait amour*.
Un tel procédé lui parut tout à fait inacceptable;
mais, comme personne n'avait remarqué cet incident, Anatole n'osa se plaindre. D'ailleurs il était
complètement pris par les coulis et les quenelles de
la cuisinière des Batillat, cette moustachue et robuste
Marguerite, dont les matelotes de saumon aux œufs
de carpe eussent ressuscité Brillat-Savarin, et il ne
fit pas mine de s'apercevoir que monsieur le maire
avait éponsé des gouttes de *parfait amour* sur sa
tête transparente et rose.

Peu de temps après que fut conclue cette union,
Anatole Passeron, gourmand et paresseux, se fût
tout à fait engourdi dans l'édredon moelleux du
bien-être, si son beau-père, lui faisant comprendre
qu'il devait travailler à augmenter sa fortune, n'eût
obtenu pour lui une belle place, qui se trouvait vacante dans l'administration des Pompes Funèbres.
Dans cette nouvelle fonction, qui lui permit de sin-
ger d'après nature les employés et les croque-morts,
Anatole se trouva extrêmement heureux, même
lorsqu'il vit sa femme Adélaïde changer et se transfigurer à vue d'œil. En effet, diminuant de jour en

22.

jour, elle était devenue plus grande encore, démesurément mince, sa tête se rapetissait et ses traits
s'étaient effacés.

Passeron eut bientôt le mot de cette énigme, car
une nuit qu'il ne dormait pas et qu'un rayon de lune
éclairait sa chambre, il vit le buste de M. Thiers, à qui
des bras et des mains en verre creux avaient poussé
spontanément, venir modeler et repétrir Adélaïde.
Ténue comme une baguette, elle n'avait plus de
traits pour ainsi dire; ses blonds cheveux, ses prunelles glauques et ses lèvres avaient pâli, en même
temps que sa tache de vin et ses taches de rousseur
avaient pris une couleur foncée et définie, si bien
que maintenant elle ressemblait tout à fait à une
asperge. Anatole aurait dû se précipiter avec fureur
sur le génie de la Bourgeoisie, mais il n'en fit rien;
enfoncé dans sa tranquille béatitude, il ne sentait
aucune velléité d'opposition, et trouvait bon que sa
femme fût pareille à une asperge.

Il n'éprouva même aucun chagrin et n'eut pas
l'ombre d'un regret, lorsqu'au Bois il vit passer en
calèche, dans la gloire de son triomphe et entourée
de mille adorations, son ancienne amie mademoiselle
de Zasses, mariée au jeune duc d'Estelan, vingt fois
millionnaire, devenue une des plus grandes dames
parisiennes, et qui sous sa noire chevelure avait la
splendeur d'un beau marbre doré par le fauve soleil.
Anatole Passeron ne se souvient plus de l'avoir
aimée, et il est heureux.

Il a connu la gloire littéraire. Ses *Scènes bourgeoises*, qu'il a lui-même illustrées de dessins, ont
été réunies en un volume, et lui ont valu le ruban
violet d'officier d'académie. En quelques années, sa
femme lui a donné plusieurs enfants très longs,
garçons et filles, qui ont tout à fait l'air de petites
asperges, et que, par un consentement tacite, il

habille volontiers de vert, de violet tendre et de
blanc verdâtre, avec des cravates rose pâle. Il excelle
toujours à imiter les banales et interminables conversations des rentiers et des dames, les discours
des portiers et des nourrices, et les dialogues politiques ; mais ses *Scènes*, depuis longtemps ressassées,
n'amusent plus personne, et ses imitations d'acteurs
font long feu, notamment celle de Sarah Bernhardt,
que Batillat et Portejoie considèrent comme tout à
fait manquée. Pourtant on les lui demande encore
quelquefois par complaisance.

Entre temps, l'être adroit de ses mains et bon à
tout faire, le Robinson Crusoé qui existe en germe
dans tout artiste s'est développé en lui. Dans son
entourage, il raccorde, recolle et rafistole les bibelots, raccommode les lorgnettes, les éventails, les
petits joyaux, les albums de photographies, et peint
des hirondelles sur les boîtes de bonbons pour
baptême. Quelquefois même, pour rendre service,
il pose les rideaux et les sonnettes, et à son loisir
il brode en soie, pour Batillat et pour ses belles-
sœurs, des bretelles, des ceintures et des calepins à
cartes de visite. Il s'est habitué à aimer la liqueur
contenue dans le flacon auquel il a dû sa conversion
et sa fortune. Au dessert, il la boit par très nombreux
petits verres ; il la renouvelle chez un distillateur-
liquoriste qui le fournit de confiance, et quand il
n'y a plus de *parfait amour* dans le buste de monsieur Thiers, il en remet !

XXIX

CHRONIQUE PARISIENNE.

Ce n'est pas une des moindres singularités du temps où nous vivons que le plus raffiné des salons parisiens ait pu être fondé à Versailles, et y persister même après que les Chambres ont déserté cette belle ville endormie, galvanisée un instant et redevenue morte, depuis que les députés graciés de leur exil ont cessé de lui communiquer une vie factice. Ce salon est, comme on le sait, celui de madame Eugénie Claraz. L'illustre homme d'État dont elle est veuve existait encore lorsqu'elle sut y attirer et y retenir par sa grâce les notabilités de tous les partis, et ce paradis de bibelots rares, de tableaux modernes et de précieuses étoffes orientales fut d'abord consacré à la politique.

On y a organisé les élections, inventé des diplomates, fait et défait les cabinets, et tenu la queue de la poêle parlementaire. Mais madame Claraz, une fois seule, n'a pas tardé à incliner vers des plaisirs plus littéraires. On voit chez elle tous les coryphées du *Journal des Débats* et de la *Revue des Deux-Mondes*, et après avoir nommé des préfets, elle nomme des académiciens, ce qui l'amuse infiniment plus, car il y a tout agrément à faire mouvoir des marionnettes à qui le Verbe appartient, et qui, si elles le veulent, ont le droit de nous empêcher d'appeler un chat : un chat.

Les amis de madame Claraz l'ont souvent pressée de revenir à Paris ; mais quand il s'agit d'accomplir ce coup d'État, ils hésitent eux-mêmes, arrêtés par le charme d'une des plus jolies maisons bâties sous le règne de Louis XVI, et dont les exquises sculptures rappellent celle de Trianon. A part une série d'appartements dont l'ornementation légère et pure ne saurait être égalée, comment la dame de ce riant séjour trouverait-elle à Paris un jardin pareil au sien, qui dans la rue des Réservoirs touche au parc, et ombrage ses tapis d'herbe, ses grottes et ses bassins animés par de belles figures, d'arbres deux fois centenaires ?

Par un arrangement pareil à celui qu'on admirait il y a quelques années à l'hôtel de la rue de Courcelles habité alors par la princesse Mathilde, un habile artiste a récemment ajouté à la maison, et pris sur le jardin même, une vaste pièce couverte en vitres, à la fois salon et serre, où non seulement on voit mêlées aux canapés de soie et aux tables à ouvrage les grandes plantes des tropiques, mais où l'architecte a enfermé une allée avec ses arbres et ses fleurs, dont la terre circonscrite par les tapis jette sa belle note noire au milieu de leurs brillantes couleurs, et, avec un ragoût des plus séduisants, oppose ses fleurs de pourpre vivante au capricieux éclat des fleurs chimériques.

On aime ce charmant palais, où l'accueil est délicieusement affable, et où l'œil ne rencontre pas une image médiocre ni un meuble vulgaire, et il n'en est pas où plus volontiers se réunissent les plus belles personnes et les hommes les plus spirituels du monde. Cependant, il faut bien le dire, ce *tout Paris*

fut frappé d'une explicable terreur, lorsque furent
envoyées les cartes d'invitation, annonçant qu'à dix
jours de là, à neuf heures du soir, l'académicien
Joseph Mure lirait lui-même, chez madame Claraz,
sa comédie moderne en habit noir, intitulée *L'Ombre
de l'Amour*. On connaissait déjà par de nombreuses
indiscrétions cette pièce ténue, délicate, insaisissable, pleine de fines allusions aux recherches d'un
monde très particulier, occupé à distiller d'infinité-
simales quintessences de sentiment. Elle avait dû
être jouée au Théâtre-Français ; mais des analogies
évidentes, quoique très lointaines avec une œuvre
qui en ce moment même obtient un légitime succès
de vogue, en avaient fait ajourner indéfiniment la
représentation, et c'est pourquoi l'auteur voulait en
donner la primeur à un public qui non seulement
produit des célébrités nouvelles, mais s'entend aussi
à redorer les réputations déjà faites.

Le talent vaporeux et minutieux de Joseph Mure,
qui cherche en prose les impressions fugitives et les
nuances de nuances, comme Sainte-Beuve les ima-
ginait en vers, ne manque pas d'une saveur inquiétante. Parfois on se plaît aux complications de cet
art tendrement chinois ; et près du feu, en attendant
l'heure de partir pour quelque soirée, on feuillette
avec plaisir une nouvelle alambiquée du maître en
joaillerie platonique. Mais la lecture de *L'Ombre de
l'Amour*, cela voulait dire quatre heures passées à
entendre de la prose cloisonnée, sans pouvoir fumer
une cigarette ! perspective qui fait reculer des hommes prêts à verser leur sang et à affronter les plus
invraisemblables dangers. Cependant, on ne peut
rien refuser à madame Eugénie Claraz ; mais les Parisiens, qui aiment à ouvrir un livre et à le fermer
quand ils le veulent, qui craignent les lectures
comme un chat échaudé craint l'eau froide et l'eau

chaude aussi, et qui, pour acquérir la résignation sous une forme visible, sont devenus fumeurs comme des Turcs, sentaient par avance un frisson dans leurs cheveux.

Pourvu qu'elles puissent porter des fleurs et des diamants et se montrer vêtues de soie blanche ou maïs, ou bleu pâle, ou rose de Chine, et sentir vivre sur elles les dentelles frémissantes, les femmes écoutent tout ce qu'on veut, et elles ont même le don particulier de s'intéresser à ce qui ne les intéresse pas, à la condition d'être belles à ce moment-là, et admirées, enviées, désirées en tant que belles, Mais pour les hommes, endosser leur habit noir ne saurait constituer une fête ; aussi les plus braves n'étaient pas exempts d'une certaine anxiété, et de leur main gantée avec soin tourmentaient dans leur poche le cahier de papier Job et la poche à tabac en cuir de Russie.

Cependant, comme une fois pris dans une mauvaise affaire il faut s'en tirer galamment, ils faisaient bonne contenance, et se proposaient de sourire le plus agréablement possible, pendant que le renard leur mordrait le ventre, ignorant qu'un dieu veillait sur eux, et au dernier moment étendrait sa protection inattendue sur le peuple de Gavarni et de Balzac !

Car je veux le dire tout de suite, sans aucune surprise charlatanesque, de même qu'un condamné à mort qui reçoit sa grâce sous le couperet, ce jour-là tout le monde fut sauvé, mais à la minute suprême, et après l'avoir échappée belle. Déjà l'ineffable Joseph Mure avait lu les noms de ses personnages et ses premières indications de scène, écrites en ces termes : « Le théâtre représente le salon de la marquise de Guerci, meublé avec un luxe énigmatique, transcendant et mystérieux. Au lever du rideau, Gontran, pâle, effacé, et qui semble porter des favoris blonds, regarde avec une pensée obscure mademoiselle d'Araman, distraitement occupée d'un ouvrage de broderie, et à qui il va dire un mot que le public pressent et devine sur ses lèvres. Berthe, hésitante, l'arrête comme d'un geste involontaire; et en même temps entre la duchesse de Tande, tenant dans sa main une rose effeuillée et mourante. »

Comme Joseph Murc en était là, le chimiste Montjan, presque centenaire, quitta sa place et alla à lui pour lui adresser un encouragement, qui était déjà une félicitation. On connaît ce vieillard qui, à l'Académie des Sciences comme à l'Académie Française, se tient à l'écart dans un sauvage silence, déjà comme envahi par l'ombre éternelle, et qui ne sort de son effrayant mutisme que pour lancer à ses collègues quelque imprécation farouche. Peut-être a-t-il été contemporain des Pharaons, et a-t-il connu personnellement les dieux à têtes d'éperviers. De fait, sa nomination à l'Institut remonte à des époques si reculées que tout le monde en a perdu la mémoire, et que la date en est laissée en blanc dans les meilleures histoires de l'Académie.

On prétend qu'il a renoncé à mourir, et qu'il persiste dans la vie grâce à un puissant élixir, dont il a appris le secret dans l'Inde et qu'il fabrique lui-même. En apparence du moins, l'auteur de *L'Ombre de l'Amour* avait trouvé grâce devant lui. Après lui avoir fait son compliment, il se tourna vers madame Claraz et gracieusement, comme un vieux lion échevelé qui s'efforcerait de souvenir :

— « Madame, lui dit-il, puisse votre maison devenir ce soir l'asile de la vraie Comédie!

— Ainsi soit-il ! » dit madame Claraz.

Parole dangereuse! car lorsqu'on s'adresse à un magicien, chaque mot prend une importance imprévue et décisive. L'aimable Parisienne avait à peine prononcé cet imprudent : « Ainsi soit-il! » qu'on entendit retentir au dehors un violent éclat de cymbales. Le toit de verre qui abritait le salon disparut, et aussitôt, roulant sur les blancs tapis et les envahissant, l'allée d'arbres et de fleurs s'amplifia et devint un vaste paysage où frissonnaient des ombrages noirs, où brillaient des lacs argentés, où se dressaient les charmilles de Le Nôtre bordées de blanches statues, comme si le parc de Versailles était soudainement entré dans la maison, et l'avait absorbée et noyée dans ses profondes verdures. En même temps que les meubles et les tentures de soie, les torchères et les lustres allumés avaient disparu ; mais les étoiles démesurément agrandies jetaient de vives clartés dans le ciel, et sous leurs rayons diamantés parut Thalia elle-même, folle, éperdue, couronnée de raisins, les joues barbouillées de lie, et choquant furieusement ses cymbales sonores.

Derrière elle venait une troupe de Bacchantes, de Mimallones et de Naïdes, portant sur leurs épaules des peaux de chevreuils encore sanglantes, agitant leurs tambours à grelots, la tunique fendue, les cheveux au vent, renversant leurs têtes sur leurs thyrses, et arrachant de leurs chevelures de petits serpents qu'elles lançaient contre les arbres, et qui devenaient des lierres aux feuilles aiguës! Lorsqu'elles s'enfuirent, suivies par les panthères et par les tigres familiers, on vit un vaste décor : ici un tréteau comique avec un lustre et des maisons aux toits rouges ; là une Sicile aux flots bleus ; plus loin des sources, des rocailles, des temples croulants ; puis des rues parisiennes, des maisons de bourgeois et de philosophes, autour desquelles passait Dorimène à la robe traînante, portée par un page noir.

Au lieu de prendre le temps d'être étonnés, les

23

Parisiens, avec un profond soupir de délivrance, avaient roulé et allumé leurs cigarettes, et accompagnaient les dames vers les allées fleuries, chacun suivant l'âme préférée, cependant que Joseph Mure, impassible, était resté à sa table couverte d'un tapis japonais, devant son verre d'eau sucrée, et au milieu de l'inattention générale, continuait à lire d'une voix flatteuse et académique : « Scène deux : Gontran, puis Adèle ! »

Cependant, toutes les comédies se jouaient à la fois ; car elles sont indivisibles, et n'existent qu'à la condition d'être multiples et désordonnées comme la nature. Sur le tréteau, tandis que le Barbouillé se tordait de rage en faisant grimacer son visage balafré d'une moustache peinte, le docteur objurguait Angélique, et lui criait en agitant effroyablement ses manches noires : « Tu es docteur quand tu veux ? Ouais ! je pense que tu es un plaisant docteur. Tu as la mine de suivre fort ton caprice ; des parties d'oraison, tu n'aimes que la conjonction ; des genres, que le masculin ; des déclinaisons, le génitif ; de la syntaxe, *mobile cum fixo,* et enfin de la quantité, tu n'aimes que le dactyle, *quia constat ex una longa et duabus brevibus!* » Des Mascarilles brûlés de soleil, arrivant du bagne d'Afrique, des Scapins aux barbes griffagnes, vêtus de blanc avec des quilles vertes, portant à la ceinture, en vrais gibiers de potence, leur bourse de cuir et leur coutelas, tâchaient d'enlever aux Trufaldins des Égyptiennes qu'ils avaient achetées, leur contaient mille bourdes, arrachaient à des vieillards des bourses pleines d'or et se déguisaient en Arméniens, tandis que Lélie se pavanait comme un oiseau dans son tonnelet tout ruisselant de rubans roses et couleur de feu. Dans le jardin de Cypre, orné de caisses de grenadiers et d'orangers, Amour récitait à Psyché ses madrigaux en vers

libres, et dans la riante Tempé, les princesses grec-
ques coquetaient avec leurs amants cuirassés en
empereurs romains, et pour leur parler, Vénus apparaissait, mille fois plus déesse en descendant de
sa machine que si elle eût jailli d'un vrai ciel; car
la Féerie n'étonne l'esprit qu'à la condition de montrer ses préparations et ses artifices.

Ici, sous un rayon de lune, resplendissait un sein
blanc, sur lequel l'homme grassouillet à l'œil lou-
che voulait jeter un mouchoir ; et la jeune veuve que
tout adore semblait avoir au coin de sa lèvre une
goutte de sang, comme si elle venait de manger et
de dévorer des cœurs. Valère rêvait près d'Ascagne
vêtue en garçon, ne comprenant pas quel trouble
jetait dans ses veines le sourire ambigu de ce jeune
cavalier. Puis venaient les Basques, les Poitevins,
les Mores chantants et dansants, Hali menant sa sé-
rénade pour la grecque Isidore, et le beau Myrtil,
amant de Mélicerte, dédaignant les charmes de
Daphné et de la trop aimable Eroxène. Au moment
où Eraste voulait rejoindre dans les Tuileries la belle
Orphise, il était arrêté par des joueurs de mail, par
des curieux, par de petits frondeurs qu'il fallait
chasser, et enfin par un jardinier et par des savetiers
et des savetières. Puis sur le théâtre, représentant
un jardin orné de Termes et de plusieurs jets d'eau,
et où les Dryades accouraient, accompagnées de
Faunes et de Satyres, une Naïade sortait des eaux
dans une coquille, et chantait la gloire de Louis,
vainqueur, Apollon et Soleil. Don Juan inclinait de
Charlotte à Mathurine sa blonde perruque parfumée,
et les deux Égyptiennes consultées par Sganarelle
lui disaient, en chantant et en dansant et en agitant
leurs tambours de basque : « Tu épouseras une
femme gentille, une femme gentille. Oui, une femme
qui sera chérie et aimée de tout le monde. Une

femme qui te fera beaucoup d'amis, mon bon monsieur, qui te fera beaucoup d'amis! »

Puis vinrent les médecins, latinistes, fagotiers, chantants, bègues, parlant avec volubilité, les médecins formant une si longue tache noire que tout en eût été obscurci et voilé, si ne fût venu ensuite Polichinelle poursuivi par les archers, et après eux une troupe de masques portant des crincrins et des tambours.

Puis tandis que le maigre bonhomme cachait dans son jardin sa chère cassette, et que dans un coin s'esclaffaient Eraste, et Nérine, et Sbrigani, et Lucette, la feinte Gasconne, et les Suisses, les curieux de spectacles, et le Pantalon, et les Biscayens, et les Sauvages, le pauvre Limosin fuyait les apothicaires, d'une course si effrénée et convulsive que des ailes s'en étaient ouvertes aux flancs de son fauteuil, et sous la nuit bleue il s'envolait au-dessus des ombrages de Versailles, comme un rapide oiseau chassé par une nuée de vautours. Et les apothicaires étaient devenus plus nombreux que les feuilles de la verte forêt. Les premiers étaient des géants, brandissant des seringues grosses comme des canons de siège, et dans la perspective immense et infinie, ils allaient toujours diminuant, élancés et volant dans le sombre ciel et se réfléchissant dans les pièces d'eau, si bien qu'au lointain les derniers n'étaient pas plus gros que des moineaux, et que leurs petites seringues bien astiquées, brillantes comme de l'argent, se confondaient dans le noir et vaste azur avec le blanc resplendissement des étoiles.

L'enchantement s'arrêta sur ce tableau final. Le grand paysage s'évanouit dans l'ombre, les allées reculèrent à leur place, le salon de madame Claraz reparut, les lustres se rallumèrent, et de nouveau les invités se trouvèrent réunis autour de l'académicien Joseph Mure, qui n'avait pas quitté sa place, et qui, croyant enfin tenir son public, continua sa lecture, et dit avec un aimable sourire : « Acte trois, scène deux : Gontran, puis Adhémar, puis Adèle. » Mais à ce moment-là, par erreur sans doute, le vieux valet de chambre à cheveux blancs vint ouvrir toutes grandes les portes du salon où le buffet était dressé. Les cavaliers s'empressèrent de conduire les dames autour de la table, et de leur faire servir le chocolat, le café glacé, le champagne et même les pâtisseries, qui furent accueillies avec plaisir, car excitées par les surprises du spectacle féerique, toutes les petites dents parisiennes avaient faim, et volontiers croquèrent les petits fours et les pâtes viennoises.

Mais je ne dois pas omettre un dernier incident. Il y avait dans un coin un jeune poète lyrique plein de génie, mais extrêmement pauvre, qui, bien entendu, avait été chassé des théâtres comme un pestiféré. Oui, pauvre ! on voyait qu'il l'était, à sa timidité, à sa pâleur, à ses yeux battus, à son habit noir trop neuf, au plastron de sa chemise non froissé et à ses gants sans tache, qui moulaient ses mains avec une perfection trop irréprochable. Tout à coup la déesse Thalia, qu'on croyait bien partie définitivement, rentra dans la salle et baisa ce chanteur sur les lèvres, puis disparut. Cette caresse de la Nymphe produisit un effet magique et inattendu, car aussitôt on vit s'approcher du poète un homme très mince, élégant, aux prunelles douces et à la légère barbe blanchissante.

— « Monsieur, lui dit-il, faites-moi la grâce d'écrire pour nous une comédie ! Mais je vous supplie de l'imaginer au point de vue purement poétique, ne vous souciant pas d'autre chose que d'amener de beaux morceaux, d'une musique pénétrante et sonore. Vous m'obligerez infiniment si vous voulez

23.

bien la mêler de vers lyriques, et si vous consentez à adopter pour le décor les changements à vue shakespeariens. Surtout, je vous exhorte à vous tenir dans l'ivresse du rêve et dans la pleine fantaisie! »

L'aube naissante faisait pâlir les bougies, lorsque les invités de madame Claraz se retirèrent. — « Mon cher ami, dit le journaliste Sisley à son collègue Ammone, tout cela passe réellement l'imagination...

— Pas du tout, répondit le sceptique Ammone. Ce que nous avons vu n'est qu'une machinerie pareille à celles qu'on employait si fréquemment dans les petites maisons du dix-huitième siècle. Sans doute *avec la permission des autorités*, notre aimable hôtesse nous a donné, dans le parc même du palais, un spectacle combiné ingénieusement; voilà tout. Et, voyons, n'avez-vous pas reconnu sous la perruque du faux académicien, du prétendu Joseph Mure, la bonne tête ironique et gouailleuse de Coquelin cadet? Madame Claraz a voulu simplement donner à cet excellent garçon l'occasion de créer un monologue mimé à grand spectacle; et en même temps elle nous a fourni un prétexte honnête pour pouvoir fumer, autant qu'il nous plairait, l'indispensable cigarette! »

XXX

CHEZ BRÉBANT

Ce qui rend Paris si difficile à connaître et à décrire, c'est qu'on n'y peut rien généraliser, et que dans les quartiers les mieux connus se présentent des anomalies, dont l'étrangeté déconcerte et déroute violemment toute logique. Certes, rien n'existe qui ne puisse être expliqué, mais les bizarreries dont la brutalité nous étonne sont produites par un ensemble de causes compliquées et subtiles, qui ne peuvent être devinées qu'à force d'intuition. Ainsi, lorsque dans sa description du Passage du Pont-Neuf, placée au commencement de *Thérèse Raquin*, Émile Zola a si bien peint les « boutiques obscures, basses, écrasées, laissant échapper des souffles froids de caveau, » il a négligé de voir que parmi ces antres malsains se détache propre, lumineux, et sans cesse encombré d'acheteurs, un magasin de couleurs et d'objets pour les peintres, où tout respire la prosrité, et qui sans doute doit sa vogue au très p' voisinage de l'École des Beaux-Arts.

Une antithèse encore bien plus étonr celle-là, et qui en est précisément le cont' les flâneurs au passage de l'Opéra, or lantes boutiques ornées et meub' raffinements nécessités par la '

en voit une seule qui, à la fois taudis et capharnaüm,
semble un défi jeté au luxe de ce quartier magnifique. Là, dans la nuit qui tombe des carreaux en-
glués et salis, au milieu d'une poussière sans cesse
accumulée, sans armoires ni rayons, ni agencement
d'aucune sorte, des tableaux, des étoffes, des meubles rares, des vêtements antiques, des joyaux même
sont entassés à terre, dans un désordre qui rappelle
celui des échoppes de revendeurs perdues dans les
coins obscurs de la Cité, ou dans la rue de Lappe!

Par quelle combinaison une personne quelconque
peut-elle, au prix où ils sont montés, payer un loyer
dans le passage de l'Opéra, pour l'utiliser d'une telle
façon dérisoire? C'est là un de ces mille problèmes
que soulève la vie moderne, et qui sans doute ne
seront jamais résolus. Mais peut-être se trouve-t-il
assez d'amateurs pour que les trésors enfouis dans
cette caverne soient découverts et chèrement achetés ;
et alors l'effroyable pêle-mêle où il faut les chercher
serait peut-être pour les collectionneurs un attrait
de plus, et donnerait une sorte de ragoût piquant à
leurs bonnes fortunes?

En février dernier, le jeune duc Philippe de Villeclayr passait devant cette boutique, et ne l'eût pas
remarquée sans doute, malgré son étrangeté, si à
travers un carreau son regard n'eût été sollicité par
un bout d'étoffe d'une incroyable richesse, dont le
tissu de soie et de velours rehaussé de broderies d'or
‑‑latait comme une fête de couleur et de lumière.

‑ amateur de bibelots, et sans cesse à la recherche
‑‑les étoffes et d'objets curieux, pour orner le
‑ qu'il venait de se faire construire dans la
‑ Tour-des-Dames, le jeune homme s'ar-
‑ enchanté par cette rapide vision.

‑‑es yeux tombèrent sur une étrange.
‑‑ne, collée contre la vitre, et qui

représentait des sorcières s'apprêtant pour le sabbat.
Avec une fougue rembranesque, l'artiste avait montré des vieilles oignant de magiques onguents leurs
corps à moitié rajeunis, et par endroits flasques et
ridés encore; d'autres, au moyen d'essences diabo-
liques, faisant jaillir sur leurs fronts nus de soyeuses
chevelures, ou astiquant les manches à balais qui
tout à l'heure doivent leur servir de monture et les
emporter sur la noire nuée à travers les vols de dragons et de chauve-souris. Il y avait dans ces corps
de femmes à la fois vieux et jeunes, dans ces frais
visages posés sur des cous plissés, dans ces torses
de vierges brisant comme une vieille écorce leur
prison déjetée et difforme, un prodigieux mélange
de volupté et d'horreur, qui jetait l'esprit dans une
curiosité mêlée de rêverie et de mystérieuse épouvante.

Mais lorsqu'il se décida à entrer dans le taudis, le
duc put bien croire que cette gravure était une enseigne, car au milieu des amas de ces étoffes dont
un seul lambeau l'avait si complètement charmé,
était assise, il ne put savoir sur quoi, une vieille,
une fée, une parque, d'un âge démesuré et surhu-
main, chauve, dont le nez rejoignait le menton, et
dont les yeux éraillés et dépourvus de cils étaient
ombragés par des sourcils épais et longs comme une
chevelure. Philippe demanda le prix de l'étoffe qu'il
avait remarquée; mais la vieille, d'une voix cassée
et chevrotante, insinuante pourtant comme celle
d'une marchande qui sait prodiguer toutes les séductions commerciales, lui dit que, comme argent,
on s'entendrait toujours, et qu'elle voulait d'abord
lui montrer d'autres pièces curieuses. Elle lui fit
voir en effet des étoffes à découpures et à appli-
cations, comme celles qu'on admire au musée de
Cluny, et plus belles encore; des velours mêlés de

soie, brodés de fleurs, d'arabesques, de filigranes,
de dessins d'or; des soies brochées à dégradations,
épaisses comme des planches, dont les fonds blancs
n'avaient pu être souillés et flétris ni par le temps
ni par la poussière, des damas antiques, des points,
des dentelles d'un grand caractère et comme les rois
n'en ont plus.

Vautrée, perdue, enfouie elle-même sous cet amas
de richesses, la vieille en trouvait, en montrait toujours de plus merveilleuses. Philippe, mordu par la
fièvre du collectionneur, achetait tout, et le tas de
ce qu'il devait emporter avait grossi comme une
montagne.

Cependant la vieille ne suffisait plus à ce travail,
et réellement écrasée sous les couvre-pieds, les manteaux, les jupes, les pièces de soie non employées
et tissées à des époques fabuleuses, elle se leva alors,
agita une sonnette d'or, et deux vieilles, chauves,
ridées, cassées, courbées comme elle, vinrent lui
prêter leur secours. Elles montrèrent au duc des
armes, des joyaux d'un travail inouï, et cependant
la première vieille s'empressait toujours près de lui
et, ce qui l'épouvantait, avec des yeux languissants
et des regards d'une expression caressante et câline,
et quelque chose qui eût été un sourire sur d'autres
lèvres que les lèvres pendantes et décolorées de cette
sinistre aïeule. Comme Philippe, bien qu'il eût l'habitude de sortir avec un portefeuille bien garni,
n'avait pas sur lui à beaucoup près la somme nécessaire pour payer ses acquisitions, il pria la marchande de les lui envoyer, et voulut lui donner son
adresse.

— « C'est inutile, dit-elle, je connais l'hôtel de
monsieur le duc. »

Et comme Philippe faisait un geste d'étonnement:

— « Oui, reprit-elle, et je connais aussi monsieur

le duc lui-même. Je savais que vous deviez passer
par ici, et que vous seriez invinciblement attiré par
une étoffe dont les couleurs étaient disposées de
telle façon que vous deviez être éveillé par leur éclatante fanfare. Savoir par cœur la vie et les goûts des
gens qui peuvent et veulent dépenser leur fortune,
n'est-ce pas l'A, B, C, du commerce parisien, qui
est la moderne alchimie, et doit, par un miracle
renouvelé chaque jour, changer et muer tout en or?
Pour obtenir des hommes ce qui est le plus contraire à leur nature, c'est-à-dire pour en faire des
prodigues, n'est-il pas nécessaire de connaître à fond
leurs passions? Et pour cela, il ne nous faut pas
grand travail, car à force d'avoir vécu, on a acquis
le triste privilège de deviner tout, et, comme Balzac
ou Cuvier, de reconstituer avec un petit bout de
n'importe quoi, un monstre ou une histoire!

— Quoi! dit Philippe réellement surpris, savez-
vous la mienne?

— Certes, dit la vieille, et je pourrais vous conter
dans leurs moindres détails vos gracieuses amours
avec cette divine Diane d'Assigny que vous avez si
tendrement adorée, que la mort vous a ravie, et
que vous regrettez encore après des années écoulées.
Mais je connais une femme belle et de grande race
qui, à votre insu, vous aime plus que l'heureuse
Diane ne vous aima jamais, et vous la connaîtrez
comme moi, si vous allez cette nuit au bal de l'O-
péra! »

Le duc, stupéfait, voulut se récrier; mais, après
leur avoir fait un signe rapide, la vieille avait disparu avec ses compagnes dans un corridor noir qui
s'ouvrait béant sur la boutique. Resté seul dans ce
capharnaüm, Philippe voulait abandonner son marché et rompre toute relation avec les effroyables
vieilles. Mais il eut beau appeler et même agiter la

sonnette d'or, qu'il trouva près de lui, il n'obtint aucune réponse, et force lui fut bien de quitter la place, sans obtenir aucun éclaircissement sur ces caquetages de la marchande, qui lui semblaient passer les bornes de l'indiscrétion permise.

Étant rentré chez lui à la hâte, il ne fut pas peu surpris de trouver dans son fumoir les étoffes qu'il avait achetées et qui avaient été apportées déjà, enveloppées dans des serges de couleurs diverses, et disposées en paquets d'une régularité que ne lui eût pas fait supposer l'aspect de la boutique où il avait trouvé ces merveilles. Tout cela, lui dit son valet de chambre Jean, avait été apporté par un groom parfaitement correct, qui n'avait pas laissé de facture. En même temps, Philippe de Villeclayr vit, placé en évidence sur un meuble, un coupon de loge pour le bal de l'Opéra, qui avait été laissé par son ami le marquis Louis de Charlus, et se rappela qu'en effet il avait été convenu avec lui et avec le comte Henri de Lucé qu'ils iraient à ce bal pour dire adieu à Paris, avant de partir pour la Bordighera où ils devaient aller passer quelques semaines.

Après s'être habillé, Philippe, voulant tout de suite se débarrasser de sa dette, retourna au passage de l'Opéra. Mais il vit la boutique close de barres de fer et de volets, sur lesquels on pouvait lire cette inscription en lettres parfaitement sèches, comme si elles avaient été peintes depuis longtemps : *Fermée pour cause de voyage.* Ne pouvant donc avoir satisfaction sur ce point, il se rendit au Cercle, où il dîna et passa la soirée avec ses amis; après quoi, vers une heure du matin, ils se rendirent tous les trois au bal, comme ils l'avaient projeté.

Philippe se promenait à peine dans le foyer depuis quelques minutes, lorsqu'il se trouva en proie à une aimable aventure. Un domino prit son bras; il se

sentit enveloppé par le rhythme du corps le plus
svelte et le plus charmant, caressé par un parfum
d'une douceur suave, et sur son bras il sentit
une main de grande dame, élégante et fine. Naturellement, il adressa à l'inconnue quelques galanteries
banales; mais aussitôt elle l'interrompit, d'une voix
doucement attristée.

— « Oh! non, fit-elle, ne me dites pas de paroles
inutiles! Celle pour qui ces précieux instants ne
reviendront plus est une femme qui vous aime, qui
ne respire que pour vous, et que vous ne devez pas
connaître, car elle vous supplie de respecter son
secret! Imaginez une créature qui a fait de vous son
idole et sa vie, dont les heures se passent à deviner
ce que vous pensez, et dont l'unique joie est de vous
apercevoir une minute, quand vous passez à cheval
sous ses fenêtres! Supposez que par un miracle de
volonté, de ruse, d'amour, elle a pu voler, pour vous
dire qu'elle vous aime et que son âme est à vous,
une heure qu'elle ne retrouvera jamais; ne devinez-
vous pas qu'il serait mal à vous de gâter cet instant
suprême par des mots indifférents qui peuvent être
adressés à la première venue? »

L'églogue est belle dans les champs de Mantoue
et dans les monts de Sicile; mais elle est fort sup-
portable aussi dans les couloirs et sur les escaliers
de l'Opéra, quand la flamme d'une passion naissante
allume et transfigure les peintures et les fonds d'or
des mosaïques. A causer union des âmes, amitié
ardente et platonique, entre gens destinés à être
séparés toujours, le temps s'était enfui comme un
rêve. Enfin Philippe supplia sa compagne de ne pas
le quitter sans avoir soupé avec lui, dût-elle ne
manger qu'une fraise, boire un doigt de vin, et
garder son masque; mais puisque cette entrevue ne
devait pas se renouveler, ne serait-ce pas un délicieux

24

souvenir que celui d'avoir pu être assis un instant à la
même table et y choquer leurs verres ? Blanche (car
elle avait dit son nom) refusa d'abord ; elle était venue
avec ses deux sœurs, et ne pouvait les quitter. Mais
à ce moment-là même, Philippe rencontra ses deux
amis, et après les avoir présentés à madame Blanche
en l'assurant qu'elle trouverait en eux les cavaliers
les plus respectueux et les plus discrets, obtint d'elle
qu'elle essayerait de décider ses sœurs à venir souper.
On trouva Ysabeau et Marguerite dans une loge où
elles attendaient leur sœur; Louis de Charlus et
Henri de Lucé ne parurent pas leur déplaire, et la
négociation ne fut pas trop difficile. Comme Philippe
de Villeclayr proposait le Café Anglais :

— « Non, dit Marguerite, allons chez Brébant, ce
sera plus moderne ! »

En carnaval, il ne faut s'étonner de rien. Sur le
palier du restaurant, cette même Marguerite, qui
guidait la marche, prit un corridor inconnu, au bout
duquel ayant tiré de sa poche une petite clef, elle
ouvrit une porte massive et on se trouva dans une
vaste salle de château, décorée à la mode du seizième
siècle, avec une haute cheminée monumentale où
brûlaient des troncs d'arbres, et une console sculptée
qui représentait une chasse où les cerfs et les chiens
étaient de grandeur naturelle.

Après avoir disparu un instant dans une chambre
voisine, les trois sœurs revinrent, masquées toujours,
mais sans leurs dominos, et maintenant parées de
robes et de bonnets de velours, Blanche incarnadin,
Marguerite bleu, Ysabeau orangé et noir, magnifiquement ornés de clinquant, et toutes les trois
portant dans leurs cheveux des nœuds de perles et
une étoile de diamants qui jetait d'étranges feux.
On se mit à table, elles ôtèrent leurs masques, et
alors les jeunes gens purent admirer en elles des

beautés superbes et curieusement diverses : Blanche,
pâle et pensive sous sa noire chevelure ; Ysabeau,
rousse aux yeux verts, rieuse et montrant ses
blanches dents ; Marguerite blonde aux yeux noirs,
comme Vénus déesse de Cypre.

Il ne fallait pas moins que ce séduisant spectacle
pour les empêcher de remarquer à quel point l'excellent Brébant était devenu romantique. En effet,
on voyait sur la table des carpes énormes avec des
fleurs dans la bouche, des pâtés à tourelles argentés
et dorés, des paons avec leur plumage et leur queue,
et le repas commença par la fameuse soupe dorée
de Taillevent, pour laquelle on fait griller des tranches de pain, qu'on jette dans un coulis fait avec du
sucre, du vin blanc, des jaunes d'œufs et de l'eau de
rose. Le service était fait par des pages en habit de
satin ; mais Villeclayr fut rassuré sur toute cette
archéologie, en voyant paraître les écrevisses à la
bordelaise. Les trois sœurs étaient les plus spirituelles du monde, disaient mille folies, et répondaient
galamment aux madrigaux de leurs cavaliers.

Elles savaient toutes les historiettes les plus récentes du faubourg Saint-Germain et du monde
artiste, et jusqu'aux anecdotes du voyage de Sarah
Bernhardt en Amérique. Elles les racontaient avec
d'amusantes saillies, et la seule chose inquiétante,
c'est que parfois elles parlaient d'une toilette de la
reine Margot comme si elles l'avaient vue de leurs
yeux, ou d'un bon mot de Brantôme à son ami
monsieur de Ronsard, comme si elles l'eussent
entendu elles-mêmes.

Au dessert, Ysabeau prit un luth suspendu à la
muraille et chanta, non avec la musique de Charles
Delioux, mais sur l'air ancien de Goudimel, la jolie
chanson de Ronsard : *Quand au temple nous serons
Agenouillés, nous ferons...* — Puis Marguerite dit

l'histoire d'une sorcière tourangelle, qui avait le don
de redevenir jeune quand elle le voulait, mais qui,
après cent ans écoulés, devait rester vieille et mourir,
si un certain chevalier n'avait baisé ses lèvres avant
que l'heure sonnât. Et ce qui aggravait le péril de la
sorcière, c'est que le chevalier devait être instruit à
l'avance de cette condition, loi expresse et inéluctable imposée à tous les êtres surnaturels.

Comme Marguerite achevait ce récit, Philippe de
Villeclayr vit Blanche qui regardait les aiguilles de
l'horloge avec inquiétude; en même temps, elle
s'approchait, se serrait bien près de lui, comme im-
plorant un baiser. Un éclair traversa aussitôt la
pensée de Philippe, qui en même temps aperçut
Ysabeau et Marguerite sollicitant de même du regard
Henri de Lucé et Louis de Charlus. Il reculait et
voulait résister; mais alors l'étoile de diamants placée
dans les cheveux de Blanche le brûlait, le magné-
tisait avec ses feux aveuglants, et voulait le forcer à
obéir.

Fou de rage, le jeune duc arracha cette étoile, la
jeta à terre et la brisa sous son pied. Aussitôt l'horloge sonna, et Blanche transfigurée redevint l'horrible vieille du passage de l'Opéra, avec son menton
branlant et sa tête chauve. Les étoiles de diamants
que portaient Ysabeau et Marguerite s'étaient brisées en même temps que celle de leur sœur; les deux
femmes éperdues s'étaient hâtées de remettre leurs
masques; mais alors on vit leurs cous se rider
comme un lac frémissant que le vent tourmente, et
de longues mèches de cheveux blancs se mirent à
grimper et à courir visiblement sur leurs chevelures,
comme des vipères.

Les trois amis s'étaient enfuis, désolés, fous, ne
voulant plus vivre. Le sentiment du réel ne leur
revint que dans le wagon du chemin de fer, (car ils

étaient partis sans rentrer dans leurs maisons,) lorsqu'ils virent en face d'eux, assise à côté du baronnet
son père, une jeune demoiselle anglaise, évidemment actuelle, nourrie des plus succulents roastbeefs,
et dont la saine carnation, fraîche et éblouissante,
ressemblait à un bouquet de roses.

24.

XXXI

LES FÉES

La propriété des Sources, une des plus jolies de la Touraine, est située près du village de Saint-Avertin, et doit son nom aux sources du Limançon, qui au bout du jardin semé de bouquets d'arbres se déroulent comme un ruban d'argent. Un bassin creusé à peu de distance de la maison en briques roses, construite sous Louis XIII et ornée d'élégantes tourelles, reçoit ces eaux, qui forment alors un lac, sur lequel glissent des cygnes blancs et noirs. Au-delà des sources, on voit des prairies, des bois, les fermes dépendantes groupées sur des coteaux d'une pente douce, et près de la maison, une profusion de fleurs et d'arbustes donne à cet élégant séjour un charme dont tous les habitants des Sources ont subi l'invincible enchantement.

En 1860, cette propriété aux magnifiques horizons de verdure appartenait à madame Eugénie Alisse, jeune veuve qui, âgée de vingt-six ans à peine, mourait d'une maladie de langueur, résultat du chagrin que lui avait causé la mort de son mari.

En embrassant sa fille Lucie, née depuis deux ans, madame Alisse ne pouvait s'empêcher de verser des pleurs amers, surtout en songeant à la situation où elle allait laisser cette enfant adorée. En effet, à la suite d'une succession embrouillée, son mari monsieur Jean Alisse avait dû soutenir, contre des parents à lui, cinq ou six procès qui n'étaient pas terminés encore. La triste veuve songeait qu'elle ne vivrait pas assez pour en voir la fin, et que sa chère Lucie, dont le bien serait livré en proie à toutes les convoitises, serait ruinée sans doute avant d'avoir conscience d'elle-même, et commencerait à connaître la vie en goûtant ses plus détestables amertumes.

Cependant, providence des malades, des vieillards, des pauvres, de tout ce qui souffrait autour d'elle, madame Alisse était adorée, car il n'y avait pas une famille qu'elle n'eût aidée, secourue, et elle donnait sa protection, mais aussi son affection maternelle et tendre, aidant les fils au moment de la conscription, s'occupant du sort des jeunes filles, qu'elle voulait mariées selon leur désir, baisant les petits enfants dans leurs blondes chevelures, et semant son or avec la plus clairvoyante délicatesse. Et elle était bonne, non pas seulement pour les créatures humaines, mais pour toutes les autres et même pour celles qui sont censées n'avoir pas d'âmes. Elle aimait les prairies, les forêts, les ruisseaux, toute la nature vivante et frémissante, et n'aurait pas souffert qu'on maltraîtât un oiseau ou une fleur, ni même un brin d'herbe. Elle défendait les ombrages contre la hache du bûcheron, et veillait amoureusement sur les plus humbles choses ; aussi prétendait-on que les Fées l'avaient prise en amitié, volaient autour d'elle invisibles, écartant de ses lèvres la bise et le vent glacé, lui portant l'haleine des plus douces fleurs, et dans les bois protégeaient ses pieds contre les épines cruelles.

Mais, hélas ! les Fées ne peuvent rien contre la mort, ni contre la vie ; surtout elles ne se mêlent pas des débats judiciaires et ne connaissent pas le

Code civil. C'est pourquoi madame Alisse, dont les dernières forces déclinaient, dut chercher à sa fille un protecteur capable de la sauver de toutes les embûches. Elle crut l'avoir trouvé dans le célèbre financier Fragerolle, et s'endormit plus tranquille dans la mort, après s'être assurée que le conseil de famille donnerait à ce mandataire, désigné par elle et choisi avec soin, la tutelle de son enfant.

La triste veuve ne s'était pas trompée en croyant à l'habileté de Fragerolle. Il s'agissait de débrouiller cinq ou six procès : il en aurait débrouillé et embrouillé vingt ! Mais le malheur fut qu'il n'avait aucune espèce de bonne foi, et que sa conscience était une aimable drôlesse sans préjugés, regardant le bien et le mal comme de simples accidents, plus fille que celles qui balayent l'asphalte avec leur jupe fauve, et capable de s'asseoir dans la boue du ruisseau pour y ramasser des sous. Ayant examiné attentivement le nœud gordien embrouillé par ses adversaires, cet homme adroit vit qu'il pouvait le dénouer avec succès, mais en même temps que, grâce à des complications inextricables, les plus fins n'y verraient goutte lorsque le moment serait venu de rendre ses comptes. D'ailleurs, le conseil de famille était composé de braves gens à qui il serait facile de faire voir des chandelles en plein midi, et qui prendraient pour des lanternes toutes les vessies que voudrait leur présenter le rusé Fragerolle.

De là à s'approprier l'héritage de sa pupille, ou du moins à prélever sur son avoir une part de lion, il n'y eut qu'un pas imperceptible pour l'adroit financier, d'autant plus qu'il crut sérieusement avoir acquis des droits sur une fortune que Lucie n'aurait pu recouvrer sans lui. Et ce qui décida tout à fait le sort de la pauvre petite, c'est que son tuteur fut pris, comme tous les possesseurs de ce domaine,

par la séduction irrésistible des Sources, et, mordu
par le démon de l'églogue, se promit bien de finir sa
vie sous ces ombrages, près de ces flots murmurants
et parmi ces bosquets en fleur que par avance il peu-
plait de déesses d'opérette. Fragerolle était un de ces
célibataires à ritournelles que ravissent la musique
bouffe et ses virtuoses, et les belles traînes qu'il égarait en pensée sur les gazons des Sources lui semblaient déjà faire partie du paysage.

Lucie Alisse fut élevée dans un couvent aristocratique, où elle devint une belle jeune fille, mince,
pâle, ardemment pensive, aux traits délicats et
nobles, aux cheveux châtains, aux yeux de pervenche, triste déjà de n'avoir pas été aimée. D'accord
en cela avec la règle du couvent, son tuteur l'avait à
peine fait sortir deux ou trois fois par année, et ainsi
n'eut pas le temps de s'attacher à elle, tandis qu'au
contraire il s'attachait davantage chaque jour à la
propriété, pour laquelle il était brûlé du même
amour qu'Harpagon pour sa cassette. Enfin, le moment vint de reprendre tout à fait Lucie ; mais ce
jour-là Fragerolle était décidé à garder définitivement les Sources pour lui et à se débarrasser de la
jeune fille, en la mariant le plus promptement possible à quelque vieillard riche et disgracié, qui ac-
cepterait des comptes bâclés avec une simplicité
initiale.

Cependant les calculs du financier furent tout
d'abord trompés, car il fallut bien conduire Lucie
dans le monde, et elle y fut remarquée et passionnément aimée par le jeune vicomte de Flammin.
Comprenant bien qu'une grande famille, guidée par
un notaire sérieux, ne se contenterait pas de paroles
en l'air et d'historiettes à dormir debout, l'infidèle
tuteur se hâta de troubler tout, en conduisant Lucie
chez une de ses parentes à lui, la vieille madame

Schambion, qui habitait à Saint-Sauve, près du Mont-Dore, sur un pic, une maison inaccessible, et pendant six mois de l'année enfouie sous la neige. Il recommanda à cette aimable mais fidèle geôlière de ne permettre à la jeune fille aucune correspondance, et, ainsi délivré des soucis les plus impérieux, il n'eut plus d'autre pensée que de prendre possession des Sources, et d'y mener joyeuse vie.

Il commença donc par envoyer en avant son valet de chambre Alexis, avec mission de préparer les logements et de mettre la maison en état de recevoir une nombreuse compagnie. Mais, comme on va le voir, divers obstacles s'opposèrent à la réalisation de ce programme si simple, et nécessitèrent entre le valet et le maître un rapide échange de lettres. Comme Alexis prenait ses premières dispositions, un peuple, une nuée, un déluge de serpents, jaunes, verts, gris, de toutes les tailles et de toutes les couleurs, envahit aux Sources les bouquets d'arbres, les gazons, le jardin et les chambres de la maison, où ils rampaient sur les tapis, sur les meubles, sur les murailles, sur les portes, sur les appuis et les chassis des fenêtres. On ne pouvait faire un pas sans marcher sur un serpent, qui alors dressait son corps strié de taches noires et sa tête aux dents aiguës et à la langue écarlate.

Voilà ce qu'Alexis, fou de terreur, écrivit à Fragerolle, qui le tança vertement de s'émouvoir pour si peu de chose. Il suffisait, lui dit-il, de placer bien en évidence un grand chaudron rempli de lait sucré et bouillant. Les serpents viendraient tous y boire, et seraient alors brûlés, comme des Juifs condamnés par l'Inquisition. Si par aventure ils ne l'étaient pas, il serait commode de les tuer à coups de bâton, tandis qu'ils se gorgeraient de leur boisson favorite,

chauffée d'une façon un peu excessive. D'après la
réponse d'Alexis, cela n'avait pas été si facile que
son maître le pensait. Les serpents étaient bien
venus rôder, parader, jaillir, se tordre, et prendre
les poses les plus gracieuses autour du chaudron ;
mais ils s'étaient entièrement refusés à boire le lait
bouillant.

Toutefois on en avait été débarrassé, parce qu'un
jeune monsieur vêtu de vert et pas plus haut qu'un
rosier nain, était venu en jouant de la flûte, et avait
emmené avec lui tous les serpents, qui l'avaient
suivi en rampant en mesure. Mais alors, ce furent
les oiseaux, les chanteurs, tout le peuple ailé, les
fauvettes, les rossignols, les tarins, les mésanges, les
hirondelles, qui s'emparèrent des Sources, obscur-
cissant l'air, et formant un nuage si épais qu'on ne
voyait plus la clarté du jour. Fragerolle écrivit à son
valet qu'il fallait les tuer à coup de fusil , mais l'un
après l'autre, à ce que prétendit Alexis, les fusils
qu'il prit s'envolèrent avec les oiseaux, en profitant
de ce qu'il leur avait poussé des ailes. Cette fois, le
financier, pensant que son domestique était devenu
fou, voulut voir les choses de ses propres yeux ; en
arrivant il trouva la propriété prise d'assaut par les
poissons. Les sources du Limançon avaient débordé,
submergé tout, et les poissons, tanches, carpes, bro-
chets, perches, barbeaux, avaient pris possession du
jardin et de la maison, où ils vivaient à leur aise, et
faisaient ménage avec les écrevisses. Se faisant l'écho
des bruits qui couraient dans le pays, Alexis insinua
que ces serpents, ces oiseaux et ces poissons pouvaient bien être des Fées, dont on ne viendrait pas à
bout avec du lait sucré, ni avec des fusils Lefau-
cheux, ni avec des filets de pêche.

Fragerolle est un esprit fort, mais, comme appartenant au monde élégant, il est abonné aux

mardis de la Comédie-Française, où il avait vu jouer
Le Mariage forcé, et il avait pu remarquer là que
Sgnanarelle, lorsqu'il est embarrassé, va consulter un philosophe, l'aristotélicien Pancrace ou le
pyrrhonien Marphurius. Justement le financier rencontrait souvent aux vendredis de madame Seneuze
le philosophe Bédenel, dont les cours faisaient
fanatisme au Collège de France, et à qui les dames,
si elles l'avaient osé, auraient envoyé des gimblettes
de leur façon et des confitures. Il l'entraîna dans
une embrasure de fenêtre et le consulta sur son
aventure.

— « Cher monsieur, lui dit le professeur à la
mode, je ne crois pas que nous soyons capables
d'inventer un être ni une idée. Tout ce qui naît dans
la conscience humaine a donc sa raison d'être, et je
ne vois aucune raison pour que les Fées n'existent
pas, au même titre que Roth, déesse de la beauté
chez les Véliocasses, ou que le Char de l'État, l'Équilibre des Pouvoirs et la Majorité relative. Je n'ai pas
à vous demander votre confession, n'ayant pas
qualité pour la recevoir ; mais le résumé de mon
expérience, que je puis vous communiquer, c'est que
presque tous les malheurs qui nous arrivent sont le
résultat direct d'une mauvaise pensée à laquelle
nous nous sommes abandonnés, ou d'une vilaine
action que nous avons commise. Si donc vous avez
fait du tort à quelqu'un d'étranger ou à vous-même,
réparez-le du mieux qu'il vous sera possible, et
mettez-vous en repos avec l'éternelle Justice, qui
n'est jamais désarmée. »

C'est justement ce que ne voulait pas Fragerolle,
qui, ayant dérobé les Sources, prétendait les garder!
Tout à point, une lettre d'Alexis venait de lui
apprendre que l'ordre s'était rétabli comme par
enchantement dans ce paradis en fleur; ce n'était

pas le moment de se sacrifier à des rêves et à de vaines apparences. Il partit donc pour *sa* propriété, avec toute une colonie parisienne, qui le soir même se trouva réunie autour d'un magnifique repas servi par Chevet. Il y avait des millionnaires, un duc, un baron, quelques gens d'esprit, et en fait de chanteuses, la fleur du panier : Margot, Étiennette, madame Linzeler, et cette jolie Esther Flad qui, pour le principe, se nourrit de fraises en janvier et de perdreaux au mois de juin.

On se mit à table avec le plus bel appétit; mais au moment même où les valets de pied allaient commencer leur service, des mets servis dans les plats, des flacons, des carafes jaillirent de grandes fleurs écarlates, qui grandirent, se multiplièrent, étendirent leurs bras, ruisselèrent en un flot de pourpre, et, montant jusqu'au plafond, formèrent un épais bocage dans lequel s'éveillèrent mille chants d'oiseaux.

Les femmes poussaient des cris. Bientôt ce bois disparut; mais les plats, les victuailles et les flacons avaient disparu en même temps, laissant la nappe vide et nue comme le sol d'une île de l'Archipel où ont passé les Turcs.

— « A la bonne heure, Fragerolle! dit madame Linzeler, voilà un très joli intermède; mais à présent, faites servir le vrai repas! Pour ma part, j'ai une faim de cannibale. »

L'amphitryon tout honteux avoua qu'en fait de repas il ne possédait rien autre chose que celui-là, et on dut se contenter d'une omelette au lard, mangée avec du pain bis et arrosée de piquette. La faim aidant, on s'en régala volontiers; mais à peine les convives avaient-ils avalé la dernière bouchée, et avant qu'ils eussent le temps de regretter le dessert évanoui et le café absent, les fenêtres s'ouvrirent sans bruit et donnèrent passage à un grand vol de Fées, visibles pour le seul Fragerolle, qui de leurs ailes et de leurs chevelures éteignirent les flambeaux, et s'enfuirent ensuite dans la nuit bleue, en agitant leurs voiles de transparent azur.

Les convives ne voulurent plus rien entendre, et armés à la hâte de bouts de bougies récoltés au fond des tiroirs, s'empressèrent de gagner leurs chambres. Ils n'y furent pas longtemps seuls. Derrière eux l'escalier avait disparu sous une immense armée de petits rats blancs comme la neige, régulièrement équipés comme des soldats, avec des armes et de petites buffleteries faites dans la perfection, commandés par des officiers portant les insignes de leurs grades, et précédés par des rats musiciens, qui exécutaient leurs musiques avec de minuscules instruments de Sax.

Devant eux, à leurs appels de clairons, toutes les portes s'ouvrirent. Ils entrèrent en bon ordre dans les chambres, plus nombreux que les Vandales et les Gépides sous qui succomba Rome, et chez les messieurs dévorèrent tout ce qui ressemblait à des bottes. Mais combien ne firent-ils pas de plus cruels ravages chez les dames, se promenant par troupes sur les poitrines de Margot et d'Étiennette, gravissant les beaux bras de madame Linzeler, et poussant la familiarité jusqu'à venir mordiller les lèvres roses de la petite Flad! Après une nuit tumultueuse, où, comme si quelque facétieux génie avait ressuscité les modistes de Paul de Kock, les corridors furent pleins de camisoles, de jupes, de soupirs, de cris étouffés, de tresses dénouées, au grand matin les invités s'enfuirent, croyant avoir mille diables à leurs trousses, et portant leur argent à même leurs poches, parce que tous les porte-monnaie avaient été engloutis par les rats.

Resté seul dans le jardin inondé des feux du soleil levant, Fragerolle vit alors briller dans les vagues rayons frémissants tout un peuple de Fées. Il y en avait de grandes, et aussi de petites, de moyennes, de toutes petites, dans les arbres, dans les fleurs, dans les gazons, dans le poudroiement de la lumière, qui toutes le regardaient d'un air malicieux et ironique, et lui adressaient un geste unanime qui, dans le monde surnaturel comme dans tous les autres, signifie avec certitude : « Allez-vous-en ! » A ce moment-là, il ressentit une souffrance connue des seuls capitalistes. Il eut mal à sa caisse, à son grand-livre, à ses portefeuilles bourrés de billets de banque, et en quittant la maison hantée, il éprouva ce que sentirait dans sa chair un Shylock désolé à qui Portia enlèverait en riant une livre d'or.

Vaincu par son destin, le pauvre homme a marié Lucie au vicomte de Flammin, et, avec une douloureuse angoisse, leur a rendu des comptes fidèles. En hiver, ce charmant couple fait la joie et l'orgueil des fêtes parisiennes ; mais, dès que vient le beau temps, c'est lui maintenant qui habite les Sources, d'où les Fées ne sont pas parties pour cela ; au contraire. Retenues par le plus tendre souvenir dans les jardins où les a ravies la bonté de madame Alisse, elles y restent pour inspirer à sa fille l'amour et la charité pour tout ce qui respire, et même pour les choses qui semblent inanimées. On les devine autour de soi dans les parfums, dans les brises, dans les frissons des herbes et des feuilles ; parfois même, on entrevoit dans un rayon l'éclair de leurs chevelures, ou la douce flamme de leurs sourires reflétée dans les sources.

Fragerolle a acheté à Bellevue une petite maison de seigneur, machinée au dix-huitième siècle. Il y appartient à une chanteuse nommée Irma Cormiolle, d'un caractère acariâtre et d'une maigreur impie. Il est probable qu'il l'épousera, car elle s'enrichit et place de l'argent à mesure qu'il se ruine, et, de la sorte, la partie n'est pas égale.

XXXII

BRELOQUE

Madame Jeanne Simonny est une des Parisiennes qui expriment le mieux le goût, l'imagination et la grâce suprême de Paris. Elle semble avoir reçu en héritage la simplicité et l'idéale noblesse que son père Silvin Mérienne donnait à ses peintures aujourd'hui si appréciées, et mariée au célèbre romancier dont les œuvres racontent si bien la vie moderne, elle égale par la pensée ce grand inventeur, elle est sa collaboratrice. Non qu'elle prenne jamais une plume! mais, inspiration constante de son génie, elle l'aide par son esprit extraordinairement intuitif, et par un don de divination qui lui fait voir les secrets de la vie et les plus intimes replis des âmes. Cependant, cruellement orpheline, car elle n'avait pas plus de dix ans lorsqu'elle perdit son père déjà veuf, Jeanne Mérienne a été élevée par son oncle Malabre, un pur imbécile ayant rassemblé sous son crâne épais toute la sottise bureaucratique, resté un employé à adverbes prétentieux et à manches vertes, bien qu'un ensemble imprévu de circonstances l'ait fait monter au grade de chef de division et, dont la femme Athénaïs est un modèle de turbulence mondaine et de niaiserie frivole.

Ah! quel deuil, lorsque la fille de Mérienne, qui,

25.

sur son large front et dans ses grands yeux pensifs montrait l'intelligence paternelle, fut livrée en proie à ces deux diseurs de riens! Quant à monsieur et madame Malabre, n'ayant pas eu d'enfants, ils se réjouirent de posséder une petite créature qu'ils pourraient pétrir et façonner à leur guise. Le mari allait enfin pouvoir placer et faire écouter directement l'immense quantité de lieux communs, de systèmes, de pensées dont il avait amassé un inépuisable répertoire, et madame Malabre se faisait une fête d'accompagner Jeanne aux cours à la mode, aux leçons de dessin et de danse, en attendant le moment désiré où elle pourrait l'associer aux fondations pour les pauvres, aux ventes de charité, aux loteries, aux matinées littéraires et à toutes les occupations d'une femme élégante qui ne sait où donner de la tête.

Le premier jour où elle fut installée chez son oncle, la petite Jeanne ne pleura pas seulement sur le père si aimant et si tendre qu'elle avait perdu. Elle pleura aussi de se sentir dans le convenu et dans l'artificiel, de ne pas entendre un mot qui pour elle ne sonnât faux, car monsieur Malabre parlait le langage des premier-Paris, dont il se nourrissait, et pour tout l'or du monde n'aurait pas appelé un chat : un chat. Après avoir laissé quelque temps à la petite fille pour lui permettre de se donner à sa douleur, madame Malabre, lorsqu'elle la jugea suffisamment consolée, résolut de la conduire aux cours, de lui faire montrer les arts d'agrément, et de l'initier elle-même aux subtilités du maintien et de la conversation.

Sur tout ce plan d'études, on consulta bien le meilleur ami de Silvin Mérienne, le parrain de Jeanne, l'habile joaillier Zirio, qui a étudié son art dans la Russie méridionale, au Caucase, et qui com-

pose avec l'or, le lapis, l'améthyste et l'argent
niellé des bijoux d'un style raffiné et merveilleux.
Mais avec un sourire doucement ironique, ce savant
artiste, crépu et bronzé comme Othello, déclara
qu'il ne voulait se mêler de rien, que tout ce que
feraient les Malabre serait bien fait, et qu'il demandait seulement la permission d'offrir à Jeanne un
petit souvenir; ce à quoi le tuteur de Jeanne consentit facilement, heureux d'être à ce prix débarrassé
d'un témoin dont il craignait l'esprit un peu farouche
et l'inexorable franchise.

Le lendemain donc, monsieur Zirio apporta à sa
filleule une petite montre en argent repoussé, d'une
forme antique, grande comme une pièce de vingt
sous, chef-d'œuvre d'ornementation délicate, sur
laquelle était peint en émail un portrait charmant,
celui de la mère de Jeanne, et qui pendait à une
large chaîne plate, faite d'argent et d'améthystes.
A cette chaîne étaient attachées deux breloques.
L'une était une toute petite figure, haute de trois cen-
timètres, représentant une fée ailée, aux cheveux
d'or pâle, dont la petite tête avait été taillée dans un
rubis transparent, dont le corps et les vêtements
étaient d'argent et d'or émaillé, les ailes de saphir
et les souliers de corail. L'autre breloque était une
petite chaise en or vert, dont le siège formé d'une
topaze avait été ciselé de façon à représenter parfaitement les dessins du velours d'Utrecht. Jeanne
fut heureuse de ce beau présent; elle se rappelait
que son père avait tendrement aimé son parrain, et
en recevant quelque chose de lui, il lui sembla
qu'elle avait maintenant une compagnie et qu'elle
n'était plus seule. Elle demanda à son parrain le
nom de la petite demoiselle en or, et monsieur Zirio
répondit tout aussitôt qu'elle s'appelait Om.

Il n'en fallait pas davantage pour charmer une

fillette; mais lorsque enfin madame Malabre conduisit Jeanne aux célèbres cours de mademoiselle
Nozières, où les petites filles appartenant au monde
de la haute bourgeoisie et des millionnaires étaient
vêtues comme des princesses, la pauvre enfant se
sentit réellement désolée en écoutant les maîtresses
qui, aussi affectées que ses tuteurs, parlaient comme
des harmonicas, et enseignaient une histoire sainte,
une grammaire, une histoire et une géographie à
manchettes et à poudre de riz, imprégnées de parfums qui sentent le foin coupé. Elle se rappelait avec
un amer regret le langage simple, la bonne voix
mâle et tendre de son père, et sentait un véritable
désespoir en entendant les maîtresses l'appeler :
mademoiselle Mérienne, avec une amabilité sèchement caressante.

Elle eut encore bien plus envie de pleurer lorsque,
de retour à la maison, madame Malabre la fit asseoir
dans le salon, et tout en lui montrant à faire de jolis
ouvrages, lui enseigna à se tenir d'une façon distinguée, à être modeste, à adresser aux grandes personnes des compliments ingénieux, et lui apprit
qu'une demoiselle doit toujours avoir l'air sentimental. Après de si cruelles épreuves, Jeanne eût dîné cependant de bon appétit, si à table madame Malabre
ne lui eût dit qu'il est malséant de montrer qu'on a
faim et qu'une jeune fille doit toujours laisser croire
qu'elle se nourrit de la rosée tombée sur les fleurs.

Monsieur Malabre approuva fort les leçons de sa
chère Athénaïs, offrant cependant à Jeanne de tout
petits morceaux délicats, affirmant qu'il y a en tout
une mesure, qu'on peut manger tout de même,
pourvu qu'il n'y paraisse pas, et flétrissant seulement les appétits vulgaires, qui ont ouvert l'ère du
désordre et enfanté l'hydre des révolutions. Très
embarrassée de cette ère et de cette hydre, la

petite Jeanne se hasarda à dire qu'elle voudrait bien une poupée. A ces mots imprudents, monsieur Malabre se repentit de son indulgence et déclara sévèrement qu'il était temps d'en finir avec ces divertissements grossiers d'un autre âge, et que, dans le siècle de l'électricité et du téléphone, on devait s'amuser à des jeux scientifiques.

Il faut bien l'avouer, cet aphorisme si raisonnable ne représentait rien du tout à l'esprit de Jeanne. Elle avait espéré qu'elle aurait une petite fille à aimer ; elle vit bien qu'elle n'en aurait pas, et sentit son cœur se gonfler. Lorsque enfin on lui permit d'aller dormir, et qu'elle fut seule dans sa chambrette, elle s'assit dans un fauteuil et donna un libre cours à ses larmes. Mais alors il sortit de la petite montre un joli chant de rossignol ; puis Jeanne entendit une faible, une délicieuse, une petite, toute petite voix douce, qui disait pourtant distinctement :

— « Détache-moi ! »

Après avoir prêté l'oreille, elle vit bien que cette voix était celle de la petite breloque. Elle la détacha donc de l'anneau brisé qui la retenait captive, et avec précaution la posa sur la table. Mais la petite demoiselle en or ajouta :

— « Détache ma chaise ! »

Jeanne détacha aussi la chaise, sur laquelle s'assit la petite demoiselle. Aussitôt elle grandit, grandit, devint aussi grande que Jeanne elle-même, et se jetant à son cou, elle lui fit mille caresses.

— « Chère enfant, lui dit-elle, je suis la petite fée Om. C'est moi qui veille sur les couples tendrement unis et sur les enfants qui naissent d'eux. J'étais toujours présente entre ton père et ta mère, et maintenant je puis m'occuper de toi, car, comme tu peux très bien le penser, j'ai très peu d'ouvrage. C'est moi qui vais faire ta vraie éducation ; mais commen-

çons par effacer les sottises qu'on t'a fourrées dans
la tête, et qu'il n'en reste plus de traces ! »

La petite fée Om, en faisant des passes magnétiques, étendit ses mains sur le front de son amie et
lui souffla sur les tempes ; aussitôt les leçons que
Jeanne avait entendues chez mademoiselle Nozières
et celles que lui avait faites madame Malabre s'éva-
nouirent, abolies, supprimées, sans laisser aucun
souvenir dans son esprit, qui se retrouva bien portant et sain comme auparavant.

— « Maintenant, dit la petite fée Om, je vais chercher tout ce qu'il faut. »

Cette aimable fée avait non-seulement le privilège
de se grandir et de se rapetisser à volonté, mais aussi
celui de grandir et de rapetisser de même les objets qu'elle touchait. Ayant repris sa taille de breloque, elle ordonna à Jeanne d'ouvrir la fenêtre et
s'envola. Puis elle revint quelques instants après,
apportant toutes sortes de choses utiles, qui une
fois développées emplirent la chambre, mais qui
alors, réduites à leur plus simple expression, tenaient dans un petit panier, découpé avec son anse
dans la coque d'une noisette.

C'étaient des livres, des plumes, des crayons, des
albums, des cahiers, des aiguilles, des ciseaux, des
étoffes, des boîtes de mercerie, un fourneau, des
casseroles, et une belle poupée qui d'abord n'était
pas plus grande qu'une mouche, mais qui bientôt
grandit assez pour être une demoiselle, et pour servir de fille à Jeanne. Alors la petite fée Om commença les leçons, toutes les leçons ! En quelques
mots clairs et décisifs, elle apprenait à sa petite amie
des histoires faciles à comprendre et qu'elle devait
n'oublier jamais. Puis elle lui montra à dessiner, à
saisir la vie dans son mouvement rapide ; puis elle lui
enseigna la vraie musique des oiseaux et des Anges.

Puis on se mit à couper, à tailler, à coudre des vêtements et des robes magnifiques pour la poupée, qui se nommait Lyse. Puis sur le petit fourneau, où un feu orangé et couleur de rose s'alluma tout seul, on fit des plats, des coulis, des cuisines, des plats de douceur dont un vieux diplomate se fût léché les doigts, et on les mangea ensuite, pour faire la dînette. Entre temps, la fée Om baisait tendrement la petite Jeanne, parce qu'une enfant a surtout besoin d'être aimée. Elle lui apprenait qu'il ne faut parler que pour dire quelque chose, en employant le seul mot qui serve, et l'habituant à penser nettement et rapidement, elle lui donnait de l'esprit, ce qui est très facile.

Puis la Fée coucha Jeanne avec sa poupée, et les borda gentiment. Après quoi, ayant rapetissé sa chaise en or vert et s'étant elle-même refaite breloque, elle dit à Jeanne : « Remets-nous en place. » Et dès que la fée Om et la petite chaise furent rattachées à la montre, la petite Jeanne et sa poupée Lyse s'endormirent d'un calme sommeil, avec un joli sourire sur les lèvres.

Et les leçons continuèrent les jours suivants avec une variété infinie, prenant, un peu, il est vrai, sur les nuits de la fillette ; mais elle dormait ensuite de si bon cœur à côté de sa fille Lyse, qu'au matin elle s'éveillait fraîche et reposée et pareille à une rose. Au bout de quelque temps, elle savait toutes les histoires, toutes les musiques, toutes les langues, toutes les poésies. Surtout elle cousait comme pas une, faisait des reprises merveilleuses, composait des coulis divins, repassait dans la perfection, et elle eût été digne de s'asseoir sur un trône, du temps que la reine Berthe filait. Par exemple, au grand désespoir de madame Malabre, pareille à une poule qui aurait couvé un œuf de canard, Jeanne n'avait pas du tout

appris les belles manières, était odieusement naturelle, ne regardait pas vaguement l'azur et n'effeuil-
lait aucune fleur entre ses doigts, qui n'avaient rien
de mélancolique.

De ce qui est *chic* ou de ce qui n'est pas *chic*, elle
n'en avait même pas le soupçon, et quant au sépias,
aux romances sans paroles et aux ouvrages en perles
pour ventes aux profit des pauvres, elle s'y montrait
notoirement inférieure. Mais devenue tout à fait
grande, elle devait bien autrement, et pour des
causes plus graves, humilier son tuteur et sa tu-
trice !

Un jour madame Malabre avait invité à dîner un
des directeurs du ministère, dont elle espérait pour
son mari une haute faveur. Le matin du grand jour,
il se trouva, comme par un fait exprès, que la cuisinière était tombée gravement malade. Or le personnage en question ne hait qu'une chose au monde : la
cuisine de Chevet, et il n'y avait aucun espoir de le
tromper là-dessus. Monsieur et madame Malabre
gémissaient comme un chœur tragique. Voyant cela,
la petite Jeanne qui était devenue grande, mais
qu'on appelait toujours : la petite Jeanne, les consola de son mieux, et dit résolûment :

— « Si vous voulez, moi, je ferai le dîner. »

Cette proposition parut absurde aux deux époux.
Ils l'acceptèrent cependant, ne pouvant faire mieux,
et, avec l'aide d'une fille de cuisine, Jeanne se mit
à l'œuvre, combinant les farces, les jus, les assai-
sonnements, les garnitures, avec autant d'invention
que de certitude. Mais là-dessus, autre malheur.
Madame Malabre arrive dans la cuisine, éperdue,
échevelée comme une Océanide. Le grand couturier
Bsirtlz vient de lui apporter sa robe de gala, manquée par lui pour la troisième fois : sera-t-elle donc
réduite à paraître nue devant monsieur le directeur !

— « Si vous le voulez, madame, dit la petite Jeanne, j'arrangerai la robe. »

Folle de douleur, madame Malabre consentit. Jeanne apporta la robe dans la cuisine, et tout en goûtant ses sauces, elle se mit à tailler, à rogner, à coudre, si adroitement qu'elle ne fit pas une tache sur le damas gris d'argent à fleurs de couleurs naturelles. À l'heure dite, le dîner fut servi, et madame Malabre resplendissait. La petite Jeanne avait si bien pourvu à tout, que la fille de cuisine put suffire à achever et à dresser les plats. Le directeur, à force de joie, se léchait et se mangeait les lèvres.

— « Ah ! ça, dit-il à madame Malabre, votre cuisinière est habile, mais pas tant que cela. Ce n'est pas elle qui a fait le dîner !

— Hélas ! dit madame Malabre en rougissant et en désignant Jeanne avec une dédaigneuse pitié, je dois avouer que c'est ma pupille. » Et elle ajouta, en rougissant plus fort : « Si je vous disais qu'elle a taillé la robe que j'ai sur le dos !

— Oui, fit monsieur Malabre, voilà à quoi ont abouti les sacrifices que nous avons faits pour son éducation ! Quand on est d'une nature vulgaire...

— Ma foi ! dit le directeur en vrai paysan du Danube, si j'avais un fils, voilà celle que je lui voudrais pour femme ! »

Le directeur n'a pas de fils ; mais le romancier Simonny assistait à ce dîner, et l'esprit net, la chaste beauté de Jeanne et aussi ses talents le faisaient songer à sa bonne mère, qui lave son linge à la rivière, le fait sécher sur le pré et le range dans les armoires avec de la lavande et de la racine d'iris. Lorsqu'il fit sa demande, les Malabre ne refusèrent pas à Simonny de lui donner Jeanne, qu'ils jugeaient assez commune et manquant de monde pour convenir à un artiste. Le jour du mariage, monsieur Zirio

26

a apporté à sa filleule, pour le bal, une parure de reine, représentant des jasmins, faite avec de l'or vert et des perles fines.

Comme Jeanne est heureuse et vertueuse, elle n'a plus besoin de sa protectrice, dont l'âme n'habite plus la précieuse breloque. Cependant, lorsque son amie est en proie à ces vagues tentations qui assiègent les meilleures femmes, la fée Om vient à son secours. Elle rentre dans le petit corps délicatement ciselé par l'orfèvre, et épiant le moment favorable pour parler à son élève chérie, qui alors la prend dans ses doigts roses et l'approche de son oreille, elle lui dit, de sa petite, toute petite voix, caressante et douce :

— « Détache-moi ! »

XXXIII

LES BUVEURS D'EAU

Sand Town, bâtie au milieu des déserts du Iowa,
et qu'un embranchement rejoint au Pacific railroad,
devint peu de temps après sa naissance une ville
florissante, lorsqu'un Français, nommé Thériat, y
introduisit la culture de la vigne. Sur les pentes
sablonneuses exposées au grand soleil, toutes les
espèces réussirent si bien qu'avec les raisins rouges,
blancs, gris et les muscats divers, les Sandiens
fabriquent des vins de Bourgogne, de Champagne,
de Bordeaux et aussi des vins d'Espagne, si bien
imités ou reproduits que leur succès fut immense
dans toute la libre Amérique, où le chemin de fer
récemment créé les emportait si facilement.

Et non-seulement les habitants de Sand Town en
exportaient d'énormes quantités, mais ils les buvaient
eux-mêmes avec tant d'enthousiasme qu'à certains
jours la ville entière était ivre. Après avoir expédié
les balles de coton, les tonnes de vin et de porc
salé dont la vente les faisait si riches, les habitants
s'entassaient dans les tavernes et dans les bars, y
buvaient fidèlement les admirables produits de leur
sol, et rarement consentaient à rentrer chez eux
pour y remplir leurs devoirs de maris. Bien plutôt
ils achevaient leurs nuits sous les tables, et il n'était

pas rare de les rencontrer dans les rues profondément endormis et tenant encore une bouteille à la main.

Cet état de choses, qui leur procurait un bonheur tranquille et exempt d'ennuis, eût duré longtemps sans doute, si les femmes délaissées ne s'en fussent émues. Mais, anomalie bizarre, ce fut, non pas une femme mariée, mais une demoiselle qui la première réussit à révolutionner Sand Town. Dans cette ville heureuse et essentiellement éclectique, où tour à tour les wesleyens, les presbytériens, les puséistes et les quakers avaient passé, écoutés avec sympathie, mais sans que leurs prédications engageassent les Sandiens à boire une goutte de moins que de coutume, miss Rowena Whitehead entreprit une croisade en faveur de l'eau claire, et parla si éloquemment que sous ses auspices se fonda une Société de tempérance dont le succès fut prodigieux. Après elle, sa sœur, miss Many, excita ses concitoyens à s'abstenir de jambons et de roastbeefs, pour se nourrir uniquement de légumes. Son succès ne fut pas moindre, et donna naissance à la Société végétarienne.

Les Sandiens se jetèrent avec furie dans cette religion nouvelle, mangèrent avec extase du céleri et des betteraves, et, comme des troupeaux altérés, s'abreuvèrent d'eau pure, de façon à tarir presque les sources et même l'eau du magnifique fleuve qui traverse leur ville. Bientôt les deux sociétés se fondirent en une seule, sous le nom de Société de tempérance et végétarienne, qui admit parmi ses membres des hommes et des femmes, et choisit pour son président monsieur Jedediah Jameson, maire de la ville.

Le riche négociant accepta cette fonction avec d'autant plus d'empressement qu'il avait, en qualité de menuisier, construit sur un terrain à lui appartenant la salle où se tenaient les séances, et qu'il tirait un bon lucre du prix d'entrée, fixé à un dollar par personne. Les hommes et les femmes de couleur étaient admis, et même aussi les nègres et les négresses, car miss Rowena et miss Many ne voulaient refuser à personne les délices de la sobriété. A vrai dire, ces deux sœurs étaient nées exprès pour prêcher le culte de l'abstention et du renoncement, car, affinées jusqu'à la ténuité la plus impalpable, elles étaient, selon l'expression d'un rédacteur du *Vendible Enquirer*, plus minces l'une que l'autre. L'aînée donnait l'idée d'un fil de la Vierge, et la plus jeune ressemblait à l'ombre de ce même fil. Pour ne rien exagérer, bien qu'elles fussent jolies, leur profil inspirait la terreur que peut causer la vue d'un instrument tranchant, et il n'aurait pas été difficile de les emprisonner toutes les deux dans un seul canon de fusil.

Au contraire, monsieur Jameson doué de la plus réjouissante obésité, montrait une série de ventres étagés les uns au-dessus des autres, et descendant jusqu'à ses genoux avec les majestueuses ondulations d'une chaîne de collines. Uniformément rouge, son visage, rasé seulement au-dessus de la lèvre supérieure, comme celui d'un Hellène des temps héroïques, était d'ailleurs envahi par une épaisse et longue barbe, et ainsi le maire de Sand Town qui, s'il avait rencontré son ménechme, était assez riche pour l'acheter au poids de l'or, offrait l'aspect d'un puissant et parfaitement confortable gentleman.

Le 12 septembre dernier, il arriva très irrité à la Société de tempérance et végétarienne. Comme il n'y avait pas de salle de théâtre à Sand Town, un Australien nommé Tom Dyer, arrivé récemment avec une troupe d'acteurs pour exhiber une féerie à

26.

trucs et une ménagerie de bêtes fauves, n'avait-il
pas eu l'audace de vouloir louer sa salle, alléguant
effrontément que la Société pouvait, sans inconvénient, faire relâche pendant quelques semaines?
Même, au refus de l'honorable maire et menuisier,
il avait loué une sorte de cabane voisine de la salle
des séances, pour le moment vide, et qui d'ordinaire
servait à emmagasiner du goudron, de telle façon
que pendant la séance on entendait les rugissements
et les miaulements des bêtes féroces.

Cependant, en voyant que la recette atteignait au
maximum, monsieur Jameson oublia cette contra-
riété, et jeta un regard satisfait sur la salle où les
têtes, dominées toutes par celle d'un géant mulâtre
nommé Kirk, se mêlaient confondues et pressées
comme les vagues de la mer. Parmi cette assemblée
impatiente, où s'agitaient des visages de toutes les
couleurs, depuis le noir de l'ébène jusqu'à la blancheur du lys, on remarquait surtout, enveloppé dans
un manteau de couleur écarlate, un jeune homme à
la joue imberbe et à la longue chevelure bleue, dont
les formes féminines étaient d'une merveilleuse
beauté et d'une grâce irrésistible. On supposait qu'il
arrivait de Salt-Lake City, et qu'il appartenait à la
religion mormone. Et cela avec d'autant plus de
raison que derrière lui étaient entrées vingt-sept
jeunes femmes, toutes souriant d'un air aimable, et
vêtues avec l'élégance la plus correcte. Il est vrai
qu'elles n'avaient pas d'enfants avec elles, mais elles
pouvaient bien les avoir laissés dans l'Utah, aux soins
de leurs sœurs; car si le jeune voyageur ne montrait
que vingt-sept femmes, pourquoi en réalité n'en
aurait-il pas eu quarante?

Dès que la séance fut ouverte, après les prélimi-
naires d'usage, miss Many monta à la tribune, et
avec l'éloquence la plus persuasive décrivit les vo-

luptés raffinées et délicates que procure à ses
adeptes l'abstention des liqueurs alcooliques et celle
de la chair ayant eu vie, et comment le subtil Amour
garde au ciel et même sur la terre, des voluptés
d'un ordre supérieur à ceux qui dédaignent ces ré-
fections grossières. Sur l'invitation de la fragile ora-
trice, tous les assistants jurèrent à l'envi qu'ils se
nourriraient de verdures et de racines, et ne boi-
raient plus rien que l'eau des fontaines. Mais ce
n'était là que la petite pièce, dont le succès eût été
complet, si le jeune homme au manteau vermeil et
ses gracieuses compagnes n'eussent protesté contre
l'engouement général par leur attitude indifférente
et par leurs sourires ironiques.

Après sa sœur, miss Rowena Whitehead prit la
parole, et, dépassant de beaucoup ses conclusions,
affirma que, pour les habitants de Sand Town, ce
n'était rien de mépriser personnellement la folie du
vin, et qu'ils devaient encore, autant que cela était
possible, affranchir leurs semblables de ce hideux
esclavage. Elle termina en disant qu'il fallait prendre
tous les tonneaux de vin emmagasinés dans les caves
et les vider dans la rivière, puis arracher tous les
plants de vigne, afin de rendre le sol délivré à la salutaire culture des légumes.

— « Oui! oui! vidons les tonneaux dans la rivière! arrachons les plants de vigne! » s'écrièrent
les assistants, entraînés par le discours de la mince
Rowena.

Monsieur Jedediah Jameson était le plus excité
de tous, mais il fut comme transpercé par le regard
tranquillement railleur que jetait sur lui le voyageur au manteau rouge, et, exaspéré par son opposition muette, il prit le parti d'interpeller directe-
tement ce contradicteur muet.

— « L'honorable gentleman à qui je m'adresse,

dit-il en le dévisageant d'un air provoquant, ne semble pas approuver les résolutions unanimes de la Société de tempérance et végétarienne? »

Le jeune homme ne répondit rien et continua de sourire.

— « L'honorable gentleman, continua Jedediah, comprend-il que son silence est insultant pour moi, et que je pourrais être tenté de le rappeler au respect que doivent lui inspirer mon caractère et la fonction dont je suis revêtu? »

Le jeune homme ne souriait plus, mais il attachait sur le président ses prunelles de flamme, dont le gros homme sentit l'amère brûlure. Ivre de fureur, il tira son bowie-knife et voulut se précipiter sur l'imprudent voyageur; mais il fut cloué à sa place par une série d'incidents qui modifièrent l'aspect de la séance de la façon la plus inattendue.

D'abord il entendit retentir un coup de tonnerre; puis des vignes jaillirent du sol, s'élancèrent, grimpèrent aux piliers qu'elles couvrirent de leur feuillage et de leurs noirs raisins, et autour de la salle se mit à courir un ruisseau de vin doux, au bord duquel bondissaient des lynx et de petites panthères.

— « Ah! dit Jedediah, c'est cet entrepreneur de féerie à trucs, ce montreur de bêtes, ce scélérat de Tom Dyer qui fait des siennes! »

Ainsi le brave président essayait de nier le prodige et de lui trouver une explication rationnelle; mais il ne put persister longtemps dans ce système, emporté d'ailleurs par la frénésie qui s'empara de toute l'assemblée. Des tonneaux de vin, de sherry, de brandy, de wiskey se dressaient de toutes parts sur des chevalets, et sur les bancs, transformés en vastes buffets, s'étalaient de gigantesques pièces de roastbeefs à la chair rose comme des fleurs, des

volailles, d'énormes jambons et de longues andouilles fumées. Subitement convertis et retournés
comme un gant, les membres de la Société de tempérance emplissaient et vidaient leurs verres. Ceux
qui n'en avaient pas buvaient à même les robinets
des tonneaux, ou, couchés à plat ventre, lapaient le
flot du ruisseau de vin doux.

D'ailleurs, ils dévoraient les viandes, qu'ils dépe-
çaient, les uns avec leurs couteaux, les autres avec
leurs doigts. Les femmes n'étaient pas les moins
affamées ni les moins altérées, et tout en déchirant
à belles dents les succulents roastbeefs, avalaient
avec une robuste joie le bordeaux et le champagne
des vignes de Sand Town. Quelques-unes même
faisaient ménage avec les gentlemen et se désalté-
raient avec eux dans le même verre.

Cependant les compagnes du jeune voyageur
avaient quitté leur déguisement désormais inutile, et
maintenant elles apparaissaient telles que le Maître
les aime et les veut, jetant sur leurs jeunes corps
agiles et nus de blanches toisons de brebis ou des
peaux de faon encore sanglantes, et couronnées de
smilax ou de branches de sapin vert. D'autres avaient
dans les cheveux, ou sur les bras en guise de bracelets, des serpents vivants. Effrénées, éperdues,
emportées délicieusement dans une danse farouche,
elles choquaient leurs cymbales d'or, en se renversant en arrière pour atteindre aux grappes, qu'elles
écrasaient avec volupté sur leurs bouches entr'ouvertes. Au milieu d'elles gambadait une ourse
blanche soudainement apparue, qui avec sa patte
frémissante lissait coquettement sa fourrure tachée
de vin.

D'autres allaitaient des chevreaux et de jeunes
panthères, et folles, buvant les vins, dont elles es-
suyaient avec leurs langues les gouttes tombées sur

leurs mentons charmants, elles s'enfuyaient sur le
rhythme bondissant, dans un ouragan de démence,
renversant en arrière leurs fronts échevelés. Les
négresses bientôt et les mulâtresses, déchirant leurs
vêtements et poussant de petits gémissements de
plaisir, avaient été domptées à leur suite par la
danse tourbillonnante, et, étroitement enlacées,
suivaient dans leur course les vierges amoureuses.

Mais les citoyens, les blancs, les véritables Sandiens n'étaient pas restés en arrière de cette délirante gaieté, et vidaient les brocs et les fûts avec
une constance inébranlable, toujours plus assoifés
que le sable même de leur désert. L'impalpable miss
Many Whitehead, sans avoir lâché son verre plein
de champagne, avait grimpé sur les épaules du mulâtre Kirk, et baisant les cheveux de ce géant, fourrait tendrement son museau rose dans les touffes de
laine.

Demi-nue et folâtre, sa sœur Rowena s'était assise sur les genoux de Jedediah Jameson, et tantôt
elle lui faisait boire le sang des lourdes grappes
qu'elle arrachait à la vigne débordante et qu'elle
écrasait dans son verre ; tantôt elle prenait des raisins au sang rouge, avec lesquels elle lui barbouil-
lait ingénument le visage et les yeux. Le respectable
président se trouvait extrêmement satisfait, et, loin
de lui garder rancune, aurait voulu exprimer sa reconnaissance au jeune voyageur vêtu d'un manteau
vermeil. Mais lorsqu'il le chercha des yeux, il ne vit
plus à sa place qu'un Lion rugissant, qui dans la
clarté fulgurante agitait sa grande crinière, et dont
les claires prunelles brillaient d'un éclat surnaturel
et divin.

Car ce Lion était, en effet, le Bienheureux aux
mille noms, le Flambloyant, le Porte-Sceptre, le
conducteur des Orgies, le Guerrier vénérable, le Pro-

phète couronné de lierre qui porte une lance d'or,
et qui, pour une fois, n'avait pas dédaigné de recon-
quérir une ville de l'Iowa, comme il conquit jadis
l'Inde sacrée, bien qu'en général il n'aime guère à
voyager dans ces pays ignorants du symbolisme, et
comme les autres Dieux-Héros, manifeste peu de
sympathie pour l'esprit commercial et rusé de la
libre Amérique !

XXXIV

LES AMES

Malgré ses découvertes qui ont fait faire un si grand pas à l'astronomie et ses étonnants travaux micrographiques, le savant Georges Ferrez était encore à quarante ans, sinon inconnu, du moins oublié, tenu à l'écart par la force des choses, lorsque tout à coup il trouva un secours inattendu et puissant dans l'amitié du prince Ursus Elysi. Troisième fils d'un duc régnant, ce jeune homme, qui lui-même a goûté aux fortifiantes ivresses de la Science, se prit d'une ardente admiration pour l'homme dont les écrits lui avaient révélé des mondes d'idées nouvelles, et sans qu'il y eût besoin pour cela d'aucune intrigue, la respectueuse affection qu'il portait à son maître suffit pour mettre Ferrez à la place qui lui était due.

Avec sa naissance princière, son immense fortune, sa jeune et virile beauté qui en ce temps n'eut pas d'égale, et son esprit où brille la plus séduisante étrangeté, Ursus Elysi n'eut qu'à se montrer l'ami de cet audacieux inventeur pour le faire adopter par le grand monde parisien, où d'ailleurs Ferrez affirma bien vite son éclatante supériorité. Nommé membre de l'Académie des Sciences, de l'Académie des Sciences morales et de celle des Inscriptions, rapidement élevé aux grades d'officier, puis de commandeur de la Légion d'Honneur, ce voyant, ce grand trouveur d'idées, dont les ouvrages nouveaux furent alors appréciés comme ils méritent de l'être, resta humble de cœur et modeste comme il l'était naguère dans sa mansarde de la rue Christine, et même lorsque ses théories furent à la mode et que ses livres l'eurent rendu presque riche, ne daigna accorder aucune attention à des phénomènes d'une si médiocre importance.

Le prince Ursus Elysi avait fait dans son pays un assez long séjour; il venait seulement d'arriver depuis quelques jours à Paris, et il n'avait pas encore rendu sa visite à Georges Ferrez, comme à chacun de ses voyages il ne manquait jamais de le faire, lorsqu'il y a deux ans, ils se rencontrèrent au premier bal donné par la comtesse de Heilly.

— « Ah! monseigneur, dit Ferrez, quelle joie de vous revoir!

— Mon cher maître, dit le prince, il me semblait que je n'étais pas à Paris, puisque je ne me suis pas encore présenté chez vous. Dites-moi vite quels progrès vous avez faits et quelles découvertes; car il ne se passe pas une minute où vous ne déchiriez un pan du voile de nuit qui nous enveloppe, et où vous n'arrachiez quelque nouveau et lumineux secret au formidable Inconnu!

— Mon prince, dit le savant, il est bien difficile d'inventer quelque chose; cependant mes humbles efforts aboutissent quelquefois. Et tenez, grâce à mes travaux récents, j'ai le bonheur de pouvoir vous offrir la chose dont vous avez précisément besoin en ce moment même. »

Si Georges Ferrez parlait ainsi, c'est qu'entré au bal depuis quelques instants, nettement et du premier coup d'œil, avec l'intuition d'un homme pour

27

qui aucun secret n'existe, il avait vu son cher élève
servir de jouet à une femme coquette et frivole,
tandis qu'il froissait et blessait, presque sans la
voir, l'ardente affection d'une jeune fille dont rien
n'avait taché jamais l'esprit divin et la pureté céleste.

Tour à tour maussade, gracieuse, irritée, provocante, indifférente, glacée, la marquise Pauline de
Gye faisait du prince Ursus Elysi l'esclave de ses
caprices, et se plaisait à le faire passer par les plus
cruelles alternatives de l'espoir et de la douleur,
tout en se parant de lui comme d'un précieux joyau,
tandis que le prince ne remarquait même pas, ou,
sans se l'avouer, ne voulait pas voir les regards douloureusement tendres qu'attachait involontairement
sur lui mademoiselle Claude de Nèves. Et comment
aurait-il pu en être autrement? la jeune fille avait
ici en effet trop de désavantage vis-à-vis de la femme
triomphante et follement adulée. Mariée à un homme
charmant, riche à millions, blonde, jolie, souriante
et rose, jeune puisqu'elle voulait et savait l'être,
célèbre par des amours qui n'ont pu ternir sa répu-
tation et parmi lesquels elle avait su rester froide,
prudente et inconstante, faisant et refaisant la mode
et les renommées, tout juste assez intelligente pour
briller dans le monde et pour ne jamais être bonne,
madame de Gye avait toute la séduction et toute la
grâce heureuse du bonheur.

Au contraire, veuve, ruinée, réduite à une pauvreté voisine de la misère, la mère de Claude, la
duchesse de Nèves, portant tristement et fièrement
un des plus grands noms de France, voyait sa fille
impossible à marier faute d'une dot, et la jeune fille
avait sa condamnation écrite sur son doux et aimable
visage. Elle était belle sans doute, et ses yeux d'un
bleu sombre et sa douce chevelure noire avaient un

charme infini ; mais une pâleur excessive affinait
ses traits d'une délicatesse idéale, et son corps maigre
et comme noué ne s'était pas développé, bien qu'elle
eût déjà dix-huit ans. Enfin mademoiselle de Nèves,
trop supérieure pour n'être pas méconnue, s'effaçait, parlait à peine. Pour comble de malheur, elle
avait à première vue, frappée du coup de foudre,
aimé le prince Elysi, et depuis deux années déjà,
elle se sentait déchirée par ce muet et profond amour,
pareille à la suave fleur dédaignée, sur laquelle on
marche sans la voir, et qui meurt sans que nul ait
respiré son parfum céleste.

Voilà ce que Georges Ferrez avait deviné et vu
tout de suite, car ce découvreur d'astres, ce patient
investigateur de mondes inconnus eût été un romancier de premier ordre, s'il avait eu le temps d'enfiler
des perles ! Et voilà pourquoi il voulait offrir à son
plus cher élève le talisman qui devait lui servir à se
reconnaître et à se diriger dans sa nuit noire.

— « Parlez, cher maître, lui dit le prince.

— Mon prince, dit le savant, en étudiant les
vieilles formules de Néri, de Merret et de Kunckel,
et en voyant dans quelles proportions ils mélan-
geaient les cailloux rougis au fourneau et pulvérisés,
la potasse, la craie et la magnésie, et dans d'autres
cas, le salpêtre, le borax, l'arsenic, la corne de cerf,
j'ai pu, sans trop de peine, aller au delà du résultat
qu'ils ont obtenu, de ceux même que connaît l'industrie moderne, et fabriquer un cristal d'une telle
pureté que les rayons en apparence invisibles y sont
réfractés, et qu'à travers ce cristal nous pouvons
voir toute matière, même celle devenue tellement
subtile que nous ne la nommons plus matière.

Avec ceci, continua-t-il en tendant à Ursus Élysi
un morceau de cristal carré taillé en forme de lorgnon et attaché à un cordon de soie, avec ceci, vous

pouvez voir les choses cachées et particulièrement les Ames des hommes, qui vous appparaîtront alors dans leur réalité absolue, et sans pouvoir rien vous cacher de leur vie et de leurs habitudes. »

Et comme le prince faisait un geste, non d'incrédulité, mais d'étonnement :

— « Vous pouvez, dit Ferrez, commencer vos expériences dans ce salon, où vous trouverez, je crois, une solution qui vous intéresse directement. » Ayant ainsi parlé, Ferrez s'éloigna après avoir serré la main d'Ursus Élysi, qui avec une curiosité poignante venait de passer à son cou le cordon auquel était attaché le lorgnon de cristal.

Voir les Ames, cela se pouvait donc! En tout cas, Élysi ne prit nullement le temps de réfléchir, et collant le cristal sur sa prunelle dévorée de désirs, il sut tout de suite que cela se peut en effet. Et non seulement il vit distinctement toutes les Ames des femmes et des hommes présents à ce bal, mais sans le moindre effort il comprit comment elles pouvaient tenir et se gouverner dans ces corps, avec le décor et le logis qui leur est propre, sans blesser et offenser les organes, étant faites sans doute d'une matière semblable à celle dont ils sont formés, mais mille fois plus éthérée et subtile, et occupant un espace développé dans des conditions dont nos sens à l'état ordinaire ne peuvent comprendre la loi, pourtant si simple et si logique!

Toutes ces Ames, toutes ces Psychés, mariées ou fiancées à des Amours infiniment multiples et divers, avaient uniformément au dos des ailes de papillons qui, lorsque nous dormons, leur servent à s'enfuir dans les pays du Rêve, et lorsque vient le jour de la délivrance, les emportent frémissantes de joie dans les fluides éthers. C'était là, d'ailleurs, le seul caractère qui leur fût commun à toutes, car autrement elles étaient plus variées et différentes les unes des autres que les fleurs dans un jardin ou les feuilles sur un arbre.

Enfin, si leur aspect déroutait un peu trop exactement l'idée préconçue, montrant noir ce que nous croyons être blanc, et blanc ce que nous croyons être noir, cela tient uniquement à l'habitude enracinée et régulière que nous avons de nous figurer les choses exactement le contraire de ce qu'elles sont. Mais cette interversion mathématique, opérée dans notre esprit toujours en défaut, procède d'une faculté qui a été excitée et développée en nous lorsque nous étions tout petits, et qu'on nous enseignait à coller sur une interminable série de vessies des étiquettes où était écrit le mot LANTERNES!

Certes, le prince aurait bien voulu courir tout de suite vers la marquise de Gye; mais elle était séparée de lui par un immense flot de foule, et son impatience ne lui permettait pas d'attendre! Le premier personnage sur lequel il dirigea son lorgnon fut le ministre Vertua, qui passe, comme on sait, pour un grand politique, et aussitôt, sans la moindre hésitation ni le moindre obstacle, le prince Élysi vit son Ame. Cette Ame, dans une toute petite chambre enfantine, était une fillette de quatre ans, jouant à la poupée avec une petite maguin, essuyant ses doigts à son tablier déjà plein de confitures, d'autres fois parlant à une chaise vide et jouant à la madame avec la dame qui aurait pu y être assise, ou, sa petite bouche ouverte de travers, rêvant dans une immobilité idiote, regardant vaguement quelque part comme la Vache du poème, et cognant contre les meubles ses ailes de papillon toutes déchirées et fripées.

Eh quoi! c'était donc si peu de chose, ce célèbre Vertua! Mais le prince ne voulut pas se décourager,

27.

et pour se débarbouiller tout de suite avec de l'ambroisie, fixa cette fois le cristal magique sur un poète. Il vit alors l'Ame d'Emmanuel Pink, de ce même Pink, aux yeux vert de mer et à la légère barbe d'or, qui, à l'Académie, où il est entré récemment, est accepté comme un foudre de lyrisme, comme un Orphée dompteur de loups, qui lape les torrents et peigne les chevelures des astres, mais tout cela décemment, et avec l'honnête mesure qui convient à un jeune maître dont le délire est accueilli dans la meilleure société.

Le prince vit cette Ame. C'était une vieille petite épicière, coiffée d'une cornette, vêtue d'une robe d'indienne à fleurs, sur laquelle ses ailes de papillon recroquevillées faisaient la plus étrange figure, et dans sa boutique encombrée par des tonneaux de pommes sèches, époussetant mélancoliquement, avec un plumeau sans plumes, les bocaux où achevaient de se dessécher ou de se fondre les antiques dragées, les bonbons d'anis, les colifichets, les pipes en sucre d'orge rouge; puis autour du tiroir au poivre, ramassant la poussière de poivre mêlée à toutes les autres poussières, et la remettant avec soin dans le tiroir.

Ursus Elysi continua son intéressante revue. Lasseron, le philosophe spiritualiste, qui a repris la suite des affaires de Platon et de monsieur Cousin, a pour Ame une clownesse gymnaste qui, dans un vaste Cirque, saute d'un trapèze à l'autre à travers l'espace, bondit, s'envole, s'accroche par les dents ou par les talons au bois du grand trapèze, et tombe dans le filet, triomphante et souriante, dressant ses ailes de papillon, tandis que l'effort gonfle et fait saillir ses muscles agiles. Cette femme si vaporeuse, madame de Brézel, dont le mari a gagné tant de millions dans les affaires industrielles, mais qui, elle, est une nuée de gaze, et ne veut pas savoir que l'argent existe, a pour Ame une caissière en manches vertes qui vérifie l'encaisse, reporte sur le grand livre, fait sa balance, attache les liasses de billets de banque avec des épingles, et avec ses ailes de papillon époussète les lingots d'or, façonnés dans le moule comme des tablettes de chocolat.

L'intègre financier Gaudion, qui parle si bien de sa probité, a tout bêtement pour Ame une voleuse, qui cache ses ailes sous son méchant fichu, et sur un boulevard noir accoste les flâneurs, pour les livrer au couteau d'un beau jeune homme coiffé d'une casquette à pont. L'Ame de ce grand apôtre de la paix, monseigneur Plenex, évêque *in partibus* de l'île d'Avalon, est une guerrière, une féroce déesse Enyo, coiffée du casque horrible, cuirassée d'écailles, qui tient dans sa main une épée sanglante, et avec ses ailes de papillon plane sur un champ de bataille jonché de morts.

L'Ame du belliqueux général Marmy est une Amaryllis d'églogue, qui au bord d'un ruisseau, prêtant l'oreille pour écouter la flûte lointaine de Daphnis, trempe ses ailes dans l'eau vive et se coiffe de glaïeuls et de nénufars. Celle du brutal romancier Camille Ribal, ce blond et tout jeune révolté au visage de femme qui confond le mot propre avec plusieurs mots malpropres, est une demoiselle Jocrisse, en veste de serge écarlate, coiffée d'une tignasse rouge audessus de laquelle voltige un papillon de papier attaché à un fil de fer, ingénue, naïve comme une oie, étonnée de tout et d'elle-même, qui, emprisonnée dans un cabinet isolé et sans fenêtres où elle étudie la vie, ne se sert pas de ses ailes, parce qu'elle ignore qu'elle les a, et s'obstine à regarder la lune dans un télescope où son valet Arlequin a malicieusement fourré une souris blanche.

Le prince Elysi vit encore bien d'autres Ames bizarres ; mais comme on peut l'imaginer, il les oublia
en un instant lorsqu'il se trouva en face de la marquise de Gye, que bien vite il regarda anxieusement
à travers le lucide cristal. Oh ! de quel rire farouche
et inextinguible il fut soudainement secoué, lorsqu'il
vit, dans un cabinet de toilette agencé comme celui
d'une marchande d'amour, l'âme de Pauline, cette
courtisane décidément vieille, à grand renfort de
pâtes, de poudres, d'opiats, de pommades, de couleurs, de crayons, de combinaisons chimiques, de
brosses, de pinceaux, de pattes de lièvre, occupée
comme Jézabel à réparer l'irréparable, laissant pendre ses ailes inertes, et montrant sans comédie sa
bouche désabusée et méchante !

Affreuse vision vite effacée, car bientôt, dans le
jardin édénique des Béatrix et des Laure, faisant
éclore sur ses pas des violettes et des lys, Ursus Elysi
vit et adora l'idéale Psyché, la pure vierge, l'Ame
de Claude, pleine de lui, livrant à l'azur ses tremblantes ailes, et tournant vers lui son chaste front
ceint d'étoiles frissonnantes.

Trois mois plus tard, Claude de Nèves était la
femme d'Ursus, et comme les deux frères du prince
ont été malheureusement tués dans une guerre récente, à la mort du duc régnant il a pu faire asseoir
sur un trône la princesse Élysi, dont le corps élégant et svelte a soudainement jailli comme un lys,
dont le bonheur a rosé et avivé les joues divines, et
qui, non contente de chanter comme sainte Cécile,
est devenue spirituelle, en osant montrer qu'elle l'est.

On voit quelquefois à Paris ces beaux jeunes gens,
qui ne trouvent pas excessif de faire un voyage de
quinze cents lieues pour venir embrasser leur cher
et savant ami Georges Ferrez !

XXXV

UN AMATEUR

Vers deux heures du matin, au moment où le bal s'enveloppe d'une atmosphère de volupté, et où un peu de lassitude alanguit ses délirantes ivresses, Paul Cingal se trouvait seul dans un petit salon, au milieu d'un groupe composé des plus charmantes femmes de Paris, qui l'interrogeaient et l'admiraient comme une bête curieuse.

— « Oui, dit la belle comtesse de Simille, madame de Roméi a raison. Votre beauté, monsieur Cingal, est si absolue, si excessive, si scandaleusement parfaite qu'elle finit par avoir quelque chose d'impersonnel...

— Et, continua madame Jeanne Onfroy, qu'il devient permis de vous en parler, comme d'un tableau ou d'un objet d'art !

— N'y a-t-il pas là, dit madame Diane de Manez, quelque chose comme un scandale public, et, comme ayant usurpé la plus belle prérogative féminine, ne poussez-vous pas le bonheur jusqu'à un point anormal et excessif ?...

— D'autant que par-dessus le marché vous êtes poète, à ce qu'on assure, fit madame Blanche de Malissi.

— Hélas ! madame, répondit Paul Cingal, je ne

suis qu'un simple amateur, trop peu et trop incomplètement poète pour vivre dans le Rêve, et (mot
horrible à prononcer pour un galant homme!) quant
à ma beauté, si elle existe, ce dont alors je serais
innocent comme d'un malheur immérité ou de toute
autre infirmité bizarre, elle ne m'a pas valu la seule
chose que j'aurais souhaitée.

— Et quoi donc? fit la comtesse de Simille.

— Madame, dit Paul Cingal, j'aurais voulu, comme
ce Thomas-le-Rimeur, dont François-Victor Hugo a
raconté l'histoire, être aimé par une fée.

— Tu peux l'être si tu veux!» dit une voix qui ne
résonna pas, qui ne troubla pas le silence, et que
Paul entendit en lui, sachant que cette voix était
celle de madame de Festa, qui depuis un moment
attachait sur lui ses yeux couleur de violette. Comment se trouva-t-il dans un salon d'attente, arran-
geant une sortie de bal sur les épaules de cette
femme divinement belle? Comment, l'escalier descendu, fut-il assis à côté d'elle, dans une voiture
capitonnée d'une douce et chaude étoffe, qu'emportaient des chevaux rapides? Tandis qu'ils parcou-
raient l'avenue des Champs-Élysées, aux longues
guirlandes de lumière, Paul Cingal, tenant les mains
finement gantées de madame de Festa, n'éprouvait
pas le besoin de lui parler; sans le secours du langage, il sentait que leurs pensées se communiquaient,
se mêlaient étroitement, pleines d'un amour immense, tranquille, heureux d'être; il respirait avec
une joie infinie les parfums de la robe de bal, des
gants, de la blonde chevelure, et s'enchantait dans
le silence, en voyant les lèvres de la bien-aimée
resplendir comme le rapide éclair d'une flamme rougissante. Cependant, il entendit comme la première
fois retentir en lui des paroles qui n'avaient pas été
articulées et qui étaient celles-ci :

— « Je suis la fée Thia, et je t'aime! »

Ils s'étaient engagés dans des quartiers que Paul ne connaissait pas. La nuit, que nulles lumières ne déchiraient plus, était épaisse, complète, profondément bleue. En voyant à la lueur d'un fugitif rayon de lune que la voiture était devenue un char d'émeraude traîné par des monstres ouvrant leurs grandes ailes éperdues, Paul ne s'étonna pas; il trouva naturel aussi que sa compagne, portant maintenant un costume de reine, eût au front un étincelant diadème, et que lui-même fût vêtu d'une tunique dont la soie épaisse moulait son corps en le caressant de ses plis. On arriva devant un palais dont les portes s'ouvrirent d'elles-mêmes. Cingal et la fée Thia descendirent du char dans une cour d'honneur, où des mulâtresses géantes, vêtues d'or, élevaient des torches aux flammes roses, et ils arrivèrent dans la salle du festin, reposés, les membres assouplis, comme s'ils fussent sortis d'un bain délicieux. Là, assis sur un lit antique, devant la table dressée pour apaiser leur soif et leur faim, ils se mirent à boire les vins écarlates et à savourer dans les assiettes de diamant des mets qui changeaient et se transformaient au gré de leurs caprices, et qui d'eux-mêmes venaient s'offrir, sans que nul bruit troublât la quiétude des tranquilles amants.

Sur le pavé d'or de la salle étaient jetés des tapis couleur de neige, dont les ornements se renouvelaient sans cesse. De même, les étoffes dont les murs et les sièges étaient couverts, variaient et changeaient de couleurs par des transitions insensibles, parcourant les plus tendres gammes des jaunes, des roses, des bleus, des verts, des lilas, en même temps que leurs broderies d'argent, de perles, de jais blanc grandissaient, s'amplifiaient, mouraient, renaissaient comme une végétation vivante. Les murs étaient

surtout ornés de tableaux japonais de satin et d'or,
représentant un flot, ou un rayon de lune, ou une
cime d'arbres, ou rien, ou des personnages qui de
temps à autre sortaient du tableau et se promenaient
dans la salle. Ainsi faisaient aussi les héros et les
Dieux peints et sculptés dans les frises, car rien
n'était inanimé dans ce palais fait d'extases et de
ravissements.

Tantôt le festin était éclairé par cent lustres et par
des flambeaux, taillés chacun dans un seul morceau
de cristal de roche. Tantôt ces flambeaux disparaissaient pour laisser briller la clarté d'une sorte de
jour, égal, intense, dont les gammes de lumière se
mêlaient et se pénétraient l'une l'autre, comme des
ondes sonores. Le service était fait par de sveltes
filles nues, aux chevelures dénouées, dont les corps,
simplifiés comme ceux des plus belles statues, ne
montraient aucun de ces plis de chair qui manquent
de style, et offraient la correction et la splendeur
initiale du marbre le plus pur. Elles versaient à boire,
en élevant des buires d'argent ciselées, ou éventaient
la fée Thia et son amant avec des éventails de plumes ; non que cela fût nécessaire, puisque les plus
douces brises soufflaient dans la salle, mais pour
charmer les yeux par de beaux gestes et par des
poses gracieuses.

Devant elles, Thia et Cingal échangeaient librement de longs et suaves baisers, car ils savaient que
ces jeunes servantes et les autres personnages des-
cendus des cadres ou des frises ne pouvaient alors
les voir, et même n'existaient que dans la stricte
mesure où ils devaient leur être utiles. Certes, il y
eut concert, et bal, et comédie pendant le repas!
mais non à la manière dont l'entendent stupidement
les hommes. Les amants voyaient et entendaient ce
que souhaitait leur désir : parfois une ode d'Horace,

dite par ses personnages ; parfois deux ou trois mesures de Mozart, exécutées par des musiciens qui, aussitôt après les avoir jouées, disparaissaient. Puis un vol de Nymphes dansantes, couronnées de violettes ; puis quelques vers d'Ophélie à Hamlet ou de Roméo à Juliette, dits par des comédiens créés par l'esprit même de Shakespeare, et tout de suite évanouis. Ou bien un bout de fanfare guerrière, ou la flutte de Daphnis qui chante et soupire, ou un vague et lointain chant de cor, venu comme du fond des bois.

Une fois, car il ne faut pas parler de jours ni d'heures à propos d'un endroit où le temps n'existait pas, Thia comprit que son amant avait envie de voir des fleurs, et, le tenant par la main, elle le conduisit dans un grand jardin où fleurissaient les lilas et les roses et les œillets et les roses trémières, où les myosotis ouvraient leurs tendres prunelles bleues, où les lauriers-roses jaillissaient au bord des ruisseaux d'eau vive, où les vignes enlacées aux arbres laissaient pendre leurs lourds raisins, où les espaliers étalaient les pommes, les poires, les pêches veloutées, car tout fleurissait et murissait à la fois dans ce verger, où on voyait les fleurs et les fruits naître, grandir, éclore, se renouveler avec une rapidité vertigineuse. Cependant Cingal fut saisi de tristesse en voyant que ces roses, que ces lys, que ces raisins, si vivants pourtant, étaient faits de pierreries, de topazes, de diamants roses, d'améthystes, et que les feuilles, froissées et frissonnantes dans le vent, étaient de vertes émeraudes. Mais Thia le consola d'un sourire, et l'emmena avec elle dans de nouvelles chambres d'or qu'il ne connaissait pas, et dont les draperies étaient faites d'un azur éthéré, transparent et fluide comme celui du ciel.

Assise avec lui sur les divans d'un pâle rose at-

28

tendri et mourant, elle le charmait de ses baisers
et de ses caresses, que nulle monotonie ne pouvait
flétrir, car, tout en restant reconnaissable et semblable à elle-même, Thia, sans cesse transfigurée par
la pensée de son amant, était tout ce qu'il désirait
qu'elle fût. Elle était, s'il le voulait, une Cléopâtre
coiffée de l'épervier sacré, ou une amazone guerrière,
ou une princesse, ou une faunesse en délire, ou une
Pompadour au petit nez vainqueur, traînant les
belles étoffes brochées exprès pour que Latour les
copie avec les brillantes poussières du pastel; ou
une Gothon au cabaret, relevant ses manches rouges
sur ses bras, ou une Salmacis rougissante et dé-
nouant dans le vent sa chevelure parfumée; et toutes
ces femmes qu'elle était entouraient l'heureux jeune
homme de leurs bras à la peau fraîche et douce
comme des pétales de rose.

Mais lui, avec son paresseux génie, il se lassait de
créer ainsi à chaque instant la bien-aimée, et de la
voir modelée si fidèlement par sa propre imagination, heureuse et superbe quand il avait la force
de vouloir qu'elle le fût, accablée et triste si lui-
même se laissait envahir par une lâche mélancolie,
et devant cette âme obéissante, il regrettait parfois,
sans se l'avouer, les stupides maîtresses sur lesquelles toute idée glisse comme une goutte d'eau
sur la surface d'un marbre poli, et dont le manque
de compréhension offre l'attrait excitant d'une
énigme jamais devinée.

Lorsque la fée Thia, languissante et pâlie, s'affinait et glissait sans bruit comme une ombre aérienne,
Cingal comprenait bien que si elle dépérissait, c'est
que lui-même n'avait plus la puissance inventive de
l'amour, et il en voulait presque à son amie de
montrer sur son propre visage l'image de ses irréso-
lutions et de son énergie défaillante. De même, au

milieu des nobles architectures, des métaux, des lapis et des porphyres, qui contrariaient son insoucieuse faiblesse et le forçaient à l'extase du beau, il soupirait après l'inconsciente nature, et désirait s'absorber comme autrefois dans ses tranquilles paysages.

Une fois, il eut la nostalgie de la forêt de Fontainebleau, de cette Gorge-aux-Loups où il se couchait dans l'herbe, parmi les arbres aux racines tordues et les roches sauvages. Thia, qui lisait en lui, fit apparaître ce décor avec sa verte fraîcheur et ses ombreuses solitudes ; mais lorsqu'il voulut toucher les buissons et les chênes, Cingal ne rencontra rien sous sa main, et vit que ces frémissantes verdures n'étaient qu'un spectre flottant et une vaine image. Il poussa un profond soupir, laissa tomber ses bras découragés, et la Fée eut alors besoin de se rassembler tout entière pour l'endormir et le consoler dans les chambres d'or !

Une autre fois, son amant eut le poignant désir de voir le boulevard sous les éblouissantes flammes du gaz, et par un enchantement nouveau et plus fort que le premier, Thia l'évoqua autour d'eux, rendant les objets réels et tangibles. C'était bien le trottoir où passent les Parisiens affairés et flâneurs, la terrasse du café Peters, et la foule des causeurs aspirant avec le chalumeau de paille des boissons américaines, et les filles errantes, aux robes triomphales, marchant avec la régularité d'un ressort d'horloge, comme si elles avaient été remontées pour un nombre d'heures par la clef impérieuse de la Nécessité. Mais en regardant de près ces buveurs et ces promeneuses qu'il pouvait toucher, Cingal vit bien que c'étaient des Génies et des Sylphes travestis, et non de vrais mortels, parce qu'il n'y avait pas dans leurs yeux la fatigue et l'incurable tristesse de la vie. Alors il tourna vers Thia un regard désolé, et la Fée comprit qu'elle devait arracher de son cœur brisé ce pauvre contemplateur, épris de la vie matérielle.

— « Va ! lui dit-elle, retourne avec les tiens ! »

Elle posa sur ses yeux un long, un dernier baiser, et redevenue elle-même, coiffée de son diadème rayonnant, vêtue de sa robe couleur de lune et agitant ses ailes transparentes, elle toucha Cingal de sa baguette de diamant. Comme le Temps n'est qu'une illusion de notre esprit, il se retrouva, correctement vêtu de son habit noir, au bal qu'il avait quitté pour suivre madame de Festa, au milieu des charmantes femmes qui le plaisantaient sur sa beauté ridiculement parfaite.

— « Vous disiez ?... lui demanda la comtesse de Simille.

— Madame, dit Paul Cingal un peu étonné et passant sa main sur son front, je disais que je suis un poète amateur, trop peu artiste pour vivre dans l'invention et dans le Rêve...

— Ne vous plaignez pas, dit madame Diane de Manez, en montrant avec coquetterie son bras nu, la réalité a du bon. S'il faut être dévoré, pourquoi ne serait-ce pas par la Louve, aussi bien que par la Chimère ?

— Et, tout compte fait, dit madame de Roméi avec son mystérieux sourire, peut-être vaut-il encore mieux mourir à l'Académie qu'à l'hôpital ? »

XXXVI

L'ALIBI

Ah ! quelle boulevardière était cette Nini-les-Bleuets, qui mourut si jeune à l'hôpital, héroïne d'une légende bizarre ! Elle avait toutes les figures du vice, de la flânerie, de l'amabilité, du *chic* parisien ; elle était aux bals, aux soupers, aux premières représentations, partout où l'on cause, où l'on rit, où l'on s'ennuie, où l'on s'amuse ; tantôt riche, fondant quelque lingot, faisant sensation aux Courses, où elle versait du champagne à ses amis ; tantôt pauvre au quartier Latin, serrée dans un vieux waterproof, en tout temps dédaignant l'argent comme la boue des rues, spirituelle, imaginant les nouvelles à la main comme si elle avait dû en vendre, et jonglant avec les mots comme un saltimbanque japonais avec les poignards. Sa très singulière beauté ne contribuait pas peu à entretenir son succès persistant ; car, grande, svelte, agile, savante en équitation et en escrime, habile dans tous les genres de sport, elle conservait d'ordinaire une immobilité de statue, et étonnait ses admirateurs par un visage unique en son genre.

En effet, avec des traits nobles, gracieux, d'un charme exotique, et des yeux terriblement bleus, d'où lui venait son surnom, elle était exactement

pâle comme une morte, et au milieu de cette pâleur
de neige, la bouche aux petites dents apparaissait,
écarlate comme une grenade. Quant aux cheveux, ils
étaient, selon la mode, de toutes les couleurs, tantôt
noirs, jaunes, châtains, rouges, comme ceux d'une
vraie Parisienne qui ne dédaigne ni les perruques ni
les marchands de cheveux pour dames. Mais Nini-
les-Bleuets n'était fardée en aucune façon, parce que
le rouge eût été absurde et que la poudre de riz
aurait paru noire, sur sa peau d'une blancheur telle
qu'on ne pouvait pas la regarder sans éprouver
l'impression d'un froid glacial.

Peut-être devait-elle cette miraculeuse pâleur à
un noctambulisme effréné, car cette belle fille ne
dormait jamais dans un lit, la nuit du moins. Elle
veillait toujours, et veillait où l'on voulait, soit
dans les bals et les soupers chez les grandes courtisanes, soit dans les cabarets, où elle restait avec
ceux qui ne veulent pas de repos, et d'où elle s'en
allait vagabonder avec ceux qui ne rentrent nulle
part. Elle s'en allait au Café Anglais, ou à la maison
d'Or, ou chez Hill, ou au café du Helder, ou au *Rat-
Mort*, ou à la Halle, chez Baratte, ou dans les brasseries du boulevard Saint-Michel, mais jamais dans
une demeure, partout roulant et fumant sans dis-
continuer son éternelle cigarette, qui sous ses doigts
fins aux ongles roses prenait une physionomie et
une allure personnelles. Par exemple, personne ne
pouvait se flatter de l'avoir vue manger ou boire,
uniquement sans doute parce qu'elle ne voulait pas
interrompre sa fumerie. Elle avait bien ordinairement devant elle un verre à demi-plein d'eau glacée,
mais je ne crois pas qu'elle y trempât jamais ses
lèvres.

C'est ainsi qu'on la vit encore, il y a moins de
deux ans, parfaitement semblable à elle-même,

pendant une nuit passée chez Brébant, où le riche
financier Jaillon avait invité le dessinateur Lesseline,
le journaliste Layral, Paul Zante, le docteur Cetty,
l'avocat Pierre Voilquin, si éloquent dans les procès
criminels, Henri Vernias alors interne à la Charité,
et pour charmer ses convives, avait rassemblé un
rare trio de jolies femmes : Emilie Hénin, Jeanne
Poncelet et cette superbe Jenny Pavare, dont les
épaules ont pu être comparées à celles de la maîtresse du Titien. A ce souper, un tout jeune homme,
fou d'amour pour Nini-les-Bleuets, ne la quittait pas
du regard, et l'écoutait, l'âme suspendue à ses
lèvres, semblant ne vivre que par elle et pour elle.
C'était un très riche étudiant nommé Emile Séveno,
un enfant de dix-neuf ans qui paraissait en avoir à
peine seize, et dont l'imberbe visage de fille, encore
rose, s'encadrait dans une blonde et très fine chevelure.

Comme d'habitude, Nini venait de lancer les plus
brillants feux d'artifice, en racontant le scandale de
la veille, enjolivé d'un tas de festons et d'astragales,
et tout le monde riait à cœur joie. Seul, Henri Vernias
avait gardé son sérieux, avec un air froid et presque
agressif.

— « Et comme ça, dit-il à Nini, tu ne manges toujours pas !

— Mon cher, répondit-elle en roulant son élégante cigarette, celui qui ne travaille pas ne doit pas
manger, et tu sais bien que je ne travaille jamais !
Ça vous amuse de remâcher éternellement la même
salade russe et les mêmes écrevisses à la bordelaise,
en buvant le même Château-Laffitte obtenu à l'aide
des plus habiles procédés de la chimie moderne ?
Moi, j'aimerais autant m'asseoir dans une chaire
moyen âge, à figures sculptées en ronde bosse qui
vous entrent dans le dos, et là, fumer un faux tabac

turc, en lisant un poème d'opéra de monsieur
Scribe !

— Eh ! fit Vernias, ce n'est pas monsieur Scribe
qui a commis tous les crimes, et les moyens de donner la mort sont innombrables. Après tout, je ne
sais pas lequel j'aime le mieux, d'un poète qui ne
rime pas ou d'une femme qui ne mange pas. Je sais
que le lyrique a trouvé le sujet et les détails de son
Enfant prodigue dans le poème de Campenon. Toi,
avec ta face de Deburau, tu as sans doute très peu
de sang ; mais enfin, le peu de sang que tu as, où
l'as-tu pris ?

— Oh ! s'écria Nini-les-Bleuets, puisque monsieur
Artus n'est pas là, laisse-moi faire le trémolo moi-
même ! »

Et en effet, avec sa fourchette et son couteau, elle
exécuta sur son assiette, avec une verve endiablée,
un trémolo qui rappelait les meilleures inspirations
du Piccini de la Porte-Saint-Martin dans les âges
romantiques.

— « Ainsi, dit-elle, nous voilà en plein mélodrame ! *Lord Ruthwen, ou les Vampires, par Charles
Nodier ; Paris, Ladvocat, deux volumes in-12* ! Allons,
mon cher Vernias, je ne veux pas me faire prier, et
je vais te donner la représentation complète, avec
les accessoires ! »

Elle sonna alors, demanda au garçon Auguste, en
l'appelant par son nom, du riz crevé et non accom-
modé, qui lui fut apporté immédiatement, et qu'elle
se mit à manger grain par grain, avec une aiguille
d'ivoire.

— « Ceci, dit-elle, vous représente le Vampire,
avec la meilleure couleur locale ! Mesdames et Messieurs, je vous ai trompés en vous disant que je me
nomme Fanny Murie, et que je suis née dans la rue
des Dames, à Batignolles. En réalité je me nomme

Horwath Saroth ; je suis née au village de Kisilova
en Esclavonie, d'un père et d'un grand-père également vampires, et je bois le sang des jeunes hommes
comme les amis de Gargantua buvaient le vin à la
Saulsaie, pour la soif présente et future ! L'autre
nuit, à notre partie de campagne dans la forêt de
Compiègne, vous m'avez crue seulement évanouie ;
j'étais morte, et vous m'avez ressuscitée sans le
savoir, en me plaçant sous un rayon de lune. Enfin,
n'avez-vous pas remarqué, messieurs, que je sais le
latin, ce qui n'est pas ordinaire chez les Batignol-
laises ? »

Tout le monde rit de cette plaisanterie sinistre,
mais sans trop de gaieté, et Henri Vernias regarda
fixement Nini-les-Bleuets qui, sans perdre son aplomb
provoquant, sembla cependant un peu indécise et
troublée.

— « Non, non, dit-elle, ne me regarde pas ainsi.
Aussi bien je m'en vais, car le Matin commence à
montrer aux carreaux les bouts de sa cravate rouge,
et voilà l'heure de coucher les monstres. Et savez-
vous que je n'ose plus dire à Émile : Viens-nous-en !
car à présent, qui peut savoir s'il n'a pas peur de
moi, et si je ne lui fais pas l'effet des nonnes de
Robert-le-Diable, qui se lèvent sur leurs tombeaux à
ressort, avec des jupes de mousseline empesée et des
souliers roses? »

En parlant ainsi, elle jetait à Émile Séveno ce
sourire de pourpre qui le rendait fou. Déjà il s'était
précipité vers elle, et amoureusement l'enveloppait
dans sa pelisse de cygne. Et tous les deux serrés,
pressés, enlacés, ne faisant qu'un, disparurent
comme un couple d'oiseaux qui s'envole.

— « Mon cher Henri, dit Jaillon à Vernias, je
crains que vous n'ayez fâché cette belle fille, avec
vos railleries un peu cruelles !

— Et, fit Layral, que diable cela vous fait-il qu'elle mange ou ne mange pas?

— Car enfin, dit Lesseline, vous ne pouvez croire à ces histoires de l'autre monde, vous un homme de science !

— Messieurs, répondit Vernias, mon illustre maître le docteur Cetty vous le dira, nous sommes précisément assez savants aujourd'hui pour ne rien croire certain et pour ne rien croire impossible. Que de prétendues fables, depuis les orgies des Bacchantes jusqu'aux extases des convulsionnaires, ont été affirmées et expliquées par les travaux récents sur le somnambulisme et sur les maladies nerveuses ! Enfin, je parle devant des Parisiens à l'esprit rapide, Nini-les Bleuets ne ressemblait-elle pas bien à Polichinelle, qui dit la vérité en ayant l'air de mentir ? Vous le savez comme moi, une loi inéluctable exige qu'avant de tromper et de séduire sa victime, le Vampire se donne à elle pour ce qu'il est, et lui fasse de complets aveux. Eh bien ! qui sait si Nini-les-Bleuets, ou Horwath Saroth, n'a pas trouvé plus commode de se confesser à Émile Séveno sous une forme ironique, et devant nous, en manière de jeu, que sérieusement et dans une chambre fermée ? Pour moi je me défie toujours de ceux qui me disent une chose pour rire...

— Mais vous, s'écria Jenny Povare, vous nous dites des choses pour pleurer ! Je demande qu'Émilie Hénin chante la chanson du *Onzième Baiser*, et qu'on l'écoute en buvant du muscat d'Asti ! »

Émilie chanta la chanson du *Onzième Baiser*, et ce matin-là, on ne pensa plus aux tristes suppositions de Henri Vernias. Comme la vie parisienne est affairée, turbulente et dévorante, on n'y pensa pas non plus le lendemain, ni le jour suivant, ni jamais, et les convives du souper ne se les rappelèrent même pas lorsqu'au Bois, autour du lac, ils voyaient passer dans sa voiture Émile Séveno, ayant à ses côtés Nini-les-Bleuets, bien portante et robuste sous sa pâleur tragique, mais lui, perdant à chaque heure sa vie et ses forces, devenu de plus en plus faible, et comme un enfant malade, appuyant son front lassé qu'il ne pouvait plus porter.

Et de plus en plus aussi, ce frêle enfant adorait sa tranquille amante, et d'une voix éteinte murmurait à son oreille des mots passionnés, que Nini écoutait en fumant des cigarettes, brûlées et renouvelées avec une admirable constance.

L'amour est un duel; qu'un des deux combattants y succombe, cela n'a rien que de très ordinaire, et il n'y a pas là de quoi émouvoir la curiosité d'un peuple qui a vu les madrigaux se réaliser d'une manière féroce, et les yeux meurtriers, ainsi dénommés dans les poèmes fugitifs, sacrifier autant de victimes que le canon dans les batailles. Mais l'indifférence publique fut secouée comme par un coup de foudre, lorsqu'un matin on trouva dans son lit Émile Séveno assassiné, ayant au cou une ouververture affreuse, plus semblable à une morsure de bête fauve qu'à une blessure.

Quoiqu'on ne l'eût pas vue à Paris depuis plusieurs jours lorsque se produisit cet événement, Nini-les-Bleuets fut naturellement accusée d'avoir commis le crime, et passa en cour d'assises. Comme on le sait, elle fut acquittée, beaucoup sans doute grâce au talent vivant, poignant, si profondément humain de Pierre Voilquin, dont la plaidoirie fut merveilleuse, et qui en cette occasion se surpassa, mais beaucoup aussi parce que nul alibi ne fut jamais si bien prouvé que celui de Nini, car le jour même de l'assassinat elle étonnait la ville de Lyon par un scandale qui n'y sera pas de longtemps oublié. Ruiné par elle jusqu'aux moelles, le banquier Casimir Jost s'était enfui, laissant derrière lui un déficit de dix millions, et au moment même où éclatait ce désastre, Nini en grand équipage, triomphalement vêtue d'une robe rose couverte de dentelles d'un prix fabuleux, se promenait comme par défi dans les allées vertes, où elle faillit être lapidée par la foule, et où la police dut alors prendre des mesures pour protéger sa vie. C'est le lendemain seulement qu'elle revint à Paris, et fut arrêtée dans son petit hôtel de la rue Blanche; aussi n'y avait-il pas de doute possible sur son absence lors du meurtre de Séveno.

— « Et, disait Pierre Voilquin à Vernias plusieurs mois après, moi-même, sans cet alibi décisif, je l'aurais crue coupable, car, l'imagineriez-vous, mon ami? il m'était resté dans l'esprit je ne sais quel trouble, à la suite de ce souper de Jaillon, où vous nous avez mis la puce à l'oreille avec vos fantaisies romantiques. Mais enfin, le fait est le fait, et il est évident que si Nini-les-Bleuets était à Lyon au moment où fut commis le crime, elle ne pouvait pas être en même temps ici.

— Ce n'est pas une raison! dit Henri Vernias. La justice m'aurait fort malmené sans doute, si j'avais entrepris de l'aider à former sa conviction, d'après de simple hypothèses; mais j'ai toujours cru et je crois encore qu'il y a eu et qu'il y a deux Nini-les-Bleuets, car les ménechmes existent parfaitement dans la vie réelle, et ne se rencontrent pas seulement dans les comédies. D'après le récit que m'a donné comme fidèle une des ennemies les plus acharnées de la fumeuse de cigarettes, Nini aurait rencontré par hasard dans ses caravanes une Hongroise nommée Sama, qui était son vivant portrait, et se serait liée étroitement avec elle. Mais, par une combinaison

dramatique dont ne se sont avisés ni Plaute ni
Shakespeare, les deux femmes si l'histoire est vraie,
ont imaginé d'exploiter leur ressemblance au lieu
d'en être victimes, et de vivre toutes les deux sur un
seul état civil, ce qui leur donnait le privilège de
l'ubiquité, et ce qui leur a permis d'accomplir peut-
être des crimes de Polichinelle... »

Ainsi parla Vernias, qui laissa l'avocat Voilquin
tout rêveur. Quelle que fût cette ennemie de Nini-
les-Bleuets qu'il ne voulait pas nommer, elle ne
l'avait pas leurré d'un conte fait à plaisir, car à un
mois de distance l'une de l'autre, les deux Nini
vinrent mourir à la Charité, dans le service même
auquel Henri Vernias était attaché. Et, coïncidence
étrange, pour l'une comme pour l'autre il arriva la
même chose. Après qu'elles avaient été déjà portées
à l'amphithéâtre, un étranger, ayant rempli toutes
les formalités voulues et muni des autorisations
nécessaires, réclama leurs corps, qui lui furent remis.
Mais attendu que deux précautions valent mieux
qu'une, sans approfondir la question de savoir si
elles étaient ou non des Vampires, l'interne avait eu
soin de percer avec un pieu embrasé, bien aigu, le
cœur de Sama comme celui de Saroth, ce qui sembla
causer à ce seigneur un vif désappointement.

XXXVII

RIQUETTE A LA HOUPPE

Quel charmant ménage illégitime, mais si légitime au point de vue du victorieux Amour! forment le peintre Louis Félicé et la comédienne Anna Griffeuille, surnommée Riquette à la Houppe! Ils ne sont beaux ni l'un ni l'autre; mais, lui avec son visage farouche couronné d'une noire broussaille, elle avec ses yeux vifs, son teint brun, sa chevelure brune, sa grande bouche aux petites dents, ils ont des têtes vaillantes et saines de combattants, ils sont la joie de Paris parce qu'ils s'adorent, et que l'un et l'autre ils sont pleins de talent, d'originalité, de volonté, de bravoure, et fidèles! Anna, qui joue héroïquement les servantes de Molière, est entrée au Théâtre-Français après qu'on y eut décidé de payer les toilettes des actrices, ce qui lui a permis d'être vertueuse : aussi n'a-t-elle encore et n'a-t-elle jamais eu qu'un seul amant! C'est un plaisir de la voir chez elle. Tout en causant le plus spirituellement du monde et avec une rare humeur, tantôt elle joue avec son petit chat Silvius, blanc comme la neige, comme les lys et comme le frisson des étoiles; tantôt elle se met de la poudre de riz avec une énorme houppe, fine et caressante, qui lui cache entièrement le visage.

Et la houppe ressemble au chat, et le chat ressemble à la houppe ! Tous les deux, la houppe et le chat, ils ont une robe douce, virginale et sans tache. Quand on voit la houppe, on croit qu'il va lui pousser une petite queue, de petites pattes à griffes et des oreilles pointues et un petit museau rose, et qu'elle va vous regarder avec de mystérieux yeux gris ; quand on regarde le chat, il semble qu'il va se pelotonner en boule, et que sa maîtresse va se servir de lui pour mettre sa poudre de riz. En somme, sans parler du chat, la houppe explique très bien comment Anna Griffeuille a pu être surnommée : *la Houppe ;* mais pourquoi *Riquette ?*

A l'époque où le descendant de Girardo Arighetti, chassé de Florence en 1268 par la faction gibeline, Pierre-Paul de Riquet, seigneur de Donrepos, forma et exécuta le gigantesque projet du canal du Languedoc, qui ne devait être terminé que par son fils Jean-Mathias de Riquet, président à mortier du parlement de Provence, il était encore d'usage dans nos provinces que les très vieux domestiques, attachés depuis longtemps et de père en fils au service d'une famille, fussent désignés par le nom de leur maître. C'est ainsi que les Griffeuille, qui s'étaient donnés à cette noble maison, furent tous appelés, les hommes par le nom de Riquet, les femmes par celui de Riquette. Même après l'extinction de la grande famille illustre, les serviteurs en conservèrent le nom ; aussi la dernière Griffeuille, une Jeanne qui, veuve et sans parents, vint s'établir à Paris un peu avant la guerre de 1870, fut encore appelée Riquette par les Provençaux qu'elle retrouva dans le faubourg Saint-Germain où elle habitait, et sa brune petite fille, âgée de dix ans, fut aussi une Riquette.

Jeanne vécut en peignant des éventails pour Duvelleroy. Habile et ingénieuse dans ce métier,

elle sut élever et instruire parfaitement sa petite
Anna, qui tout enfant manifesta une irrésistible
vocation pour le théâtre. En mourant, elle laissait
une somme de trois mille francs à sa fille, qui alors
âgée de dix-sept ans, suivait la classe de Régnier.
Pourvue d'un conseil de famille et d'un tuteur qui
lui laissaient faire tout ce qu'elle voulait, Anna
entreprit d'achever ses études en mangeant à même
ce petit capital, et de rester sage au Conservatoire,
où l'avait suivie son nom provençal et où on ne
l'appela jamais autrement que : Mademoiselle Riquette. C'est à quoi elle ne fût pas parvenue peut-
être, sans une bien heureuse circonstance qui lui
vint en aide, et lui rendit sa tâche presque facile.

Il y a trois ans de cela. On était aux derniers jours
de juillet; il faisait une chaleur torride, les feuilles
des arbres toutes grillées fumaient au soleil, les
semelles des passants avec leurs clous s'imprimaient
dans l'asphalte des trottoirs, et les Parisiens voyaient
le moment où ils allaient mourir de soif, comme
une caravane égarée dans le désert. Riquette, pleine
de courage, était partie à pied de la rue du Bac, où
elle habitait encore la chambrette que lui avait
laissée sa mère. Elle allait à sa classe, en mangeant
un pain d'un sou, et en se rafraîchissant, comme
elle pouvait, avec un vieil éventail dépenaillé, qui
n'en pouvait plus, mais auquel la petite fille tenait
beaucoup, parce qu'il avait été peint par Jeanne
Griffeuille, lors de ses premiers essais. En route, elle
répétait bien sagement ses morceaux de Molière,
pensant aux difficultés qu'elle voulait vaincre absolument et s'affligeant un peu d'être laide, car elle
savait bien qu'au théâtre il faut avant tout payer de
mine, et que tout le talent du monde n'y vaut pas
une jolie frimousse.

Ainsi elle songeait, mais en arrivant sur la place

du Carrousel, où les passants calcinés semblaient
frire comme dans une poêle pleine d'huile bouillante,
elle vit un spectacle assez étrange et douloureux
pour la distraire de ses peines. Sur un des tas de
cailloux dressés pour les travaux de la ville était
assise une vieille, vieille femme, dont le nez pointu
rejoignait le menton, chauve, sans regard, édentée,
ridée comme une pomme sèche, maigre, n'ayant plus
que la peau et les os, et vêtue de haillons sans forme
et sans couleur, sur lesquels se crispaient ses mains,
que le hâle avait rendues noires.

Brûlée par le soleil, ne respirant plus et mourant
de soif, cette pauvre misérable haletait, tirait la
langue, et s'ils eussent passé par là, Gobseck et
Gigonnet auraient été émus de la voir dans un état
pareil. La petite comédienne, dont le cœur est excellent, eut tout de suite pitié d'elle. A quelques pas
de là, une marchande de gâteaux et de boissons
était installée derrière sa petite table. Riquette alla
prendre à cette boutique en plein vent un verre de
coco glacé qu'elle offrit à la vieille; puis, tandis
qu'elle buvait, elle lui rafraîchissait le visage avec
son éventail, et elle le lui offrit ensuite généreuse-
ment, avant de prendre congé d'elle.

— « Eh bien! dit la pauvre femme, j'accepte cet
éventail; mais puisque tu te désoles de ne pas être
jolie et que tu veux rester sage, en rentrant chez toi,
tu trouveras ce qu'il faut pour combler tes désirs.
Moi, je me nomme Tara; mais quand tu verras le
petit chat, n'oublie pas de l'appeler : Silvius! »

Riquette, craignant d'arriver en retard pour la
leçon, ce qui eût été contre toutes ses habitudes,
s'éloigna d'un pas rapide. Mais, au bout d'un instant,
les paroles de la vieille la troublaient et lui trottaient
dans la cervelle. Le petit chat! quel petit chat? et
quel rapport pouvait exister entre ce Silvius inconnu

29.

et le regret qu'éprouvait la jeune fille de n'être pas jolie? Arrivée au milieu de la place, Riquette n'y put tenir et se retourna pour regarder la vieille; mais à la place même où elle l'avait laissée, elle ne vit qu'une jeune et belle dame, élégamment vêtue, qui de la main droite tenait ouverte une jolie ombrelle rouge, et qui de la main gauche, ô surprise! s'éventait avec son éventail déchiré, parfaitement reconnaissable. Mais Riquette ne prit pas le temps d'approfondir ce mystère; elle avait à réciter la scène de Cléanthis, et elle savait que monsieur Régnier est très bon enfant, mais qu'il ne plaisante pas.

Lorsqu'elle rentra enfin chez elle, le cœur lui battait bien fort. Allait-elle trouver le cadeau promis? Elle le trouva en effet. C'était une jolie boîte couverte en papier japonais à fond violet, jonché de fleurs et historié de cent façons. La jeune fille l'ouvrit; elle contenait de la poudre de riz teintée de jaune, telle qu'il la faut pour la peau des brunes, et une grande, une large, une énorme houppe à manche de nacre rosée. Oh! quelle maîtresse houppe! blanche, épaisse, moelleuse, bien fournie, et douce, si douce! Bien vite, Riquette s'amusa à se mettre de la poudre devant son petit miroir, et avec un ravissement sans égal s'aperçut que la houppe avait le don de la rendre infiniment jolie, car au contact du caressant duvet, ses yeux s'animaient, son teint s'avivait, ses traits se dessinaient mieux, ses cils et ses sourcils devenaient plus réguliers, et ses lèvres prenaient une délicieuse couleur de pourpre rose.

Elle ne se lassait pas de se poudrer, de s'essuyer, de se poudrer encore : elle s'arrêta seulement quand elle n'eut plus la force de se tenir sur ses jambes, et elle se laissa tomber dans l'unique fauteuil qu'elle possédât, en posant bien délicatement la houppe au milieu de sa petite table. Mais bientôt la houppe frémit, s'allongea, regarda Riquette avec des yeux gris d'acier pleins de profondes pensées, dressa des oreilles pointues, tendit un petit museau, tira, en montrant de petites dents, une langue râpeuse et rose, étira de petites pattes griffues, et devint un petit chat blanc comme la neige, que la jeune fille, se rappelant l'ordre de son amie Tara, se hâta d'appeler : Silvius! Et Silvius vint se caresser à elle, fermant voluptueusement ses yeux, et remuant avec une rapidité vertigineuse l'extrême petit bout de sa queue délirante et folle de joie.

Riquette comprenait bien à quoi lui servait la houppe, mais pas du tout à quoi lui servirait Silvius, et toutefois elle le comprit bientôt. La jeune fille n'avait pas pu fermer complètement sa porte à ses compagnes d'études; à leur suite se glissèrent les comédiens en herbe qui, la voyant sans défense, tentèrent de lui conter leurs vilaines fleurettes. Une tradition persistante au Conservatoire depuis la fondation de cette école, veut qu'il soit déshonorant pour les Firmins et les Talmas futurs d'en laisser sortir une jeune fille pure comme elle y est entrée, et les camarades intrigants de Riquette espéraient bien garder leur honneur sauf; mais ils avaient compté sans l'incorruptible Silvius. S'ils procédaient par la plaisanterie, le petit chat blanc immobile, hostilement indifférent, affectait un mépris sans bornes, et par sa seule attitude défendait qu'on pût rire de leurs calembredaines.

Lorsque se produisaient les lieux communs d'amour empruntés aux plus détestables romans, le petit chat poussait de longs miaulements sinistres, et si, perdant toute retenue, les visiteurs voulaient par aventure s'y prendre à la hussarde, alors Silvius les griffait jusqu'au sang, leur égratignait les paupières, et se mettait sérieusement en devoir de leur crever les yeux. Quelques-uns de ces conquérants malmenés voulaient se venger du turbulent satirique ; mais aussitôt Silvius se sauvait, s'engouffrait dans la boîte à poudre de riz, et sans que ses ennemis eussent pu se rendre compte de la transformation, il n'y avait plus de chat, il y avait une houppe que Riquette prenait par son manche de nacre rosée, avec laquelle elle se mettait de la poudre, et allez donc vous fâcher et faire des violences contre une houppe !

De cette campagne, vaillamment menée par le petit chat blanc comme neige, il résulta qu'après avoir obtenu les premiers prix de tragédie et de comédie, Riquette débuta au Théâtre-Français, grâce à sa houppe avec un vrai succès de beauté, mais aussi, grâce à Silvius, vierge et sans tache, et pour qui eût pu voir son âme, aussi blanche que le chat et que la houppe.

Son succès fut tel que le prince Otto, ce cousin de roi célèbre pour ses folies, voulut épouser la jeune comédienne ; mais cette fois Silvius poussa des miaulements exaspérés, car il savait que marier une actrice, c'est enfermer le rayon de lune dans un coffre, et coiffer le feu follet d'un triste bonnet de coton. Sa maîtresse était de son avis, et elle sut bien se défendre du mariage, mais non de l'amour, car, à vrai dire, elle n'en avait pas envie. Tout son désir était d'être aimée fidèlement et exclusivement par un brave homme qu'elle aimerait de même, et ce beau rêve se réalisa dès qu'elle eut rencontré le peintre Louis Félicé, qui habitait la même maison qu'elle.

Aux premiers regards qu'il lui jeta, et plus tard aux premiers mots qu'il osa lui dire, elle sentit tout de suite que ce vrai artiste était sincère. Elle aurait voulu tomber dans ses bras, et elle retardait l'instant

mille fois souhaité, se rassemblait, prenait possession d'elle-même, comme pour mieux se donner
tout entière et sans retour à l'être choisi. Comme
le soir Félicé dessinait près d'une fenêtre, Riquette,
assise à la sienne, contemplait longuement son ami,
savourant d'avance et silencieusement les heures
bienheureuses que lui promettait l'avenir. Mais
Silvius, lui, n'entendait rien à ces subtilités; courant
sur le rebord d'une corniche, il avait bientôt fait de
se glisser chez le peintre. Il le caressait, le plaignait,
dessinait avec lui; il fallait que Riquette appelât
mille fois Silvius pour qu'il se décidât à dire adieu
à son nouvel ami, et même quand elle avait besoin
de se mettre de la poudre de riz pour être belle, c'est
à grand'peine s'il consentait à retourner dans la
maison et à redevenir houppe.

Un jour enfin, il s'y refusa absolument, et il fallut
que, pour le ravoir, la jeune fille entrât chez Félicé
qui attacha sur elle ses yeux loyaux, pleins de tristesse et d'amour.

— « Ah ! dit-il en lui prenant les mains et en l'attirant doucement, ce n'est pas vous qui m'aimerez
jamais !

— Non ! c'est le chat ! » dit Riquette, en laissant
tomber sa tête sur la poitrine de son ami. Silvius se
mit à faire mille folies pour témoigner sa satisfaction,
puis comprenant qu'il était inutile dans ce moment
décisif, alla se coucher au milieu du volume de
Molière qui était resté ouvert sur la table de la
petite comédienne.

Félicé aime beaucoup la houppe avec laquelle
Riquette se met de la poudre, et il adore Silvius.
Mais comme il est un artiste, très occupé de ses
compositions, et qui souvent, lorsqu'il s'agit d'autre
chose, ne réfléchit pas, il n'a jamais deviné que Silvius est à la fois le chat et la houppe, et que ces

deux êtres ne font qu'une seule et même personne. Cent fois il a fait le portrait du petit chat couleur de neige, à l'huile, à la cire, au pastel, à l'aquarelle, à la gouache, de toutes les façons, et il le met dans ses tableaux pour rien, pour le plaisir.

Même il lui a fait faire des bottes en maroquin blanc, comme celles du duc d'Albe dans *Patrie*, et une petite gibecière en daim fauve. Non que Silvius ait à faire des commissions, ou qu'il doive prendre des lapins et des perdrix pour les porter à un roi quelconque; mais le peintre lui a offert ces inutiles parures pour le rendre beau et en mémoire du glorieux Chat Botté.

Aux premières représentations de la Comédie-Française, dans une loge située à côté de celle qui est réservée à monsieur Camille Doucet, on voit souvent une belle dame, derrière laquelle se tiennent debout respectueusement des messieurs dont les habits sont ornés de cordons et de plaques. Elle est vêtue de soie blanche, porte ses cheveux tordus attachés avec un peigne d'or, et pose devant elle, sur le rebord de la loge, l'éventail de Jeanne Griffeuille, merveilleusement raccommodé et remis à neuf. C'est la fée Tara, qui, de ses belles mains habituées à tenir la triomphale baguette de diamant, vient applaudir sa petite protégée Riquette à la Houppe!

XXXVIII

CARABOSSE

Emeric Noal a fait son chemin à Paris. Il trousse une nouvelle à la main à la dernière mode, sans peser, sans rester; il invente des chroniques amusantes et surtout rapides, ce qui est la grande affaire; enfin, il a écrit tout seul quelques pièces en un acte, et une grande féerie avec Ernest Blum. Il est spirituel, il a du monde, il sait s'habiller, il gagne de l'argent, il est heureux. Seulement, il est affligé d'une maladie bizarre qui est un goût particulier pour les femmes laides et surtout maigres, et on croirait qu'il les choisit ainsi par gageure. Dernièrement, à la Gaîté, il se trouvait assis aux fauteuils d'orchestre à côté de Bixïou fils, lorsque parut aux premières loges une femme affreuse et noire, un squelette en pain d'épice.

— « Voilà, s'écria Bixiou, une demoiselle qui aurait bien dû faire comme Choufleury, et rester chez elle!

— Mon cher, dit Noal sèchement, vous tombez mal. C'est ma maîtresse.

— Ah! fit Bixiou avec une sincère indignation, c'est vous qui êtes mal tombé! »

Il n'est pas sans intérêt de savoir comment Noal a été atteint de cette affection chronique. Il y a

quelques années, il était pauvre jusque dans la
moelle des os, et habitait rue Dauphine un ignoble
cabinet où il se consumait, affamé de tout, d'argent,
d'air, de nourriture, et plus encore d'amour, priva-
tion plus insupportable que les autres pour un jeune
homme de vingt ans, dont la culotte est devenue
trop laide pour qu'il ose se montrer sur le boulevard.
Là, il vivait et surtout mourait, en copiant des rôles
pour un huissier, et, faute de mieux, avalait sa
langue.

Par un affreux soleil de juillet, où il grillait et
rôtissait sous les plombs, il sortit, marcha jusqu'à
Montrouge, et, désireux de passer sa colère sur
quelqu'un ou sur quelque chose, arriva sur le talus
pelé des fortifications. Justement, il tombait à souhait; un colosse en blouse, coiffé d'une tignasse,
allait écraser sous son pied une jolie petite couleuvre gris d'acier. Noal voulut s'opposer à cet assassinat, et naturellement le rustre se mit à rire; mais
le jeune homme profita de son habileté dans l'art de
la savate pour assommer ce méchant, qui s'en alla
en ramassant sa mâchoire, tandis que la couleuvre
agile s'enfuyait, en glissant gracieusement parmi
les pierres.

La nuit suivante, Noal, qui avait diné d'une tomate
crue, venait de s'endormir, lorsqu'il fut tout à coup
réveillé par un rayon de lune, sous lequel rampait
et frétillait la jolie couleuvre. Bientôt ce rayon éclaira
une blonde chevelure, un pâle visage, une robe gris
d'acier; la couleuvre avait repris sa vraie forme, et
était devenue la fée Lysidice. Elle prit Noal par la
main, et, s'élançant avec lui par la fenêtre ouverte,
l'entraîna à travers la nuit bleue, où il sentait son
front caressé par le rafraîchissant baiser des étoiles.
Après avoir franchi l'espace avec une rapidité vertigineuse, ils mirent pied à terre dans un paysage

inondé tout à coup de lumière et de jour, non loin
d'une murmurante mer aux flots mélodieux.

Il y avait là des jardins, des fleurs, des ombrages,
des ruisseaux d'argent, des charmilles taillées, de
nobles architectures, et dans toute cette nature frissonnante brillaient et vivaient des regards et des
sourires.

— « Émeric, dit alors la fée Lysidice, tu as été
privé de tout, comme le pauvre, et surtout de ce qui
est le plus désirable et le plus doux en votre exil ;
mais à présent que tu m'as sauvé la vie, je comblerai
tes vœux si longtemps désespérés et tes amers désirs.
Regarde autour de toi ; il y a ici autant de femmes
jeunes, belles, aimantes, adorables que de flots
d'eau vive et de feuilles frémissantes. Oui, dans ce
jardin de joie, des milliers et des milliers de figures
divines jaillissent de la nature charmée ; toutes
seront tes servantes et t'aimeront au gré de ton rêve ;
mais je te recommande une seule chose : ne cour-
tise pas la vieille Carabosse ! »

Ayant ainsi parlé, la fée Lysidice s'envola, laissant
dans l'air le sillon irisé de ses ailes de papillon, qui
se déroulait comme un rayon de cendre rose et de
vague azur. Alors Émeric vit resplendir autour de
lui de glorieuses blancheurs, des lèvres de pourpre,
des prunelles embrasées, des chairs de rose, et il
comprit qu'il était le maître de ce troupeau de Nymphes et de Déesses. Il l'était en effet par la volonté
de la fée Lysidice, et, plus vite que ne peut marcher
la pensée, il épuisait toutes les formes de l'éternellement varié et capricieux amour. S'il le voulait,
dans des salles décorées par le Primatice, il était
assis parmi des dames vêtues de brocart, à un somptueux festin, où de jeunes seigneurs pleins d'esprit
causaient en vidant les coupes, et toutes les femmes
se disputaient à l'envi ses bonnes grâces. Les con-

vives disparaissaient dès qu'il n'avait plus besoin
d'eux, et le laissaient seul au milieu de ces belles
dames, qu'il enivrait de galanteries et d'aimables
propos.

D'autres fois, c'étaient les chambres fraîches d'un
harem, où sans jalousie les esclaves se couchaient
à ses pieds, le baignaient de leurs chevelures, et
appuyaient langoureusement sur ses mains leurs
nuques parfumées. S'il aimait mieux être seul avec
une enfant rougissante, elle était là avec lui sous la
noire forêt, heureuse et honteuse à la fois de se
donner, et la tête renversée en arrière, pendait ses
bras au cou d'Émeric. Et, tout à coup, il se retrouvait dans un bal étincelant de parures ; ou bien avec
les Amintes, les pâles Eglés et les tristes Silvandres,
sous les arbres transparents et bleuâtres, il marchait
vers la barque pavoisée qui mène à la gémissante
Cythère, et au haut de laquelle voltigent dans la
nuée mille petits Désirs nés de l'Espérance et du
Rêve.

Au milieu de ces délices, quelque chose pourtant
contrariait Émeric. C'est que partout, au milieu des
fêtes, des festins, des assemblées galantes, et même
dans ses rendez-vous mystérieux, il voyait passer et
ricaner Carabosse. C'était une caduque, une affreuse
vieille, qui avait été fée autrefois, mais qui avait été
mise à la retraite, pour cause d'imbécillité et de démence. Sur son nez pointu étaient posées des besicles ; de son front chauve tombaient des mèches
grises raides comme des baguettes, et sous son
bonnet elle portait par économie un chignon en soie
ouatée, dont on voyait sortir l'ouate par les déchi-
rures. Vêtue d'une robe jadis brodée, qui n'était
que trous et que taches, elle avait au dos des ailes
cassées, inertes et pendantes, et elle tenait à la main
une baguette également cassée, dont elle avait perdu

les pierreries. Cependant elle faisait la coquette, souriait en montrant sa grande dent, et d'une voix fausse, aiguë, abominable, chantait perpétuellement un refrain grivois de sa jeunesse : *J'ai toujours aimé les hussards!* Quand elle marchait, on entendait un bruit bizarre et inexplicable.

La première fois qu'Émeric l'aperçut, il ne manqua pas de se dire : « Quelle idée singulière avait la fée Lysidice, quand elle m'a recommandé de ne pas courtiser Carabosse! » Il avait bien le temps de songer à une telle caricature, lorsque, nés à peine dans sa pensée, les Désirs se réalisaient palpitants et vivants! S'il se trouvait en goût de modernité, des rues parisiennes affairées et turbulentes s'ouvraient devant lui, et il y suivait une femme aux airs de duchesse, évidemment flattée de son audace, et qui laissait tomber sur lui un vague clin d'œil oblique, en effleurant le pavé humide de son pied chaussé de soie, que n'avait pas maculé une tache de boue. Ou bien, dans un appartement aux tapis épais, aux tentures de soie, aux sombres dorures, il attendait son amie, et elle arrivait haletante, effarée, enveloppée de ses fourrures, et étouffant l'indiscret froufrou de sa robe de soie.

D'autres fois, il aimait mieux les âges poétiques. Il entrait en nageant dans la mer, se reposait sur une roche polie, et autour de lui venaient se grouper les blanches Océanides aux seins aigus et roses, qui le charmaient de leur tendre plainte rhythmique et désolée. Ou bien il s'enfuyait dans un désert d'hiver et de neige, dans une orageuse Scythie hantée par l'ouragan, et arrivant au galop de leurs chevaux fous, les guerrières avides de carnage venaient s'agenouiller devant lui et le caressaient avec leurs mains sanglantes. Car, y compris les reines portant au front le diadème et enveloppées dans le manteau d'azur, toutes ces femmes, toutes les femmes lui appartenaient. Oui, toutes, excepté Carabosse. Mais qu'aurait-il pu faire de Carabosse?

Tenir dans ses bras ce spectre, cette épave, cette ruine, quel être raisonnable eût pu s'aviser d'une telle extravagance! Cette hypothèse incohérente et folle frappait surtout Noal par son côté franchement comique, et il ne pouvait s'empêcher de s'y arrêter pour en rire, et pour en savourer la piquante et bouffonne drôlerie. Bientôt il se complut davantage dans cette idée absurde, songeant comme il serait inouï de bouleverser ainsi l'ordre des choses possibles, et de se livrer à une parodie excessive, défendue par le bon sens, encore bien plus que par la fée Lysidice. Il regardait passer Carabosse chantant son petit refrain guilleret : *J'ai toujours aimé les hussards!* et il trouvait que son front ridé, son grand nez pointu et ses mèches révoltées ne manquaient pas d'une originalité particulière. Dans ses yeux aux épaisses broussailles de sourcils avaient été oubliées deux folles gouttes de café noir qui dataient sans doute de l'invention du café, et du temps où madame de Sévigné prédisait une courte durée au breuvage divin et, par la même occasion, aux poèmes de Racine.

Quels étaient ces hussards que Carabosse avait aimés, et comment les avait-elle aimés? A ce moment-là, avec sa taille de roseau et ses prunelles d'enfer, elle avait dû bouleverser ces militaires bleu de ciel, courir avec eux les routes d'Espagne et de Flandre, et mettre le feu aux auberges! Sous la Régence, sans doute, elle avait fait la fête avec des seigneurs lutins et des abbés sylphes. Emeric la voyait à ces soupers, riante, provocante, élevant son verre où le vin écume, et la gorge nue sous une écharpe de fleurs! Et alors c'était lui-même qui, vêtu d'un

habit couleur de feu brodé d'argent et de perles,
prenait par sa taille mince la bacchante en délire,
et, coupant en deux sa chanson, comme le vent
coupe la strophe murmurante des fontaines, buvait,
comme un diamant liquide, la goutte de vin restée
sur ses lèvres !

Il revit Carabosse telle qu'elle avait dû être alors,
et peu à peu, par une magie de l'esprit qui modèle et
complète sa création, la retrouva dans la Carabosse
d'à présent, et sur son visage parcheminé vit fleurir
de blanches lueurs infiniment jeunes, et sur ses
lèvres décolorées passer de douces et vagues clartés
de rose. Bientôt, délaissant les innombrables amoureuses, qui de son regard attendaient la vie, il n'eut
plus d'yeux que pour la vieille Fée, et alors dans les
flots d'argent, dans les charmilles, dans les sombres
feuillages, mille figures de femmes désolées et pâ-
lies, navrées de son abandon, ouvraient leurs grands
yeux vers le ciel et tordaient leurs bras douloureux.
Mais lui ne voyait même pas leurs chevelures de
nuit et de lumière éparses dans le souffle du vent,
et près de la mer aux flots tumultueux contemplait
dans une longue extase sa mince et ridicule amante.

Elle cependant, Carabosse, se sentant admirée,
était redevenue coquette ; elle marchait avec des
airs de fillette effarouchée, et c'est maintenant avec
une pointe d'enfantillage sentimental qu'elle murmurait son éternel refrain : *J'ai toujours aimé les
hussards!* Elle ramassait à terre des morceaux de
verre, des loques, de vieilles plumes consternées, et
s'en parait, en ornait sa robe et sa coiffure, où elle
piquait ces guenilles, comme si elles eussent été des
plumes triomphales, des rubans d'or et de vraies
pierres précieuses. Un jour, en passant près d'un
pommier qui tendait vers elle ses branches chargées
de fruits, elle eut un accès aigu de jeunesse, et mor-

30.

dant à même le fruit qui la réveillait, enfonça sa
grande dent tout entière dans une pomme verte !

Quant à Émeric, pâle, dévoré de fièvre, brûlé de
plus de feux que n'en alluma Pyrrhus, il accusait
Lysidice de cruauté, et pensait qu'elle ne lui avait
rien donné, si elle ne lui laissait prendre aussi Carabosse. Carabosse ! il la suivait, marchant dans ses
pas, cherchant sur le sable l'ombre de ses mèches
grises, et quand leurs regards se rencontraient,
c'étaient comme deux nuées d'orage qui flambent
dans le même éclair. Enfin, par un midi incendié,
Émeric Noal rencontra la vieille Fée sous une char-
mille noire où elle s'était réfugiée, et haletant, la
gorge sèche, il murmura, en étendant les bras vers
elle.

— « Je vous veux et je vous aime !

— J'attendais ce mot-là, dit Carabosse, car, continua-t-elle en chantant, *j'ai toujours aimé les hussards !* »

Et elle tendit au jeune homme son visage ridé,
ses vieilles lèvres, sur lesquelles Émeric appuya
désespérément les siennes. Mais à ce moment-là, il
y eut un écroulement complet de Carabosse ! Les
morceaux, les tambours en cartonnage dont elle
était faite, se détachèrent les uns des autres, laissant
pendre leurs ficelles embrouillées et cassées, et jon-
chèrent le sol de leurs débris épars d'où, au milieu
d'un nuage de vieille poussière, s'envola même lour-
dement une chauve-souris ; car à son défaut d'être
affreusement laide, Carabosse joignait celui, infiniment plus grave, de ne pas avoir lieu !

Et comme Émeric, stupéfait, honteux comme un
roi nègre anthropophage qui aurait été mis à la
broche par un paisible voyageur, contemplait mélancoliquement les morceaux inertes de celle qu'il
avait aimée, et le visage au nez et au menton poin-

tus, aux mèches grises, posé à terre comme un masque japonais dans une boutique, — fendant l'air dans son char de saphir attelé de blanches colombes, la fée Lysidice apparut, et mit pied à terre en foulant légèrement le gazon, où ses pas gracieux faisaient éclore des roses.

Au moment où Émeric avait baisé les lèvres de la vieille, les regards, les blancheurs, les chairs vermeilles, les lèvres pourprées, les chevelures dénouées, les robes d'or traînantes avaient disparu ; la nature tout à l'heure animée et féminine était redevenue un indifférent désert de flots, de fleurs et de verdures, que ne transfigurait plus désormais la forme idéale et sublime de la Femme.

— « Hélas ! dit tristement à Émeric la fée Lysidice, hélas ! mon pauvre enfant, tu aimeras toujours Carabosse ! »

Au même instant, ayant dans ses oreilles comme un coup de tam-tam, Émeric se retrouva dans son galetas de la rue Dauphine, assis devant sa table boiteuse et occupé à copier des rôles d'huissier, en jetant parfois un coup d'œil tragique sur sa culotte noire, dont les coutures pâlissantes commençaient à imiter servilement la blancheur du lys. Son séjour dans le pays enchanté s'était effacé de son esprit comme un rêve, et en tâtant la poche de son gilet, où flottait négligemment un sombre décime, il s'aperçut qu'il devait se résoudre à dîner, comme naguère, avec une tomate crue.

Cependant, il n'est pas resté longtemps dans cette misère, parce que des personnes bienveillantes lui ont fourni le moyen d'écrire dans les journaux, où il a réussi, grâce à un tour d'esprit heureux et bien parisien. Mais de son caprice impie et désordonné pour Carabosse lui est resté le goût irrémédiable des femmes laides et surtout maigres, et à l'heure présente il est, au vu et au su de tout le monde, épris d'une cantatrice d'opérette mince comme un fil et noire comme une taupe, qui, sans inconvénient, pourrait habiter, avec sa femme de chambre, dans un fourreau de parapluie.

XXXIX

SCÉNARIO

Comme les journaux ont pris soin de l'annoncer, le vieux et célèbre dramaturge Edmond d'Aguirre, frais comme une rose sous sa chevelure blanche, a promis à Doriate, directeur du Splendide-Théâtre, une grande féerie qui doit être représentée en décembre. Jeudi dernier, il l'attendait dans sa propriété de Cannes, pour lui lire un scénario qui, d'après sa promesse, devait être plein d'inventions étonnantes. Cependant, le matin de ce même jour, il n'avait rien trouvé, sinon des combinaisons connues de longue date. Ainsi résolut-il d'exciter son esprit au moyen d'une drogue puissante, car il venait de lire dans *Les Paradis artificiels* de Baudelaire cette phrase décisive, écrite à propos des mangeurs de haschich : « L'intelligence de l'allégorie prend en vous des proportions à vous-même inconnues, » et il ordonna que la verte confiture où se cache l'inspiration lui fût apportée.

Mais sa bonne femme Lyson, qui veille sur sa santé avec une sollicitude fidèle, est trop prévoyante pour lui laisser faire de tels excès inutiles, et elle remplaça le haschich par une innocente confiture de rhubarbe qui, administrée d'ailleurs, contre la règle, avant le déjeuner, ne pouvait en aucune façon exaspérer le génie (si j'ose m'exprimer ainsi!) d'Edmond d'Aguirre. Mais comme il y a beaucoup de Fées dans la propriété qui, bien que située au bord de la mer, contient des ombrages et des eaux vives, elles ne voulurent pas que l'excellente ménagère fût prise en faute et elles se promirent de suggérer au vieux dramaturge autant et plus de belles et amusantes visions que ne lui en eût procuré la drogue infernale.

— « Voilà donc le bonheur ! il remplit la capacité d'une cuiller ! » dit Edmond d'Aguirre, citant toujours le poète des *Fleurs du Mal*, et s'asseyant sur une chaise de rotin au bord d'un ruisseau d'argent bordé de grands lauriers-roses, ni plus ni moins que l'Eurotas, il se mit à fumer un bon cigare, parfaitement blond et sec ; mais comme il est très distrait tout en ne pensant pas à grand-chose, il joua si négligemment avec ce cigare qu'en plusieurs endroits il mit le feu à ses cheveux et à sa cravate. Il sentait bien l'odeur de brûlé, mais sans savoir d'où elle venait, et il est probable qu'il eût été consumé tout entier, comme Héraklès sur l'Œta, mais il fut secouru à temps.

En effet, arrivèrent en tenue d'incendie, avec leurs fourgons, leurs seaux et tout leur matériel, de tout petits pompiers, grands comme des poupées à cinq sous, coiffés du casque de cuivre sans crinière, qui gravirent au pas gymnastique le long des jambes de d'Aguirre, et envahissant son torse et sa tête, dirigèrent adroitement leurs pompes sur les endroits embrasés. Ils se multipliaient, faisaient des prodiges d'agilité, s'accrochant aux mèches de cheveux, aux sourcils, aux cils du dramaturge, et par de rapides et audacieuses culbutes en arrière, franchissant d'un bond de très grands espaces. Enfin, non sans que cette valeureuse troupe eût bravé de graves périls,

le feu redoutable fut rapidement éteint, et félicités
par leur colonel, qui justement passait par là, avec
ses revers de velours noir et ses épaulettes d'or, les
petits pompiers se retirèrent comme ils étaient
venus, et disparurent derrière une touffe de violettes.

— « Très joli ! fit d'Aguirre, mais ça ne donne
rien pour le théâtre ! Si les pompiers étaient aussi
petits que cela, le public ne les verrait pas suffisamment, et la scène ne passerait pas la rampe. Si, au
contraire, nous les faisons *grandeur nature*, le bonhomme qui fume devra toucher aux frises. Nous
avons alors un géant en osier avec une tête de carton, ce qui produit un résultat assez médiocre ! »

Cependant les convives attendus pour le déjeuner
venaient d'arriver. Le couvert avait été mis en plein
air, au milieu d'un verger entouré d'une pelouse
très vaste, fermée au loin par des caroubiers et de
grands oliviers au feuillage bleu. On se mit à table,
et madame Lyson se préparait à faire avec sa grâce
habituelle les honneurs du repas, dont le menu varié et riche ne laissait rien à désirer. Habitant au
bord de la mer, d'Aguirre a le poisson de première
main ; sa femme engraisse les volailles avec la plus
savante expérience, et comme sa propriété est entièrement close, il peut chasser en tout temps, et déjà
en août avoir du gibier. Un pâté géant, placé au milieu de la table, et qui sans doute enfermait dans ses
flancs les chairs les plus succulentes, montrait une
appétissante croûte fauve, dorée, d'une couleur
magnifique, et promettait un sérieux et solide régal.

On apporta d'abord la bouillabaisse fumante ;
mais au moment où le maître d'hôtel allait y mettre
le pochon, une agitation singulière se manifesta
dans le plat creux qui la contenait. Les poissons et
les tout petits homards se mirent à remuer, à fré-

tiller ; leurs morceaux coupés se rejoignirent, se rattachèrent les uns aux autres ; enfin, après avoir bouilli dans l'huile, ils se montraient ressuscités, tout à fait remis d'une alarme aussi chaude, et, glissant comme un serpent à travers les oliviers, un scintillant bras de mer courut jusqu'à la table, reçut ces poissons indélicats et s'enfuit en les emportant, cependant que le gazon mouillé se relevait, rapidement séché par de petites Fées en robes japonaises, qui voltigeaient au-dessus des fleurettes, en agitant gracieusement leurs éventails.

Justement humiliée dans son amour-propre de maîtresse de maison, madame d'Aguirre fit signe au maître d'hôtel pour qu'il eût à découper la poularde grasse ; mais elle s'en avisa trop tard. Depuis un moment, cette volaille s'était peu à peu soulevée dans son plat. Son or fauve, devenu plus roux, s'était mêlé de noir, et avait pris la couleur, la douceur et le velouté d'un plumage. Son cou s'était relevé, ses yeux s'étaient ouverts, et elle regardait le maître-queux avec une inquiétude significative. Au moment où il voulut planter le couteau dans sa chair, elle n'y consentit pas, vola à bas de la table et se mit à s'enfuir en courant et en agitant éperdument ses maladroites ailes.

Les convives montraient des mines allongées, et il y avait bien de quoi. Les lourds raisins aux grappes noires qui avaient été, pour plus d'élégance, coupés avec des morceaux de ceps, se rattachèrent avec leurs feuilles au tronc d'une vigne qui, jaillissant près de la table, étendit à l'entour ses rameaux et son feuillage, et tout à coup, se relevant et retrouvant leurs plumes, les becfigues rôtis s'envolèrent dans cette vigne, en poussant des petits cris affolés de terreur et de joie. Tous les fruits du dessert bondirent avec fureur, et, s'élançant hors des coupes de vieux

Saxe, allèrent se rattacher aux arbres du verger ; en même temps, les légumes accommodés à la maître d'hôtel coururent se replanter dans la terre, dont ils reprirent possession, et où ils se remirent bravement à pousser de très solides racines.

A ce moment passa un vol de martins-pêcheurs, qui s'enfuyaient vers la mer. Les invités, devenus inutiles à un festin où on ne mangeait rien, et d'où les valets eux-mêmes avaient disparu, se changèrent en oiseaux pareils à ceux qui passaient et s'envolèrent avec eux, tandis que transformée en une chatte blanche au nez rose, madame Lyson se couchait aux pieds de son cher seigneur, et tournait vers lui ses prunelles vertes pleines d'étincelles. D'Aguirre, qui prenait ces très réels phénomènes pour les visions du haschich, n'était nullement étonné, et se croyait en proie aux excitations d'une délicate et subtile ivresse.

— « Baudelaire, se dit-il, a bien raison de trouver merveilleuses les illusions suscitées par la confiture verte ; mais il n'a pas songé au théâtre ! Ces transfigurations de poissons et d'oiseaux ne nous donnent rien autre chose que des cartonnages, et des trucs à compartiments et à ficelles. Il y a bien le bras de mer qui s'avance, dont l'invention est assez jolie ; mais ce genre de changement déconcerte nos machinistes, qui dans *La Reine de Saba* n'ont pas su l'exécuter. D'ailleurs il ne peut être produit qu'au moyen d'une toile peinte agitée mécaniquement, qui a toujours l'air d'être sèche, comme elle l'est en effet, et non pas humide. — Cependant, ajouta-t-il avec une conviction profonde, tout cela n'est pas une raison pour ne pas déjeûner ! »

Et resté seul, il se mit en devoir d'éventrer le pâté géant et de briser sa croûte succulente. Mais aussitôt, le pâté, sous lequel la table s'effondra et disparut, grandit, se revêtit de pierre, et devint un château âpre et farouche, dressé sur une colline ombragée de noirs sapins, et au pied duquel mugissait un torrent sauvage. Sous ses créneaux s'arrêtait, vêtu de son armure bleue, le chevalier Anséis, venu pour réclamer sa fiancée Elsa, que les enchanteurs mores Turgis, Estrangus et Fauscron retenaient captive. Devant la porte de fer, il trouvait un lion qu'on avait placé là pour le dévorer ; mais en voyant le clair sourire et l'intrépide regard du jeune héros, le lion au contraire léchait ses mains, déjà sanglantes, car avant d'arriver au château des mécréants, Anséis avait dû tuer un géant difforme qui lui disputait le passage. Après avoir en vain sommé ses ennemis de lui ouvrir, il arrachait un bloc de roche, et l'ayant lancé de toutes ses forces, brisait la porte. Il gravissait les escaliers, et arrivait sur la terrasse du château, où il tuait les trois sorciers et coupait leurs têtes épouvantables.

— « Voilà qui n'est pas mal, dit d'Aguirre ; mais l'effet des têtes coupées est impossible à rendre. Et puis, dans les féeries actuelles, les rôles d'amant ne sauraient être joués autrement qu'en travesti. Je ne vois pas que Doriate puisse donner le rôle d'Anséis à un autre qu'à la petite Adèle Talvaz ; et elle aura vraiment trop de gorge sous cette armure bleue ! »

Cependant Anséis allait prendre dans ses bras sa douce fiancée Elsa à la blonde chevelure, lorsque la méchante sorcière Sra se saisit d'elle et l'emporta palpitante à travers les airs. Prisonnier dans le château dont la porte s'était refermée, le chevalier vit tomber à ses pieds une peau de cygne, que lui envoyaient les Fées protectrices. Il la revêtit et s'envola ; mais il ne rencontra que la sorcière, qui déjà avait mis sa proie en lieu sûr, et qui, tenant ses grands ciseaux ouverts, s'avançait vers lui pour lui

percer le cœur. D'un coup de son épée, Anséis trancha le bras tendu de Sra, qui s'enfuit mutilée et
sanglante, en poussant des hurlements.

Le château s'évanouit dans la brume qui se dissipa, chassée par un vent d'orage, et d'Aguirre vit
le morne désert de sable brûlé par le soleil où la
sorcière avait porté la blonde princesse Elsa. La
jeune fille courut follement, voulant s'enfuir ; alors
devant ses pas s'étendit un lac sinistre, à l'eau
dormante, pareil à une lame d'acier où le jour de
midi reflétait ses feux rougissants ; et rampant, se
dressant, élevant avec des sifflements leurs têtes
affreuses, des milliers de serpents s'avancèrent vers
elle pour la mordre et l'étouffer. Mais le chevalier à
l'armure d'azur s'avança sur le lac, dans une barque
d'or traînée par un cygne. Il tenait à la main son
grand arc, et de ses lourdes flèches il tua l'un après
l'autre tous les serpents, qui à mesure qu'ils tombaient morts, s'aplatissaient, se mêlaient au sable et
disparaissaient.

Lorsque cette vile race fut détruite, le chevalier
mit pied à terre, courut vers Elsa, et s'agenouilla
devant elle. Aussitôt le désert de sable fit place à
une campagne délicieuse aux douces et tremblantes
verdures ; l'eau du lac devint transparente et fut ombragée par des plantes aux feuilles frissonnantes,
dont les fleurs couraient sur le flot et ouvraient
leurs corolles tranquilles. Près d'Elsa se tenaient le
Roi son père et la Reine sa mère, vêtus de leurs
manteaux royaux et coiffés de leurs couronnes d'or
ornées de pierreries. Au loin on voyait le palais illu-
miné pour une fête ; et de la terre était sorti un
trépied d'argent constellé de diamants, où brûlait
une flamme rose, et près duquel se tenait le jeune
dieu Amour, secouant sa crinière de flamme, et portant dans sa forte main le glorieux flambeau de la

Vie. Cependant sur les flots, sur les rameaux, sur
les larges feuilles et sur celles qui sont aiguës
comme des glaives, et au-dessus de l'onde azurée,
glissaient, fuyaient, volaient, planaient des Fées au
transparent vêtement bleu, mêlées aux rayons, et
chantant des vers si harmonieux et divins qu'ils
semblaient avoir été écrits par Théophile Gautier.

Mais le soir tomba. Le jour mourut dans le safran
et dans les pourpres violettes ; le lac et les feuillages
devinrent sombres, puis s'éteignirent. D'Aguirre
revit son jardin pareil à ce qu'il était ordinairement,
et à ce moment-là un correct valet, en habit à la
française et en culotte de peluche, vint lui annoncer
le directeur Doriate, qui venait d'arriver.

— « C'est étonnant, disait d'Aguirre en remontant
vers la maison, voilà de vraies Fées, qui ont parfaitement l'air de ce qu'elles sont ; et en somme elles
sont costumées avec rien du tout. Une robe de
crêpe de Chine pailleté et une couronne de fleurs
des eaux ; je suis sûr que chaque costume ne revient
pas, l'un dans l'autre, à deux cents francs. Et cependant, nos figurantes, que Grévin habille avec un
tas de fanfreluches et avec toutes les herbes de la
Saint-Jean, ne ressemblent qu'à des demoiselles
déshabillées, tandis que les autres ont positivement
l'air de vraies Fées. Mais, j'y pense, cela tient peut-
être à ce qu'elles chantent ! Cela, je puis bien me
l'avouer à moi-même : je suis excellent auteur dramatique, mais la poésie n'est pas mon affaire. »

En parlant ainsi, d'Aguirre était arrivé près de sa
maison, au mur de laquelle une cage était accrochée sous le bec de gaz, et il regarda longtemps son
serin, fidèle image de son âme.

— « C'est comme mon serin, continua-t-il. Voilà
bien longtemps que je ne l'entends pas chanter.

— Mon ami, dit avec douceur la bonne madame

Lyson, qui avait repris sa figure habituelle, cela vient de ce qu'il est empaillé ! »

Elle ouvrit la cage, prit l'immobile oiseau, qui regardait fixement devant lui avec une logique imperturbable, et le mit dans la main du dramaturge. C'était en effet un oiseau empaillé. Il était mort depuis longtemps déjà, et de peur que cet accident n'attristât son mari, la bonne madame Lyson avait fait habiller et préparer ses restes par un habile naturaliste.

X L

L'ENFANT BOSSUE

Située à Versailles, dans la rue des Rossignols, la pension que dirige madame Zell est plus aristocratique peut-être que son voisin le couvent de Grandchamp, et son parc, jadis coupé en plein bois de Satory, enferme des prairies, des ombrages, des pièces d'eau, un potager, un verger magnifique, et jusqu'à des terres labourées. Cette installation princière, qui représente aujourd'hui un immense capital, explique comment la pension de madame Zell ne reçoit habituellement que des jeunes filles appartenant à la plus haute noblesse, et dont la beauté, cultivée dès le berceau, montre déjà la sérénité et la grâce que donne le bonheur. Aussi ces pensionnaires, prédestinées à toutes les gloires de la vie, furent-elles aussi étonnées que blessées lorsqu'en 1871, bientôt après nos malheurs, parut au milieu d'elles une enfant de sept ans, d'un aspect âpre et sauvage, et de plus affreusement difforme, qui nécessairement devait être leur souffre-douleur.

Une bossue au milieu de ces tailles élégantes et sveltes, et parmi ces héritières de noms illustres, qui d'un pas léger marchaient sur les tapis d'herbe, avec des allures de princesses ! Ce que la nouvelle venue avait de plus grave contre elle, c'est qu'on ne

pouvait même pas la prendre en pitié ; elle n'était
ni laide ni pauvre. Sa petite tête étrange et farouche, brune, basanée, aux grands yeux d'or
sombre, aux bizarres cheveux châtains, crûment
coupés de mèches fauves, exprimait avec un charme
infini la plus vive intelligence, et rien ne manquait
à sa parure enfantine. Sa lingerie, ses robes, tous
les menus colifichets permis à son âge lui étaient
envoyés, on ne savait d'où ni par qui, dans des
caisses mystérieuses.

En effet, la nouvelle venue ne quittait jamais la
pension et ne recevait jamais la visite d'aucuns parents. On la nommait Nine de Kiéri ; mais les élèves
de madame Zell, toutes instruites dans l'histoire de
la noblesse, savaient trop bien que la famille de
Kiéri, célèbre au temps de saint Louis, s'est depuis
longtemps éteinte, et que son nom n'a été repris par
aucune famille nouvelle. Comment madame Zell, si
attachée à la règle, si scrupuleuse dans les conditions d'admission qu'elle imposait à ses pensionnaires, avait-elle pu accueillir chez elle une enfant
si peu semblable à celles dont elle s'enorgueillissait
d'être chargée ? Cette anomalie s'explique naturellement par les hautes recommandations qui en cette
circonstance contraignirent l'institutrice et lui for-
cèrent la main ; la duchesse d'Esclas, la comtesse de
Cytre, mesdames de Sainte-More, de Lesigny et de
Fontenilles avaient exprimé un désir formel, devant
lequel madame Zell n'avait qu'à s'incliner.

Mais Nine fut un scandale de toutes les minutes,
dans cette maison si amoureuse des choses conve-
nues, où elle avait le tort de ne ressembler à personne. La pension n'imposait pas d'uniforme, et les
robes de Nine, très simples, ne tranchaient pas sur
celles des autres élèves ; mais elles étaient faites avec
des étoffes inconnues, qu'on n'avait vues nulle part,

et de même ses petits bijoux, tout à fait enfantins
et permis à une fillette, n'avaient nullement l'aspect
de ceux qu'on trouve chez les joailliers.

La jeune fille en distribuait volontiers de pareils
à ses compagnes; elle leur donnait aussi de petits
éventails, où étaient représentées en or et en argent
sur de la soie la mer, la lune et les étoiles. Elle leur
disait de beaux contes, qu'elle avait appris on ne sait
comment, et qui, pendant une bonne partie de la
récréation, les tenaient enchantées et captives. Cependant elles ne pouvaient l'aimer, et toujours en
venaient à lui reprocher son manque de famille et
surtout sa malencontreuse bosse. Car elle était
énorme, cette bosse, et s'élevait comme une montagne sur l'épaule de la noire petite fille ! Alors elle
s'en allait; de grosses larmes coulaient de ses yeux
d'or; elle allait parler aux oiseaux dans les volières,
aux cygnes et aux poissons dans les bassins, et tout
ce monde semblait l'écouter curieusement et la
comprendre. Ou bien elle grimpait aux arbres,
comme un garçon, et sur les murs, et même sur les
toits des colombiers et des maisonnettes où habi-
taient les jardiniers. Là, elle aspirait l'air, respirait
à pleine poitrine, et de ses larges prunelles ouvertes
avait l'air de boire l'azur du ciel.

Puis s'accrochant aux treillages, aux vignes, aux
espaliers, dont elle brisait les branches, elle redes-
cendait en loques, échevelée, avec ses habits déchirés, pleine de plâtre et de poussière, et on pense
que les punitions ne lui manquaient pas. Mais en
classe, c'était bien une pire indiscipline! La faire
asseoir régulièrement était une chose impossible.
Peu à peu, elle grimpait sur le banc et même sur
son pupitre, où elle se couchait, la tête sous son
bras, et il fallait alors la prendre à bras-le-corps et
la remettre à sa place. Quant aux leçons, elle ne

voulait pas en apprendre, ni faire de devoirs. Ses livres flétris, déchirés, aux feuillets frisés et convulsés, ressemblaient à des roses trop ouvertes, et ses cahiers ne lui servaient qu'à griffonner des dessins incompréhensibles, où l'œil s'égarait dans un inextricable fouillis de traits capricieux et de bizarres fleurs chimériques.

Certes, pour dompter cette petite bossue factieuse, il était bon de la réprimander, et aux compositions de la mettre la dernière; mais le malheur, c'est qu'ensuite il fallait la mettre la première! Car elle n'avait pas voulu apprendre à lire ni à écrire, et tout à coup elle lisait, elle écrivait d'une écriture agile et rapide; elle savait les histoires, elle nommait par leurs noms les pays, les villes, les fleuves; elle faisait de grandes multiplications, puis, le lendemain, ne se rappelait rien du tout, redevenait ignare comme auparavant, et des feuillets de sa géographie faisait de petites bonnes femmes en robes à traînes, si bien chiffonnées et habillées qu'on ne pouvait s'empêcher d'en rire. Au piano, jamais elle ne put comprendre les notes ni faire les exercices; mais un beau jour elle se mit à jouer l'air le plus difficile de sa petite méthode, de la façon la plus brillante, et avec tant de perfection que la maîtresse en fut stupéfaite. Puis, elle ne voulut plus à aucun prix poser ses petits doigts sur le clavier, et s'enfuit au jardin, où elle grimpa sur un arbre, et là se mit à chanter et à rossignoler comme les oiseaux.

C'est ainsi que Nine passa sept années chez madame Zell, toujours punie, haïe, révoltée, de plus en plus bossue, et ayant gardé sa petite taille, tandis que ses compagnes grandissaient, prenaient de belles formes sveltes et devenaient des jeunes filles. Cependant il se trouva qu'à force de ne rien apprendre, elle était devenue très savante, et n'ignorait plus rien de ce qu'on enseignait au pensionnat; elle savait même beaucoup d'autres choses. Madame Zell la supplia de ne plus grimper sur les murs, de ne plus déchirer ses robes, et elle y consentit. Elle se montra aussi sage et réservée qu'elle avait été jusque-là folle et turbulente.

Mais alors elle tomba dans une profonde tristesse. Son teint fauve prit des pâleurs de cire; ses lèvres blémirent, ses doux cheveux soyeux se desséchèrent. Ses yeux démesurément ouverts roulaient de tremblantes étincelles; elle étouffait, respirait avidement, et, regardant avec désespoir le ciel lointain, ressemblait à un oiseau captif, qui se heurte aux barreaux d'une cage et y meurtrit son front et ses ailes. Son âme, son esprit, ses pensées étaient comme inondés d'une pénétrante lumière; elle n'ignorait plus rien, et émerveillait ses maîtresses par sa conception juste et rapide de toutes choses. Elle composait des narrations si belles que, lorsqu'on les lisait tout haut dans la classe, toutes les écolières écoutaient, charmées, attentives, proie d'un impérieux enchantement; au piano, elle improvisait des symphonies extasiées, et des chansons dont elle trouvait en même temps la mélodie et les paroles, et qu'on ne pouvait entendre sans pleurer.

Ainsi elle ravissait ceux dont elle n'avait pu toucher les cœurs; mais elle, pauvre toute petite bossue, elle ployait sous le poids de sa douloureuse angoisse. Elle était comme les exilés qui vivent perdus sous des cieux inconnus et foulent une terre étrangère, et se sentant seule comme un condamné dans son cachot, elle fût certainement morte, si quelque hasard clément ne lui eût envoyé presque en même temps un amant et une amie. L'amant fut Paul Césille, un pauvre garçon très misérable, maigre parce qu'il avait jeûné toujours, si évidemment

poète et peu dangereux pour les jeunes filles que
madame Zell, bien qu'il fût très jeune, l'avait accepté comme professeur de littérature. Ce rêveur,
qui voyait au delà de la réalité matérielle, vit l'âme
charmante de Nine et l'adora. Bien entendu, il ne
lui dit rien, ne songea nullement à rien lui dire ;
mais Nine devina sa passion, et se sentit réchauffée
dans le cœur. Par malechance, madame Zell la
devina aussi et mit le pauvre poète à la porte. C'est
la moindre mésaventure dont puisse être affligé un
descendant légitime de ce Villon qui, ainsi que personne ne l'ignore, fut pendu à une potence.

Presque aussitôt arriva à la pension, comme sous-
maîtresse, une jeune fille si malheureuse, qu'elle prit
Nine en pitié et en amitié. C'était mademoiselle Honorine de Meys, qui récemment avait perdu sa mère,
et qui, ruinée et sans ressources, revenait à la maison où elle avait été écolière. De plus, elle mourait
et vivait d'un amour sans espoir. Elle avait rencontré
à un bal le jeune duc Pierre de Flamens, qui pendant toute une heure s'était occupé d'elle, et depuis
ce moment souffrait, consumée par un poignant et
délicieux souvenir. Nine et Honorine étaient toutes
les deux trop exilées et trop malheureuses pour ne
pas devenir amies ; elles vécurent l'une pour l'autre,
et la sous-maîtresse raconta à sa jeune compagne
ses longs tourments ignorés de tous. De même, la
petite bossue fit pour Honorine ce qu'elle n'avait
jamais fait pour personne : elle se confia à elle et
lui ouvrit le trésor inconnu où dormaient ses souvenirs d'enfant. Elle se rappelait un pays si riant et
splendide qu'elle n'y pouvait songer sans une douleur amère, des forêts de grands rosiers où chantaient des rossignols, des lilas fleuris toute l'année,
des fleuves bordés de violettes où glissaient des bar-
ques d'or, et comme Honorine blâmait les parents

de sa chère Nine, et les trouvait cruels d'avoir pu abandonner ainsi leur petite fille :

— « Tu te trompes, disait Nine, ils sont bons et ils m'aiment, j'en suis bien sûre. Mais j'appartiens à une famille dont la beauté est la loi absolue, et où ne saurait être tolérée une enfant difforme. Elle gémit comme moi de notre séparation, et voudrait me voir heureuse sous les bosquets de lauriers et dans les palais de marbre rose. Mais, hélas! la victime, la chassée, l'opprimée, ce n'est pas moi, c'est ma bosse; et ne faut-il pas que j'expie douloureusement le crime d'être laide? »

Ainsi parlait la pauvre Nine, et Honorine baisait tendrement ses cheveux et ses yeux, et l'aimait plus profondément encore, en songeant à son propre malheur.

Cependant Nine tomba malade, et si gravement que l'illustre docteur Vanda, appelé en toute hâte, fut effrayé par les ravages d'un mal dont il ne s'expliquait pas la cause, et crut devoir réunir dans une consultation plusieurs de ses plus savants confrères. A des crises nerveuses d'une extrême intensité succédaient chez la pauvre enfant de longues prostrations. Une fois entre autres, cet accablement fut si complet que, pendant quelques jours, elle parut être plus près de la mort que de la vie. Plongée dans une sorte de sommeil ou d'évanouissement, elle demeurait immobile, ses membres étaient rigides, son pouls était devenu presque insensible, on sentait à peine son cœur battre, ses yeux restés ouverts ne voyaient rien, et un frisson visible courait sur ses lèvres violettes. Enfin, elle s'éveilla, en proie à une faiblesse inouïe, mais elle fit de vains efforts pour parler. Non-seulement ses lèvres ne pouvaient articuler aucun son et elle était devenue muette; mais elle avait oublié les mots, ne les trouvait plus dans sa mémoire, et n'y sentait que des idées, qui alors l'enveloppaient et retombaient sur elle comme des nappes lumineuses.

Le docteur Vanda, avec la clairvoyance du génie, comprit qu'il se trouvait en face d'inexplicables phénomènes, devant lesquels la science était impuissante, et que tout traitement devait être abandonné. Il permit à Nine de se lever, de vivre à sa guise, et lorsqu'elle quitta son lit, on fut épouvanté de voir que pendant ce peu de temps elle avait démesurément grandi, atteint la taille d'une jeune fille. En proie maintenant à une fièvre dévorante, son visage et ses mains, lorsqu'on la touchait, brûlaient comme du feu. Elle ne mangeait ni ne buvait rien, et violente, farouche, éperdue, elle cherchait la nuit, allait se cacher dans les coins sombres, et au moindre bruit qu'elle entendait, était agitée de tressaillements convulsifs. Il lui suffisait d'un geste, et même d'un de ses ardents regards pour écarter les élèves, les maîtresses, les surveillantes, et elle marchait, créant devant ses pas une sombre et sinistre solitude.

La seule personne que Nine pût supporter auprès d'elle était mademoiselle de Meys, dont les baisers la calmaient. Parfois elle la prenait dans ses bras, et sur le visage de son amie laissait tomber d'abondantes larmes. Sans jamais se décourager ni se lasser, la jeune sous-maîtresse soignait, veillait, consolait la pauvre bossue, qui avec une douceur enfantine tournait vers elle ses yeux reconnaissants et charmés. Le soir d'un jour de fête, où toute la pension était en promenade dans le bois de Satory, Honorine travaillait à une broderie, assise près du lit de Nine couchée dans le dortoir, lorsque tout à coup une douce, une vibrante, une harmonieuse voix d'or frappa son oreille. La petite bossue venait de retrouver la parole. Aux premiers mots qu'Honorine entendit, elle regarda Nine, qu'elle vit belle, heureuse, transfigurée, brillante de joie. En même temps, par la fenêtre ouverte sur le jardin où le soir s'empourprait déjà, montaient, apportés par la brise, de vagues et délicieux chants, mêlés à une musique étouffée et perdue en d'insensibles murmures.

— « Ma chère âme, dit Nine à mademoiselle de Meys, voici le moment venu où nous allons nous quitter. Ne me pleure pas, car je retrouve enfin les miens, et les chères délices de mes premiers jours! Madame Zell est prévenue déjà et ne te demandera aucune explication à propos de mon absence. Dis à Paul Césille qu'il me reverra dans notre pays à tous deux, qui est celui du Rêve. Je te perds, hélas! ma bien-aimée; mais tu seras heureuse, tu épouseras le duc de Flamens, et tu recevras un souvenir de moi le jour de tes noces. »

Nine prit la main d'Honorine muette d'étonnement et stupéfaite, et la conduisit près de la fenêtre. Alors sur le lac, sous les ombrages, dans les grands massifs de fleurs, dans les rayons, dans les nappes d'air frissonnantes, mademoiselle de Meys vit couchées, étendues, envolées, voltigeant, de blanches figures de Fées, qui silencieusement appelaient Nine parmi les roses lueurs du crépuscule.

Saisie par une formidable angoisse, Nine se redressa, trembla violemment secouée, tordit douloureusement ses bras. Tout son corps frémit avec horreur, et alors ses épaules se déchirèrent, et à la place où était sa bosse disparue, se déployèrent et s'ouvrirent de brillantes ailes de papillon. Vêtue d'une gaze de diamant, couronnée de pâles et transparentes fleurs roses, la jeune Fée, dans tout l'éclat de sa glorieuse beauté, s'envola par la fenêtre ouverte, et alla rejoindre ses compagnes, dont Honorine vit bientôt se dissiper et s'enfuir les formes blanchissantes.

Les prédictions de celle qui avait été mademoiselle de Kiéri devaient s'accomplir de la façon la plus simple du monde. Appelée chez la duchesse de Flamens pour donner des leçons à sa fille Laure, mademoiselle de Meys retrouva le duc Pierre chez sa mère, et en fut si éperdument aimée qu'il fallut bien conclure un mariage auquel la pauvreté de la jeune fille n'apportait pas un sérieux obstacle. A l'heure même où on signait le contrat, parut un groom si petit que tout d'abord les valets ne voulurent pas le laisser entrer, parce qu'ils le prirent pour un chat. Il apportait un coffret en lapis, sur lequel une plaque d'argent portait gravés ces quatre mots : *la dot d'Honorine*, et qui jusqu'au bord était empli de diamants, dont l'un était pareil à un œuf de pigeon, et dont plusieurs autres étaient gros comme des noisettes. Quant à Paul Césille, il a revu sa petite bossue adorable et l'a possédée en songe, seule manière dont les poètes aient jamais eu le droit de posséder quelque chose.

XLI

PROMENADE GALANTE

Aujourd'hui, comme on le sait, tous les peintres sont riches, et en même temps que leur carte d'élève à l'école des Beaux-Arts, on leur délivre les titres de propriété d'un élégant hôtel construit dans l'avenue de Villiers. Cependant, comme l'exception confirme la règle, je connais encore un peintre, nommé Roland Sta, qui n'est pas riche. Cela tient peut-être à ceci qu'il est orphelin, qu'il n'a que dix-neuf ans, et qu'il habite dans la rue de Fleurus, loin des marchands et des amateurs, une mansarde jouant le rôle d'atelier, dont l'unique fenêtre s'ouvre sur une cour mélancolique. Pour montrer toute sa misère, je dois dire que cet enfant, organisé pour avoir du talent, n'a pas même la ressource de faire médiocre, et que s'il était permis d'aimer quand on n'a pas le sou, il serait amoureux de sa voisine Suzette Rose! Il y a précisément huit jours, il la rencontra dans l'escalier, pleurant à chaudes larmes, et il lui demanda le motif de son chagrin.

— « Ah! fit Suzette, vous êtes assez pauvre pour que je vous le dise! Je suis invitée à la noce de ma cousine Luce, qui se fait après-demain, et j'aurais voulu pour ce jour-là avoir une belle robe rose, que j'ai déjà marchandée et presque achetée. Mais pour cela il faudrait trente-sept francs, et j'aurai beau me hâter de peindre des éventails à cent sous la pièce, jamais je ne pourrai en si peu de temps gagner une somme pareille ! »

Roland serra la main de sa petite voisine, et tristement rentra chez lui. Comment aurait-il pu lui venir en aide ? Pour vendre quelque chose trente-sept francs, il aurait fallu qu'il trouvât le moyen de plaire, par exemple, à monsieur Edmond de Rothschild ! Mais à peine fut-il assis sur son tabouret infirme et boiteux que, tournant la clef restée sur la porte, un gamin à tignasse noire entra, jeta à terre un paquet enveloppé d'une toile verte, en s'écriant : « Voilà la robe ! » puis aussitôt s'enfuit et descendit l'escalier en sifflant comme un cent de merles.

Roland ne comprenait rien à cette aventure, mais il n'est pas de ceux qui cherchent à comprendre quelque chose. Il ouvrit le paquet et en tira une robe japonaise, couleur de rose, qu'il déplia ; puis il se mit à la regarder au jour, près de la fenêtre ouverte. Suzette justement travaillait devant sa croisée. Elle resta la main en l'air, tenant son léger pinceau, qu'elle ne songea plus à poser sur le vélin.

— « Oh ! s'écria-t-elle, la belle robe ! »

Naturellement le peintre invita sa petite voisine à venir voir de près l'étoffe merveilleuse ; elle vint, et tous les deux ils ne se lassèrent pas d'admirer ce tissu moelleux, d'une couleur divine.

— « Eh bien ! ma voisine, dit Roland, puisque cette robe est tombée du ciel, je vous propose une affaire ! Mettez-là, cette robe de princesse, je vous peindrai ainsi vêtue, et qui sait ? peut-être bien que nous vendrons mon tableau trente-sept francs.

— J'accepte, dit gaiement Suzette, parce que c'est absurde ! »

32.

Tandis que Roland faisait sa palette, elle alla chez elle endosser la robe, puis revint, se posa couchée sur un bout de tapis, et le jeune homme, qui se mit à peindre fiévreusement, la regardait, pâle d'admiration. La jolie tête brune, gracieuse, futée, mutine, enfantine de Suzette s'accordait admirablement avec l'étoffe de soie brochée d'un rose jaune, tendre, délicieux, qui, dessinant et moulant ses formes sveltes, s'enfuyait en décrivant une belle ligne serpentine. Dans ce rose de chair et de fleur, il y avait toutes les suavités, toutes les sereines et exquises douceurs du baiser, de la corolle ouverte, de la mystérieuse lumière rougissante, et la robe, courant, serpentant, déployant ses ondes amoureuses, semblait agitée et baisée par une brise invisible. Pour le regard enflammé de Roland, qui la suivait avec un ravissement profond, elle ressemblait à un fleuve rose, et bientôt elle devint en effet un fleuve rose, dont les tremblantes eaux réfléchissaient un ciel vermeil. Sur ce flot capricieusement ébloui, Roland et Suzette voguaient dans une barque légère qui s'envolait toute seule ; sur les rivages tapissés de pâles fleurs, dans le sable rose frémissaient les arbres aux feuillages lilas et bleus, et des oiseaux roses voltigeaient au-dessus des têtes des deux jeunes gens, qui se laissaient nonchalamment vivre, et qui, l'âme tranquille et inondée de joie, ne songeaient pas à se parler d'amour.

Cependant, à un moment donné, ils sentirent qu'ils avaient faim, et alors la barque s'arrêta d'elle-même, et attacha sa chaîne à l'anneau d'un poteau qui se trouva là tout à point. Après avoir suivi un charmant sentier plein d'ombre, Roland et Suzette arrivèrent à une glorieuse auberge dans laquelle on entrait par la cuisine. Là, devant une large et flamboyante fournaise, rôtissaient des gibiers, des vo-

lailles, et des cochons de lait à la peau grésillante,
jaune comme de l'or ; les ragoûts chantaient dans
les casseroles, les matelotes exhalant le parfum du
vin cuit s'enflammaient dans les chaudrons, et l'aubergiste, géant à la face rouge, était en train de
peser avec sa romaine une carpe colossale. Aux
poutres noires du plafond pendaient des jambons
et des andouilles fumées ; sur de larges tables étaient
jetés pêle-mêle des poissons blancs et rouges, des
langoustes à la carapace bleue tachée d'or, des coquillages de toute sorte, des quartiers de chevreuil
sanglants, des lièvres, des perdreaux, des bécasses
au long bec ; des filles de cuisine en corset rouge
s'occupaient à préparer ces victuailles, et aux tables
buvaient des voyageurs et des braconniers, contant
fleurette à des filles rousses. C'est dans cette salle
même que le jeune peintre et son amie dévorèrent
un large festin, arrosé d'un joli vin rose qui sentait
la pierre à fusil. Roland Sta savait bien qu'il n'a-
vait dans sa poche aucune espèce d'argent ; cependant il n'était nullement inquiet lorsque l'hôte parut, accompagné de sa femme et tenant à sa main
la carte à payer.

— « C'est bien vous, dit-il, qui êtes Roland et Suzette ?

— C'est nous, fit Suzette avec un gracieux sourire.

— Alors, reprit l'hôte en mettant la carte dans sa
poche, c'est pour avoir le plaisir de vous remercier ! »

L'hôtesse baisa Suzette sur le front et lui offrit un
bouquet de roses pâles, en lui souhaitant un bon
voyage. Quelques instants après, les deux amis
étaient rentrés dans leur barque, et voguaient sur
le fleuve transparent aux flots couleur de rose. Tandis que Roland fumait longuement sa molle cigarette, Suzette renversée en arrière laissait tremper

dans l'eau sa chevelure dénouée, et le flot enveloppait et baignait amoureusement ses tresses noires.

— « A présent, dit la jeune fille en relevant tout à coup sa jeune tête effarée et riante, il faudrait un peu de musique ! »

A peine avait-elle parlé que des bruits de chants et d'instruments se firent entendre à quelque distance. La barque s'étant amarrée de nouveau, Roland et Suzette s'engagèrent dans un chemin vert, et ils n'eurent pas à marcher longtemps pour arriver à l'endroit où se donnait le concert. C'était un beau et noble jardin aux charmilles taillées, orné de statues et de fontaines de marbre, où les comédiens s'étaient assis sur le gazon, devant un large rideau verdoyant, formé par des arbres antiques. Églé et Aminte, dont les robes de satin aux plis cassés traînaient magnifiquement dans l'herbe où elles étaient assises, chantèrent d'abord en duo, accompagnées sur le luth par la frêle et mince Fiammetta en habit couleur de lune. Puis, tandis que Scapin et Mezzetin peignaient leur martyre à la dédaigneuse Silvia, quatre Arlequins se mirent à jouer ensemble de la guitare, avec force lazzis et contorsions comiques, se tordant comme des singes fous, et agitant leurs têtes noires avec tant d'agilité que les rochers et les grottes en riaient de plaisir. En même temps le blanc Pierrot, campé sur ses blancs souliers attachés de rubans roses, jouait de la flûte de Pan, comme un berger Daphnis, et l'âne, le doux âne pensif, à demi dressé sur ses pattes de derrière, levait sa profonde prunelle d'un bleu sombre et contemplait avidement le vaste azur du ciel.

Quand le concert fut fini, Silvia, écartant du geste ses deux amants, se leva, et marchant avec une allure de reine, s'avança avec empressement vers les voyageurs.

— « C'est bien vous, dit-elle, qui êtes Roland et Suzette?

— C'est nous, fit Roland.

— Alors, dit Silvia, en ôtant sa chaîne d'or qu'elle passa au cou de Suzette, c'est pour avoir l'honneur de vous remercier ! »

Le peintre et sa petite amie remontèrent dans leur bateau, et longtemps s'enchantèrent à regarder frémir les feuillages des arbres bleus et lilas, et frissonner les flots roses, dont les rougissantes moires ressemblaient à de grandes fleurs voltigeant, se mêlant et se poursuivant sur la trame de l'eau, baignée d'ombre et glacée de lumière. Mais enfin, attirés par un bruit de clairons, de cymbales et de tambours, ils mirent pied à terre, et arrivèrent bientôt en pleine forêt, au milieu d'une vaste clairière où il y avait une foire.

Ce n'était pas une foire ordinaire, car au lieu des bourgeois, des bonnes d'enfants, des militaires et des autres flâneurs qui habituellement forment le public de ces réjouissances, on voyait là une foule composée de jeunes dames parées à souhait pour le plaisir des yeux, et de seigneurs vêtus de soie et de dentelles, dont les panaches s'envolaient dans le vent avec l'air le plus triomphant du monde.

De riches étoffes brodées d'argent et d'or servaient de tentes et couvraient les boutiques des marchands, qui dans ces échoppes vendaient des porcelaines de Saxe et de vieux Sèvres, des joyaux antiques, des bonbons fabriqués par des confiseurs sublimes, et des bonshommes en pain d'épice modelés par les plus habiles statuaires. Suzette voulut tout d'abord monter sur les chevaux de bois; c'étaient des chevaux de bois qui étaient vivants, et qui bien que sculptés en plein cœur de châtaignier et attachés à des tringles de fer, secouaient leurs

crinières, humaient l'air de leurs naseaux farouches, et d'un sabot impatient frappaient le vide. Ils
galopaient dans l'air au bruit d'une musique de cui-
vres exécutée par des nègres qui avaient pour chef
de musique un roi d'Abyssinie, et vous emportaient
d'une telle course éperdue que les cavaliers essouf-
flés et ravis sentaient l'éther et le vent du ciel entrer
dans leurs poitrines. Après cela, Roland et Suzette
gagnèrent beaucoup de macarons à une loterie
qui était tenue par les sœurs Macaron elles-mêmes,
venues exprès de Nancy, puis toutes sortes de fanfreluches en porcelaine, et de très grands mirlitons couverts avec les plus beaux papiers japonais
et ornés de distiques excellents, spécialement composés pour mirlitons par Jean Richepin, par Armand Silvestre, par François Coppée, par Catulle
Mendès, et même par Leconte de Lisle et par Victor
Hugo. Il ne tiendrait qu'à moi de donner ici ces
poèmes sans défaut ; mais je n'aime pas à mêler des
vers au milieu de la prose, parce que cela me fait
l'effet de raccommoder un torchon avec de la toile
d'or.

Roland et Suzette virent ensuite des baraques de
saltimbanques où des jeunes filles nues luttaient avec
des lions, et d'autres où l'on montrait des femmes
sans barbe, mais belles comme Cléopâtre et Hélène ;
d'autres où avant d'entrer il fallait se boucher les
oreilles avec de la cire, parce que de véritables
Sirènes aux cheveux verts et à la queue de poisson
ruisselante d'écailles, dressaient leurs seins aigus et
murmuraient des chants qui faisaient oublier la
patrie ; une enfin où des marionnettes pleines de
génie jouaient la *Lysistrata* d'Aristophane avec le
plus poétique réalisme, car le petit Cinésias de bois
mis à la diète, exprimait le désir de réciter un bout
d'églogue avec sa petite Myrrhine, de façon à ne

laisser aucun doute, même dans les âmes les plus sceptiques.

Nulle part d'ailleurs on n'avait demandé d'argent à Roland et à Suzette ; les marchands et les Hercules s'occupaient seulement de savoir s'ils étaient bien eux, après quoi ils les renvoyaient avec un beau merci, et tous les petits enfants en maillots à paillettes leur apportaient à baiser leurs joues vermeilles et leurs blondes chevelures crespelées. Remonté dans sa barque pour la dernière fois, Roland s'enivra encore de voir les flots du fleuve rose aux délicieuses arabesques tordues et brisées, qui se fuyaient et se rejoignaient comme les tronçons épars du serpent ; striées d'attirants et voluptueux dessins, les humides et roses nappes lumineuses emprisonnaient son esprit captivé dans leur frissonnant et changeant labyrinthe ; mais au milieu de ces lueurs transparentes, une plus intense et plus vive, comme le rouge cœur d'une rose au milieu des pétales pâlissants, l'attirait et le sollicitait, en le laissant brisé et sans force, comme si tout le sang de son cœur eût coulé. Invinciblement charmé par cet éclat rose, il se pencha hors de la barque et y posa sa bouche ; et justement cette pourpre vivante, c'étaient les lèvres de Suzette, et Roland se retrouva dans sa mansarde, devant l'étude de femme miraculeusement achevée, car tout en se promenant, il avait peint avec une verve inspirée de coloriste la longue robe japonaise qui moulait les sveltes formes de Suzette, et serpentait sur le bout de tapis comme un fleuve couleur de rose. A ce moment là entra le marchand de tableaux Paltiel, qui semblait fort en colère.

— « Mais, monsieur, fit ce juif, qui d'ailleurs n'a pas l'accent que Balzac prête à Nucingen et qui parle français comme Bossuet, la robe japonaise n'était pas pour vous ; elle était pour monsieur Chabro, un vrai peintre, dont les tableaux se vendent, et qui habite dans l'autre corps de bâtiment. C'est cinq cents francs que vous me faites perdre, car il devait me peindre d'après cette robe une étude, promise pour ce matin même à un riche américain. Mais quoi! ajouta-t-il en apercevant seulement alors la toile de Roland Sta, vous l'avez faite, vous, la robe! Tenez! on dira encore que je suis un imbécile, mais je suis homme à vous en donner cinquante francs.

— C'est deux cents francs, dit Roland.

— Soixante, fit le juif, et j'y perds.

— Alors, rien du tout! » s'écria Roland, qui avec son canif se mit en devoir de crever la toile, par un mouvement si évidemment sincère que Paltiel eut à peine le temps de l'arrêter, et devint blanc comme un linge. Puis, tirant de sa poche deux billets de cent francs, et saisissant l'étude comme une proie :
— « Voilà votre argent, ou plutôt mon argent, dit-il. Mais vous avez du talent, et je vous repincerai! »

Dès que le juif fut parti, Roland courut à Suzette.

— « Ma voisine, dit-il en lui tendant un des billets, voilà pour acheter la petite robe rose. Quant aux autres cent francs, si vous le voulez, nous les emploierons à nous promener.

— Non, dit Suzette qui tendrement regarda son ami jusqu'au fin fond des prunelles, et qui par un geste charmant prit possession du pauvre atelier, promenons-nous — ici! »

XLII

LE PHILTRE

On chercherait en vain le moindre vestige de mise en scène romantique dans le boudoir élégant et correct où madame Amann, la célèbre tireuse de cartes, donne ses consultations. Quant à la devineresse elle-même, elle a le costume et les façons d'une femme du meilleur monde, et à part l'éclat de ses yeux et la pâleur un peu tragique de son visage, on ne trouverait en elle rien d'étrange, si ce n'est l'habitude qu'elle a conservée de ne pas mettre de poudre de riz et de laver son front et ses joues avec de l'eau pure. Par un froid matin d'octobre dernier, madame Amann vit entrer dans son réduit une jeune femme très semblable à elle, comme elle pâle avec des prunelles embrasées, mais ayant de plus une grande tournure aristocratique, et cette certitude, cette confiance absolue en soi que donne une immense fortune.

— « Madame, dit la visiteuse, qui s'était assise au coin du feu dans un fauteuil, prenez votre grand jeu, vos cartes magiques, et surtout, ajouta-t-elle en se dégantant, regardez ma main avec attention, car j'ai à vous interroger sur les choses les plus graves. Mais, désirant avoir confiance en vous, je veux savoir d'abord si votre art vous apprendra à qui vous avez

33

affaire; ainsi, commencez par consulter sur ce point les tarots et les cartes!

— Madame, fit la devineresse, ce serait là un bien inutile charlatanisme, car j'ai la prétention d'être une Parisienne, et quelle Parisienne ne connaît madame Suzanne d'Autels? Enfin, croyez que notre métier consiste à observer la Vie, bien plus qu'à demander à la science que nous possédons incomplètement des solutions toujours incertaines. Aussi, madame la duchesse, ayant pu vous voir au Bois, à l'Opéra, à l'église, et enfin partout où j'ai le droit de pénétrer, n'ai-je pas besoin de tourmenter les cartes pour deviner votre bonne ou mauvaise aventure, et pour appeler par son nom le mal effrayant qui vous tue!

— Que savez-vous donc? dit la duchesse.

— Je sais, répondit la tireuse de cartes, que vous adorez follement le jeune comte Armand de Luz, et qu'il vous appartient comme vous l'avez souhaité. Mais le désespoir et la fièvre vous dévorent, parce que vous lisez dans son cœur mieux que lui-même, et, bien qu'il ait cédé à vos charmantes séductions et mieux encore à la contagion de l'amour, vous savez qu'il ne vous aime pas et vous sentez trop bien au fond du cœur qu'il ne vous aimera jamais.

— Jamais! fit madame d'Autels avec un horrible sourire désolé, et pourquoi? Quel est l'obstacle? Dites-le moi, je le veux.

— Eh! madame la duchesse, fit la devineresse, ne sont-ce pas là des mystères qui déroutent la science aussi bien que l'intuition, et l'amour a-t-il une autre loi et une autre règle que sa propre existence? Ah! croyez-moi, luttez avec les vraies armes légitimes de la femme, avec la passion, avec la douceur, avec votre merveilleuse beauté; mais ne cherchez pas à aborder ces mondes inconnus où on respire un air glacé et d'où l'on revient stupéfié et livide.

— Enfin, dit madame d'Autels, quel que soit cet obstacle que j'ai à combattre, les cartes sans doute peuvent vous l'apprendre?

— Oui, répondit madame Amann, et je les consulterai si vous l'exigez.

—Enfin, vous consentez à faire votre métier ! Toutes ces préparations n'avaient-elles pas pour but de me demander un peu plus d'argent? Mais qui a pu vous faire penser que la duchesse d'Autels fût avare?

— Ah ! madame, dit vivement la devineresse, plût aux cieux que vous ne fussiez jamais entrée chez moi, et que jamais l'or fatal ne passât de vos belles mains dans les miennes ! Mais il en est temps, quittez-moi, retournez en arrière, abandonnez un dessein funeste, acceptez la longue, la cruelle souffrance, et ne mordez pas à ce fruit de la science interdite, qui ne vous laissera dans la bouche qu'une chair pourrie et une cendre amère.

— Allons, madame, dit d'un ton impérieux la duchesse d'Autels dont les noirs sourcils se froncèrent, prenez vos cartes !

— Eh bien ! dit madame Amann après avoir fait le jeu et après avoir lu couramment ce qui lui était dicté, monsieur de Luz ne vous aimera pas, parce qu'il est invinciblement destiné à aimer une autre femme. Voyez, madame, que partout et sans cesse la dame de pique (c'est vous !) suit le valet de cœur ; mais, lui, cependant, tourne le dos à la dame de pique, poursuit la dame de cœur, et toujours entre eux deux vient se placer le neuf de cœur ! Monsieur Armand de Luz doit aimer une jeune fille dont la vie est liée à la sienne ; vous-même, vous rencontrerez bientôt cette heureuse rivale, et vous la reconnaîtrez tout de suite, car alors vous sentirez en vous comme un sinistre écroulement, et vous serez envahie par un froid mortel. Ah ! continua-t-elle en prenant la main

de la duchesse, née sous la planète d'Apollon, vous
êtes condamnée à n'être pas aimée de qui vous aimerez, et regardez votre ligne de cœur brisée subitement! votre destinée inéluctable n'est-elle pas visiblement écrite là?

— Mais dit la duchesse, dont les traits eurent
alors une expression affreuse, je sais qu'il y a des
moyens de contraindre la volonté, de forcer le cœur
de l'homme à ce qu'il ne veut pas, des philtres qui
versent à l'amant rebelle une ivresse qui le terrasse
et dont il ne peut s'éveiller! Or, ces philtres, vous
les connaissez, car vous n'êtes pas ce que vous sem-
blez être, nul mystère des sciences ne vous est
étranger, et c'est pour cela que je suis venue à vous.
Il me faut la magique liqueur dont la flamme brûle
les veines, et éveille chez celui qui l'a bue un tyran-
nique et insatiable amour.

— Oh! non, pas cela! dit madame Amann, dont
les lèvres devinrent blêmes et qui se montra visiblement agitée d'un tremblement convulsif, pas cela,
madame! Songez que vous m'imposez une action
coupable, d'éternels remords, que vous me demandez la perte de mon repos, et, ajouta-t-elle à voix
basse, de mon âme!

— Je la paie! répondit orgueilleusement madame
d'Autels, en posant sur la table une liasse de billets
de banque. Puisque vous me connaissez, vous savez
que j'ai en main tous les moyens de vous persécuter
et de vous détruire, et que rien ne pourrait vous protéger contre ma haine; obéissez donc, sans essayer
une inutile résistance. Quand aurai-je le philtre?

— Demain, » dit la tireuse de cartes d'une voix si
basse que la duchesse n'eût pu l'entendre, si l'âpre
désir qui la torturait n'eût donné à ses sens une
acuité étrangement subtile.

Le soir de ce même jour, madame d'Autels, qui

s'était endormie d'un lourd et pénible sommeil, sentit tout à coup que la devineresse la prenait par la main, et par une fenêtre soudainement ouverte elles s'enfuyaient toutes les deux à travers l'espace noir, sinistre, rayé de bandes horriblement bleues.

Toutes les deux elles étaient nues, entraînées dans l'ouragan noir et glacé, et le vent sifflant faisait de leur chevelure dénouée une masse horizontale. Elles s'envolaient, dans la nuit si opaque et sombrement épaisse qu'elles ne voyaient rien devant elles, sinon l'obscurité farouche ; elles étaient envahies par un froid qui gelait leur sang, et la pâle duchesse Suzanne trouvait dans cette souffrance continue une âpre et cuisante volupté.

Enfin, elles se reposèrent sur une grève déserte, où la mer gémissait, et la devineresse ordonna par signes à sa compagne de rester immobile et de retenir son souffle. Au milieu du brouillard, des chauves-souris, des dragons ailés, des monstres bizarres planaient, à peine distincts, et tout à coup nageaient et glissaient sur la mer phosphorescente. Sur un feu d'une couleur inconnue, trois vieilles, entièrement nues, maigres, et sur leurs crânes lisses secouant de grandes mèches blanches, cuisinaient dans une marmite, en chantant des stances irritées sur un rhythme monotone. Sans cesse elles ajoutaient des ingrédients nouveaux, et la duchesse voyait dans leurs mains osseuses, des griffes, des touffes de poils, des dents de bête fauve, des reptiles, des débris sanglants. Au plus profond de la nuit, sur un trône rouge elle distinguait vaguement une figure géante couronnée d'un diadème de fer, et autour de laquelle tourbillonnait une ronde de danseuses aux visages blancs comme la neige, violemment emportées dans l'orage.

Tout à coup, elle entendit le cri suprême, l'ef-

33.

frayant sanglot d'une créature égorgée ; une des vieilles s'éloigna, puis tout de suite revint, mis dans la chaudière quelque chose que la duchesse ne put apercevoir, et aussitôt la flamme, comme ivre de joie, monta, se dressa, enveloppa la chaudière ; le philtre était fait. A l'aide d'un robinet ouvert au flanc de la chaudière, une des vieilles versa la rouge liqueur dans un flacon d'or ; elle le tendit à madame Amann, dont la chair nue et le pâle visage exprimèrent alors une si épouvantable angoisse, qu'à cet aspect la duchesse d'Autels sentit le froid glisser rapidement jusqu'à son cœur, et tomba inanimée. Elle s'éveilla dans son lit comme d'un rêve ; le jour se levait à peine, et près d'elle était la devineresse qui, affreusement pâle, lui tendait le flacon d'or.

— « Madame la duchesse, dit-elle, voilà le philtre que vous avez exigé. Grâce à lui, le comte Armand de Luz brûlera pour vous d'une passion ardente ; mais si un seul jour s'écoule sans qu'il boive cette liqueur funeste, son désir sans cesse renaissant fera place à une aversion absolue et sans remède. »

Ayant ainsi parlé, madame Amann se retira, en jetant sur la duchesse un long regard où il y avait presque autant de pitié que de haine.

Cependant madame d'Autels ne tarda pas à faire l'essai du philtre sur son jeune amant, et elle vit bien que la tireuse de cartes ne l'avait pas trompée. Jusque-là si froid et indifférent avec elle, le comte de Luz, maintenant possédé dans chaque goutte de son sang, ne pouvait plus vivre que sous les baisers de Suzanne et dans le parfum de sa chevelure ; il se roulait à ses pieds, la dévorait de caresses, la suivait comme un chien, tout à coup l'emportait dans ses bras comme une proie, et même dans une loge de théâtre ou en voiture dans les allées du Bois, ne pouvait s'empêcher de baiser follement ses yeux, ses cils, ses oreilles, les cheveux follets de sa nuque! Il eût semblé qu'il voulait meurtrir, user, pétrir sous ses lèvres la chair de cette femme qui se livrait avec une joie triomphante, et qu'il ne trouvait jamais assez à lui, jamais assez près de lui! Cependant, avec la lucidité que donne le véritable amour, la duchesse d'Autels sentait très bien, chose horrible! qu'en réalité l'âme d'Armand restait complètement étrangère à ces foudroyantes ivresses, et qu'il obéissait inconsciemment à une puissance étrangère et factice.

Un soir que les deux amants étaient à l'Opéra, une jeune fille mince, aux yeux bleus désolés, au visage presque transparent et d'une beauté sublime, entra dans une loge, accompagnée par un vieillard de la plus grande tournure. C'était mademoiselle Julie d'Esplandes, une orpheline immensément riche, et son tuteur, le marquis de Madiane. La duchesse les entendit nommer autour d'elle, et au coup violent qu'elle ressentit dans le cœur, elle comprit qu'elle avait devant elle la rivale annoncée par la tireuse de cartes. De même elle n'eut besoin que de surprendre un seul regard, pour savoir que mademoiselle d'Esplandes aimait Armand de Luz, et faible, abattue, languissante, mourait de son amour ignorée. Mais ce qui fut le plus poignant pour Suzanne, c'est qu'au moment où la jeune fille entrait dans la salle, Armand sans même l'avoir aperçue, fut saisi d'un tremblement convulsif. Enfin, guidé par les murmures admiratifs de la salle, il la vit, la regarda longtemps, comme un fou ou comme un malade qui, au sortir d'une longue crise, cherche vainement à reconnaître un visage dont les traits sollicitent sa mémoire.

Pourtant le comte de Luz n'avait jamais vu ou remarqué mademoiselle d'Esplandes; mais les amoureux effluves émanés d'elle envahissaient et prenaient son âme, sans qu'il pût en avoir conscience, parce que l'impérieuse volonté du philtre l'empêchait de comprendre ce qui se passait en lui-même. A partir de ce moment commença une lutte visible pour la seule duchesse d'Autels, que la jalousie déchirait de mille pointes amères, quoique son amant fût toujours courbé à ses pieds par la violence de l'irrésistible Désir.

Il baisait ses bras, ses mains, la couvrait de caresses furieuses ; mais tout à coup, à l'instant même et sans aucun retard, il voulait partir pour la mer, pour les Pyrénées, pour quelque villégiature ; aucune puissance humaine ne l'aurait pu retenir ; il fallait bien que la duchesse le suivît, et en arrivant à l'endroit vers lequel Armand s'était senti attiré comme par un invisible aimant, elle était bien sûre d'y rencontrer sur quelque promenade mademoiselle d'Esplandes, si belle et touchante, et de jour en jour affinée davantage par l'alanguissement qui l'entraînait vers la tombe. Car la jeune fille, dont le marquis de Madiane obéissait les moindres caprices, voulut sans cesse fuir Armand et ses regards qui la tuaient ; mais elle n'aurait pu aller si loin qu'il ne la devinât pour la chercher et la suivre, et cependant, quand il la voyait, il ne la reconnaissait pas, aveuglé par le philtre qui lui communiquait un matériel et sauvage délire !

Quant à madame d'Autels, elle savait et comprenait tout ; elle savait qu'elle possédait son amant comme un butin, comme un trésor dérobé, comme une chose volée ; mais que s'il eût pu un instant s'appartenir, délivré du sombre enchantement qui pesait sur lui, il aurait été rendu tout de suite à la douce fiancée qui tournait désespérément vers lui ses prunelles célestes. Ainsi, tandis qu'Armand servait de jouet à la décevante folie, et que mademoi-

selle d'Esplandes, blanche et tremblante comme un
lys incliné, sentait décroître sa vie et ses forces, la
duchesse d'Autels, brûlée de désespoir et de haine,
était lentement consumée par une horrible fièvre.

Bientôt les accès de ce mal devinrent si intenses
qu'ils mirent sa vie en danger; elle eut des rages
furieuses, des transports au cerveau, de longs dé-
lires, et dans une de ces crises dont la violence la
brisait, le docteur Mélis, appelé en toute hâte, lui
administra un narcotique puissant, qui plongea la
duchesse dans un long et pesant sommeil. Catastrophe irrémédiable! car nécessairement, ce jour-
là, Suzanne ne put, comme à l'ordinaire verser à
son amant le philtre menteur, et s'éveillant tout à
coup, poussant un grand cri de rage et de délivrance, courant là où l'entraînait son cœur soudainement inondé d'une délicieuse flamme, il arriva à
temps encore pour s'agenouiller près du lit où la
vierge bien-aimée allait mourir. Envahie déjà par
les blancheurs suprêmes, ayant la sérénité du ciel
dans ses profonds yeux bleus, mademoiselle d'Esplandes ne pouvait presque plus parler; mais en
cette heure qui leur restait et où tous les deux purent entendre les divins mots : « Je t'aime! » prononcés par une bouche adorée, ils eurent le temps
d'épuiser d'ineffables délices et de fiancer leurs
âmes pour l'éternité.

En sortant de la maison où reposait la chère endormie, le comte Armand trouva à la porte sa jalouse
maîtresse, et la repoussa avec une telle expression
de mépris et de dégoût qu'elle se vit irrévocablement perdue. Folle de douleur, elle s'en alla stupidement chez la tireuse de cartes, pour lui adresser
de vaines et inutiles supplications.

— «Ah! madame la duchesse, dit madame Amann
avec un profond soupir, que n'avez-vous cédé à mes

prières! La souffrance est la condition même de notre vie, qui ne peut être évitée ; et c'est inutilement que pour la fuir on a recours à une science impie, dont l'effort bouleverse les lois mystérieuses de la nature et fait pleurer les Anges.

XLIII

HISTOIRE D'UN RÈGNE

Roderic Parseval venait de prendre son café dans le restaurant même où il avait dîné, avenue de l'O-péra, et maintenant s'occupait à fumer un cigare blond, doré, excellemment sec. A part lui, la dame du comptoir, et les garçons employés à diverses be-sognes, il n'y avait plus dans la salle qu'un seul per-sonnage : un homme de cinquante ans, maigre, au visage fauve taillé en casse-noisette, qui, vêtu d'un habit noir, cravaté de blanc et semblant attendre l'heure d'aller dans le monde, savourait un verre de curaçao vert.

— « Parbleu! fit ce consommateur, en s'adressant à Roderic, voilà sans doute un parfait cigare!

— Monsieur, dit Roderic, il m'en reste encore un pareil, et je suis trop heureux de vous l'offrir. »

L'étranger accepta ce don fait à titre gracieux, et les deux hommes, entourés d'une fumée bleue, ne parlèrent pas davantage. Selon son habitude, Rode-ric laissait sa pensée errer à l'aventure ; à un moment, il regretta l'absence d'une note rouge dans les ara-besques peintes sur la muraille ; l'homme casse-noi-sette sourit, comme s'il avait eu conscience de ce vœu non exprimé, et aussitôt de légers rehauts de vermillon se montrèrent avec sobriété parmi les or-

nements capricieux. Ensuite le jeune homme fut
offensé de voir qu'étant d'ailleurs assez jolie, la dame
du comptoir avait le menton trop court, et n'était
pas coiffée d'une manière congruente à l'air de son
visage ; puis il désira voir de belles fleurs dans un
vase émaillé du Japon. Immédiatement les fautes de
dessin furent effacées, et dans un vase à fond bleu
apparurent les grandes fleurs coupées, écarlates et
roses, tandis que le sourire du maigre gentleman
disait clairement :

— « Monsieur est-il satisfait ?

— Ah çà ! mais, dit Roderic à son bizarre voisin,
je crois, monsieur, que vous êtes un enchanteur !

— Parfaitement, répondit l'homme. On fait ce
qu'on peut, et il n'y a pas de sot métier. Je suis en
effet l'enchanteur Nizery.

— Alors, fit Roderic Parseval, vous devriez bien
me donner le moyen d'être roi pendant quelques
semaines !

— Certes, dit Nizery, vous m'avez offert un trop
bon cigare pour que j'aie rien à vous refuser. A partir de ce même moment, vous êtes roi, et vous n'avez
qu'à sortir pour vous en convaincre, car vos équipages royaux, vos chambellans, vos pages, vos aides
de camp vous attendent à la porte. Ne vous étonnez pas de voir l'avenue de l'Opéra un peu changée,
bordée de palais de marbre rose et ombragée par des
sycomores ; et surtout ne vous demandez pas dans
quel pays vous serez, parce que cette vérification géo-
graphique est tout à fait inutile à l'accomplissement
de votre désir. Et maintenant, mon cher voisin, au
plaisir de vous revoir ! »

Tout se passa exactement comme l'enchanteur
l'avait dit, et c'est au milieu des acclamations d'une
foule heureuse que Roderic monta dans son carrosse,
non sans avoir pris soin de lire sur les murailles une

affiche imprimée sur papier blanc et ainsi conçue :

« Au nom du Peuple, la Chambre des Députés et le Sénat, réunis en Congrès ont décidé ce qui suit :

« Attendu que les poètes sont les seuls gens pratiques dont l'existence puisse être clairement démontrée, et possèdent seuls assez de bon sens pour dénouer les questions multiples dont la solution intéresse directement le sort de l'humanité;

« Le citoyen Roderic Parseval, poète lyrique de profession, irréprochable rimeur, respectueux de la consonne d'appui et savant dans l'art de la métrique, est prié d'accepter les fonctions de Roi. »

Arrivé au palais, le roi Roderic causa pendant quelques instants avec ses officiers, puis, après les avoir congédiés, s'étendit sur une chaise longue et se mit à lire la sixième *Néméenne* de Pindare : *Des hommes ainsi que des Dieux l'origine est la même,* pensant avec raison que l'étude de notre métier est toujours notre première et notre plus importante affaire. Mais dès qu'il fut une heure du matin, il sortit seul, à pied, et se rendit au quartier des Écoles, où quelques étudiants attardés entraient dans les brasseries encore ouvertes, ayant au bras de fringantes mangeuses d'écrevisses.

Là il erra longtemps dans les rues désertes, jusqu'à ce qu'il eût vu, à une fenêtre lumineuse sur les murailles noires, une lampe à la douce clarté, veillant tranquillement, comme une étoile. » Là, dit-il, doit travailler un Z. Marcas ! » Il ne s'était pas trompé. Après avoir sonné à la porte de la maison qui lui fut ouverte et après avoir gravi les étages, il arriva, guidé par un filet de lumière, à la mansarde où, penché sur les Codes, sur les Bibles, sur les traités, sur les histoires, le jeune avocat Derrua, misérable et sans feu, étudiait ce qu'il faut savoir pour devenir un grand ministre. Il ne devinait pas que son ambi-

34

tion serait sitôt satisfaite! En causant avec lui, le roi Roderic put se convaincre que ce travailleur obstiné n'ignorait rien, et que ses vastes idées, surchauffées par une volonté implacable, écloraient en réalités magnifiques dans l'atmosphère vivifiante du pouvoir. Le roi confia ses projets à Derrua; il voulait le faire nommer député dans une circonscription devenue vacante, et le charger de composer un ministère.

Puis ensuite, à eux deux, ils entraîneraient les Chambres dans la voie des réformes utiles, et rompraient résolûment avec les lieux communs de la vieille routine. Le jeune avocat pleurait des larmes d'orgueil et de joie en songeant qu'il allait pouvoir, comme il l'avait si longtemps rêvé dans ses nuits de labeur et d'angoisse impuissante, se dévouer au bonheur de son pays. Le roi lui donna rendez-vous pour le lendemain soir, estimant que la journée serait nécessairement occupée d'autres soins.

En effet, après avoir dormi dans son lit d'argent, sous les vastes rideaux de pourpre aux riches broderies, il assembla de très bonne heure les ministres. Le président du conseil exprima au roi combien il était nécessaire qu'il contractât le plus promptement possible une union destinée à assurer l'avenir de sa dynastie, et lui offrit d'entamer à ce sujet des négociations avec les puissances. A cela Roderic répondit qu'il aviserait, et sitôt que les ministres se furent retirés, il avisa sans aucun retard. Après avoir déjeuné rapidement et seul, de nouveau, comme la nuit précédente, il sortit à pied dans les rues, et se promena jusqu'à ce qu'il eût rencontré une femme jeune, saine, bien portante, ayant l'air aimable et bon, et parfaitement belle. Il la trouva au bord de la rivière, sur le port où, la hotte au dos, elle aidait à débarrasser un bateau de pommes.

Elle s'appelait Madelon Jaquin. Elle était jolie, charmante avec ses cheveux châtains, ses yeux vert de mer, son nez à l'évent, sa petite oreille, sa bouche pourprée, ses joues roses, et forte comme un Turc. On lisait dans son regard ingénu comme dans un livre ouvert, et ses bras robustes, ses mains grasses à fossettes, ses pieds chaussés de savates faisaient plaisir à voir. Roderic lui demanda si elle voulait être sa femme; elle comprit bien qu'il parlait sérieusement; prise tout de suite par la franchise et par l'air bon enfant de ce beau garçon, elle s'empressa de dire oui, et elle ne retira pas sa parole quand elle apprit qu'elle allait devenir reine et se parer de saphirs entourés de diamants. Le roi l'emmena au palais, où on lui mit des robes envoyées par la bonne faiseuse, en attendant l'exécution des commandes qu'on adressa au grand couturier. Comme le mariage ne pouvait avoir lieu que quinze jours plus tard, le roi Roderic avait mandé les deux meilleurs faiseurs de nouvelles à la main, pour qu'ils vinssent donner de l'esprit à Madelon.

Ils s'empressèrent d'accourir; mais leur dérangement fut inutile, car, ainsi que Madelon Jaquin le dit elle-même, en mettant sa première belle robe, elle était devenue tout de suite spirituelle. Toutefois, par acquit de conscience, les deux fantaisistes lui enseignèrent le fin du fin, et ce ne fut pas une peine perdue; jamais on n'avait vu une reine si aimable et qui causât si bien. Lorsqu'elle se promenait en calèche avec le roi, dans la ville ou dans les forêts du domaine royal, on ne se lassait pas d'admirer ces deux amoureux qui s'adoraient gaiement, sans mélodrame; et quand il y avait réception à la cour, la reine Madelon charmait ses hôtes par les plus vives et les plus amusantes reparties. De plus, elle était orpheline et seule au monde comme un lys dans la

vallée, et ajoutez à cela que, fille du peuple, élevée
au ménage dans sa petite enfance, elle savait faire
du bon café et de la bonne cuisine !

Cependant Derrua, nommé ministre et président
du conseil, avait bien vite gagné les cœurs par son
éloquence, par sa généreuse sincérité, par la bravoure de son génie, et son ministère avait pu acquérir dans la Chambre une majorité solide et sérieuse,
ce qui lui permit de tailler dans le plein et de faire
de bon ouvrage. A eux deux, le roi Roderic et lui
bouleversèrent la vieille tradition, comme des Gépides lancés éperdument sur une Rome agonisante, et
leur première conquête fut de faire supprimer sur
le Vin tout droit d'octroi, en remplaçant d'ailleurs
avec avantage ce droit barbare par un impôt établi
sur les pianos, sur les meubles en acajou plaqué,
sur le cuivre estampé, sur le damas de laine, et sur
tout l'ensemble des objets qui constituent la distinction aux yeux du vulgaire opulent, possédant des
obligations, des actions et des titres de rente.

Ainsi le bienheureux Dionysos au front de taureau,
né par la foudre, le divin Bacchos aux mille noms
était délivré de ses liens horribles ; le Vin était libre,
le Vin bienfaisant, fécond, joyeux, qui inspire les
grandes actions et les nobles pensées ! N'étant plus
pressurés par des droits tyranniques et abominables,
les marchands de vin n'eurent plus aucun intérêt à
vendre des produits frelatés et meurtriers, et pouvant boire enfin les vins chauds, limpides, bienveil-
lants, sincères, faits avec du raisin et avec du soleil,
le peuple retrouva sa force, son imagination, son
esprit d'initiative, sa vaillance, son antique et robuste joie. D'autant que ses nouveaux pasteurs
avaient pris soin d'assurer sa subsistance !

Jusque-là exploités, pillés et terrorisés par les
marchands de victuailles, les travailleurs eurent enfin

le droit de se nourrir, et voici comment. Par une combinaison aussi ingénieuse que simple, il leur suffisait d'exhiber leur livret d'ouvrier pour obtenir une remise de vingt-cinq pour cent sur tous les objets de consommation, et de la sorte ils pouvaient vivre et faire vivre leurs petits.

Mais comment se trouvait compensée la différence entre le prix réel des marchandises et le prix réduit dont bénéficiaient les ouvriers? Tout uniment par un impôt spécial que durent supporter les Magasins plus grands qu'un navire de guerre, ayant comme les villes, des places, des rues et des squares : ceux des *Grands Léviathans*, ceux des *Titans Réunis* et ceux des *Colosses Associés;* attirant à eux, endiguant et confisquant le flot du travail humain, n'est-il pas juste que ces étangs débordants fournissent un filet d'eau à la terre qui meurt de soif? Ces Magasins géants voulurent regimber d'abord et se refuser à payer un tribut si légitime; mais le ministre de la guerre, le sagace général Tabary, leur fit mettre les pouces et trancha la question, en les menaçant de leur envoyer chaque jour cinquante mille hommes détachés de l'armée, qui achèteraient chacun pour un sou de fil, et de la sorte occasionneraient à leurs employés une notable perte de temps.

Et tout en parant à ces nécessités premières, le roi Roderic et son ministre Derrua s'occupèrent des beaux-arts. Ils employèrent d'abord les architectes à construire des théâtres où l'on pût respirer! et surtout de hautes et spacieuses halles en fonte de fer et en vitres, chauffées l'hiver, où quiconque avait faim pût manger gratuitement de saines pommes de terre cuites à la vapeur d'eau et boire une eau claire et salubre. Quant aux peintres, ils ne furent pas du tout embarrassés pour utiliser leurs talents. Estimant que, d'une part, rien n'est plus laid et

par conséquent plus immoral qu'un mur nu ; et que,
d'autre part, c'est seulement en faisant de la peinture
monumentale qu'on apprend à en faire, ils livrèrent
aux jeunes peintres, aux élèves de l'École des Beaux-
Arts, aux rapins, tous les corridors et vestibules des
édifices, toutes les salles d'attente des gares de chemins de fer, avec leurs murailles immenses et désertes, et autorisèrent ces jeunes gens à les couvrir
de compositions gigantesques, dont les sujets furent
empruntés à l'histoire de tous les temps, aux Archi-
ves nationales, aux Bibles, aux légendes, aux Iliades,
et qui symbolisèrent aussi les modernes conquêtes
de la Science.

Les artistes à leur début recevaient seulement des
couleurs et leur nourriture, et quelque paraguante
pour s'amuser le soir, et dans ces conditions ils se
trouvaient infiniment heureux de peindre librement
de grandes pages, comme les Rubens et les Véronèse.
Parmi leurs œuvres, il y en avait d'absurdes, mais
aussi de magnifiques ; beaucoup d'entre elles s'épa-
nouissaient comme des fêtes de couleur, et brillaient
par cette fougue, par cette audace, par ce vigoureux
et libre génie qu'on ne retrouve que par un effort
après les emportements de la jeunesse.

Quant aux peintures tout à fait mauvaises, elles
étaient bien vite abolies, recouvertes par d'autres :
l'important est de produire sans cesse ! Aux artistes
en renom étaient réservées les mairies, les bibliothèques, les salles des palais nationaux, et il était
facile de leur payer cher des décorations qui devenaient pour l'État une richesse inestimable.

La question des théâtres semble compliquée ; elle
ne l'est pas. Derrua obtint des Chambres que la
subvention des théâtres d'opéra fût chaque année
exactement proportionnée au nombre d'opéras nouveaux qu'ils représenteraient ; par conséquent ils

n'avaient plus d'intérêt à ne pas jouer les composi-
teurs vivants, et ils les jouèrent. En outre, il est évident qu'Eschyle, Sophocle, Shakespeare, Molière,
étaient des poètes, et que par conséquent leurs fils
légitimes ne peuvent être autre chose que des poètes ;
car un bœuf ne peut naître d'un crocodile. D'après
ce principe, quiconque voulait lire un drame ou une
comédie dans un théâtre subventionné, était enfermé
dans une chambre nue, sans livres, avec du papier
blanc et des plumes, et devait préalablement écrire,
sur des sujets historiques ou légendaires qui lui
étaient donnés, un fragment épique, une ode, et une
ballade à refrain. Grâce à cette mesure, les vaudevillistes restèrent dans les théâtres de vaudeville.

Les statuaires furent occupés à modeler, pour
peupler l'avenue du palais, les figures des plus
grands poètes depuis Valmiki, le roi Soudraka, le
divin Homère, et les images des plus belles femmes
qui ont enchanté l'univers, depuis Hélène et Cléopâtre jusqu'à mademoiselle George, et ces statues,
fondues en airain, furent revêtues d'une couche d'or
par la galvanoplastie, afin qu'elles pussent, ainsi que
c'est leur droit, briller et resplendir comme les fronts
flamboyants des Soleils.

Tout allait donc pour le mieux ; mais le directeur
de l'Académie vint demander au roi quand il voudrait bien recevoir le nouvel académicien élu, Myrtil
Sarradin, auteur des *Chants Furieux.*

— « Jamais de la vie ! dit le roi Roderic, car ce
jeune homme est gentil et bien découplé, mais il
rime comme une calebasse, et il traite la Prosodie
de Turc à More.

— Prenez garde, fit le directeur, en qui le roi crut
alors reconnaître un être abhorré, Sarradin a pour
lui le suffrage unanime des Coquecigrues, et si vous
ne l'acceptez pas, il n'y a rien de fait !

— Tant pis ! » dit Roderic. Mais aussitôt, il sentit une violente secousse, et se retrouva dans l'avenue de l'Opéra, à la table du restaurant, à côté de l'enchanteur Nizery.

— « Ah ! s'écria-t-il, tout cela s'est enfui comme un rêve. Je ne regrette qu'une chose : c'est que ma chère Madelon aussi soit chimérique !

— Mais non, cher monsieur, dit l'enchanteur, elle ne l'est pas, car alors je vous aurais volé votre cigare ! Et tenez, la voilà qui passe, là, devant la porte, avec sa hotte sur le dos. »

Roderic Parseval ne se le fit pas dire deux fois, et, sortant précipitamment, il se mit à courir pour rattraper la belle fille.

XLIV

LE JUIF

Par un soir de septembre chaud et orageux, le très jeune comte de Monte-Cristo, assis à une table, devant le café Bignon, sur le boulevard des Italiens, réfléchissait à la difficulté de dépenser même le revenu de l'immense quantité de millions que lui a laissée son père. Il y avait une première représentation au théâtre du Vaudeville, et le jeune homme savourait ce plaisir essentiellement parisien qui consiste à être près de l'endroit où se donne une fête dramatique et à ne pas y assister, à ne pas respirer l'air méphitique de la salle, et à ne pas avoir les jambes cassées à la sortie par le tumultueux écroulement des tabourets. Il regardait passer les flâneurs fumant leurs cigares, les bouquetières portant sur leurs éventaires des roses étonnées de vivre, et les belles filles peintes, au sérieux sourire, balayant le bitume de leurs robes droites et brillantes. Mais bientôt il vit s'approcher de sa table un vieux juif, hideux, jaune, ridé, sali par une barbe de huit jours, blanche et dure, chaussé de souliers troués et vêtu de haillons abominables. Son chapeau très haut, courbé en deux, était par endroits jaune comme un champ d'épis, et, montrant des poches gonflées ⌊comme celle de Bertrand, compagnon de

Robert Macaire, sa redingote semblait contenir tout un monde, et peut-être le contenait-elle en effet.

— « Ah ! dit avec mauvaise humeur le garçon Anatole, c'est encore vous, père Gad !

— Tenez, fit le Juif en tirant de sa poche une très longue écharpe dont les rayures, jaune, rose et bleu pâle, étaient bordées de galon d'argent fin, voilà pour votre bonne amie. »

Et comme le garçon, continuant à faire la moue et à hausser les épaules, lui laissait toute liberté, le père Gad s'approcha du comte de Monte-Cristo, et l'aborda avec un obséquieux sourire, qui laissa voir ses dents jaunes et sinistres.

— « Monsieur, dit-il, voulez-vous une bonne lorgnette ? Je vous la laisserai pour six francs. Elle est bonne parce qu'elle est mauvaise, et qu'en s'en servant pour regarder les femmes, on les voit toutes jolies ! Ou bien, (et chaque fois qu'il nommait un objet nouveau, il le tirait de sa poche inépuisable,) voulez-vous un parapluie ? Il ne s'ouvre pas, mais je vous le laisserai pour deux francs. Ou bien, voulez-vous un bon accordéon ? Je vous le laisserai pour trente sous.

— Merci, dit avec bonté le comte de Monte-Cristo, tout cela n'est pas assez cher !

— Eh bien ! si monsieur le comte le désire...

— Ah ! dit le jeune homme, vous me connaissez !

— Je connais tout le monde, reprit le père Gad. Tenez, ajouta-t-il en tirant de sa poche un diamant taillé à facettes régulières, et qui brillait d'un merveilleux éclat, voilà une petite pierre assez gentille, qui a été vendue autrefois au marquis de Westminster en même temps que le célèbre *Nassac*. A deux cent cinquante mille francs, c'est pour rien !

— A la bonne heure, dit le comte qui prit le diamant, et qui, ayant demandé une plume à Anatole, signa et donna au juif un chèque représentant la somme indiquée.

— J'ai aussi, reprit avec volubilité le père Gad, faisant mine de fouiller dans sa poche, des Raphaël, des Michel-Ange, des Titien, des Véronèse, une statuette en or par Benvenuto Cellini.

— Eh bien, dit le comte, gardez cela avec les parapluies et les accordéons. Je ne suis pas assez pauvre pour acheter des chefs-d'œuvre, et je m'en tiens à la peinture moderne.

— Mais j'en ai! mais j'en ai! s'écria le père Gad. J'ai des Mackart, j'ai des Muncaksys, j'ai un pendant superbe au *Charles-Quint*, où il y a aussi des seigneurs en habits d'or et des femmes nues. Si monsieur le comte veut se donner la peine de voir? »

Et le Juif tira de sa poche de petites toiles, qui aussitôt se mirent à s'amplifier, à grandir, à devenir géantes et colossales et à s'orner de leurs étincelantes bordures à grand spectacle, décorées avec des ors de diverses couleurs. On s'imaginerait, mais à tort, que ces tableaux énormes, posés à terre sur le boulevard des Italiens, appuyés contre des tables, devaient assembler les passants et faire émeute. Quand le soir est venu, les Parisiens sont si heureux d'être libérés du travail diurne que, tout en se promenant, ils ruminent comme des bœufs, heureux et stupéfaits, et alors on peut bien démolir Paris sans qu'ils s'en aperçoivent.

Après avoir acheté et payé les toiles du père Gad, le comte de Monte-Cristo se demandait comment il les ferait transporter à son hôtel des Champs-Élysées; mais à ce moment-là il vit, arrêté au coin de la rue de la Chaussée-d'Antin, un vaste fourgon, dans lequel au fur et à mesure le père Gad faisait charger par des hommes de peine, jaillis on ne sait d'où, les di-

vers objets qu'il venait de vendre au riche et conci-
liant voyageur.

Il lui vendit des meubles précieux, des bronzes
antiques, une pendule portant réellement la signature d'André Boulle, et d'étonnantes étoffes du Japon,
sur lesquelles étaient représentés avec un mystérieux génie les flots de la mer et les nuages du ciel
et le disque pensif de la lune. Le vieux Gad tirait
tout cela de ses poches, dont cependant le volume
ne semblait ni augmenter ni diminuer, et dans lesquelles il fourrait entre temps les chèques, les billets
et les tas d'or que lui donnait le comte de Monte-
Cristo.

— « Eh bien ! dit le jeune homme, je ne veux rien
de plus. Allez, maintenant.

— Oui, dit le garçon Anatole, qui s'avança d'un
air rogue, en voilà assez !

— Tenez, fit le père Gad en tirant de sa poche un
écrin de velours, qui contenait une jolie parure en
corail rose, voilà pour votre bonne amie. » Puis de
nouveau s'adressant au comte, qu'il semblait vouloir
magnétiser avec son pâle sourire :

— « Ce que j'ai de mieux, dit-il, ce sont mes marionnettes vivantes, et vous seriez fâché de ne pas
les avoir vues ! Ce sont des marionnettes et elles ma-
nœuvrent comme on veut, avec ou sans fils, mais
elles sont en chair, et c'est du sang qui court sous
leur peau délicate. Ah ! regardez, mon joyau le plus
précieux, c'est ma marionnette tragédienne ; vous ne
sauriez rien acheter de plus beau. »

Et en effet le père Gad tira de sa poche la marionnette tragédienne, et la posa debout sur la table
devant laquelle le comte était assis, après avoir disposé autour d'elle et sur les autres tables de petits
décors qui, grâce à un ingénieux mécanisme se
dressaient ou s'abaissaient, selon les nécessités de

l'action qui devait être représentée. Et en même temps que la petite figure évoluait, marchait, vivait, le Juif décrivait, commentait, expliquait par un discours enfiévré et rapide la scène que le jeune comte de Monte-Cristo avait sous les yeux.

— « Voyez, disait-il, à présent elle est pauvre, elle a une robe de rien du tout et de méchantes bottines ; son grand front bombé a l'air d'une boîte dont le génie emprisonné veut sortir, ses yeux caves sont comme des trous noirs où brûle une braise enflammée ; mais dans ce menton pointu, dans cette bouche triste et farouche, que d'énergie, que de pensée, quel sombre désir ! Et maintenant, regardez, car elle est machinée et change à vue de costumes comme les mimes anglais, la voilà portant un léger cercle d'or sur ses cheveux lissés en bandeaux plats ; elle ne joue plus de la guitare à la porte du café ; sous sa simple tunique sans ornements, sous son tranquille manteau aux plis de marbre, elle est comme une jeune fille de Sparte ou d'Argos ; et cependant elle est restée une juive, une bonne juive, et dans ses yeux profonds vous verriez l'aride Judée brûlée par le fauve soleil !

« Voyez-la, continua le père Gad, montrant la petite figure, à présent le Bonheur a repétri son visage souffrant, et lui a donné des traits sublimes ! Elle s'avance parée des pourpres brodées, ou en dame dans la ville, serrée dans sa robe de velours, elle porte son châle de cachemire plus noblement et fièrement que nulle princesse du sang ne pourrait le faire ! Voyez, dit-il, (et son récit, à mesure qu'il parlait, était représenté fidèlement,) elle règne, elle triomphe, elle est Phèdre, Hermione, Pauline extasiée, conquise par le vrai Dieu ; elle est l'idole des princes qui, dans l'antichambre de sa loge, encombrée d'une élite fanatisée, baisent ses mains comme

35

celles d'une reine. Elle est aussi l'idole du peuple,
et enveloppée dans les plis du drapeau, elle chante
la Marseillaise, et on croit voir plâner au-dessus de
son front la Déesse cuirassée d'écailles, au casque
horrible, qui, la bouche grande ouverte, lance
éperdument son cri furieux. Elle parcourt l'univers,
partout applaudie, acclamée, adorée, marchant sur
les planches jonchées de couronnes et sur les tas de
fleurs, et partout faisant vibrer autour d'elle la
langue divine de la poésie et l'âme de la France !
Mais, comme l'a dit un poète, *on meurt en plein
bonheur de son malheur passé;* au plus beau moment
de son génie et de sa gloire, la pauvreté des jours
d'enfance la tue; elle maigrit, elle pâlit, elle souffre,
et la voilà enfin qui, belle, transfigurée par l'aurore
du réveil prochain, exhale douloureusement son âme
de cygne ! »

Comme le père Gad parlait ainsi, le comte vit en
effet dans un petit décor représentant la villa du
Cannet, ombragée d'oliviers et de caroubiers, la
petite marionnette morte, couchée sur son lit funèbre, dans cet habit de flanelle écarlate ordonné
par le médecin, qui fut sa dernière parure et qui
ressemblait encore à la pourpre des Dieux. Mais après
plusieurs années écoulées, (ainsi que l'annonça le
père Gad, car la fuite et le vol effréné des Heures ne
peuvent être plastiquement représentés,) la petite
marionnette reparaissait, ressuscitait pour recommencer ses conquêtes et ses marches triomphales;
mais toute pâle d'avoir traversé le noir Styx et les
vagues ombres de la mort, elle renaissait maintenant
sous une forme presque immatérielle, et pareille à
une de ces Déesses que les primitifs dressent sur
quelque pont hardi, reliant entre elles les cimes
vertigineuses des Olympes.

Elle était svelte, aérienne, mince comme un lys,

coiffée d'une lumineuse chevelure semblable à un
léger brouillard d'or ; sa chair était blanche et transparente comme de la nacre, et sa voix, uniquement
faite pour la pénétrante harmonie des strophes,
était comme le chant ému d'une lyre. Traînant les
riches manteaux et les amples robes superbes, tantôt
elle parlait sa langue natale avec une pureté divine,
tantôt elle disait avec étonnement la prose cursive,
comme si elle eût parlé une langue étrangère, et on
admirait alors que sur ses lèvres la banale conversation des gens qui passent dans la rue devenait une
symphonie et une musique ! Et comme autrefois,
elle s'avançait parmi les acclamations et sur les tapis
de fleurs ; puis tout à coup, sur un petit chemin de
fer dont les rails se mirent à ramper sur les tables
du café, dans un petit décor représentant toutes les
Amériques, elle s'enfuyait au loin comme une flèche
envolée, laissant derrière elle la traînée de feu de
sa chevelure.

— « Monsieur le comte, disait le père Gad, dix
millions ma petite marionnette, dix millions, c'est
pour rien, et je vous donnerai par dessus le marché
l'accordéon et le parapluie ! Voyez ! elle ne se contente pas de mettre la prose vulgaire sur des airs de
Pindare ; elle monte en ballon pour aller se baigner
dans la lumière rafraîchissante des étoiles ; elle
peint ; à présent la voilà en petit Pierrot blanc, elle
taille le marbre comme un simple Michel-Ange, et
elle est servie par un joli petit squelette en habit de
page, qui se coiffe d'un béret de velours bleu de ciel
et qui, entre ses côtes polies avec soin, accroche
coquettement une rose fleurie ! Et quand elle est
lasse de tous ces travaux, elle se couche, pour se
reposer, dans un joli petit cercueil capitonné en soie
blanche ; le petit cercueil lui-même se renferme
dans un étui en chagrin blanc, qui est un vrai chef-

d'œuvre de gaînerie, et vous remarquerez, s'il vous plaît, que le tout peut se mettre facilement dans la poche, ni plus ni moins qu'un porte-cigare! »

Le comte de Monte-Cristo croyait bien que le Juif ne lui montrerait plus rien après cette merveille des merveilles; mais le père Gad en avait encore bien d'autres dans ses poches, et il n'était pas homme à quitter son docile acheteur sans lui avoir exhibé toutes les petites figures qui représentent l'obstiné et puissant génie d'Israël; aussi lui fit-il voir toutes ses marionnettes! Il tira de ses poches, pleines de cavernes et d'abîmes, le petit libraire qui achète une brochure de cinq sous et qui, en l'administrant bien, en tire vingt millions; le petit musicien effrayant et frisé qui conduit son armée de trompettes et d'ophicléides, et qui plaque sur des vers de mirliton les ouragans et les tonnerres; le petit poète beau comme Apollon, qui chante son Romancero et ses Nocturnes, et qui suit dans l'infernal ravin la chasse de la déesse Diane et de la fée Habonde, et de la pâle Hérodiade faisant sauter sur un plat d'or la tête exsangue de Jean-Baptiste et s'amusant folâtrement de cette tête coupée, comme une enfant joue avec une orange!

Enfin le père Gad tira de sa poche un joli petit théâtre, où les Dieux de la Joie et de l'éternelle Beauté étaient bafoués par la haine juive, et où la reine Hélène et le roi Orphée dansaient le cancan, le chahut et la cordace, sur l'air de *la Mère Godichon* et de *Marie, trempe ton pain dans la sauce!* Le jeune comte de Monte-Cristo avait acheté et payé sans opposition tout ce que le père Gad avait voulu lui vendre; mais il ne voulut pas acheter ce petit théâtre envahi déjà par la moisissure, et sur lequel poussaient à vue d'œil des champignons hideux, montrant dans leur chair bleue et verte les pourpres changeantes de la pourriture.

Le ciel s'était empli de larges nuages noirs ; le vent d'orage, qui commençait à souffler, secouait violemment les feuilles des arbres ; déjà de larges gouttes de pluie faisaient, en tombant, leurs taches noires sur l'asphalte du trottoir. Le comte appela Anatole et lui ordonna de faire avancer sa voiture. Le Juif n'avait plus qu'à se retirer ; mais c'est à quoi il ne consentit pas.

— « Oh ! dit-il en prenant un air câlin, monsieur le comte m'achètera bien encore quelque chose ! Par exemple, une belle propriété, avec un château du seizième siècle, à tourelles, meublé des bibelots les plus rares ; la pêche, la chasse, une rivière, deux cents hectares de bois, et beaucoup de souvenirs historiques, car tous les rois, tous les princes, tous les banquiers illustres ont été les hôtes de cette demeure splendide, et les plus belles dames de ce temps ont promené les damas de leurs robes sur ses grands tapis d'herbe ! Mais au fait, ajouta-t-il, la vue n'en coûte rien », et malgré la pluie qui tombait avec furie, retenant le comte par un geste suppliant, le père Gad tira de sa poche et posa sur la table une lampe électrique dont la lumière se projeta au loin. Dans cette lumière apparurent les prairies, la large rivière d'argent, les grands bois au feuillage noir, où passa plus vite que le vent une biche en pleurs, et un moment après les chasseurs en habits rouges, traversant la vaste forêt pleine du bruit des cors. Le Juif dit son prix, demanda au comte s'il voulait acheter la propriété, et, sur sa réponse affirmative, la roula comme une toile, avec les cerfs et les chasseurs, et la remit aux hommes de peine, qui l'arrimèrent dans le fourgon, comme tout le reste. La voiture du comte était avancée ; cependant le Juif ne voulait pas lâcher prise.

— « Monsieur le comte, dit-il, j'ai encore...

35.

— C'est assez ! dit le garçon Anatole en l'interrompant, il ne faut plus rien !

— Tenez, fit le Juif, en mettant la main à sa poche, voilà pour...

— Il n'y a pas de bonne amie qui tienne, s'écria rudement Anatole, allez-vous-en ! »

L'orage s'était déchaîné dans toute sa violence, et la pluie tombait à flots. Avec une sombre résignation, le Juif se redressa ; il était maintenant vêtu d'une flottante tunique brune et chaussé de bottines de cuir fauve, et le vent secouait sur ses épaules une longue et noire chevelure. Il tira de sa poche, rassembla dans sa main toutes les monnaies, tous les chèques, tous les billets que lui avait donnés le comte de Monte-Cristo et les compta : cela faisait cinq sous ! Son long bâton courbé à la main, il s'en alla sous le torrent ruisselant, tandis que la foudre grondait épouvantablement dans le ciel, et que, dardant ses langues de feu et ses lueurs rouges sur la façade blanche du Vaudeville, le fulgurant éclair donnait une vie intense et absurde au buste fallacieux de monsieur Scribe.

XLV

LA FEMME

Presque tous les soirs, Philippe Henriat et Lucien Hono se rendent chez leur ami Edgard Fel, dans le petit appartement encombré de livres qu'il occupe à l'étage le plus élevé d'une maison située sur le boulevard des Invalides. Tous les trois entièrement voués à l'étude des sciences philosophiques, ces jeunes gens avides de savoir approfondissent les travaux récents, les découvertes, les systèmes, examinent les documents nouveaux, discutent les hypothèses, et ne se séparent qu'à une heure avancée de la nuit, non sans avoir abordé d'autres sujets de conversation, car il n'est rien qui ne devienne un objet de recherches et de controverses, quand l'esprit s'applique à pénétrer le sens intime des choses et à en dégager le caractère essentiel. C'est ainsi qu'il y a peu de jours, à grand renfort d'érudition et de raisonnements ingénieux, Edgard Fel et Lucien Hono s'efforcèrent d'établir l'infériorité de la Femme, sans que leur éloquence pût en aucune façon entamer la conviction toute contraire de Philippe Henriat.

Suivant eux, rien n'appartient réellement à la Femme, ni ses sentiments, que nous lui avons inculqués, ni son esprit, changeant et vague reflet du nôtre, ni même sa beauté, imaginée, voulue et cul-

tivée par nous comme la Rose des jardins. Philippe
irrité par ces cruels discours, quitta ses amis, voulut rentrer seul, et se mit à marcher à grands pas
sur le boulevard désert, en évoquant l'image de cette
Béatrice que tout jeune homme a en lui, quand le
Libertinage ne l'a pas effacée et tuée. Mais, en arrivant près des Invalides, il fut agité d'un douloureux
tressaillement, car un spectacle hideux, entrevu à la
lueur encore lointaine d'un bec de gaz, avait glacé
à la fois tout le sang de ses veines.

— « O ciel! se dit-il, est-ce que mes amis auraient
raison? Non, aucun homme, si abandonné et déchu
qu'on le suppose, ne peut tomber à un tel degré
d'abaissement, et véritablement cette créature épouvantable à voir pourrait-elle en effet ne pas être une
femelle? »

L'être que Philippe regardait ainsi était un monstre, un tas de loques, une dégradation, une profa-
nation, une épave humaine, une infâme caricature
de l'Ève aux flancs sacrés. Sa face couleur de terre,
ridée, tachée, souillée, striée, craquelée, avait été
visiblement modelée par tous les ignobles appétits,
par tous les vices, par la faim, par l'envie, par l'avi-
dité, par l'incurable misère, et pourtant dans son
mystérieux œil glauque chantait comme une ridicule
promesse, tandis que sur sa bouche décolorée, plus
terne que la peau de son visage, errait follement
l'absurde ressouvenir d'une vieille volupté. Le reste
n'était que haillons, lambeaux troués, effilochés,
déchiquetés, dans lesquels il y avait plus de boue
et de crasse que d'étoffe, et qui, à la fois étriqués
et flottants sur un corps large, osseux et maigre,
révoltaient la pensée par leur invraisemblance. Cette
ombre, cette exilée de tout, cette pauvresse parfois
jetait à rien du tout, à la solitude, au silence, à la
nuit, un effronté regard en coulisse, cherchant à

dévorer une proie absente ; puis elle tirait de sa
poche un cornet à tabac où il n'y avait plus de
tabac, et le respirait avidement, ou courbée sur les
tas d'ordures, marchant à quatre pattes comme une
bête, elle y ramassait des objets informes, qu'elle
faisait disparaître dans la masse de ses affreux vêtements. Puis Philippe s'étant approché la vit aborder
avec son infernal sourire un passant attardé, qui
s'éloigna rapidement, après lui avoir mis dans la
main une poignée de sous.

Par quelle aberration, par quelle curiosité mal-
saine Philippe Henriat fut-il entraîné à suivre de
loin cette vagabonde à laquelle il aurait frémi de
parler, mais dont le sourire et la claire prunelle lui
causaient à voir un agaçant et atroce plaisir, car la
Femme, s'étant aperçue qu'elle était suivie, se retournait souvent, et alors décochait au jeune homme
des œillades inouïes et funèbres ? Parfois, à travers
les rues sombres du faubourg Saint-Germain, il la
perdait longtemps de vue, puis l'apercevait de nouveau à la clarté du gaz ; mais peu à peu, à chacune
de ces apparitions, il lui sembla que la Femme devenait moins vieille, moins épouvantable, quoique ce
fussent toujours le même regard et le même sourire.

Maintenant ses haillons étaient devenus une honnête robe d'orléans brun ; ses pieds, qui tout à l'heure,
nus dans ses bas en morceaux, trouaient des souliers
d'homme déchirés, étaient maintenant chaussés de
bottines quelconques ; le mouchoir à carreaux chif-
fonné en tapon sur sa tête s'était changé en un madras propre et bien attaché ; au lieu des cheveux
blancs sans beauté, d'une nuance verdâtre, qui s'en
échappaient naguère, c'étaient des bandeaux châ-
tain clair, grisonnant à peine ; la Femme, que Henriat crut avoir mal vue d'abord, avait l'air d'une
femme de chambre de quarante ans, impudique,

cherchant par dépravation quelque aventure nocturne. Le jeune homme la vit mieux encore sur le
pont de la Concorde où elle se retourna une fois de
plus pour lui sourire ; elle était alors comme une
grisette de Bordeaux, jeune, attirante, jolie sous son
foulard bleu turquoise qui couvrait à demi ses cheveux chatoyants, d'un beau blond fauve ; son corps
façonné comme par la main artiste d'un Clodion,
avait pris de gracieuses inflexions serpentines, et,
soulagé du poids horrible qu'il avait sur le cœur,
Philippe comprit enfin pourquoi il avait suivi l'étrange
chasseresse ! Il voulut même l'aborder, mais il en
fut empêché par le passage de plusieurs voitures, qui
rapidement se succédèrent ; et sans doute elle marcha ensuite d'un pas extraordinairement rapide, car
après l'avoir vue assez loin devant lui dans la rue
Royale et sur le boulevard de la Madeleine, c'est
seulement plus loin que l'Opéra, sur le boulevard
des Capucines, où les passants étaient encore assez
nombreux, qu'il parvint à la rejoindre.

C'était bien elle : comment s'y méprendre ! Elle
eût été reconnaissable entre toutes, cette prunelle
attirante, pareille à un lac immobile ! Mais sous son
joli chapeau retroussé, où éclatait une rose vermeille,
jolie, superbe, audacieuse, fardée, portant magnifiquement sa robe de satin où miroitait la lumière, la
Femme, que les derniers promeneurs, subitement
affolés et domptés, convoitèrent tous à la fois d'un
œil avide, les évita dédaigneusement, en jetant sur
eux le regard ennuyé d'une louve qui n'a plus faim.
Henriat se planta devant elle, décidé à lui parler,
mais à ce moment-là même, s'étant détournée d'un
pas, elle monta dans une voiture de maître qui
semblait l'attendre, et dont les corrects valets de
pied, poudrés à blanc, se tenaient immobiles comme
des statues, sous leur livrée bleu de ciel.

Comme un écolier qu'il était encore, Philippe
Henriat suivit la voiture en courant, et arriva en
même temps qu'elle à la porte d'une maison du boulevard Poissonnière, où se donnait une grande soirée,
et où, au milieu du tumulte des équipages, les cavaliers et les dames aux riches toilettes mettaient
pied à terre, et commençaient à gravir le grand escalier. La Femme, elle aussi, descendit de sa voiture ;
Philippe reconnut son calme, son tragique, son stu-
péfiant œil glauque, et montant derrière elle, il se
réjouit du hasard qui l'avait fait dîner chez son illustre professeur Marest avant d'aller passer la soirée
chez Edgard Fel, car, grâce à cette circonstance, il
se trouvait vêtu de son habit noir et pouvait, sans
attirer l'attention, entrer dans un bal où il n'était
pas invité ; d'ailleurs, pour suivre son inconnue, il
fût entré dans le troisième cercle de l'enfer !

Cependant il eut la bonne fortune de rencontrer
tout de suite un ami qui fut censé l'avoir amené, et
le présenta aux maîtres de la maison. Il était libre
de regarder le spectacle qui s'offrait à ses yeux, et
qui certes avait de quoi l'occuper, car à peine s'était-
elle assise dans un des salons, que la Femme, devant
qui s'empressaient les princes, les ducs, les génies,
les vieillards illustres, et autour de laquelle s'élevait
un murmure de louanges, était devenue l'objet de
tous les respects, de toutes les admirations, de tous
les hommages. Sa robe blanche, brodée de fleurs
mêlées de perles et de pierreries, moulait merveilleusement son corps svelte ; il semblait que tout cé-
lébrât la gloire de ses bras nus ; dans sa blonde
chevelure dorée, les diamants, comme une rosée céleste, jetaient orgueilleusement leurs humides étincelles, et sur ses lèvres pâles errait avec amour une
rose et fine lumière.

Philippe entendit qu'en lui parlant on lui disait :

« Madame la duchesse » ; et jamais sans doute ce titre ne fut mieux justifié, car elle était, s'il en fut jamais, une conductrice des hommes ; tous semblaient ne vivre, ne respirer, ne penser que pour elle et avec sa permission, et pour la charmer trouvaient des paroles non vulgaires, qui n'avaient pas encore été dites. Tout en les écoutant d'un air distrait, elle regardait Philippe Henriat, l'attirait de son pâle œil bleu, semblait lui dire : « Viens, pour que je te sacrifie tout ce triomphe, et que je le mette sous tes pieds ! » Mais lui tremblant, timide, cloué au parquet par je ne sais quelle épouvante, il n'osait s'approcher, et il était encore immobile à sa place, que la grande Femme victorieuse était déjà sortie des salons, laissant comme une angoisse de folie et d'amour derrière la traîne lumineuse de sa robe.

Philippe se précipita alors sur ses pas ; il la vit remonter dans sa voiture, et de nouveau suivit cette voiture, dont les chevaux s'enfuyaient rapidement sur l'asphalte du boulevard. Mais la neige avait commencé à tomber pendant que le jeune homme contemplait dans le bal ravi la duchesse aux cheveux d'or ; l'équipage s'engouffra dans une rue et la neige tomba alors si drue, si serrée, si épaisse, que Philippe Henriat, aveuglé, glacé, muré dans une nuit douloureusement opaque, à la fois blanche et noire, ne voyait plus rien et marchait guidé seulement par le bruit que faisaient les pas des chevaux. Il marcha ainsi pendant des heures, ne comprenant pas que cette course pût être si longue ; mais tout à coup les pas des chevaux se multiplièrent, ils devinrent pareils à ceux qu'on entend lorsque s'avance une troupe de cavaliers. La lune s'était levée dans le ciel ; Philippe vit une plaine déserte, un fleuve glacé au bord duquel se dressaient de rares arbres aux branches noires à moitié couvertes de neige, et près de lui passa, au galop des

chevaux rapides, une troupe de guerrières, d'Amazones aux courtes tuniques, farouchement vêtues de
peaux de bêtes, chaussées de bottines de cuir brut à
moitié velues, et serrant sur leurs seins le bouclier
arrondi, doublement échancré, sur lequel elles assu-
jettissent leurs javelots. Sauvages, éperdues, savourant encore la soif assouvie du carnage, parfois
tourmentant de la main des coutelas dans les larges
fourreaux d'électrum, ou les grands arcs qui se
bandent à l'envers, elles revenaient certainement
de quelque combat nocturne, car plus d'une parmi
elles avait les bras souillés et sanglants. Sur leurs
casques étaient ciselées des têtes de monstres horribles, et un dragon à la gueule ouverte semblait
s'envoler sur celui de la Reine, qui passa dans un
vol effréné, mais en qui Philippe eut le temps
de revoir la Femme qu'il avait suivie toute la nuit,
et dont il reconnut le long regard glacé et le froid
sourire.

Il marcha, marcha encore, atteignit enfin les li-
mites du steppe désert, et peu de temps après, au
moment où le soleil se levait dans la pourpre rose
et violette et embrasait tout de ses gerbes de feu, il
entra dans une ville où les murs des palais étaient
recouverts de peintures éclatantes et vernies, représentant des figures d'hommes, d'oiseaux, de poissons et des scènes de guerre; où les fortifications
dressaient leurs tours menaçantes; où les jardins,
suspendus en l'air sur les hautes terrasses, élevaient
en plein ciel leurs bosquets et leurs vertes forêts
toutes pleines de chants d'oiseaux. Aux fenêtres
étaient appendus des tentures bariolées et des tapis;
le pavé était jonché de branches de myrtes et de pal-
miers; le peuple en tuniques de lin, en vêtements
de mille couleurs, poussait des acclamations de
joie, et au milieu des nuages d'encens et de santal

qui emplissaient l'air, Philippe vit passer près de lui
l'éblouissant cortège de la Reine.

Montée sur un grand char carré, aux roues dorées
hautes comme un homme et peint de toutes sortes
de couleurs, abritée par un grand parasol, derrière
lequel volait au vent un voile de pourpre brodé d'or,
la Reine triomphante portait sur son front une couronne d'or crénelée, constellée d'énormes rubis, de
saphirs, de béryls, d'émeraudes et de diamants
bruts. Ses cheveux, frisés et calamistrés, tombaient
en une masse sur ses épaules, et sur son oreille
s'ouvrait une grosse fleur de nelumbium. Sa robe
de dessous, collante, rouge à petits carreaux brodés
rose, son écharpe faisant plusieurs fois le tour du
corps, semée de rosaces à huit feuilles, ornée d'une
très large bordure de personnages et d'animaux fan-
tastiques, puis de glands et de franges; sa canne
surmontée d'une rose à huit pétales, dont chacun
était fait d'une pierre différente, paraient magnifiquement cette dominatrice des hommes.

Près d'elle, posant une patte sur le rebord du
char, son Lion, couvert de bijoux et de bracelets,
regardait la foule avec une dédaigneuse mansué-
tude. Philippe vit, comme dans un rêve, les chevaux
harnachés de cuir rouge, aux aigrettes de plumes, à
la crinière et à la queue frisées, aux frontaux de laine
de toutes couleurs, les chasse-mouches, les eunuques flabellifères, les gardes aux souliers recourbés,
aux casques pointus, aux armures de cuivre rouge
clayonné, tenant leurs arcs dans la main droite. La
Reine avait fait un signe au robuste cocher à grande
barbe, aux chefs des eunuques blancs et noirs, et
subitement le char s'était arrêté. De son œil glauque, cette Reine, cette Femme toujours retrouvée,
disait distinctement à Philippe : « Viens! prends
place à mon côté, sois mon maître! » Mais cette

fois encore, le jeune homme n'osa pas obéir, et, prenant une rue transversale où la foule était peu nombreuse, il s'enfuit, toujours hâtant le pas, courant, se pressant, dévorant l'espace pendant un long temps dont il eut à peine conscience, jusqu'à ce qu'il fût arrivé au bord de la mer.

C'était, sous un ciel de saphir, une mer bleue qui frémissait d'amour, d'attente, d'un désir infini ; les îles violettes tremblaient d'espoir, et l'air ému avait la douceur d'un immense baiser. Alors s'accomplit le sacré, le suprême mystère ! De l'écume sanglante, elle naquit, Elle, la Bienheureuse, la Reine vénérable, la Vierge aux beaux cheveux, la Femme ! sur laquelle ruisselaient les perles humides. Géante, elle montrait son jeune corps gracieux, rosé et blanc comme la neige, ses bras, son ventre, la gloire de ses seins. La lumière dans l'air devint d'une blancheur si intense, si pénétrante, si voluptueusement enivrée, que ni les yeux de Philippe, ni son cœur ne purent supporter cette délirante joie. Il tomba évanoui et, tout mort qu'il était, se sentit douloureusement envahi par la noire, sinistre et profonde obscurité, qui succédait en lui à ce ruissellement de clarté divine. Il s'éveilla dans la nuit, près des Invalides ; sur lui était penchée la vieille au mouchoir en tapon, à la face grise et terreuse, qui s'efforçait de le rappeler à la vie.

— « Eh bien, disait-elle, ça ne va donc pas, mon joli garçon ?

— Ah ! c'est toi, c'est toi ! s'écria Philippe, toi la Femme ! » Et lui donnant sa bourse pleine d'or, « Tiens, dit-il, achète-toi de la pourpre, des satins, des perles, des diamants !

— Oh ! murmura la loqueteuse, ça ne serait pas à faire ! Je m'achèterai un joli petit mobilier chez Crespin aîné, un bon lit plat, deux chaises dépa-

reillées, une armoire à glace en faux sapin, je ne te
dis que çà ! Et tu sais, tu trouveras toujours chez
moi un bon verre de mêlé-cassis. » Et elle ajouta
d'un vieil air polisson : « Sans compter le reste ! »

Le lendemain soir, les trois amis se trouvaient
réunis, comme d'ordinaire, chez Edgar Fel, et Lucien Hono voulut reprendre la conversation précédente.

— « Décidément, fit-il, la Femme...

— Oh ! dit Philippe, encore pâle et pensif, ne te
hâte pas de juger la Femme ; car, en tout ce qui la
concerne, il y a du pour et du contre ! »

XLVI

LE BON MINISTRE

Monsieur Henri Chastan est sans nul doute le plus aimable ministre que nous ayons eu depuis de longues années et, de plus, il est assez enthousiaste pour concevoir la perfection et pour vouloir la réaliser. Il voulait faire grand, il avait des idées sublimes et d'autres qui n'étaient pas mauvaises; âgé de trente-trois ans et, jusque-là ayant vécu dans l'étude au fond de sa province, il ignorait que la Politique tourne sur elle-même, et de très bonne foi il prétendait marcher en avant dans cette cage d'écureuil. Il n'avait qu'un seul défaut : il arrêtait dans la rue des gens qui ne lui demandaient rien, et leur promettait la lune, après quoi il ne la leur donnait pas; il ressemblait à l'ancienne Loterie, qui enivrait l'homme d'espérance et faisait voltiger autour de lui le chœur charmant des Illusions.

De plus, marié à une bonne, jolie et excellente femme, Chastan lui avait toujours été fidèle; mais si le député avait pu se cloîtrer dans sa maison, au milieu de ses livres, sous la douce clarté d'un regard ami, le ministre soudainement transporté dans les salons, dans les fêtes, dans les coulisses de l'Opéra, venait sans transition de découvrir les femmes; il avait la tête pleine de folles chevelures, d'épaules

36.

nues, de maillots de soie rose, commençait à prendre
au sérieux les spirituelles Parisiennes qui préten-
daient admirer son génie, et s'il ne mordait pas
encore dans le fruit défendu, en avait déjà l'eau à
la bouche.

Ce Normand, avide de bonheur pour lui-même,
tâchait de donner le bonheur à tout le monde sous
la forme la plus simple et la moins coûteuse; il
promettait, promettait toujours, et sa longue chevelure d'or, sa barbe d'un blond pâle, pareille à des
cheveux de femme, ses joues rouges comme des
pommes, le regard de ses yeux bleus, ses lèvres
souriantes semblaient déjà des flatteries adressées
aux premiers venus.

Un matin, à l'heure de l'audience, tandis que l'antichambre regorgeait de monde, et que Chastan
songeait dans sa tête à recevoir le moins de gens
possible et à payer les autres avec sa meilleure
monnaie de singe, il ne fut pas peu étonné de voir
son fidèle huissier Lozier introduire, sans avoir reçu
aucun ordre, une dame d'une admirable beauté, qui
tout de suite s'assit, approcha ses petits pieds du
feu, prit un écran japonais pour protéger son visage,
et sans nul embarras, parut être chez elle, à la façon
hautaine des rois et des voleurs. Certes, le ministre
pouvait trouver étrange que son domicile officiel fût
violé avec un tel sans-gêne; mais il est trop optimiste
pour ne pas faire bon accueil à qui que ce soit, et
pour rien au monde il n'eût avoué à la séduisante
visiteuse qu'il ne la reconnaissait pas du tout.

— « Croyez, madame, lui dit-il, que je m'occupe
de ce que vous souhaitez.

— Mais, dit la dame, je ne souhaite absolument
rien! Mettez que j'ai eu le caprice de voir de près
l'homme dont tout Paris s'occupe, de toucher la
table sur laquelle vous écrivez les belles choses que

vous dites à la Chambre, et enfin de vous voler quelques minutes, tandis que les solliciteurs, les professeurs, les académiciens murmurent là-dedans, comme les flots de la mer ! Enfin, si vous vous en souvenez, j'ai eu le plaisir de causer avec vous hier soir, au bal de madame de Brèves ; vous m'avez dit expressément que vous êtes TOUT A MOI, et je viens savoir si c'est la vérité.

— En doutez-vous ! s'écria Chastan, avec l'accent de la plus profonde conviction.

— Eh bien ! fit la visiteuse, racontez-moi le conte du petit Chaperon Rouge. »

Pour le coup, le ministre eut envie de se révolter ; mais les prunelles fauves où roulaient des étincelles d'or le brûlaient délicieusement, il regardait une main rose, transparente dans la lumière, puis, sur le chenet, les bottines puce ; il se sentit vaincu, récita docilement, et Lozier, qui entrait, ne pouvant plus contenir la foule exaspérée, entendit avec stupéfaction son ministre murmurer d'une voix émue et tremblante :

— « Il étoit une fois une petite fille de village, la plus jolie qu'on eût su voir ; sa mère en étoit folle et sa mère-grand plus folle encore. Cette bonne femme lui fit faire un petit chaperon rouge qui lui seyoit si bien, que partout on l'appeloit le petit Chaperon Rouge... »

D'un geste impatient, Chastan renvoya l'importun, et tombant au pieds de la visiteuse inconnue :

— « Ah ! s'écria-t-il, je n'aimerai plus jamais d'autres femmes que vous !

— Tu ne crois pas dire si vrai ! fit la dame, qui était devenue une belle fée à la robe d'argent et aux ailes de papillon couleur d'azur, rayées de bandes noires ; pour les femmes autres que moi, n'y compte plus, et toutefois je fais une exception en faveur de ta bonne, gracieuse et fidèle femme Eugénie. Pour moi, je suis la fée Nour; tu m'as très bien raconté le conte du petit Chaperon Rouge, et pour la peine, je t'accorde un précieux don : c'est qu'à l'avenir, quoi que tu aies fait pour cela, il te sera impossible d'avoir menti ! »

Ayant ainsi parlé, la Fée prit son essor et s'envola par la fenêtre ouverte. Le ministre se sentait un peu humilié et tremblait qu'on ne vît cette créature ailée sortir de chez lui en plein jour; mais ce fut une crainte vaine. Les solliciteurs étaient si occupés à vouloir forcer la porte et les domestiques à ne pas faire le ménage, que nul d'entre eux n'eut l'idée de regarder du côté du jardin, et sans que personne l'eût aperçue, la fée Nour eut le temps de se changer en hirondelle et de se joindre à d'autres hirondelles qui s'enfuyaient au-dessus des toits des maisons. Bien que Chastan soit assez instruit pour savoir que, grâce aux plantations et aux squares de monsieur Alphand, il y a à Paris presque autant de Fées que d'oiseaux, il ne laissait pas de songer à cette singulière aventure. Quant à croire qu'il n'aurait plus jamais le droit d'obéir à un caprice d'amour ni d'entretenir sa chère popularité en promettant aux gens monts et merveilles, c'est à quoi il ne pouvait se résoudre; il s'imagina que la Fée n'avait parlé que par manière de plaisanterie, et d'ailleurs il se dit avec raison qu'il saurait bien vite à quoi s'en tenir.

Après avoir le plus rapidement possible expédié ceux d'entre les visiteurs qu'il ne pouvait s'empêcher de recevoir, Chastan, qui pour le moment vivait en garçon, sa femme étant allée passer quelques se-semaines en Normandie, fit à la hâte un déjeuner frugal, et comme le temps était superbe, se donna le grand plaisir de sortir à pied, pour humer le soleil.

A peine arrivé sur le boulevard Saint-Germain, il aperçut un pauvre professeur d'un lycée de province, qu'il connaissait depuis longtemps. Triste et mal vêtu, ce misérable n'aurait certes pas eu l'audace d'aborder son ministre ; mais le ministre courut à lui, et lui prenant les mains avec effusion :

— « Ah ! çà, mon cher Samers, lui dit-il, pourquoi n'êtes vous pas décoré ?

— Hélas ! monsieur le ministre, fit Samers, je n'ai pas une si haute ambition. Si je pouvais seulement obtenir un peu d'avancement...

— Non, non, dit Chastan, vous êtes trop modeste ; vous aurez l'avancement et vous aurez la croix. C'est moi qui le veux. »

Et il s'éloigna en souriant à Samers dans sa soyeuse barbe blonde. Après lui, il rencontra cinq autres professeurs, et leur promit cinq autres croix. Il était en verve, si bien que Lozier étant venu à passer, le ministre lui fit signe de s'arrêter et lui dit à brûle-pourpoint :

— « Au bout du compte, Lozier, vous êtes un garçon intelligent. Pourquoi ne seriez-vous pas, tout comme un autre, officier d'académie, avec le ruban violet !

— Quoi, dit Lozier, monsieur le ministre y pense-t-il ? Un simple huissier ! »

En réalité, monsieur le ministre n'y pensait pas du tout ; mais il n'était pas fâché de se prouver à lui-même qu'il pouvait encore promettre ce qu'il voulait, et faire voir aux bons passants crédules le ciel d'où tombent les alouettes toutes rôties.

Encouragé par ce premier succès, il se résolut à braver d'une manière encore plus décisive les fâcheux pronostics de la fée Nour. Justement, l'occasion était là sous sa main, et toute trouvée. La veille à l'Opéra, au foyer de la Danse, où voltigeaient autour de lui, en le regardant curieusement, les Salle, les Sacré, les Vendoni, les Chabot, les Rat, les Stilb 2ᵉ, les Ottolini 1ʳᵉ, il avait audacieusement promis à la jolie Flot 2ᵉ de lui faire obtenir un pas important dans le prochain ballet. Et la belle fille, toute simple, tout unie, qui n'engendre pas la mélancolie et ne cherche pas midi à quatorze heures, lui avait répondu avec une naïve effronterie, qui frisait l'innocence :

— « Si monsieur le ministre veut me faire l'honneur de venir me voir demain chez moi, nous causerons de cette affaire-là ! »

Lorsque Henri Chastan entra dans le petit salon bleu et vert, Flot 2ᵉ le fit asseoir sur un divan, puis sembla chercher des yeux un siège pour s'asseoir elle-même, et sans doute n'en trouvant pas qui fût à sa convenance, s'assit sur le tapis, aux pieds du ministre, après s'être débarrassée d'un peignoir trop chaud, et par conséquent inutile. Sa chevelure, qui s'était dénouée, débordait sur les genoux de Chastan ; Flot levait vers lui sa bouche ouverte aux blanches dents et ses yeux de faunesse ; sa mince camisole de soie était ouverte, et, s'échappant de la chemise mal fermée, ses seins aigus montraient leurs bouts roses.

— « Causons ! » dit-elle.

Chastan savait à merveille ce qu'il avait à dire ; mais à ce moment-là, il se sentit gelé et morfondu comme s'il avait eu dans les veines, au lieu de sang, l'eau glacée du Cydnus ; il comprit qu'on pouvait le mettre cuire, sans qu'il se réchauffât, sur les bûchers même de l'Inquisition, et en même temps il vit passer dans la glace, en face de lui, le vague et fuyant reflet de la fée Nour, dont l'ironique sourire disait clairement : « Pas d'autre femme que moi, si ce n'est la tienne ! » Voyant que rien ne pouvait le tirer de ce mauvais pas, il s'enfuit, quitta Flot 2ᵉ en lui posant sur le front le baiser d'oncle de Ruy Gomez ;

et en la laissant honteuse comme une poule qu'un renard n'aurait pas prise. Cependant, il murmurait en lui-même, non sans inquiétude : « Est-ce que par hasard cette fantasque oiselle aux plumes d'argent m'aurait dit la vérité? »

Quelques instants plus tard, assis au conseil des ministres, Chastan, absolument ébaubi, recevait des mains d'un personnage bienveillant et grave, qui les lui remettait signés, des papiers dont l'homme d'État était pourtant bien certain de n'avoir pas sollicité la signature.

— « Mon cher ministre, lui dit son interlocuteur, je n'ai pas voulu vous contrarier, quoiqu'il soit peut-être bizarre de décorer en un jour six professeurs tout à fait inconnus, dont les services n'ont rien de particulièrement remarquable. Mais, par exemple, n'avez-vous pas été excessif en exigeant pour votre huissier les palmes d'officier d'académie?

— Mais, fit Chastan embarrassé, Lozier est un très savant helléniste...

— Alors, dit avec douceur le personnage bienveillant, peut-être faudrait-il en faire autre chose qu'un huissier! »

Le pauvre Chastan était confondu. Quoi! ses promesses les plus absurdes étaient immédiatement réalisées, et de la sorte, comme le lui avait prédit la fée Nour, il se trouvait en effet n'avoir pas menti! De retour au ministère, son premier soin fut d'interroger son huissier.

— « Lozier, lui dit-il, êtes-vous helléniste?

— Mon Dieu! oui, monsieur le ministre. Je m'en étais caché avec soin, pour pouvoir travailler en paix dans une humble situation. Au fond, je suis docteur ès-lettres; depuis dix ans je revise les textes d'Aristophane, et je m'occupe d'une étude approndie sur la métrique de Pindare.

— Eh bien ! mon brave, dit Chastan, adieu la sécurité. Vous serez professeur dans un collège, il le faut ; mais soyez prudent : ne laissez pas trop voir que vous savez le grec ! »

En dépit de ces évidences, l'aimable Normand ne pouvait s'habituer à ne pas montrer des étoiles en plein midi, tant cette astronomie lui était familière ! C'est ainsi qu'ayant donné un grand dîner de poètes, d'artistes, de membres de l'Institut, qui étaient venus les uns avec leur croix de commandeur et les autres tout seuls, le ministre expliqua fort bien à quel point il est fâcheux que le génie français ne soit pas quelquefois retrempé aux sources étrangères, et promit formellement qu'un drame historique de Shakespeare serait monté à la Comédie-Française. Pour tous les assistants, et aussi pour le ministre qui l'avait faite, cette promesse fantaisiste ne fut rien autre chose qu'une gasconnade normande, et Chastan n'y pensait déjà plus lorsque, devant présider le conseil général, il alla faire un court voyage dans son pays, où, sans désemparer, il promit dans un seul arrondissement douze bureaux de tabac.

Mais, à son retour, il trouva le monde artistique en grand émoi ; le *Coriolan* de Shakespeare, avec son peuple, ses luttes tumultueuses, sa Rome grouillante et vivante, était en pleine répétition à la Comédie-Française, à la grande stupéfaction des sociétaires, du comité d'administration et du semainier de service, qui ne se rappelaient pas comment la chose s'était faite. Rappelé à la hâte par une dépêche, l'administrateur, qui à ce moment-là buvait les eaux d'Aix en Savoie, revint précipitamment, et le drame ne fut pas joué, car un tel scandale eût été trop contraire à la nature des choses ; mais il s'en était fallu de bien peu ! Quant aux bureaux de tabac, ils furent accordés aux protégés de Chastan, parce que, malheureusement, leurs titulaires étaient tous morts dans un récent accident de chemin de fer ; et toutefois on fit observer au ministre que désormais il devait se restreindre, sans quoi la France entière ne suffirait pas à ses libéralités.

Donc, Chastan se corrigea sur ce point ; car promettre sans pouvoir savourer le plaisir d'avoir menti, est-ce contentement? Mais il renonça plus difficilement à l'orgueil de se voir encensé par les femmes ambitieuses qui, pour tirer pied ou aile d'un homme politique, tentent de lui faire croire qu'il est aimé pour lui-même!

C'est ainsi qu'à un bal donné au ministère, après le retour de madame Chastan, le ministre, réfugié dans un petit salon, s'enivrait d'ingénieuses flatteries, poétiquement murmurées à son oreille par cette romanesque madame de Rubri qui, pour faire oublier que les ongles ou Temps l'ont égratignée, prend maintenant des poses penchées et parle avec une voix d'harmonica. Le danger était d'autant plus grave que madame Chastan, pilotée par monsieur de Persent, son cousin plus intéressé qu'intéressant, écoutait à la porte. Mais la fée Nour, qui tout à coup apparut voltigeante dans un rayon, dicta au ministre une telle réponse, que la mûrissante Ophélia s'enfuit épouvantée.

Le soir, après le départ des invités, madame Eugénie Chastan avoua tout. Gracieuse dans le peignoir transparent qui moulait son beau corps, les pieds nus dans ses pantoufles de velours blanc, et inondée par sa fauve chevelure où les flammes de la cheminée jetaient des reflets roses, cette charmante femme était infiniment plus séduisante que ne le fut jamais Flot 2ᵉ.

— « Maintenant, mon cher mari, dit-elle, il s'agit de me donner un bon baiser.

37

— « Par ma foi ! dit le ministre affriandé, je vous
en donnerai plus de vingt ! »

A peine eut-il prononcé ces mots, qu'il trembla,
en se ressouvenant qu'il n'avait plus le droit ni la
possibilité de faire une promesse sans la tenir. Mais
le vin était tiré, il fallait le boire. Et, après tout, un
vin délicieux !

XLVII

RÔLE A TIROIRS

Ceci se passait il y a quelques jours à peine. Satan vieillissant faisait encore très bonne figure avec ses moustaches hérissées, ses bouts de favoris et ses cheveux de cuivre rose plaqués sur son front en accent circonflexe. Son élégant veston était d'autant plus couleur de feu qu'il avait été taillé en effet dans une nappe de flamme. Tout en fumant son cigare de braise écarlate, le Roi ressentait la petite impression de froid dont il souffre toujours à cette époque de l'année, et cependant ses fins souliers de fer rougi dans la fournaise le réchauffaient peu à peu et communiquaient à son corps leur douce température.

— « Mon cher enfant, disait-il au démon Sadaï, je suis on ne peut plus satisfait des travaux que tu as exécutés pour moi ; tu as fait des merveilles, comme architecte et comme décorateur. A notre vieux décor tragique, orné de colonnades ridicules, tu as substitué un enfer amusant, original et d'une réjouissante modernité. Je ne saurais te dire à quel point j'aime cet arbre de corail dont les rameaux embrassent tout mon cabinet de travail, et ce plafond brillant fait d'un seul rubis évidemment faux, (mais nous savons qu'il n'y a rien de vrai !) et ces lacs miroitants et ces squares uniquement ornés de

Fleurs du Mal. Ce qui m'en plaît surtout, c'est que tout cela est fait de pierreries, d'émaux, de bronzes colorés par l'électricité et de métaux en fusion, et que l'eau et les végétaux réels en ont été sévèrement bannis. Demande-moi ce que tu veux pour ta récompense, et tu l'obtiendras à l'instant même.

— Eh bien! Sire, dit Sadaï, je voudrais aller passer vingt-quatre heures parmi les hommes.

— Oh! non, pas cela! fit Satan, pas de surnaturel sur la terre! On m'accuse déjà d'appartenir au parti clérical, et pour rien au monde je ne voudrais troubler l'harmonie d'une époque de progrès, qui a pour principal caractère d'être scientifique.

— Mais Sire, dit Sadaï en passant ses longs doigts de nacre dans sa chevelure bleue, si vous me permettez de faire un petit voyage chez les Parisiens, je prétends ne leur faire voir absolument rien de surnaturel. Au contraire, j'ai le projet de me montrer effroyablement naturel. Et pourquoi ne l'avouerais-je pas? vous savez, Sire, que les cantonniers se divertissent en ne cassant pas de cailloux, et que le bonheur des filles est de coucher toutes seules. Eh bien! moi, je voudrais me soûler d'actes honorables, entasser les bonnes actions et me plonger tout entier dans un bain de vertu.

— S'il en est ainsi, va, mon fils, dit Satan, c'est encore la vertu qui me procure les meilleurs bénéfices. Mais, tiens, voici une bonne traite sur la maison Rothschild, car, à Paris, un diable sans argent est un pauvre diable, et dans ce pays-là on n'est même pas assez riche pour mourir de faim, si l'on n'a pas beaucoup d'or monnayé dans ses poches. »

Une minute après, Sadaï était sur la terre, et après avoir réalisé ses fonds, il louait une victoria à la journée et se faisait conduire à l'Académie Française, où l'on se préparait à décerner le prix de poésie. En traversant la cour, il vit, occupé à causer avec de belles dames, le célèbre Mirjolet, qui devait lire un rapport sur les compositions rivales, et, voulant accomplir lui-même une besogne si agréable, il prit aussitôt la svelte figure de cet académicien. Il lui emprunta ses petits yeux pointus, sa bouche pareille à un trait léger finement jeté par un habile calligraphe ; comme lui il eut l'air d'une lame de couteau vue de face, du coté du tranchant, et il lut, en son lieu et place, un rapport qu'il avait soudainement et sans difficulté aucune tiré de son âme.

— « Messieurs, disait-il en terminant, les autres concurrents étant écartés pour des raisons qui vous ont semblé péremptoires, nous restons en face de deux compétiteurs, le numéro 29 et le numéro 8. Quel est celui que nous devons couronner ? Poser la question devant des juges tels que vous, c'est la résoudre ! Le numéro 8 a pour lui cet égarement que l'on nomme l'inspiration, le mouvement, don tout matériel, la dangereuse harmonie, le puéril choix des mots sonores, le vain éclat des rimes, et, je l'accorde volontiers, un certain génie ; mais qu'est-ce que le génie, sinon une névrose ? Et sommes-nous ici pour récompenser les névroses ?

« Au contraire, messieurs, l'autre, le numéro 29 ignore entièrement les éléments de la prosodie et la règle des participes ; il rime comme une bourrique pourrait jouer de la flûte ; son vocabulaire se compose d'une trentaine de mots aussi mal choisis que cela est possible, et en tant qu'artiste, il est, je dois en convenir, absolument imbécile ; mais il célèbre l'économie, les plaisirs modestes, le devoir triomphant de la passion, et la réconfortante supériorité de la raison sur l'imagination déréglée. Messieurs, si la poésie consiste, en effet, à louer la médiocrité de l'âme, le mépris de l'inutile splendeur, l'humble soumission aux lois sociales, (et qui oserait dire qu'il n'en est pas ainsi?) nous nous devons à nous-mêmes de couronner le numéro 29, qui est, dans le meilleur sens du mot, un poète, c'est-à-dire un citoyen utile, assez maître de lui pour dédaigner les troublantes ivresses de l'art et pour sacrifier courageusement la forme à l'idée. »

Comme Sadaï achevait cet honnête discours, le vrai Mirjolet entrait dans la salle; le diable s'étant rendu invisible, en sortit aussitôt, et se rendit au Palais de Justice, où l'on jugeait madame Jeanne Tarade, accusée d'adultère, et son prétendu complice, le jeune Henri Paulet.

Les faits étaient très simples; ces deux enfants s'aimaient, devaient être unis, quand les millions de Tarade, financier et brasseur de grandes affaires, avaient décidé autrement la question. Usant de leur autorité, de leur ascendant moral, de la respectueuse affection que Jeanne avait pour eux, les parents de la jeune fille l'avaient décidée ou plutôt forcée à épouser cet heureux joueur. Une fois le mariage fait et son caprice assouvi, le financier avait repris sa vie ordinaire, protégeant les belles-petites, offrant des palais meublés de bibelots aux chanteuses d'opérette, et suivant avec fidélité les traditions de Polichinelle, tandis que Jeanne, humble, soumise, souriante, dévorait en secret sa douleur, et que Henri, frappé au cœur, dépérissait, devenait semblable à un spectre, et n'était plus que l'ombre de lui-même. La maladie le cloua dans son lit, ses forces s'éteignirent; les médecins déclarèrent qu'il était perdu et qu'il allait mourir.

Jeanne en fut informée; alors elle quitta tout, et sans se cacher, sans prendre aucune précaution, elle se rendit au chevet du malheureux qu'elle n'avait pas cessé d'aimer et à qui elle voulait dire un adieu suprême. C'est à ce moment que, surprise par son mari assisté de témoins et d'un commissaire de police, elle avait été arrêtée et jetée en prison.

Cependant sa présence avait rendu la vie à Henri Paulet, qui mourait de se croire oublié, et cette heureuse circonstance avait permis au mari de réunir les deux coupables sur le même banc d'infamie. Ayant endormi d'un sommeil magique le magistrat chargé de prononcer le réquisitoire, au moment même où il endossait sa robe pour se rendre à l'audience, le démon Sadaï avait usurpé sans façon sa figure et son costume, et, grâce à cette combinaison si simple, ce fut lui qui, au lieu et place du ministère public, se donna le délicat plaisir de défendre la morale outragée.

— « Tout d'abord, dit-il, écartons les perfides insinuations qu'on n'a pas craint de diriger contre un mari honorable, entouré de l'estime publique et si cruellement offensé. On nous dit qu'il était lié d'amitié avec des artistes, qu'il leur offrait parfois de riches présents et même des palais ornés de tableaux, de statues, de meubles somptueux? Eh ! quel emploi plus noble peut-on faire de la fortune, dans cette France qui, avec raison, se glorifie de régner sur les intelligences et de continuer par ses traditions la Grèce maternelle? On veut qu'il y ait eu là plus qu'une protection éclairée; eh ! quand même le financier respecté se serait permis quelques distractions pour lesquelles la société se montre justement indulgente, qui ne sait que chez un galant homme, de telles fantaisies, bien vite envolées, ne sont que les floraisons capricieuses de l'esprit, et ne tirent nullement à conséquence ?

Mais je viens au point sérieux de la cause. Volontairement, cyniquement, avec préméditation, la demoiselle Clerex, femme Tarade, a commis le crime dont elle est accusée ; vous la condamnerez, au nom de la famille meurtrie, de la morale bafouée, de la société chancelante sur ses bases, et ébranlée par de tels exemples, comme nous ne l'avons que trop vu par les désordres qui ont signalé les dernières réunions électorales. C'est en plein jour, le regard assuré, ayant sur le front la rougeur de l'orgueil, que la femme Tarade s'est rendue audacieusement chez son vil complice, avec le désir, la résolution et la ferme volonté d'y perpétrer l'adultère.

On nous dit que ce séducteur, que ce don Juan avide de plaisirs était mourant. La preuve qu'il n'était pas mourant, c'est qu'il n'est pas mort, et que le voilà sur ce banc, attendant la sentence vengeresse. On objecte que l'honorable monsieur Tarade est entré chez Paulet sur les pas de sa femme, et pour ainsi dire en même temps qu'elle. Eh ! fallait-il qu'il laissât consommer le crime presque sous ses yeux !

En vérité, toute patience a des bornes, et c'est aussi demander trop de longanimité à ce mari blessé dans ses plus chères espérances. Mais, dites-vous, si le complice de la demoiselle Clerex n'était pas mourant, il était du moins malade. Qu'en savez-vous ! Et la ligne de démarcation est-elle bien facile à établir entre ceux qui sont malades et ceux qui ne le sont pas ?

Vous avez pour vous le témoignage des médecins ; mais ce témoignage, nous l'estimons à sa juste valeur, depuis le grand Molière ; il nous a appris que le bonnet pointu ne donne pas la science infuse, et que pour connaître les lois mystérieuses qui régissent le corps humain, il ne suffit pas de s'écrier pédantesquement : *Cabricias, arci thuram, catalamus, singulariter, nominativo, hæc musa*, la muse, *bonus, bona, bonum*. Oui, messieurs, vous condamnerez la

femme Tarade, qui sans doute n'en est pas à son
coup d'essai; quant à son complice, il partagera la
destinée qu'il lui a faite, et ce n'est pas au médecin
complaisant, c'est à ce Lovelace, à ce Faublas, à ce
Richelieu au petit pied que vous direz en ouvrant
devant lui les portes de la prison : « *Dignus, dignus
est intrare!* »

Le faux magistrat parla sur ce ton longtemps
encore, et il ne quitta pas le tribunal sans avoir assuré par son éloquent discours la répression du for-
fait et le triomphe de la vertu. Ayant accompli ce
bel exploit, le démon Sadaï se donna la prestance,
les favoris et le pardessus clair d'un honnête négociant, et se fit conduire sur le boulevard de la Madeleine, où le plus opulent des magasins de jouets
d'enfants était alors à vendre. Le diable en vacances
l'acheta, le paya comptant, en prit immédiatement
livraison, et par les ressources de son art, ayant fait
disparaître les marchandises qu'il contenait, le peu-
pla à l'instant d'objets nouveaux et inattendus. Ces
objets, Sadaï les tira de son front ou de la paume de
ses mains, comme pourrait le faire le professeur Ver-
beck; cependant il y en avait une quantité innombrable, et s'il avait fallu les faire venir de chez les
fabricants, trente chariots n'auraient pas suffi à les
apporter. Puis sur l'enseigne parurent, écrits en lettres d'or, sur lesquelles brillait, venu on ne sait
d'où, un reflet flamboyant, ces mots pleins de promesses : *Jouets utiles. Récréation vertueuse et moralisatrice.*

Bientôt attirée par l'éclat de cette dorure, une
foule de parents et d'enfants s'attroupa devant le
magasin, et se mit à lire les grands prospectus
imprimés en vermillon et collés sur les glaces de
la devanture. Ces factums expliquaient nettement
comme quoi le temps est venu d'amuser les enfants,

non plus avec des jeux frivoles, mais avec des
jouets scientifiques et progressistes. Le négociant
démon annonçait qu'il était venu opérer cette révolution, et une fois entrés dans la boutique, les passants purent voir qu'il n'avait pas menti.

En effet, on y trouvait, non des balles, des cer-
ceaux, des villages aux toits rouges, des arbres d'un
vert cru gentiment frisés, des canons de bois, des
petits théâtres, des chevaux à roulettes, des ânes de
carton, des caniches à la peau rose, mais de petites
charrues mécaniques, de petites machines à ense-
mencer, à moissonner, à lier les gerbes, à traire les
vaches, à battre le beurre; et au lieu des antiques
pantins vicieux, des Polichinelles bossus ruisselants
de paillettes, des Pierrots blancs comme la neige des
lys, des Paillasses vêtus de belle toile à matelas,
des Auriols choquant leurs cymbales, c'étaient maintenant des marionnettes représentant les hommes
utiles : Christophe Colomb, Torricelli, Jacquart,
Sauvage, inventeur de l'hélice.

Les parents, heureux d'économiser ainsi l'achat
d'une *Biographie universelle*, et ravis d'enseigner
sommairement l'agriculture à leurs petits, destinés
à devenir papetiers ou notaires, achetaient avec frénésie ces jouets progressistes, tandis que les enfants
poussaient de longs hurlements de rage et rede-
mandaient à grands cris les arbres frisés, et Arlequin
et Polichinelle! Mais nous ne sommes pas au monde
pour nous amuser; on le leur fit bien voir. Satisfait
d'avoir ainsi inculqué à toute une génération les
vrais principes utilitaires, le démon Sadaï laissa à
ses commis le soin de continuer la vente, et, voulant
savourer jusqu'au bout les extatiques ivresses de la
vertu, s'en alla tout droit chez la femme la plus vertueuse de Paris.

C'est cette belle Eveline Romer qui compose des

symphonies, et joue de la harpe comme jadis elle
eût joué de la lyre, et qui serait presque une Muse,
si elle avait une âme. Pure comme l'affreuse neige
des cimes, elle n'a jamais senti un baiser effleurer
sa main; sa chair exempte de tout affront n'a jamais
été caressée, même par les petits doigts d'un enfant,
et ses lèvres n'ont jamais été touchées, même par
une fleur. En revanche, Eveline, reine et dominatrice, veut être aimée, adorée, désirée follement
par quiconque l'approche; elle n'admet pas qu'un
homme, si épris qu'il puisse être d'une autre femme,
se dérobe à son empire, et dans le partage des
amours, elle prend toutes les parts, par la raison
qu'elle se nomme Lion. Sa joie, c'est d'allumer,
d'attiser, de souffler le feu du désir, et après de jeter
sur ce feu la glace de son mépris ; c'est de voir un
misérable se tordre à ses pieds, ivre de désespoir,
et d'attacher froidement sur lui son énigmatique
regard de Sphinge. Cependant, comme il n'y a pas
de monstre parfait, Eveline avait fini par être touchée ; éperdument chérie par le jeune prince Jean
de Cauro, elle n'avait pu se soustraire à la contagion
de cet amour, elle se sentait désarmée, et elle venait
d'écrire au prince une petite lettre qui l'appelait, le
consolait, le guérissait de tous les maux soufferts. Mais
à ce moment-là entra la tante Irma, ridée, funeste,
tragique avec ses yeux bleus comme un lac, son
teint d'or fauve et ses cheveux blonds coupés de
mèches plus pâles. Elle prit la lettre, la déchira et
en jeta les morceaux dans le feu, tandis qu'à l'insu
d'elle-même, Eveline Romer se réjouissait intérieurement qu'on l'eût empêchée d'être pitoyable.

— « Allons, ma fille, pas de niaiseries! » dit la
vieille, (ou plutôt le démon Sadaï qui, pour mieux
cultiver la morale, avait pris la figure de la tante
Irma.) Et la fausse vieille ajouta : « Tu es vertueuse,

reste vertueuse ! Tiens, dit-elle en tirant d'un sac de maroquin rouge qu'elle portait, des bagues, des pendants d'oreilles, des nœuds de diamants, des colliers de rubis entourés de perles, voilà ce que t'envoient tes amoureux dédaignés ; crois-tu qu'ils t'en offriraient autant s'ils étaient heureux ? Mais surtout, ne renonce pas à la suprême, à la frénétique joie de fouler sous tes pieds les cœurs, les âmes, les esprits, les génies, de tourmenter et de malmener tout ce docile troupeau des hommes, et de n'être pas souillée par leurs viles caresses ! Ah ! crois-moi, garde-toi toi-même, et seulement ainsi tu seras toujours aimée et tu régneras.

— Oui, murmura Eveline Romer, dont les yeux froids jetèrent des éclairs, et je resterai vierge ! Oui, reprit-elle après un silence, horriblement vierge ! »

Après cette dernière campagne, le démon Sadaï, content de lui et en fait de vertu n'espérant pas faire mieux, frappa la terre du pied et s'engloutit dans les rouges enfers. — « Eh bien ! mon fils, lui demanda Satan avec bienveillance, t'es-tu bien amusé ?

— Parfaitement, fit Sadaï en secouant sa chevelure bleue, et je crois avoir dépassé de très loin feu monsieur de Montyon. Voyez-vous Sire, j'avais grand besoin d'aller faire un tour là-bas et d'y collectionner toutes sortes de bonnes intentions, car, vous avez pu le remarquer, le pavage des enfers est dans un état déplorable. C'est d'ailleurs absolument comme dans la rue de l'Eperon, à Paris. »

XLVIII

UN DÉBUT LITTÉRAIRE

On prétend qu'il est malaisé d'obtenir la sagesse et le bonheur. Au contraire, rien n'est plus facile que de se les procurer ; pour cela, il suffit de prendre en pitié les misérables, de ne pas mettre d'argent de côté, et de ne jamais songer au lendemain. L'ingénu, le savant, le spirituel Gérard de Nerval, adressant un paquet de copie à un ami, qui était en même temps son rédacteur en chef, lui écrivait de Constantinople : « Si tu peux m'envoyer un peu d'argent, cela me fera plaisir ; cependant je ne suis pas inquiet, parce que j'ai encore dix francs. » A plus forte raison ne devait pas être inquiet, le jeune poète Eugène de Lédignan qui, l'été dernier, faisait son tour de France, pour voir des hommes, des femmes, des villes et des paysages ; car, allant à pied de Chalais à Fontanil, par un sentier ombragé qui côtoie de grands escarpements rocheux, et admirant à cœur joie cette âpre et sauvage nature du Dauphiné qui fortifie l'âme, il avait encore dans sa poche trente-cinq francs : une pièce de vingt francs, une de dix et une de cinq. Bientôt il vit venir une vieille, vieille femme, pâle sous sa longue chevelure grise, au milieu de laquelle se dressait un épi rebelle. De temps en temps, elle se courbait au pied

38

des roches et y ramassait des racines, qu'elle mangeait avidement.

— « Ma bonne femme, dit Eugène, pourquoi donc mangez-vous des racines?

— C'est, répondit la vieille, parce que je n'ai pas de pain. »

Le poète lui donna une de ses pièces, naturellement la meilleure, celle de vingt francs, et continua gaiement son chemin en chantant la chanson de Ronsard : *Lorsque au temple nous serons...* Mais il ne tarda pas à rencontrer une seconde vieille, qui avait sous l'œil droit un signe brun d'un aspect farouche. Elle marchait sur ses pauvres pieds nus souillés par le sable et déchirés par les épines.

— « Ma bonne femme, lui dit-il, pourquoi donc marchez-vous pieds nus?

— C'est, répondit la vieille, parce que je n'ai pas de souliers. »

Eugène lui donna bien vite sa pièce de dix francs, et se remit en route. Au bout de très peu d'instants, il rencontra une troisième vieille, dont la lèvre était bordée d'une étroite moustache noire. Pour tout vêtement, cette malheureuse était couverte d'un vieux sac de toile, serré autour de sa ceinture par un mauvais bout de corde.

— « Ma bonne femme, lui dit-il, pourquoi donc êtes-vous vêtue d'un sac?

— C'est, répondit la vieille, parce que je n'ai pas de chemise. »

Le poète lui donna sa pièce de cinq francs, avec le grand regret de ne pouvoir faire mieux, et reprit sa marche. Mais aussitôt un oiseau rouge, étalant son plumage du plus éclatant cinabre, un très petit oiseau merveilleusement peint de vermillon pur, se mit à voler en chantant autour de sa tête, puis devant lui; comme pour lui montrer le chemin. Puis

l'oiseau, quittant le sentier qui mène à Fontanil,
s'enfuit sur une colline ardue, couronnée d'un bouquet de bois, et Eugène le suivit docilement, pour
l'amour de la bonne musique et aussi pour l'amour
du rouge. D'ailleurs, il ne se sentait pas d'aise, étant
rentré dans son état normal de poète, c'est-à-dire ne
possédant plus aucun or monnayé, et n'ayant pas
d'autres richesses que celle de ses rimes. La seule
chose qui le chagrinait un peu, c'est qu'il lui restait juste assez de tabac pour fumer une seule cigarette; mais cette unique cigarette, il se mit à la
rouler tout de suite, n'ayant aucune propension à
l'avarice. Comme il se préparait à l'allumer, l'oiseau
rouge poussa un petit cri triomphal, si furieux et si
extraordinairement perçant que le poète surpris
laissa tomber sa cigarette, la dernière! dans un
trou, dans un énorme gouffre ouvert près de lui,
que tout d'abord il n'avait pas remarqué, et dont
les bords étaient hérissés de pierres à demi recouvertes de rameaux de vignes sauvages.

Eugène entreprit d'y retrouver sa cigarette : tout
fumeur comprendra qu'il serait allé la chercher en
enfer, comme le roi Orphée son Eurydice! Il put
descendre une vingtaine de pieds en s'accrochant
aux pointes de rochers et à quelques arbrisseaux.
Puis il trouva une corde attachée à un arbuste, et,
l'empoignant, se laissa glisser jusqu'à une sombre
caverne où gémissait une sorte de Styx pâle et funèbre, traversa des portiques, des salles, des colonnades, et arriva enfin à une chambre de diamant et
de lumière, où les stalactites tombant des voûtes et
les stalagmites montant du sol formaient un splendide fouillis de vivants cristaux, suavement éclairés
par des flammes bleues.

Les stalactites jaillissaient en végétations déme-
surées, étalant leurs hardis feuillages, devenant

murailles, draperies, lianes, dentelles, voûtes, écharpes, architectures, colonnes librement élancées,
lourds piliers, paysages dressés comme des toiles ;
là, buires, amphores, coffrets ciselés ; puis, lustres
et torchères, où brûlaient les flammes d'azur. Au
milieu de la chambre, une stalagmite figurait une
table, couverte d'une blanche nappe idéalement fine,
et auprès de laquelle un petit lit de damas rose
feuille sèche invitait le poète à se coucher voluptueusement. Il mourait de faim ; cependant ce qu'il
désirait rencontrer là, ce n'était pas un déjeuner.

C'était d'abord et avant tout ce qu'il y rencontra
en effet, c'est-à-dire un paquet de scaferlati supérieur
pesant cinquante grammes, un cahier de papier Job
et une boîte d'allumettes suédoises. Il fuma trois
cigarettes de suite, avec trop de plaisir pour prendre le temps de s'étonner ; mais bientôt les fume-
ries se rangèrent d'elles-mêmes dans un coin avec
ordre, et dans la clarté s'ébauchèrent sur la table
les vagues lignes d'un déjeuner, qui peu à peu devinrent un déjeuner réel, dont les plats se succédèrent l'un à l'autre sans aucune trace de service
matériel et visible. Oh ! bien peu de chose ! ce qui
suffit à une fillette ou à un assembleur de rimes.
Des huîtres vertes de Marennes, de minces lames
de jambon danois, une truite de source cuite à la
Saint-Florentin, selon la recette et formule de l'ancien hôtel de la Reynière, deux ortolans rôtis dans
leur armure de mie de pain, des beignets de fraises,
des confitures de roses, et comme vins, du muscat
de Gemenos, de l'Hermitage rouge et, pour finir,
du Malaga blanc.

Ayant achevé cette dinette, qu'il avait dévorée
de bon appétit, Eugène soupirait après son café ;
mais il ne l'attendit pas longtemps. Devant lui parut un verre russe, enveloppé d'un étui de filigrane

à anse, et tout de suite entrèrent trois Demoiselles, qui portaient la cafetière, le sucrier et le flacon plein d'une eau-de-vie de topaze. La première, en robe couleur de lune, avait dans ses blonds cheveux un épi rebelle, et mâchait comme par jeu une racine odorante. La seconde avait sous son œil droit un signe brun; elle était vêtue d'un habit fait de violettes, et marchait pieds nus. La troisième souriante, secouant sa noire chevelure, montrait ses dents en entr'ouvrant sa bouche rougissante, au-dessus de laquelle brillait comme un léger duvet sombre, et comme sa robe pourprée, posée à même sa peau, était entr'ouverte sur les neigeuses blancheurs du sein aigu, il était facile de voir qu'elle n'avait pas de chemise.

— « Bonjour, monsieur, dit la Demoiselle à l'épi. C'est pour avoir l'honneur de vous servir. Nous sommes Fées de notre état. Moi, je suis la fée Hama. La demoiselle qui marche pieds nus est notre sœur Sesmé, et notre plus jeune sœur, la fée Tiò est celle qui n'a pas de chemise. Et vous, monsieur, vous vous nommez?

— Eugène de Lédignan.

— Fort bien. Votre profession?

— Poète lyrique.

— Hem! dit la fée Hama, il ne faudrait pas dire cela à la gendarmerie!

— N'importe! fit Sesmé. Où sont vos œuvres complètes?

— Dans ma poche, répondit Eugène.

— Eh bien! dit à son tour la folle Tiò, lisez-nous un poème quelconque. »

A ce moment, en même temps femmes, visions et rayons, lumineuses figures portant dans leurs mains des luths et des lyres de formes antiques et oubliées, une innombrable troupe de Fées étaient entrées dans la chambre de diamant, et se tenant les unes debout, les autres en l'air, penchées et voltigeantes, attachaient sur le rimeur leurs vagues et douces prunelles. Sans se faire aucunement prier, Eugène, ayant roulé et allumé une cigarette, lut son poème intitulé *La Gloire de Montmartre,* sorte de paysage épique traité dans le goût de Martinn, qui d'un commun accord fut trouvé congrûment troussé. Tiò le lui prit des mains en disant :

— « Ma foi ! je l'envoie à monsieur Charles Buloz, pour la *Revue des Deux-Mondes.* »

Puis elle lança en l'air le manuscrit, qui s'envola avec une rapidité vertigineuse. A la prière des Demoiselles, Eugène de Lédignan lut un second poème : *La Duchesse Antonie.*

— « Par Hercule ! dit Sesmé, celui-là est tout à fait mauvais. » Et se tournant vers Eugène : « Est-ce votre avis ? demanda-t-elle.

— C'est mon avis », dit le poète.

Forte de cette approbation, Sesmé lança en l'air le manuscrit, qui s'enflamma comme un punch et s'évanouit en vapeur et en fumée, sans produire aucune cendre.

En revanche, un troisième poème, intitulé *Salmacis,* fut jugé excellent, et ayant annoncé l'intention de l'offrir à madame Juliette Adam pour la *Nouvelle Revue,* la fée Hama jeta par dessus sa tête les feuillets noircis, qui s'envolèrent comme ceux de *La Gloire de Montmartre,* et d'un vol encore plus furieux. Eugène aurait pu trouver bizarre cette façon d'expédier la copie ; mais, heureusement pour lui, il n'est pas raisonneur, et, d'autre part, il ne voulait en aucune façon contrarier les Demoiselles, qui lui avaient fourni à point un si bon déjeuner, et surtout, ô mon âme ! le paquet de tabac et le papier à cigarettes. Il s'enivrait du calme et des reflets de pâle saphir et de l'ondoiement des Fées voltigeantes et des froides blancheurs diamantées des stalactites, quand la fée Hama vint le tirer de sa rêverie.

— « *Time is money,* dit-elle. Les affaires sont les affaires. Occupons-nous maintenant d'objets sérieux. J'ai une commande à vous faire, et vous remarquerez, s'il vous plaît, qu'il s'agit ici de copie très bien payée. Veuillez avoir la bonté de composer, spécialement pour moi, une Ballade à la vieille mode française, où les mêmes sonorités de rimes, répétées exactement d'un couplet à l'autre et aussi dans le suprême Envoi, soient comme les cris des Nymphes chasseresses, qui, de loin, s'appellent et se répondent à travers les frémissants taillis de la forêt.

— Et pour moi, dit la fée Sesmé, un Rondeau comme ceux de Voiture, où le Refrain, trois fois ramené avec art, ressemble aux ondulations du col d'un cygne, qui se plonge dans l'eau et tout à coup reparaît, incliné chaque fois dans une inflexion nouvelle et inattendue.

— Et pour moi, dit Tiò, un Triolet dont les trilles éclatent comme ceux que le rossignol brode en notes de flamme sur le noir manteau de la Nuit, tiò, tiò, tiò, tiò, tiotinx! Voulez-vous du papier et des plumes, et comme disait votre éminent confrère monsieur Scribe, tout ce qu'il faut pour écrire?

— Merci, mademoiselle, fit Eugène, ces rhythmes divers me sont assez familiers pour que je puisse en jouer sans préparation, comme un bouvier souffle dans sa flûte. Prêtez-moi une oreille indulgente, et daignez, je vous prie, excuser les fautes du chanteur. »

Ayant ainsi parlé, le rimeur improvisa tout d'une haleine la *Ballade de la fée Hama, dont les cheveux se dressent en épi,* le Rondeau pour la fée Sesmé, ayant

pour refrain : *A ses pieds nus*, et le Triolet, commençant par ces deux vers : ·*Certes le zéphyr est content
Que Tiò n'ait pas de chemise*. Après quoi, sans désemparer, il fit encore un Rondeau redoublé, un Sonnet,
un Huitain, un Dizain et une Villanelle, pour d'autres Demoiselles fées qui les lui avaient demandés,
et il acheva tous ces petits ouvrages de façon à
satisfaire entièrement sa clientèle. Les Fées ne
voulurent pas être en reste avec lui, et avec leurs
luths et leurs frissonnantes lyres lui jouèrent une
symphonie vague, traînante, monotone, délicieusement dénuée de toute intention descriptive, aux
sons de laquelle il s'endormit d'un rafraîchissant et
calme sommeil.

Quand il se réveilla, il était couché sur la mousse
et appuyé à un quartier de roche, au bord de la
route de terre qui va de Voreppe à Grenoble. Il ne
se demanda pas s'il avait rêvé, car il n'avait pas la
mauvaise habitude de vouloir distinguer ses rêves
de la réalité. Il se leva frais et dispos, gêné seulement par un poids assez lourd qu'il sentait dans sa
poche. C'était celui d'une bourse de soie rouge
brodée à son chiffre et pleine d'or, car la fée Hama,
selon sa promesse, avait tenu à payer la copie. Ce
fardeau embarrassait beaucoup notre poète ; mais il
en fut bientôt délivré.

Après avoir marché quelque temps, il vit devant
la porte d'une chaumière une famille de paysans
que les huissiers venaient d'en chasser ; il leur
donna la moitié de son or, et plus loin il donna
l'autre moitié à une troupe de comédiens errants,
parés de vêtements héroïques et superbes, qui, faute
de mieux, grignotaient sur leur chariot des croûtes
de pain dur. Cependant, il retrouva bientôt une
pièce d'or qui s'était engagée dans les mailles de
la bourse, et bon gré mal gré dut accepter cette

aubaine, tant il est difficile de ne pas être riche !

Après donc avoir continué son voyage, tantôt avec les aises d'un financier, et le reste du temps nourri à la façon des petits oiseaux, Eugène de Lédignan revint à Paris, chercher sa mansarde située près du ciel. Tout d'abord, il trouva chez sa portière les numéros de la *Revue des Deux-Mondes* et de la *Nouvelle Revue* où avaient paru ses poèmes, et des lettres où madame Juliette Adam et monsieur Charles Buloz lui prodiguaient les plus enthousiastes et les plus sincères compliments. Le lendemain, il reçut une invitation pour le bal de la Présidence, et il se rendit à cette fête, où les rivières de diamants des dames et les plaques d'ordres sur les habits noirs brillaient presque autant que les stalactites de la grotte des Fées. Les reines du bal, deux personnes admirables, que cherchaient tous les regards et qu'Eugène entendit nommer près de lui, brillaient dans la clarté sous le ruissellement de leurs parures ; comme tout le monde, le poète contemplait avec ravissement leur merveilleuse beauté ; mais, distrait sans doute, il ne remarqua pas que madame de Firminy avait un épi dressé dans ses cheveux blonds, et que sa sœur, madame de Norante, avait sous son œil droit un signe brun. Un flot de foule avait porté Eugène près d'elles ; madame de Firminy le prit par la main et le présentant à un personnage grave et très entouré :

— « Oui, monsieur le ministre, dit-elle, en continuant sans doute une conversation commencée, voilà pour le moment notre meilleur jeune poète, et modeste ! car il a pu sans sourciller voir brûler un de ses poèmes.

— Eh bien, dit aimablement le ministre, nous donnerons à monsieur de Lédignan une mission, afin qu'il puisse toucher de ses mains les colliers d'Hélène, reine de Sparte, et revoir la Grèce natale. »

Eugène eut à peine le temps de remercier, et se trouva emporté dans le tourbillon de la valse, car il paraît qu'il avait invité une valseuse. Et la tenant dans ses bras, il s'envola de si bon cœur, au bruit de la musique effrénée, qu'ils arrivèrent, haletants, fous et charmés, dans un boudoir vide, où le poète, perdant la tête, baisa ardemment la lèvre rouge de sa danseuse, au-dessus de laquelle brillait un léger duvet.

— « Ah! vous, par exemple, je vous reconnais, s'écria-t-il éperdu, vous êtes la fée Tiö!

— Oui, dit avec un rire charmant la folle Tiö, qui lui avait rendu son baiser, je vais quelquefois dans le monde! »

C'est à ce concours de circonstances que le très jeune rimeur a dû ses heureux débuts dans la littérature, car un peu d'aide fait grand bien. Il faut avoir pitié de toutes les femmes, et il faut aider et secourir celles qui sont vêtues de loques et marchent pieds nus sur les cailloux, pour avoir le droit de revoir dans les jardins étincelants celles qui traînent victorieusement sur un pavé d'or leurs robes de pourpre et de violettes.

XLIX

MADEMOISELLE AGATHE

René de Siffroi est un jeune Parisien de Paris et de beaucoup d'autres pays, chevelu, spirituel, parlant toutes les langues françaises, et comprenant non seulement les choses actuelles et modernes, mais aussi celles qui n'existent pas encore. Aussi est-ce tout à fait volontairement, par goût et avec préméditation que, né d'une vieille famille, il aime à s'entourer d'objets antiques d'une beauté surannée, et qu'il vit avec les œuvres des anciens poètes. Dans sa petite maison de Bois-le-Roi, située au bord de l'eau, qu'il habite presque toute l'année, assis devant une table fuselée, bien cirée et luisante, dans un fauteuil à oreilles garni de tapisserie, René, tout en buvant son café dans une jolie tasse Louis XVI, fumait sa cigarette, lisait Rabelais dans une édition publiée à Amsterdam en 1711, chez Henri Bordesius, puis par instants regardait à travers les vitres de la fenêtre son jardin plein de roses, et dans le jardin voisin qui touche au sien, sa petite voisine, mademoiselle Agathe Lurion.

Certes il l'aimait, cette petite Agathe, vigoureuse, ingénue, rougissante comme une pêche, qui tournait vers lui des prunelles amies, et qui en souriant lui montrait toutes ses dents blanches; cependant il ne lui avait jamais parlé encore, et il se donnait l'immense joie de savourer un amour qui n'a encore été troublé par rien, pas même par des paroles. Les pieds sur un tapis contemporain de la Pompadour, entouré de ses bahuts aux sculptures légères, de ses meubles couverts en tapisseries de Beauvais représentant les Fables de La Fontaine, de ses bouquins reliés en veau et en basane, René de Siffroi jouissait encore par-dessus le marché de la plus aimable compagnie, car un poudreux et riant rayon de soleil se jouait au-dessus de sa table, et dans ce rayon brillait et voltigeait une amie à lui, la petite fée Idé, dont l'ardente chevelure est comme une vapeur d'or. Par discrétion et aussi par coquetterie, elle n'avait pas voulu se rendre distincte du rayon; elle restait ivresse et lumière, sachant bien qu'ainsi René la sentait près de lui, la devinait suffisamment, et certaine que, pour enchanter la solitude silencieuse de son compagnon, elle n'avait pas besoin de revêtir sa figure féminine.

Comme René goûtait ainsi les pénétrantes voluptés du calme, tout à coup, en tournant la tête, il vit assis près de lui, et tenant son chapeau à la main, un gentleman vêtu d'une façon très correcte, en qui il n'eut pas de peine à reconnaître, d'après ses portraits les plus récents, le célèbre démon Anizin. Ce personnage affectait, en effet, une assez bonne tenue; mais ce qui était véritablement agaçant, c'est que par de brusques soubresauts, son corps, entièrement désarticulé, se mettait parfois sens dessus dessous, de telle façon qu'alors au lieu de conserver la posture admise chez tous les peuples civilisés, le singulier visiteur se trouvait assis sur son ventre, sans que néanmoins son buste et sa tête eussent aucunement changé d'attitude. A ces moments-là, si on le regardait, il baissait les yeux comme un enfant pris en faute, et se hâtait de revenir à une pose plus convenable. C'est précisément ainsi qu'il se comporta au moment où un rapide coup d'œil de René sembla lui reprocher sa désinvolture excentrique. Mais le démon Anizin eut bientôt retrouvé son aplomb, et il interpella le jeune homme avec l'expression de la plus franche cordialité.

— « Eh bien! monsieur, lui dit-il, vous ne voulez donc pas, décidément, encourager le progrès?

— Sous aucun prétexte, répondit René.

— Il n'y a pas de progrès, murmura la petite fée Idé qui se rendit à peu près visible, puis tout de suite rentra dans son rayon de lumière.

— Pardonnez-moi d'insister, fit Anizin ; mais, monsieur, vous êtes un de ces esprits déliés et charmants qu'on aime mieux avoir avec soi que contre soi. Et pourquoi ne l'avouerais-je pas? je plaide ici *pro domo mea,* car le Progrès, c'est moi-même, et vous êtes trop juste pour vouloir condamner les gens sans les entendre. Soyez donc assez aimable pour m'accompagner dans l'endroit où sont rassemblées et réunies toutes les améliorations progressistes. Je voudrais, cher monsieur, vous conduire aux *Grands Magasins du Chaos et des Univers réunis.* Vous y trouverez la paire de gants que vous vous proposiez d'acheter pour aller faire votre visite à monsieur Lurion, et, selon toute probabilité, vous y pourrez apercevoir mademoiselle Agathe, qui doit aller chercher, dans l'attente de votre visite, un joli fichu de cou.

René de Siffroi ayant acquiescé à la prière du diable, le rayon qui voltigeait sur sa table disparut, emportant avec lui la petite fée Idé. Plus rapide qu'un souffle d'ouragan, Anizin, lancé comme une flèche, entraîna son compagnon vers une gare inconnue, où ils montèrent dans un train que le

chemin atmosphérique but, avala en un instant, et
déposa au pied des *Grands Magasins*, dont les dômes,
les flèches, les innombrables tours jetaient leur
ombre sur une ville immense. Des portes qui se
comptaient par centaines de mille et qui toutes
portaient le nom d'un honorable bourgeois estimé
dans son quartier, donnaient accès dans le tas d'édifices démesurés, d'où s'échappait un murmure pareil
à celui de vingt océans. Les deux voyageurs choi-
sirent la porte *Joseph Dupieu*, et pénétrèrent dans un
enchevêtrement de vestibules, d'où on apercevait
l'ensemble des *Grands Magasins du Chaos et des Univers réunis*. C'étaient des piliers formés de colon-
nettes, et à des hauteurs vertigineuses, ouvrant leurs
chapiteaux, dans les feuilles desquels tenaient des
enfilades de salles; des ponts, des escaliers à jour,
des chemins de fer suspendus dans le vide, où couraient, la flamme au front, des trains affolés; des
champs, des forêts, des canaux sillonnés de bateaux,
des chambres géantes suspendues aux colonnes par
des S de fer, des myriades de constructions, de tours,
de terrasses, d'arches envolées et planantes, dont
les eaux-fortes de Piranèse peuvent donner une
idée affaiblie et simplifiée. Cet amas de monuments
colossaux était trop confus, touffu et assombri pour
pouvoir être éclairé par la lumière du jour; aussi
l'ensemble en était-il surmonté par des cieux de
saphir artificiel, dans lesquels évoluaient mécaniquement des astres électriques d'une grande intensité, copiés aussi exactement que possible sur ceux
de la création. On y voyait le Ciel des planètes, où
Saturne, Jupiter, Mars, la Terre, Vénus, Mercure
tournaient autour d'un soleil Jablochkoff, le Ciel des
Constellations avec ses ardentes étoiles, Arcturus
entre les pieds du Bouvier, le rouge Aldébaran dans
l'œil du Taureau, Capella dans l'épaule d'Auriga,

Régulus dans le cœur du Lion, et toutes les autres, et au delà l'Empyrée, où s'esquissaient de brillantes et vagues figures de Dieux.

En entrant dans les vestibules, les deux voyageurs furent arrêtés par un cortège de garçons de magasin portant des cartons et des ballots et suivant deux dames qui, à leur désinvolture et à l'aisance de leurs mouvements, paraissaient être chez elles.

— « Ce sont, dit Anizin, les deux principales acheteuses des *Grands Magasins du Chaos*. Nous les retrouverons encore plus d'une fois pendant le cours de notre voyage. Celle qui a les cheveux blonds est madame Dor, et sa sœur, un peu brune, se nomme madame Los. »

A ce moment, René de Siffroi aperçut aussi mademoiselle Lurion qui venait d'entrer ; comme lui et son compagnon diable, elle monta dans le train qui mène au comptoir des renseignements en moins d'une heure et demie ; mais elle était dans un wagon si éloigné du leur que c'est à grand'peine s'ils purent apercevoir à une portière, en fuyant profil, sa tête rose et charmante.

Au trois centième comptoir des renseignements, les deux compagnons demandèrent où il fallait s'adresser pour obtenir une paire de gants. Par bonheur, ils n'étaient pas trop éloignés de l'*Affaire exceptionnelle de ganteries* ; ils n'avaient qu'à traverser cinq ou six cents *Affaires exceptionnelles* ; mais auparavant, ils devaient se rendre au sept mille troisième escalier à jour, et ce voyage les obligea à s'embarquer sur un des nombreux navires aériens qui, fendant l'espace, cinglaient vers les étages supérieurs, croisés par les vols d'aigles mécaniques occupés à porter d'un comptoir à l'autre les bulletins de commandes. Arrivés au sept mille troisième

escalier, ils mirent pied à terre, et par divers moyens
variés de locomotion, à cheval, en chariot, à dos de
mulet, au milieu de peuplades errantes et pressées
de dames acheteuses et de commis, de demoiselles
de vente, ils traversèrent les *Affaires de laine unie,
Sergé silésien, Drapé australien, Suédoise unie, Cachemire Chaos,* les *Affaires de Satins merveilleux* et *Armures satinées,* les *Affaires de bas de laine,* de *Jupons gaufrés,* de *Gilets de chasse,* de *Chaussettes de laine pure,* de
Ouatage satin, de *Laine mohair,* de *Cretonne camaïeu!*
Toujours, ils voyaient s'enfuir au loin, sans pouvoir
la rejoindre, la petite Agathe courant après son mouchoir de cou, et toujours ils cotoyaient madame Dor
et madame Los, qui achetaient tout, et qui étaient
suivies maintenant par des garçons porteurs de paquets et de cartons, aussi nombreux que les promeneurs des Tuileries par un beau jour de mai.

Ils virent et parcoururent bien des pays, d'abord
une vaste Sibérie, froide, glacée, où au-dessus des
montagnes de neige volaient des gypaètes et de
blancs aiglons, et où les nomades abrités sous leurs
tentes de cuir buvaient, comme Ovide, le lait des ju-
ments. Transis jusqu'aux os, ils traversèrent en traî-
neau, voyant luire de place en place les yeux de
braise des loups, cette épouvantable patrie de
l'Hiver. Au fond, ce n'était qu'une *Affaire exceptionnelle de Blanc,* de *Madapolams-shirting sans aucun apprêt,* de *Cretonne blanche,* de *Draps confectionnés,* qui,
à force d'être blancs comme la neige, avaient fini
par devenir neige en effet, et par se hérisser de
glaçons.

René de Siffroi et le démon Anizin furent ensuite
agréablement distraits et réchauffés en entrant dans
de vastes et infinis champs de rosiers, chargés de
roses roses, touffues, jaunes, blanches, pourprées,
sanglantes, exhalant leurs parfums suaves. Ils mar-

chaient si difficilement au milieu des migrations de
peuples, Alains et Gépides allant conquérir le Midi,
ou Tarasconais venant conquérir le Nord, comme
Numa Roumestan, qu'il leur fût impossible de cueil-
lir une de ces belles et fraîches fleurs au cœur embrasé. D'ailleurs, toutes ces roses étaient faites avec
de simples foulards, habilement chiffonnés et dis-
posés par les commis, et mesdames Dor et Los en
ayant acheté une grande partie, les jardins se trouvèrent à peu près dénudés. Les garçons porteurs de
paquets et de caisses qui suivaient ces deux dames
étaient maintenant devenus une armée régulière,
organisée, avec ses généraux, ses capitaines, son in-
tendance et ses fourgons de campement. Quant à
Agathe Lurion, de temps à autre René l'apercevait
fuyante, cherchant l'*Affaire exceptionnelle de mouchoirs de cou*, mais, hélas ! vieillie déjà, car les ans,
les mois, les jours se succédaient, tandis que le
diable et son compagnon poursuivaient leur route.

Ils mangeaient aux buffets établis de distance en
distance, et où des bœufs entiers et beaucoup de petits gâteaux étaient servis sur des plats nickelés ; ils
buvaient des vins chimiques, changeaient de linge
aux comptoirs des *Affaires exceptionnelles de chemises*,
et avec stupéfaction regardaient les salles pleines de
marchandises se vider, car madame Dor et madame
Los achetaient tout, et dès qu'une *Affaire exceptionnelle* était liquidée, des Anges mécaniques suspendus au haut des cieux de faux saphir, l'annonçaient en hurlant dans des trompettes de jugement
dernier, d'où sortaient des rugissements formidables.
De temps en temps, par une baie, par une fenêtre
ouverte, on entendait les crieurs, les marchands de
journaux annoncer la proclamation d'une répu-
blique, d'une royauté, d'une oligarchie, d'une dic-
tature ; les acheteurs des *Grands Magasins du Chaos*

39.

et des Univers réunis n'en paraissaient pas autrement
ébranlés, et continuaient à se diriger vers des Comptoirs qu'ils ne trouvaient jamais et dont ils étaient
séparés par des milliers de lieues.

René de Siffroi et son compagnon se virent reflétés
dans un lac, qui était une *Affaire exceptionnelle de Glaces de Saint-Gobain;* eux aussi, ils étaient devenus vieux,
chauves comme Eschyle, et de longue barbes blanches
descendaient sur leurs poitrines. C'était une raison
de plus pour qu'ils se hâtassent d'acheter les gants !

Ils virent les comptoirs des tapis, des ballons, des
horloges, des édredons, des couvertures, des
meubles, des lampes, des couteaux, des rideaux de
toile Rubens, des plateaux arabes, des harmonicas
et des armures japonaises. Sous le soleil aveuglant,
ils eurent à traverser l'immense, l'implacable désert,
jaune, infini, brûlant, reflétant la blanche lumière,
à peine laissant apercevoir au loin les maigres pal-
miers d'une oasis ; en somme ce n'était qu'une *Affaire exceptionnelle de Nankins de Chine,* qui à force
d'être jaunes, avaient fini par devenir sable, et où
des lionceaux s'étiraient au soleil, et fermaient les
yeux en tirant leurs langues roses. Les voyageurs
virent les contrées où les *Confections, Jolies Visites
en cachemire de l'Inde, Mantes en vigogne, Visites en
vigogne, Pelisses, Rotondes, Demi-Pelisses, Sorties de
Bal,* s'agitaient, frémissaient, *Robes de Chambre, Ma-
tinées-Douillettes, Peignoirs et Costumes,* et levaient au
ciel leur bras, éperdues, impatientes, voulant qu'on
les achetât, et les Cirques où les demoiselles es-
sayeuses terrassaient, domptaient, meurtrissaient,
roulaient par terre les dames acheteuses, sous prétexte de leur essayer ces diverses *Confections.*

Ils virent enfin les immenses *Comptoirs de Jouets
vivants.* Plusieurs centaines de pères de famille, parlant en chœur pour plus de commodité, comme dans

une comédie d'Aristophane, venaient chercher des
fiancées pour leurs fils, et comme on leur avait demandé s'ils les désiraient *avec fleurs d'oranger*, ce à
quoi ils avaient répondu affirmativement :

— « Nous en avons de très solides, disait le chef
de rayon, depuis deux cent mille francs ; mais j'en-
gagerais beaucoup ces messieurs à prendre celles de
trois cent mille francs ; c'est un article très bien
établi, extrêmement avantageux, et que nous pouvons livrer avec garantie. »

Les ministres de la guerre venaient chercher des
armées, et on leur ouvrait de grandes boîtes faites de
mince sapin, d'où sortaient des soldats réels, équipés, avec leurs sacs, leurs literies, leurs casernes, et
conduits par des officiers instruits, sachant leur
théorie et chantant la romance au piano. Au *Sous-
Comptoir de l'Inspiration lyrique*, les éditeurs venaient
chercher des *Affaires de Poésie*, et le commis leur
disait, en faisant la bouche en cœur :

— « Nous avons ce genre de chefs-d'œuvre à très
bon compte. Nous pouvons livrer par grosses le pur
Pindare, auquel nous sommes arrivés à donner un
toucher extrêmement moelleux ; établi par poètes
chauves, nous le donnons avec un avantage ; mais
dame ! par poètes chevelus, genre Richepin, naturellement c'est plus cher, parce que nous avons l'en-
tretien de la frisure.

— Quelle variété ! quel pittoresque ! L'infinie succession de personnages et d'images ! que le progrès
est une belle chose ! s'écriait le démon Anizin.

— Eh bien non ! dit René de Siffroi, qui avait
enfin trouvé sa paire de gants de peau de licorne, et
ne l'avait payée que trente-deux francs, non, décidément il y a là-dedans trop de brouillamini. Je
voudrais être dans un endroit où le progrès n'ait jamais pénétré, chez moi, par exemple.

— Tu le veux? fit la petite fée Idé voltigeant à son oreille.

— Oui, dit tout haut René, oui, par la divine Béatrice ! »

En entendant ce nom héroïque et céleste, le démon Anizin fut pris d'un éternuement si fort qu'il n'eut plus conscience de rien ; la fée Idé étendit sa baguette de diamant ; les constructions chimériques des *Grands Magasins du Chaos* s'écroulèrent comme des nuées, sans faire aucun bruit, et René, redevenu jeune, se retrouva devant sa maison de Bois-le-Roi, dans le chemin vert, où il rencontra juste à point la petite Agathe, souriante et éclatante de jeunesse, avec son mouchoir de cou rouge et rose.

— « Mademoiselle, lui dit-il, je vous trouve belle comme le jour, je serai bien heureux si vous consentez à devenir ma femme, et je voudrais dire cela à monsieur Lurion.

— Monsieur, dit Agathe, mon père est là, qui fume sa pipe dans le jardin, en taillant ses rosiers. Vous êtes bien honnête ! »

L

RUE DE L'ÉPERON

Il serait puéril de vouloir dissimuler que j'habite dans la rue la plus mal pavée de Paris, j'ai nommé la rue de l'Éperon, un rez-de-chaussée élevé au-dessus du sol, auquel on arrive par un perron de six marches. Ce qui me plaît dans cette demeure bizarre, c'est la vaste dimension des appartements, hauts comme dans un Louvre, et leur air archaïque et seigneurial ; car l'énorme cuisine est même précédée d'un escalier de pierre du haut duquel on peut maudire, comme dans les mélodrames de l'Ambigu. Ce sont les amusants caprices, scènes de la vie palpitantes au milieu des arabesques et des fleurs, qu'un peintre avec lequel je suis ami, — oh ! si tendrement ami ! — a jetées avec une prodigue furie sur les panneaux et sur les portes, et aussi mon jardin de trois cents mètres, orné de très vieux lilas et de lierres antiques, ou un bel acacia donne de l'ombre, et qu'entoure une petite forêt de verts abrisseaux, et ou fleurissent, en deux larges corbeilles, les rhododendrons et les rosiers.

Ce jardin pour faire joujou, qu'a rendu célèbre un admirable dessin du grand oiselier Giacomelli, a cela de bon que sa vue me rappelle sans cesse l'humilité de ma condition. En effet, il est séparé par un mur très peu élevé du parc planté d'arbres centenaires qu'on appelait jadis un jardinet et qui a donné son nom à la rue du Jardinet, tant les terrains aujourd'hui vendus au poids de l'or comptaient jadis pour peu de chose !

Ce parc appartient à monsieur Jouvet, libraire, resté seul propriétaire de la maison Furne et Jouvet, et par l'effrayante différence de leurs dimensions, son jardin et le mien me remettent sans cesse devant les yeux la distance qu'il y a entre un éditeur et un simple poète. Les oiselets ne sont pas fiers, et de chez l'un viennent chez l'autre avec la plus extraordinaire insouciance ; mais cela tient à ce qu'ils sont, comme moi, des chanteurs vivant de la pâture que Dieu leur envoie, et à ce qu'ils n'ont aucune idée de la hiérarchie.

Hier, en rentrant chez moi, je vis tout d'abord mon domestique Ziph qui, coiffé de son épaisse tignasse ondulée comme le flot noir du Cocyte et mince comme une abeille dans sa souquenille écarlate, m'attendait sur le pas de la porte, et semblait en proie à la plus cruelle épouvante.

— « Ah ! s'écria-t-il, le jardin de monsieur...

— Eh bien ! quoi ? lui dis-je, sans trop m'effrayer. Il y a une demi-heure à peine que je suis sorti, pour acheter un livre sous l'Odéon. Est-ce que, pendant ce temps-là, si court, l'administration municipale a détruit mon jardin, pour élargir la rue Saint-André-des-Arts ?

—Non! fit tristement Ziph, la chose est bien autrement grave. On ne l'a pas détruit, le jardin de monsieur, mais il a été envahi par un tas d'oiseaux...

— Bon, lui dis-je, ce sont, comme à l'ordinaire, les merles et les moineaux de monsieur Jouvet.

— Non, reprit Ziph, monsieur ne me comprend pas. Il ne s'agit pas de quelques oiseaux flâneurs, mais d'un peuple, d'une nuée, d'une pluie, d'une grêle d'oiseaux. Les propriétaires, monsieur et madame Louveau, qui arrivaient de Saint-Germain pour visiter les dernières réparations faites à leur maison, ont assisté à cette violation de domicile, et en ont été extrêmement inquiets. Ce ne sont pas des moineaux et encore moins des merles, mais des milliers d'oiseaux inconnus, aux couleurs de métaux, de fleurs et de pierreries, qui couvrent la terre, les arbres, les bordures de lierres, les deux perrons, de telle façon qu'ils n'ont pas même laissé vide la place d'une pièce de dix sous, et qui de toutes leurs forces, à tue-tête, à plein gosier, chantent des chansons qui donnent envie de se marier! »

Je suivis le tremblant Ziph, mais à son grand étonnement je ne vis rien de ce qu'il m'avait annoncé, et nous trouvâmes le jardin dans son état ordinaire.

— « Ah! je vois ce que c'est, dit le pauvre garçon en frappant son front caché par le noir matelas de cheveux, la fenêtre était restée ouverte! Les oiseaux sont entrés dans le cabinet de monsieur; je suis sûr qu'ils auront dévoré tous les volumes de poésies!

— Eh bien! fis-je, quand même ils en auraient mangé quelques-uns, crois-tu donc que les jeunes rimeurs seront embarrassés pour en refaire d'autres! Mais va à tes affaires et laisse-moi seul. Je saurai bien, si c'est utile, chasser les oiseaux, et je suffirai seul à cette besogne. »

Toutefois, en entrant dans mon cabinet, je n'y vis pas d'oiseaux proprement dits, mais j'y trouvai des centaines et des milliers de créatures ailées, vêtues, en effet, de pourpre, de saphir, d'or, d'argent, de rubis, d'émeraude, d'aigue-marine, et murmurantes et souriantes sous leurs chapeaux de fleurs. C'était des essaims, des troupes, des peuples, des nations de Fées, qui s'étaient faites toutes petites pour pouvoir trouver place dans cette unique pièce, et qui éclairaient tout de leurs lumineuses prunelles et de leurs vaporeuses chevelures d'or. Comme il y a peu de sièges dans cette chambre à moitié ronde et oblongue, entièrement dévorée par les rayons chargés de livres, les petites Demoiselles erraient, marchaient, couraient sur le bord de ces rayons! d'autres s'étaient assises sur les tranches des volumes, mais si légèrement qu'elles n'en avaient même pas froissé la peinture rouge. D'autres, envolées, restaient en l'air, battant des ailes, et y formaient de longues et vivantes guirlandes. D'autres avaient ouvert la boîte de la haute horloge que ma grand'mère Huet a achetée pour son mariage, et s'étaient blotties dedans, s'amusant à jouer avec les aiguilles dont les pointes sortent d'un soleil, ou se servant du lourd balancier en guise d'escarpolette. Dans le grand Shakespeare posé sur ma table, deux s'étaient couchées, chacune sur une des deux pages ouvertes, nonchalamment appuyées sur leur coude. Le petit serin vert qui, de sa cage japonaise posée près de la vitre sur une frêle étagère, regarde les arbres et les verdures, et que ma femme aime à voir frétiller et sautiller tandis qu'elle travaille à sa patiente broderie de soie et d'or, et Peu, la toute petite chatte de Georges, blanche comme la neige, et notre bel angora Clitandre, et même la bonne petite chienne Poussette, que l'âge a rendue indolente et silencieuse, contemplaient ces charmeresses avec une visible joie, et ne se lassaient pas d'admirer leurs éblouissantes robes et leurs écharpes de liserons fleuris et leurs glorieux souliers de perles.

Dès qu'elles m'aperçurent, les Fées se mirent à parler à la fois, disant toutes ensemble les mêmes paroles, sur une mélopée d'un rhythme rapide et charmant. En les entendant, je compris pour la pre-

mière fois comment le chœur de la Comédie grecque
eût été possible indépendamment de toute musique,
et je goûtai avec un vif plaisir la suavité de cette ré-
citation simultanée qui d'ailleurs, à ce qu'on m'assure, est quotidiennement pratiquée avec succès sur
les théâtres d'Allemagne.

— « Monsieur mon ami le poète, me dirent les
Demoiselles avec la plus délicieuse voix collective,
je viens remplir près de toi une mission pénible...

— Par Hercule! fis-je, un peu intrigué, venez-vous
donc m'annoncer que j'ai eu une comédie refusée
quelque part? Franchement, cela m'étonnerait un
peu, car je ne me souviens pas d'en avoir récemment
présenté ni même composé aucune.

— Ah! si ce n'était que cela! dirent les Fées.

— Parlez vite, repris-je, vous me faites peur.

— Eh bien? dirent mes chères petites visiteuses,
en me regardant avec pitié et en agitant leurs
frissonnantes ailes, tu peux continuer à rimer des
strophes, des ballades, des sonnets, des triolets, des
rondeaux simples ou redoublés, des Chants Royaux,
des villanelles, des chansons, et même, si tu le veux,
des odes en rimes kyrielles, mais...

— Achevez!

— Mais il ne faut plus composer de *Contes
Féeriques!*

— Sapristi! m'écriai-je, et pourquoi cela?

— Ami, dirent les petites Fées, tu voulais faire
encore d'autres Contes; mais considère que le
propre de toute œuvre humaine est de n'être jamais
achevée et complètement finie. Louis XIV n'a pas
eu plutôt nommé Boileau son historiographe que le
législateur du Parnasse, si j'ose m'exprimer ainsi,
n'a plus rien écrit du tout, et, pour tout potage, a
donné à son maître le conseil de ne plus vaincre!
Eh bien! toi qui avais entrepris de raconter notre

40

histoire, pourquoi ne suivrais-tu pas ce prudent exemple?

— Mais, répondis-je avec une petite moue un peu fâchée, c'est que je voudrais, autant que possible, ne pas imiter Boileau !

— Ah ! poète, reprit avec impatience le Chœur des Demoiselles aux chevelures d'or, je vois bien qu'il faut tout te dire. Ne t'en prends donc qu'à toi-même, si tu entends des choses que j'aurais mieux aimé passer sous silence. Sache que tu m'as occasionné de graves ennuis avec le gouvernement. Un conseil a eu lieu auquel assistaient des hommes politiques de la plus haute volée, et d'autre part les plus illustres Fées : Viviane, Morgane, la grande Mélusine, la reine Titania. Dans cette séance, les représentants du pouvoir ont traité nos princesses de Turc à More, et avec une âpreté sincère, mais juste, m'ont rappelé à quelles conditions j'avais été tolérée sur le sol français. En effet, il avait été convenu que je pouvais parler et murmurer, mais dans le flot des sources ; sourire, mais dans les rayons ; me confondre avec l'éclat des fleurs et avec le frissonnement des feuillages ; qu'il m'était même permis de me montrer sous les traits d'une dame parisienne ; mais qu'en aucun cas je ne devais me manifester avec ma figure surnaturelle et féerique.

Cependant, j'ai fait une exception pour toi, et, parce que tu me semblais être un innocent rimeur, je me suis fait voir à toi avec mes robes de diamant filé et de rubis tramé, et aussitôt, insensé que tu es, tu as mis tes pieds dans le plat avec une naïveté qui dépasse toute mesure, et tu n'as eu rien de plus pressé que de raconter à tout le monde, avec la complicité de la banale Typographie, ce qui devait rester un secret entre moi et toi ! Ah ! rappelle-toi combien tes maîtres furent plus discrets ! Que de fois, lorsque Balzac au milieu d'un bal causait seul dans un boudoir avec celle qu'il croyait être madame d'Espard ou madame de Maufrigneuse, il la vit soudain se métamorphoser, apparaître en Fée rayonnante, agitant ses ailes de papillon et tenant sa baguette de diamant étincelante de mille feux! Mais, plus raisonnable que toi, il n'allait pas mettre cela dans ses livres. Et que de fois, lorsque Gavarni se promenait dans les rues noires, en quête de types farouches et singuliers, il a vu une vieille chiffonnière, jaune, terreuse, coiffée de son madras à carreaux d'où s'échappent des mèches blanches, se transfigurer sous le bec de gaz et lui parler de sa voix musicale et lui sourire sous ses habits de pierreries, ayant sur le front une folle aigrette! Cependant, il ne disait rien et ne dessinait pas cette adorable scène pour les abonnés du *Charivari!* Mais toi, obéissant avec complaisance à tes folles tendances naturalistes, tu as raconté ce que tu avais vu, oubliant que toute vérité n'est pas bonne à dire, si bien que tu m'as mise dans de jolis embarras. Pour te corriger une fois pour toutes, je vais te montrer comment le monde est fait, et tu verras à quelles conséquences fatales pouvaient aboutir tes indiscrétions. »

Après m'avoir ainsi grondé, et je reconnais que ce n'était pas sans raison, les Fées enlevèrent de dessus mes yeux le voile qui nous empêche de voir l'Invisible. Ce voile, elles le plièrent proprement, bien dans ses plis, et le posèrent à leur portée, pour pouvoir le replacer dès qu'il en serait temps. Alors dans le sable, dans la terre, dans la goutte d'eau, dans les écorces, dans les linéaments des feuilles, je vis le fourmillement horrible de la Vie, où tout est organisme, animaux, créatures vivantes, monstres cornus, dragons couverts d'écailles, hydres aux

40.

dents féroces, gouvernés par les divinités terrestres, et où, au-dessus d'eux,. vivent, planent et s'envolent dans l'air les Pensées, les Conceptions, les Ames, les Esprits, les Génies, mêlés à tous les atomes, et plus loin, plus loin encore, une échelle de créatures de plus en plus parfaites, allant jusqu'à celles dont les robes flottantes et les pieds bondissants disparaissent dans l'éclatante et pure lumière sidérale.

— « Eh bien! me dirent alors les Fées, comprends-tu maintenant qu'en disant la vérité sur nous, tu pouvais faire supposer le reste, et devines-tu quel trouble tu aurais jeté sur la terre? S'ils savaient qu'ils vivent sous ces myriades infinies de lumineux regards qui lisent couramment dans vos pensées, crois-tu que tes frères et amis auraient le courage de s'adonner aux niaiseries qui font leurs délices? Non, sans doute; mais dans ce cas il faudrait tout changer, ce qui occasionnerait des remaniements faits pour effrayer à juste titre l'administration que l'Europe vous envie. Ah! conviens-en! si les hommes savaient qu'ils vivent sous ces milliers d'yeux célestes, ils ne voudraient plus assurément parler la vieille langue politique dont le fond est : DANS CETTE ENCEINTE, comme le mot GOD-DAM! est, à ce que prétendait Figaro, le fond même de la langue anglaise!

Ah! s'ils sentaient sur eux la flamme de ces clairvoyantes prunelles, crois-tu que tes semblables consentiraient à baiser, comme étant des visages de femmes, ces croûtes de fards, de pâtes, de blanc et de rouge si inférieures, comme vraisemblance, à la chair de carton des poupées?

Crois-tu qu'ils accepteraient comme poètes, sous prétexte qu'ils manifestent des sentiments vertueux, de bons jeunes gens qui savent la prosodie comme monsieur Jourdain savait le turc, et qui riment comme le roi Dagobert mettait sa culotte? Crois-tu qu'ils iraient applaudir, à titre de féeries, des comédies écrites comme par la bonne, où un tas de femmes obèses, ventrues, ou maigres comme des clous, sont pendues en l'air avec des tringles de fer qui font bosse dans leurs maillots de coton saumon? Crois-tu qu'ils trouveraient ressemblantes de prétendues peintures de la vie où tout le monde se promène dans des *coulées* et dans des *buées*?

Crois-tu qu'ils se laisseraient souvent gouverner, comme dit Balzac, par des journaux dont l'esprit est plus lourd que le plomb de leurs caractères? Crois-tu, enfin, qu'ils n'auraient pas peur de sembler trop ridicules aux Êtres affranchis de la pesanteur et baignés dans l'éternelle Joie qui marchent dans les atmosphères, dans les fluides éthers, et reçoivent sur leurs beaux fronts éblouis les rafraîchissantes caresses des astres?

A ces causes et à beaucoup d'autres, pour la conservation de l'ordre établi, il est indispensable que l'Homme, ivre d'un naïf orgueil, se croie isolé dans la création comme l'obélisque sur la place de la Concorde, et continue à s'imaginer que les lions et les colombes ont été créés exclusivement pour son usage personnel. C'est bien assez des révélations de monsieur Pasteur, qui démontre, preuves en main, qu'il y a partout des bêtes, et tes contemporains n'ont pas besoin de savoir qu'il y a aussi des Esprits. Fais-moi donc le plaisir de te tenir tranquille, et n'écris plus de *Contes Féeriques!* Assemble des rimes, puisque tu es trop borné pour faire autre chose ; car, chacun son métier et les vaches sont bien gardées, un casseur de cailloux accomplit sa fonction quand il casse des cailloux, et là où la chèvre est attachée il faut qu'elle broute!

Rime donc, et polis tes alexandrins et tes vers lyriques ; ne lève pas tes yeux, savetier, au-dessus de la chaussure, et si tu es embarrassé par quelque difficulté de prosodie, ne va pas demander des étymologies à Génin ou à monsieur Paulin Pâris, mais borne-toi à consulter en son œuvre ton maître Victor Hugo, car il n'y a pas besoin de chercher midi à quatorze heures, et, au bout du compte, le meilleur alcade est le Roi. Adieu ! rappelle-toi toujours que je t'ai aimé, et comme il n'est pas impossible qu'un tendre souvenir mal effacé me ramène vers toi, tâche de tenir ta langue si je viens baiser tes yeux pendant ton sommeil, et lorsque tu auras senti passer sur ton vieux front nu la flottante vapeur d'or de ma chevelure ! »

Ayant ainsi parlé, les demoiselles Fées reprirent leurs figures d'oiseaux aux couleurs de fleurs et de pierreries. Elles s'envolèrent par ma fenêtre ouverte, et traversèrent d'abord mon petit jardin, puis le jardin de monsieur Jouvet, puis les transparentes nuées, et disparurent enfin, comme des flèches de flamme, dans les formidables gouffres du vaste azur.

> *Amants serrés dans votre nid,*
> *Dames et poètes lyriques,*
> *Je vous salue ; ici finit*
> *Le livre des Contes Féeriques.*

TABLE

Paris. — Typ. G. Chamerot, 19, rue des Saints-Pères. — 11894.

www.ingramcontent.com/pod-product-compliance
Lightning Source LLC
Chambersburg PA
CBHW060750030726
47503CB00002B/231